reviens vers moi

Les Frères Arrowood, tome 1

corinne michaels

Corinne Michaels, auteure de best-sellers au classement du *New York Times*, nous offre une nouvelle romance émouvante et passionnante, un texte intégral en un seul tome.

Une nuit, il y a huit ans, elle m'a apaisé. Pas de noms, pas de promesses. Seulement deux âmes brisées cherchant à oublier leur douleur et leur chagrin.

Au matin, elle était partie, emportant mon réconfort avec elle. J'ai quitté l'armée ce jour-là en jurant de ne plus jamais retourner en Pennsylvanie.

À la mort de mon père, je n'ai pas d'autre choix que de rentrer pour ses obsèques. Au moins, je vais pouvoir me débarrasser de cette ferme mal entretenue et chargée de souvenirs que je m'efforce d'oublier.

C'est alors que je la retrouve. Elle est encore plus belle que dans mes souvenirs et elle a le plus adorable enfant que j'aie jamais vu.

Des années se sont écoulées, mais mes sentiments sont intacts, et cette fois, je refuse de la laisser partir. On dit que l'on ne peut pas enterrer le passé, et c'est bien vrai. Car lorsque des secrets d'autrefois remontent à la surface, ébranlant jusqu'à nos fondations, je suis contraint de la regarder s'en aller, une fois de plus...

les frères arrowood :

❀ Réalisé avec Vellum

chapitre un

. . .

— ARROWOOD ! Réveille-toi, bordel !

Quelqu'un me frappe le bras et je bondis hors de mon siège. Je regarde autour de moi, en quête du moindre danger, mais je ne vois que mon pote Liam assis à côté de moi dans l'avion.

— Tu parles vraiment beaucoup dans ton sommeil, mec.

Je me passe la main sur le visage pour essayer d'éclaircir mes idées.

— Je ne sais pas du tout à quoi je rêvais.

— À une femme.

Super. Je n'imagine même pas ce que j'ai pu dire.

— J'en doute.

— Tu disais tellement de choses, je te jure.

Sa voix part dans les aigus :

— Oh, Connor, tu es si sexy. Oui, comme ça, continue.

Puis il reprend de sa voix habituelle :

— Juste pour dire que cette femme avait l'air bien déchaînée.

Je sais exactement de quoi je rêvais : d'un ange. Une belle femme aux cheveux châtain foncé et aux yeux les plus bleus que j'aie jamais vus. Peu importe que j'aie passé une nuit avec elle il y a huit ans de ça, je me souviens toujours parfaitement d'elle.

La façon dont elle m'a souri et fait un signe du doigt pour que je la suive. La façon dont mes jambes se sont mues d'elles-mêmes sans que mon cerveau leur en donne l'autorisation. C'était comme si le Ciel me l'avait envoyée pour me sauver.

Ce même soir où mon père était si ivre qu'il m'a frappé alors que je quittais la maison pour rejoindre la base militaire, en me promettant de ne jamais revenir.

Elle était parfaite, mais je ne connaissais même pas son nom.

Je donne un coup de coude à Liam, sachant qu'il n'y avait aucune chance pour que j'avoue quoi que ce soit.

— Heureusement que tu es marié. Aucune femme ne serait assez stupide pour te choisir aujourd'hui. Tu as de très mauvaises intuitions et tu es un connard.

Il sourit, pensant sans doute à sa femme. Certains hommes ont tout pour eux — et Liam Dempsey était l'un d'eux. Une femme magnifique l'attend chez lui, il a des enfants, des amis et il a eu une enfance parfaite.

En gros, son parcours de vie est à l'opposé du mien.

Il n'y a que trois choses qui ont de la valeur dans ma vie : mes frères.

— De quoi tu parles ? Il y a une bonne raison pour laquelle les gens m'appellent Apollon et toi Arrow. Je suis un putain de dieu grec.

— Et c'est reparti ! Ils m'appellent comme ça parce que c'est le début de mon nom de famille, connard.

Liam glousse et hausse les épaules.

— Peut-être, mais moi, mon surnom, je l'ai gagné grâce à ma personnalité rayonnante.

Même si c'est un idiot fini, il va me manquer. Tout mon peloton va me manquer. Je déteste l'idée d'être envoyé en mission pour la dernière fois et de ne plus faire partie de cette unité. J'adore être dans l'US Navy.

— Heureusement, tu es quelqu'un de si vaniteux que je remarquerai ton aura éclatante partout où j'irai.

— Une idée de là où tu vas aller ou ce que tu vas faire ensuite ? s'enquiert Liam.

Je me cale dans le fauteuil très inconfortable de cet avion C-5 et pousse une profonde inspiration.

— Pas la moindre idée.

— Content de voir que tu vis ta meilleure vie. Il faut que tu te ressaisisses, Arrowood. Tout ne va pas te tomber tout cru dans la bouche.

Liam a été mon chef d'équipe durant mes deux dernières opérations ; il est comme un grand frère pour moi, mais là, tout de suite, j'aimerais éviter ses remontrances. J'ai trois grands frères qui se débrouillent suffisamment bien pour le faire. Même si j'imagine que c'est ce qu'on est, entre SEALs... des frères. Des frères qui feraient n'importe quoi les uns pour les autres, y compris aider un ami à se lancer dans un grand changement de vie, même s'il est prévu depuis longtemps.

Il y a trois ans, j'étais en mission. Lors d'un simple contrôle de routine à un poste-frontière, une voiture m'a écrasé la jambe en essayant de passer en force. J'ai subi quelques opérations, tout semblait en bon état, mais je n'ai pas guéri correctement. Pour ma dernière mission, j'étais en service restreint, ce qui consiste essentiellement à faire des tâches administratives. Je déteste ça. Je souhaitais aller au front pour m'assurer que mes frères étaient en sécurité. Puis le médecin m'a annoncé que j'allais être réformé pour raisons médicales.

Je ne suis plus apte à être militaire.

Et si je ne peux pas aller sur le terrain, alors je ne veux plus faire partie de la Navy.

— J'ai des projets.

— Comme ?

— Te botter les fesses, pour commencer.

— Tu peux essayer, jeune homme, mais je ne parierais pas là-dessus.

— Si ma jambe était à cent pour cent guérie…

Liam secoue la tête.

— Je te roulerais dessus quand même. Blague à part, tu ne peux pas signer la paperasse dans deux semaines sans avoir aucune idée de ce que tu vas faire ensuite.

Mon frère aîné, Declan, me disait la même chose quand je l'ai appelé il y a un mois. Dec dirige une énorme société à New York et m'a confié qu'il cherchait un nouveau chef de la sécurité, mais je préférerais passer ma jambe blessée dans un robot ménager plutôt que de travailler pour lui. C'est une tête brûlée qui sait tout sur tout, et il paie ses employés une misère. J'ai déjà vécu ça pendant huit ans, alors je préférerais être promu au service des finances.

Pourtant, il a raison. Je ne pourrai pas survivre longtemps avec le peu d'économies que j'ai, il va falloir que je trouve un travail.

— Je vais me débrouiller, lui assuré-je.

— Pourquoi ne pas retourner à la ferme ?

Je plisse les yeux et retiens la colère qui m'envahit lorsqu'il mentionne cet endroit.

— Parce qu'il n'y a qu'un seul moyen pour que j'accepte de remettre un pied là-bas : enterrer l'homme qui y vit.

Les frères Arrowood ont fait le serment de prendre soin les uns des autres, de se protéger mutuellement, et c'est ce que chacun d'entre nous a fait jusqu'à ce que je puisse m'enfuir. Deux semaines après la remise des diplômes, je me suis tenu pour la dernière fois sur ces terres agricoles de Pennsylvanie. Je préférais vivre sous les ponts plutôt que d'y retourner.

Liam lève les mains.

— Tout doux, mec, pas besoin de me fixer comme si tu t'apprêtais à me découper en morceaux. J'ai compris. Tu ne retourneras pas chez toi. Je suis juste inquiet. J'ai vu beaucoup de gars quitter l'armée et s'adapter très difficilement à la vie civile. On a beau râler contre notre quotidien de militaire, ça finit par faire partie de notre identité, tu vois ?

Il a raison. Bon sang, j'en ai également été témoin, mais je n'étais pas prêt à ce que ça devienne ma réalité. J'aurais pu continuer vingt ans avec le sourire car la marine m'a sauvé la vie. J'aurais fini en prison si je ne m'étais pas engagé. Puis, une fois enrôlé, j'ai reçu une formation de base à la démolition sous-marine et j'ai refusé de faire quoi que ce soit d'autre. Sauf que maintenant, je n'ai plus le choix.

— Je ne sais pas ce que je pourrais faire d'autre, à ce stade.

— Mon pote Jackson dirige une entreprise qui recrute les SEALs cassés, je suis sûr qu'il a encore une petite place.

Je lui fais un doigt d'honneur.

— Je vais te montrer qui est cassé.

Avant que nous ne continuions davantage cette prise de bec, des officiers s'approchent de nous pour nous indiquer que nous devons nous préparer à l'atterrissage et ils nous expliquent comment le débarquement va se dérouler.

Les retours au pays ne ressemblent à rien de ce qu'on peut imaginer. Ils débordent d'émotions, de ballons, de fanfares, de larmes de bonheur et de beaucoup d'excitation. Les épouses sont sur leur trente-et-un, les enfants ont l'air parfaits, soignés, alors même que nous savons à quel point les neuf derniers mois de leur vie étaient tout autre. Les familles sont tellement impatientes de revoir leur être cher qu'elles se grimperaient presque les unes sur les autres.

À côté de ça, il y a notre propre ressenti.

Notre nervosité est différente. Nous sommes prêts à rentrer chez nous et à retrouver les gens que nous aimons mais, en même temps, nous savons que ce ne sera pas simple. Aimer un homme qui se prépare déjà à repartir ne doit pas être facile. C'est pourquoi je suis ravi que trouver l'amour et me marier n'aient jamais figuré en tête de liste parmi mes priorités.

Ça me plaît que personne n'ait besoin de faire de sacrifices pour m'aimer.

Le commandant se tait, attendant d'avoir l'attention de tout le monde.

— Patterson et Caldwell passeront en premier, puisqu'ils ont eu des enfants durant notre absence. Ensuite, vous débarquerez par ordre alphabétique. Une fois que vous serez passé me voir pour récupérer vos papiers, ramassez vos affaires et ne revenez pas à la base avant deux semaines, compris ?

— Oui, répondons-nous tous à l'unisson.

Il pose son bloc-notes et nous observe.

— Ne m'obligez pas à expliquer à ma femme que je dois quitter mon foyer pour aller payer la caution de l'un d'entre vous.

Une poignée de ses hommes rient, mais pas lui, car, apparemment, ça se serait produit durant l'avant-dernier retour au bercail. Heureusement, ce n'était pas moi.

L'avion atterrit et je jure que je peux sentir l'atmosphère changer. Comme nous descendons par ordre alphabétique, je serai l'un des premiers à débarquer, mais notre équipe est remplie de gars qui ont des enfants. J'attendrai qu'ils soient appelés, j'encaisserai les remontrances du commandant Hansen et je m'avancerai ensuite parmi le groupe des célibataires.

Le commandant m'appelle, mais je ne bouge pas d'un pouce. Sa voix s'élève à nouveau :

— Arrowood.

Il me fixe, mais je hausse les épaules.

— Bon sang, vous me faites tous ça à chaque débarquement ! Très bien, je vais vous appeler deux fois et si vous ne vous levez pas, vous serez placé en queue de peloton. Des idiots. Je suis entouré d'idiots.

— On se revoit dans deux semaines, fait Liam quand son nom résonne.

— Je serai au rendez-vous, pour sûr.

Il me frappe la poitrine.

— Je t'attendrai.

Une fois que tout le monde a été appelé, mon nom s'élève à nouveau. Le commandant n'a pas du tout l'air ravi, mais j'aperçois le soupçon de fierté caché derrière sa mine renfrognée.

— Tu es quelqu'un de bien.

— Ces enfants veulent revoir leurs pères.

Il acquiesce.

— Voilà tes papiers. On se revoit dans quatorze jours.

Je hoche la tête, prends les documents et m'en vais. Le soleil brille et l'air sent bon. Aucune poussière ou saleté ne s'accroche à ma peau lorsque je descends les escaliers.

— Salut, petit con !

Je me fige une seconde avant de me tourner vers mon frère, qui n'est pas censé être là.

— Sean ?

Il s'avance vers moi, les bras ouverts et un énorme sourire sur les lèvres.

— C'est si bon de te voir rentrer en un seul morceau.

Nous nous étreignons en nous tapant dans le dos.

— Mais qu'est-ce que tu fais ici ?

— Je me suis dit que quelqu'un devait te raccompagner, après ta dernière opération.

— Eh bah, c'est bon de te voir, dis-je avec un sourire.

— Pour moi aussi, petit frère.

Je suis peut-être le plus jeune, mais je ne suis pas petit. Sean est le plus petit de nous trois, mais également celui qui a le plus gros cœur. J'aimerais être comme lui parfois.

— Tu sais que je peux te casser en deux en dix secondes, tu veux vraiment qu'on se bagarre ?

Il me tape sur l'épaule.

— Pas aujourd'hui, je suis là pour autre chose.

— Oh ?

— Oui, on doit aller voir Declan et Jacob…

Une pointe d'inquiétude m'envahit. Nous n'organisons pas vraiment de réunions de famille. En fait, je crois que la dernière fois que nous nous sommes retrouvés tous les quatre, c'était le jour où j'ai réussi les examens au camp d'entraînement militaire. Mes frères et moi avons tous un an d'écart. Ma pauvre mère a eu quatre enfants en quatre ans et a ensuite passé les sept années suivantes de sa vie à élever quatre gosses, que l'on connaissait surtout pour être des enfants difficiles. Nous nous réunissions tous ensemble, nous étions les meilleurs amis du monde — encore plus lorsqu'il s'agissait de faire des bêtises.

Sauf que, maintenant, nous vivons aux quatre coins du pays et nous nous rejoignons très rarement.

— On doit les retrouver où ?

Sean carre la mâchoire et pousse un profond soupir.

— À Sugarloaf. Père est mort. Il est temps de rentrer à la maison.

chapitre deux

. . .

connor

— ÇA Y EST, c'est fini, annonce Declan en fixant le trou dans la terre, où repose le cercueil.

Le cimetière est ancien, on peut y trouver quelques pierres tombales brisées à cause de la soirée du feu de joie, où nous nous sommes tous comportés comme des idiots.

C'est calme et l'odeur des champs emplit l'air. Un peu de fumier, de fumée, et beaucoup de regrets. Je pensais que je me sentirais mieux maintenant qu'il est mort, mais je n'éprouve que de la colère.

— Pas tout à fait, nous rappelle Sean. On doit encore décider de ce qu'on va faire de la ferme et des champs.

— Brûlons-les, lancé-je sans émotion.

Revenir ici me donne des démangeaisons. Même s'il est mort, j'ai toujours l'impression qu'il me regarde, me juge et qu'il s'apprête à lever la main sur moi. Bon sang, j'ai encore la sensation que les secrets que nous gardons à cause de lui tentent de m'étouffer.

— Connor a raison. Cela dit, je me sentirais mieux si le vieux se trouvait encore dans les lieux quand on y mettra le feu, ajoute Jacob.

Je suis d'accord. Mon père était quelqu'un de bien, avant. Il aimait ses garçons, sa femme et sa ferme, il donnait à chacun d'eux tout ce qu'il avait. Ensuite, ma mère est morte et nous avons perdu nos deux parents.

Il a cessé d'être cet homme gentil, drôle et bosseur qui m'a un jour appris à faire du vélo et à pêcher. Au lieu de ça, il s'est transformé en un ivrogne au cœur vide qui utilisait ses poings pour exprimer sa rage.

Et, bon sang, ce qu'il était en colère ! Contre tout le monde. À propos de tout et n'importe quoi. Et surtout contre mes frères et à moi, car nous lui rappelions la femme qu'il aimait, que Dieu a emportée trop tôt. Comme si nous ne pleurions pas nous aussi la perte de la plus merveilleuse mère qui ait jamais vu le jour sur Terre.

Dec secoue la tête.

— C'est la seule chose que ce salaud nous a laissée et ça vaut des millions. C'est également là que les cendres de maman ont été dispersées. On va devoir être patients, comme on l'a toujours été, et les revendre. À moins que l'un d'entre vous n'en veuille ?

— Plutôt crever. Je ne veux plus rien avoir à faire avec cet endroit. Je veux qu'il sorte de ma vie et ne plus jamais devoir revenir à Sugarloaf.

Tous les autres grognent leur assentiment.

— Alors on va tous devoir prendre rendez-vous avec l'avocat dans le courant de la semaine, et ensuite on vendra ce putain de truc.

Je ne doute pas que Dec a déjà tiré des ficelles pour nous permettre de partir d'ici aussi vite que possible. Comme nous, il a beaucoup de choses à éviter dans cette ville, ce qui s'avérera impossible si nous restons dans le coin plus d'une journée.

Nous nous entassons tous les quatre dans la voiture de Sean et retournons à la maison mais, dès que nous arrivons à l'entrée, la voiture s'arrête.

Les colonnes de bois, surmontées d'un panneau où est gravé notre nom de famille, sont vieilles mais toujours aussi solides. J'essaie de ne pas me rappeler la voix de ma mère, mais le souvenir est trop fort, surgit trop rapidement, et j'ai à nouveau huit ans.

— Dis-moi, quelle est la chose la plus importante qui soit à propos des flèches[1] *?*

Je gémis lorsqu'elle hausse les sourcils en attendant ma réponse.

— Maman, le nouveau jeu Nintendo est à la maison, je veux y jouer.

— Alors tu ferais mieux de me répondre, Connor. Quelle est la chose la plus importante qui soit à propos des flèches ?

J'ai économisé l'argent de mon dernier anniversaire, mais ce n'était pas assez, alors j'ai dû emprunter de l'argent à Jacob pour acheter ce jeu. Il est tellement méchant, il m'a fait faire ses corvées pendant six mois mais, maintenant, j'ai le nouveau Mario. Tout ce que je veux, c'est jouer. Je me fiche des flèches.

Elle stationne la voiture et croise les bras. C'est maman que je préférais, avant.

— Pourquoi est-ce qu'on doit dire ça à chaque fois ? demandé-je.

— Parce que c'est important. La famille, c'est ce qui compte le plus dans ce monde, sans ça, tu n'as rien. Quand on franchit ce seuil, on est de retour chez nous. On retrouve ceux qui nous aiment et ça, mon trésor, c'est là où sera toujours ta place.

Ma maman est la plus adorable personne que je connaisse, et, même si je veux jouer à mon jeu Nintendo — et j'en ai vraiment envie — je veux surtout qu'elle soit heureuse. J'aime rendre ma maman heureuse.

— On ne peut pas tirer tant qu'on n'a pas cassé son arc, grommelé-je.

Je détestais qu'elle me fasse réciter ce fait par cœur. Elle sourit.

— C'est vrai. Et pourquoi est-ce que c'est important ?

— Mamaaaaan, pleurniché-je parce que le jeu m'appelle.

— N'essaie pas de m'amadouer. Pourquoi est-ce que c'est important ?

— Parce que si on ne brise pas l'arc, on n'ira jamais de l'avant, et qu'une flèche est faite pour aller loin.

Elle me fixe, et son regard se remplit d'amour et de bonheur.

— C'est vrai, et tu es fait pour aller loin. Maintenant, rentrons à la maison pour vérifier si tes frères ne l'ont pas mise sens dessus dessous.

— Et pour jouer à mon jeu.

Maman éclate de rire.

— Oui, il y a ça aussi... Après tes corvées !

— Je n'y arrive pas, admet Sean en fixant le chemin de terre.

L'un après l'autre, mes frères ont quitté cet endroit, et chacun d'eux s'est relayé pour y revenir jusqu'à ce que je sois en âge de partir moi aussi. Ils m'ont protégé d'une manière que je ne pouvais apprécier à l'époque. Jacob a retardé d'un an son entrée à l'université pour s'assurer que Sean puisse jouer au football et que je me retrouve rarement seul avec notre père. Sean m'emmenait aux matches, s'assurant que je quitte la maison de temps en temps après le départ de Jacob. Declan est allé à l'université mais a passé tous ses étés à la ferme, veillant à me protéger des poings de notre père quand c'était possible.

C'est lui qui a l'air le plus mal à l'aise, mais c'est également celui qui a le plus de volonté.

— Quelle est la chose la plus importante qui soit à propos des flèches ? lance Dec avec une voix étouffée, et je ferme les yeux.

Maman. Que penserait-elle de nous, maintenant ? Comprendrait-elle pourquoi nous avons tous quitté ce lieu ? A-t-elle vu l'enfer qu'il nous a fait vivre et ce que nous sommes devenus à cause de ses choix ?

— Retirer la moitié des plumes courbera la trajectoire de la flèche, qui sera modifiée, et c'est pourquoi il est important de rester uni, répond Jacob.

— Maman serait déçue de nous, dit Declan. Pas de femmes, pas d'enfants, rien que notre boulot.

— On est là les uns pour les autres, dis-je. On l'a toujours été, c'est ce qu'elle aurait souhaité.

Declan regarde par la fenêtre.

— Elle aurait voulu qu'on ait plus...

— Oui, mais c'est difficile d'avoir plus quand on a eu une enfance comme la nôtre.

La voix de Jacob est calme et pleine de tristesse.

— On a fait un pacte. Pas de mariage, pas d'enfants, et interdiction de lever la main sur quelqu'un sous le coup de la colère. Elle aurait compris. Elle aurait apprécié qu'on se soutienne les uns les autres et qu'on ne finisse pas comme lui.

Peut-être que oui, Dieu seul sait à quel point nous l'espérions. J'aime à croire que si elle nous voit de là-haut, elle a assisté à tout ça et peut comprendre que ses fils ont fait ce choix pour une raison précise. Je l'ai connue moins longtemps que les autres, mais je pense qu'elle aurait respecté notre désir de nous protéger mutuellement.

Si un tel homme nous a donné la vie, cette violence est sûrement également présente en nous.

Declan regarde Sean, celui qui était de loin le plus proche de notre mère. Il ne s'est jamais pardonné pour la nuit où elle est morte.

— Avance, mon frère. Il est temps d'aller de l'avant.

Sean frappe le volant d'une main avant de redémarrer la voiture et d'accélérer petit à petit sur ce chemin qui mène tout droit en enfer.

Aucun d'entre nous ne parle. Je sais que je suis incapable de me concentrer assez longtemps sur une seule pensée pour prendre la parole. Des souvenirs émergent de partout.

La palissade qui borde l'allée où mes frères et moi nous asseyions pour regarder les vaches, en rêvant de nous enfuir. Je repère l'arbre, à gauche de la propriété, où nous avons fabriqué une échelle avec des bouts de bois pour pouvoir grimper dans les branches et faire semblant d'être cachés et en sécurité.

Là-haut, papa n'a jamais pu nous atteindre.

Il était toujours trop soûl pour monter plus de deux échelons.

Sur la droite se trouve le terrain de tir à l'arc où mes frères et moi avons passé des heures à imaginer que nous étions Robin des Bois ou d'autres grands hommes qui agissaient pour le Bien.

Je peux encore nous entendre, tous les quatre, nous disputer pour savoir qui tire le mieux, tout en sachant que c'était Sean. Ce bâtard avait toujours le corps le mieux sculpté et la meilleure visée.

Puis, ce qui a été ma maison apparaît.

— C'est comme une putain de faille spatio-temporelle, commente Dec. Rien n'a changé.

Il a raison. La maison est exactement comme je l'ai laissée en partant. Elle a un étage, un grand porche couvert avec une balancelle. La peinture blanche est délavée et écaillée, les volets noirs manquent à l'une des fenêtres et pendent à une autre. Bien que la structure n'ait pas changé, ce n'est pas de la maison dont nous nous souvenons tous les quatre.

Je m'éclaircis la gorge.

— Sauf que maintenant, ça ne ressemble plus à rien.

— Je ne pense pas que le vieux s'en soit occupé après notre départ, dit l'un de mes frères dans mon dos.

Il n'y a aucun moyen de vendre cette maison à sa vraie valeur. Même si la demeure n'a jamais valu grand-chose, c'est tout le contraire du terrain. Plus de cent vingt hectares des meilleurs pâturages à bétail de Pennsylvanie. Un ruisseau sinueux les traverse, l'herbe est très bonne pour les vaches, c'est un endroit pittoresque.

— Comment aurait-il pu ? grince Declan. Ses chevaux de trait ne pouvaient pas s'occuper de tout ça lorsqu'il était rond comme une queue de pelle.

J'acquiesce, ressentant une nouvelle forme de colère envers lui. Au moins, il aurait pu se soucier de la ferme.

— Et les animaux ? demande Sean.

— On doit faire un inventaire complet pour voir dans quoi nous nous embarquons, dis-je.

Mes frères sont d'accord avec moi, alors nous nous répartissons les tâches. Il est temps de découvrir ce qu'il a détruit d'autre.

~

La ferme est en ruine, me répétais-je en boucle. C'est un cauchemar. Il n'avait absolument rien entretenu, à part les équipements de la laiterie, qu'il devait maintenir en état de marche s'il désirait gagner assez d'argent pour s'acheter de l'alcool.

Quand même, le fait qu'il ait laissé le terrain partir à vau-l'eau est incroyable. Ce qui aurait pu être un héritage de plus de dix millions de dollars ne vaut plus, au mieux, que la moitié. Il va falloir fournir beaucoup de travail pour se rapprocher du prix auquel on voudrait le vendre.

J'avance dans le champ à gauche du ruisseau, là où je venais me cacher. La première fois que mon père s'est mis en colère après avoir bu, j'avais dix ans, et Declan a pris les coups, nous protégeant tous les trois en nous disant de fuir et de nous cacher.

Je n'ai pas vraiment compris ce qui s'était passé, juste que mon frère que j'aimais me criait de me sauver.

Ce que j'ai fait.

Je suis parti en courant. Je courrais si vite que je n'étais pas sûr de réussir à m'arrêter un jour. J'ai galopé ainsi jusqu'à ce que mes poumons commencent à manquer d'air. Je ne me suis pas arrêté avant d'arriver à un endroit où je savais que personne ne pourrait jamais me retrouver, parce qu'il y avait dans les yeux de Declan quelque chose que je n'avais jamais vu : la peur.

Et je suis là, au bord du ruisseau, à regarder la plate-forme que j'ai construite dans l'arbre, où j'ai passé tant de jours et de nuits à me cacher de l'enfer qu'était mon foyer.

Quel bordel, putain !

C'est vraiment le dernier endroit où j'ai envie d'être, mais il n'y a plus rien dont j'ai besoin de me cacher. Je ne suis plus ce petit garçon effrayé et il n'y a plus de monstres cachés dans la maison. Pourtant, je ne peux m'empêcher de sentir l'énorme nœud dans mon estomac.

La quiétude est presque assourdissante, au moment où je me tiens là, à écouter l'eau qui me berçait autrefois. Les terres agricoles sont magnifiques. Impossible de ne pas admirer les couleurs vertes luxuriantes et la teinte rose foncé du soleil couchant dans le ciel, qui illumine les nuages et les fait ressembler à de la barbe à papa.

Je ferme les yeux, levant mon visage vers le ciel, écoutant le son de ma respiration.

Puis, un bruit sourd au-dessus de ma tête réveille mes sens.

Je regarde autour de moi, essayant d'en découvrir l'origine.

Un reniflement, ensuite.

— Il y a quelqu'un ? demandé-je en me tournant vers l'arbre et la plate-forme située entre les branches.

J'entends du raffut, le bruit de pas sur des lattes de bois. Il y a quelqu'un là-haut. Ça doit être un enfant car un adulte ne se cacherait pas dans un tel endroit. Cependant, qui que ce soit, la personne ne répond pas.

— Il y a quelqu'un ? Je sais que tu es là-haut, dis-je d'une voix un peu plus douce, car j'essaie d'être le moins effrayant possible. Tu n'as rien à craindre.

Encore un peu de mouvement, puis un cri résultant d'une douleur évidente.

Je n'attends pas et grimpe dans l'arbre, utilisant les échelons de bois que mes frères m'ont aidé à construire pour que je puisse toujours venir me réfugier ici.

— J'arrive. N'aie pas peur, l'avertis-je, car je ne veux pas que la personne qui se trouve là-haut chute.

J'arrive enfin sur la plate-forme et découvre une petite fille blottie dans un coin. Elle a de grands yeux effrayés. Elle n'a pas l'air bien plus âgée que moi la première fois que j'ai grimpé ici, mais je ne fréquente pas beaucoup d'enfants, alors je n'ai aucune idée de l'âge qu'elle peut réellement avoir. En revanche, je connais tout à fait l'appréhension et les larmes qui coulent sur son visage. J'avais l'habitude d'arborer une expression similaire à cet endroit.

— Je ne te ferai pas de mal, est-ce que ça va ? Je t'ai entendue crier.

Elle acquiesce rapidement.

— D'accord, tu es blessée ?

Une larme roule sur sa joue et elle opine à nouveau du chef, enserrant son bras.

— C'est ton bras ? demandé-je en sachant déjà de quoi il s'agit.

Comme elle ne dit toujours rien, j'essaie de me rappeler ce que ça fait d'être blessé et seul, planqué dans un arbre.

— Je m'appelle Connor, je vivais ici. C'était mon lieu préféré de toute la ferme. Comment tu t'appelles ?

Sa lèvre tremble, elle semble se demander si elle peut me répondre. Finalement, elle me regarde avec des yeux aussi perçants que ceux d'un faucon et serre les lèvres, me laissant entendre qu'elle n'a pas l'intention de me parler.

Je grimpe un échelon de plus et m'appuie sur la plate-forme.

— C'est bon, tu n'as pas besoin de me le dire.

Je resterai ici aussi longtemps qu'il le faudra pour l'aider à descendre.

Elle se redresse, ses cheveux bruns tombant autour de son visage, et renifle avant de les remettre en arrière.

— Tu es un inconnu, m'informe la petite fille.

— En effet. Tu as raison de ne pas parler aux inconnus. Ça t'aiderait si je te disais que j'étais aussi une sorte d'officier de police dans la Marine ?

Elle plisse les yeux pour me jauger.

— Les officiers de police ont des uniformes.

Je souris, elle est maline.

— C'est vrai. J'en portais un, mais je ne travaille pas actuellement, puisque je suis ici à la ferme. Est-ce que tu peux me dire comment tu t'es fait mal au bras ?

— Je suis tombée.

— Comment as-tu réussi à grimper jusqu'ici ?

Elle change légèrement de position.

— Je ne voulais pas qu'on me retrouve.

Je sens mes entrailles se serrer, comme un million de réponses à la question que je me pose : pourquoi cette petite fille se cache-t-elle ici avec son bras blessé au lieu de courir chez elle pour chercher de l'aide ? Je dois me contrôler et me rappeler que tout le monde n'a pas une enfance de merde. Il peut y avoir de nombreuses raisons.

— Pourquoi ça ?

Elle se mord la lèvre inférieure.

— Papa a dit que je ne devais pas quitter la maison, je ne voulais pas qu'il se mette en colère.

Elle s'essuie ensuite le nez avec son bras et une autre larme lui échappe.

— Je suis venue ici en attendant que maman rentre à la maison.

Je lui fais un signe de tête complice.

— Eh ben, je suis sûr que ton papa est inquiet pour toi. Je devrais te ramener chez toi pour que quelqu'un puisse examiner ton bras.

— Il va être tellement en colère, dit-elle avec sa lèvre tremblante.

La pauvre est terrifiée. Par son père ou parce qu'elle a enfreint les règles, je ne suis pas sûr. Je ne connais pas son identité ni celle de son père, mais elle ne peut pas rester ici, blessée et effrayée. Elle va finir par tomber.

— Et si je ne lui disais pas où je t'ai trouvée tant qu'il ne me le demande pas ?

Elle me jette un regard curieux.

— Tu veux dire lui mentir ?

— Non, je crois juste que les amis peuvent garder certains secrets, et nous sommes amis maintenant, non ?

— J'imagine que oui.

— Alors, mon amie, tu sais que je m'appelle Connor, mais je ne connais toujours pas ton nom.

Elle pince les lèvres.

— Je m'appelle Hadley.

— C'est un plaisir de te rencontrer, Hadley. Je peux t'aider à descendre puisque tu es blessée ?

Hadley acquiesce brièvement.

Je lui montre comment s'approcher de moi, puis elle passe son bras autour de mon cou, s'y accrochant fermement pendant que je nous fais descendre tous les deux, sans trop la secouer. Quand nous arrivons au sol, je la remets sur pieds et m'accroupis.

Nous nous regardons, les yeux dans les yeux, et je perçois quelque chose dans la manière dont elle me fixe, comme si j'étais son sauveur, et ça me brise le cœur.

— Comment va ton bras ?

— Il fait mal.

Elle s'exprime d'une petite voix et retient un léger tremblement de douleur. Puis elle place son bras devant elle et le garde là, tout contre elle.

— Je peux regarder ?

Hadley est toute petite. Même si je n'ai aucun élément de comparaison pour deviner son âge, je ne sais pas si c'est une taille normale pour une enfant ou si je suis simplement idiot.

— D'accord.

J'y jette un coup d'œil ; il y a quelques bleus et c'est enflé, mais aucune preuve flagrante ne montre qu'il est cassé.

— Bon, ça n'a pas l'air trop grave, mais je pense qu'on devrait te ramener chez toi pour s'assurer que ce n'est pas cassé. Où est-ce que tu habites ?

Elle désigne la ferme des Walcott, de l'autre côté du ruisseau.

— Walcott, c'est ton nom de famille ?

— Oui.

Je souris. Ça fait du bien de savoir qu'ils n'ont pas vendu leur ferme. Les Walcott étaient des gens bien. Ma mère et madame Walcott étaient des amies proches. Quand maman est décédée, Jeanie nous apportait à manger et s'assurait que nous avions toujours un peu de tarte de temps en temps. Je l'aimais beaucoup et j'étais triste quand elle est morte. Tim l'a suivie environ un mois après, mon père disait que c'était parce qu'il avait le cœur brisé. J'aurais aimé qu'il aime suffisamment ma mère pour la rejoindre, mais je n'ai pas eu cette chance.

Je ne savais pas si quelqu'un avait acheté la ferme ou si la propriété avait été léguée à quelqu'un. Ils n'ont jamais eu d'enfants, et pourtant il semble que les terres appartiennent encore à leur famille.

— Je vais te raccompagner et m'assurer que tu ne te fasses pas mal à nouveau. Est-ce que tu veux couper à travers champs ou est-ce que tu préfères que je t'y conduise ?

Je lis l'inquiétude sur son visage, mais il est hors de question que je laisse cette enfant partir seule alors qu'elle est blessée.

— On peut y aller à pied.

— Très bien.

Je me lève, lui tends la main et souris quand elle la prend, car je sais que j'ai un peu gagné sa confiance.

Nous nous dirigeons vers chez elle sans qu'aucun de nous ne dise grand-chose, mais je sens qu'elle commence à trembler. Je ne me souviens que trop bien ne pas vouloir rentrer à la maison parce que mes parents allaient être furieux contre moi. On m'a trop de fois donné des fessées avec une grande cuillère en bois parce que ma mère m'avait dit de rentrer avant la nuit et que je m'étais égaré, perdu dans les vastes champs qui se ressemblaient tous, et qu'un de mes frères avait dû venir me chercher.

— Depuis combien de temps est-ce que tu vis ici ? demandé-je pour détourner son attention de la punition imminente.

— J'ai grandi ici.

— D'accord. Tu as quel âge ?

— Sept ans.

Elle a dû emménager juste après mon départ.

— Tu vis ici avec tes parents ?

— Mon papa s'occupe de la ferme avec ma maman. Elle est aussi enseignante.

— On dirait que ce sont des gens bien.

Hadley détourne le regard, et ce sentiment me titille à nouveau. Toute ma vie, j'ai fait confiance à mon instinct. Dans l'armée, on tue ou on est tué. Je devais compter sur moi-même pour déterminer si telle ou telle chose était une menace potentielle. Quelque chose dans son comportement active toutes mes sonnettes d'alarme.

— Mes parents ne sont probablement pas à la maison, donc tu ne les rencontreras pas.

Je hoche la tête comme si je ne comprenais pas ce qu'elle essayait de faire. J'ai grandi en trouvant des excuses chaque fois que mes amis voulaient venir chez moi ou que mes professeurs souhaitaient appeler mes parents. Mon père dormait, il n'était pas à la maison, il était sur le tracteur, ou il était tout simplement parti en voyage. Tout pour dissuader quelqu'un de découvrir quoi que ce soit, d'avoir une bonne raison de se poser des questions.

Il n'y avait que moi qui me cachais, je devais dissimuler ma vie entière.

— Hmm, s'ils ne sont pas là, au moins je saurai que tu es bien rentrée.

— Tu crois que je pourrais revenir grimper dans ton arbre ? Il y a une échelle, moi je n'en ai pas sur les miens.

Je lui offre un sourire.

— Quand tu veux, petite. Mon arbre est tien. Et si tu passes dans les jours à venir, je pourrai te montrer deux autres cachettes que mes frères et moi avons construites.

— Vraiment ? Trop cool ! s'enthousiasme Hadley.

— Oui, vraiment.

Nous approchons de l'allée, il y a quelqu'un près d'une voiture. Ses cheveux châtain foncé cascadent dans son dos et elle récupère un sac en papier de son coffre. Quand elle se retourne, nos regards se croisent et mon cœur s'arrête.

Elle ouvre la bouche au moment où ses courses s'écrasent par terre et que je fais soudain face à la femme qui hante mes rêves.

Mon ange est revenu, mais pas pour moi.

---

1. En référence à leur nom de famille, Arrowood ; Arrow signifie « flèche » en anglais.

chapitre trois

. . .

ellie

C'EST IMPOSSIBLE.

Ça ne peut arriver.

Huit ans se sont écoulés depuis cette nuit-là. Huit ans à prétendre que ce n'était qu'un rêve parce que ça devait n'être rien d'autre.

Je ne l'ai jamais revu. Peu importe toutes ces journées et ces nuits que j'ai passées à scruter les endroits bondés ou dévisager chaque conducteur — ce n'était jamais lui.

J'en étais en partie reconnaissante, car cette nuit-là avait été l'une des plus émouvantes et incroyables de ma vie. Je n'aurais jamais dû me donner à lui, mais je n'étais pas certaine de la direction que prenait ma vie ni si c'était une bonne chose d'épouser Kevin. Je savais seulement que j'avais besoin d'être aimée et chérie, même si ce n'était que le temps d'une nuit. Je désirais que l'on me prenne dans ses bras comme cet homme l'avait fait lorsque nous dansions.

Une autre partie de moi a agonisé, après cette nuit, parce que je me mariais le lendemain et, que Dieu me pardonne, j'avais prié pour ne plus jamais le revoir et trouver un moyen de me pardonner mes écarts.

J'aurais dû savoir que je ne pourrais jamais expier mes péchés et sa présence ici en est la preuve.

— Maman !

Hadley se précipite vers moi, le regard terrorisé devant les provisions au sol.

Merde. Je les ai laissés tomber.

Je déteste qu'elle s'inquiète autant.

— C'est bon, ma chérie. Je vais les ramasser.

Hadley se tourne vers l'homme lorsqu'elle me voit me tourner vers lui.

— Connor, voilà ma maman.

Connor. Je lui ai donné tant de noms, mais Connor lui convient parfaitement. C'est un prénom puissant, comme l'homme qu'il est.

Le temps n'a en rien changé l'attrait de son physique. Ses yeux sont d'un vert émeraude profond qui me donne l'impression de dériver. Ses cheveux sont plus longs sur le dessus de sa tête, plaqués sur les côtés, ce qui lui donne un air juvénile, mais ça ne fait qu'ajouter à son charme. Et puis, il y a son corps. Bon sang, son corps tout entier est un péché. Sa chemise lui moule les bras, et on ne peut occulter les muscles qu'elle dissimule.

Sa poitrine est plus large que dans mes souvenirs.

Et je me souviens de tout.

Ses caresses, son odeur, le son de sa voix alors qu'il me faisait l'amour comme jamais personne auparavant.

J'avais besoin de lui et du souvenir de cette nuit plus qu'il ne le saurait jamais. Je l'avais répété tant de fois dans ma tête, m'accrochant à ces sentiments après lesquels je courais désespérément, car j'aimais la façon dont mon univers prenait vie et dont les couleurs devenaient plus vives quand j'étais avec lui. Il était pour moi comme une comète qui avait embrasé le ciel et dont la traînée ne s'était jamais effacée.

Mais pourquoi se trouve-t-il là aujourd'hui ? Il menace *tout*, y compris la vie de la petite fille à côté de laquelle il se tient.

Je les observe tous les deux en m'accroupissant pour tenter de ramasser les affaires que j'ai fait tomber.

— Et comment est-ce que vous vous êtes rencontrés, tous les deux ?

Connor se dirige également vers moi, se penche pour m'aider à récupérer les objets hors de ma portée.

— J'ai découvert Hadley dans un arbre, et je crois qu'elle est blessée au bras. Je voulais m'assurer qu'elle rentrait bien chez elle.

Mon attention se porte immédiatement sur elle. Je ne sais pas comment elle s'est blessée ou si quelqu'un lui a infligé ça.

— Est-ce que ça va ? Qu'est-ce qu'il s'est passé ?

Elle le regarde, puis se tourne à nouveau vers moi.

— Je suis tombée.

Je ferme les yeux, espérant que ce soit la vérité. Kevin me fait peut-être du mal, mais il n'a jamais levé la main sur Hadley.

— Fais-moi voir.

Elle remonte sa manche et je touche l'ecchymose qui marque sa peau, dont l'air enflé me révulse.

— J'ai besoin de l'emmener chez le médecin.

Connor prend le sac de courses et me le tend.

— Je peux vous aider ?

Je secoue rapidement la tête.

— Non, non. Je gère. Mon mari travaille à la ferme. Je vais ranger ça à l'intérieur et ensuite je l'emmènerai. Merci.

Il ne faut surtout pas que Kevin le voie. Ça risquerait de le pousser à me poser un million de questions sur son identité, d'où je le connais, pourquoi Hadley n'était pas dans la maison comme elle était censée y être et ce qui est arrivé à son bras. Mes émotions sont bien trop instables pour gérer tout ça en ce moment.

— Sûre ?

— Très.

Connor esquisse un sourire triste et pose une main sur le sommet du crâne d'Hadley.

— Fais attention à toi, d'accord ?

Hadley lui sourit.

— Toi aussi.

Il éclate de rire.

— Ce n'est pas moi qui suis blessé.

— Tu dois quand même faire attention parce que tu es un soldat.

C'est pour ça que je ne l'ai jamais revu. Il était parti loin d'ici, mais il est clairement de retour. Sauf que je ne sais pas ce que ça signifie ou si ça signifie quelque chose tout court. Je ne sais même pas pourquoi je me soucie de ce que ça pourrait impliquer. Ma vie est ici, avec Kevin et Hadley.

Nous ne pourrions pas nous en aller, même si nous le souhaitions. Kevin s'en est assuré en s'installant ici avec moi, loin de la moindre de mes connaissances.

Pourtant, mes lèvres s'entrouvrent et je me surprends à demander :

— Tu es dans l'armée ?

— Oui, pour quelques semaines encore, du moins. Ensuite, ce sera terminé.

Je hoche la tête, contente qu'il doive repartir.

— Hmm, merci d'avoir ramené Hadley à la maison.

Il fait un pas de plus, ce qui fait grimper mon pouls en flèche. Je me retiens de toutes mes forces de ne pas faire le moindre geste.

— Il n'y a pas de quoi…

Je me débats contre moi-même pour lui dire mon prénom. Je n'ai pas envie de lui mentir, mais lui révéler ça, c'est comme abandonner tous les faux-semblants. Enfin, je lui dois bien ça. Je le lui dois totalement, alors je cède et lui dis la vérité.

— Ellie.

Connor fait un pas de plus vers moi, sa voix profonde me caresse presque quand il prononce mon prénom bien plus joliment que quiconque auparavant.

— Ellie. De rien, c'est sympa de te revoir.

Je lui adresse un sourire timide.

— De même, Connor.

Prononcer son nom, c'est comme une pièce de puzzle qui s'emboîte à la perfection.

Hadley prend ma main ouverte et nous grimpons les marches qui mènent à la maison en ruine que nous appelons notre foyer, le laissant là à nous observer ; je me demande s'il perçoit ce que j'ai ignoré durant ces sept dernières années : qu'Hadley a les mêmes yeux que lui.

~

— Ce n'est pas cassé, mais c'est une entorse, annonce le docteur Langford en lui examinant le bras. La deuxième en deux mois.

— Oui, elle est… elle est si pleine de vie, elle adore courir et grimper partout. Je n'arrive pas à la canaliser.

Le docteur Langford acquiesce.

— J'en avais un comme ça. Toujours couvert d'ecchymoses et d'éraflures. C'est aussi ça, de vivre dans une ferme. Ça explique pourquoi vous avez eu quelques malheureux accidents vous aussi, non ?

Je hoche la tête.

Je déteste les mensonges. Je déteste tout de cette situation, mais j'ai tellement peur.

Je le sais, mais je dois partir car, même s'il est vrai qu'Hadley est turbulente et qu'elle grimpe toujours partout, je ne suis pas toujours à la maison et ne fais pas confiance à Kevin. Elle jure être tombée, et je ne l'ai jamais vu lever la main sur elle, mais puis-je vraiment faire confiance à un homme qui est prêt à déchaîner sa colère sur sa femme pour ne pas le faire sur un enfant ?

Je partirais sur-le-champ si j'avais un endroit où aller, ce qui n'est pas le cas. Mes parents sont morts la semaine précédant mon mariage avec Kevin, je n'ai pas d'argent, pas d'aides, pas de famille qui pourrait nous accueillir. Quand je le quitterai, tout devra être planifié. C'est pourquoi il était nécessaire que je prenne ce poste d'enseignante.

— Il faut que tu sois plus prudente et que tu arrêtes de grimper aux arbres le temps que ton bras guérisse.

Hadley sourit.

— D'accord. Je me suis fait un nouvel ami.

— Ah oui ?

— Il s'appelle Connor. Il possède la ferme à côté de chez nous.

Les yeux du docteur s'agrandissent.

— Connor Arrowood ?

Elle hausse les épaules.

— Il a dit qu'il était dans la Marine et dans la Police. Il m'a portée avec un seul bras.

— Je connais les frères Arrowood depuis longtemps, ce sont de bons gars, ils ont vécu des moments difficiles après la mort de leur mère.

Évidemment que c'est un Arrowood. Je n'ai pas pensé une seule seconde qu'il puisse l'être, même s'il venait de la ferme d'à côté. Je vis ici depuis huit ans et la seule fois où l'on a mentionné les frères Arrowood, c'était pour me dire qu'aucun d'eux n'avait remis les pieds dans cette ville depuis presque dix ans.

— C'était il y a combien de temps ? demandé-je.

Le docteur Langford lève les yeux, l'air de réfléchir.

— Connor devait avoir huit ans environ. C'était l'horreur, le cancer lui est tombé dessus et l'a rapidement emportée. Les frères ont dû revenir ici parce que leur père est décédé.

— Oui, je suis mal à l'aise d'avoir manqué l'enterrement.

Il acquiesce.

— Je n'y ai pas assisté non plus, mais en même temps, je ne l'appréciais pas beaucoup. Quand sa femme est morte, il a changé. Bref, c'est logique que les garçons viennent l'enterrer et vendre la ferme.

— La vendre ?

Il hausse les épaules et commence à mettre le bras d'Hadley en écharpe.

— Ils ne resteront évidemment pas longtemps dans les parages, malgré la mort de leur père.

Il me lance un regard, l'air de dire que la « période difficile » qu'ils ont vécue après la perte de leur mère n'était pas simplement due au chagrin, puis il reprend :

— Quand même, tu t'es fait un chouette ami, Hadley. J'ai toujours aimé Connor.

Elle sourit, manifestement d'accord avec l'appréciation du médecin, et une partie de ma peur se dissipe. S'il ne reste pas dans le coin, alors je n'ai pas à m'inquiéter. Il vendra les terres, retournera là où il vit et je pourrai éviter de... devoir perturber mon plan d'évasion.

Cela dit, maintenant que je connais son nom, je pourrai mettre les choses au clair avec lui quand je serai loin d'ici. Comme savoir avec certitude si Hadley est bien de lui.

— Très bien, ma puce. C'est tout bon. N'oublie pas ce que je t'ai dit au sujet de l'escalade et sur le fait de rester tranquille jusqu'à ce que tu sois guérie. Ne chahute pas trop.

— Promis, fait Hadley, même si elle sait que c'est un mensonge.

Cette enfant ne connaît pas la prudence.

— Bien, maintenant, est-ce que tu pourrais nous laisser discuter quelques minutes, ta mère et moi ? Je pense que madame Mueller a des sucettes.

Il n'avait pas besoin de dire autre chose pour qu'elle quitte la pièce.

— Comment est-ce que vous vous sentez ? me demande-t-il avec paternalisme.

— Je vais bien.

— Ellie, je ne veux pas être indiscret, mais vous avez un vilain bleu sur le bras.

Je tire sur ma manche, je déteste qu'elle soit suffisamment remontée pour qu'il aperçoive voir les marques.

— Je me suis cognée contre le mur quand j'ai sorti toutes les fournitures scolaires pour la classe. J'ai la peau sensible.

Et j'étais devenue très douée à éviter les examens médicaux. La dernière fois que Kevin m'a saisi par le poignet, au point de le luxer, je m'en suis occupé moi-même en mettant une attelle. Ensuite, quand il m'a fait tomber et que j'ai eu une entorse à la cheville, j'ai porté une attelle pendant un mois en essayant d'ignorer la douleur. Il était hors de question que j'aille aux urgences, alors j'ai dû trouver des moyens de cacher mes blessures.

Cependant, si je lui racontais ma version, il ne croirait jamais que la chute d'Hadley — et je ne suis même pas sûre qu'il s'agisse bien d'une chute — était accidentelle, et ce serait la dernière fois que je la verrais. Impossible pour moi de laisser quelqu'un me l'enlever. Je ferai en sorte de mieux la protéger. Je ferai ce qu'il faut pour m'assurer de nous enfuir toutes les deux d'ici deux mois. J'ai besoin de temps et de faire des économies.

Le médecin m'étudie, je vois bien qu'il n'est pas dupe.

— Aucun jugement de ma part, je veux juste vous aider.

Et comment ? Kevin est propriétaire de la ferme, de la voiture, de notre compte en banque, et moi, je n'ai rien. Kevin est dominateur et, quand les choses ne vont pas dans son sens, il perd les pédales. Quand nous partirons, nous devrons aller si loin qu'il sera incapable de nous retrouver, même en cherchant comme un forcené. Et il le fera.

Il voudra récupérer sa fille, il ne me laissera jamais partir.

J'essaie d'adresser mon plus beau sourire au médecin.

— Tout va bien, docteur Langford. Je vous le promets.

Il soupire, comprenant que je ne dirai rien de plus. Il n'y a rien que quiconque puisse faire pour m'aider.

— D'accord, alors à bientôt. Prenez soin de vous et n'hésitez pas à m'appeler si vous avez besoin de quoi que ce soit.

— Je n'y manquerai pas, promis.

Il s'en va, puis Hadley revient en courant dans la pièce avec un pochon plein de sucettes, un grand sourire sur le visage. Elle se dirige droit sur moi, enroulant ses bras autour de ma taille, ce qui m'arrache une grimace.

— Désolée, maman ! J'ai oublié que tu avais un bleu.

J'ai toujours des bleus.

— Ce n'est rien, ma puce.

— Papa s'est encore fâché ?

Les yeux d'Hadley débordent d'inquiétude.

— Il ne devrait pas te faire mal comme ça.

Merde, je ne veux pas qu'elle imagine que c'est normal de vivre ainsi.

— C'était un accident... je mens. Mais ça va.

— Je n'aime pas beaucoup que tu aies encore un autre bleu, dit-elle en secouant la tête.

Moi non plus, c'est pour ça que je dois faire ça. Pour elle. Je vais l'emmener loin de chez lui et la protéger. J'ai épousé un homme qui finira par nous détruire, Hadley et moi, sauf si j'arrive à m'enfuir avant. Et c'est exactement ce que j'ai l'intention de faire.

chapitre quatre

...

connor

— ON VA DEVOIR TRAVAILLER d'arrache-pied pour remettre la ferme en état, si on veut la vendre, dis-je en saisissant la bière que Declan a posée sur la table.

— Sans déconner, rétorque celui-ci en secouant la tête. Au moins, les champs sont en bon état. C'est ça, notre vraie vache à lait.

— Quel bon jeu de mots ! sourit Sean en levant sa bière.

Quelle bande d'idiots !

Au moins, mes frères et moi sommes d'accord. Aucun de nous ne souhaite garder cet endroit et nous sommes tous prêts à quitter Dodge.

Je repense alors à cette femme qui vit à côté, celle dont j'ai rêvé pendant huit putains d'années, qui est maintenant mariée et a un enfant.

Je ne peux pas rester dans le coin. Je vais avoir envie de la revoir, savoir si tout ce que j'ai imaginé sur elle est vrai.

Jacob se penche sur sa chaise et pointe sa bouteille vers moi. Il a maintenant la tête rasée, à cause du nouveau rôle pour lequel il a été sélectionné.

— Tu es notre joker, Connor.

— Moi ?

En termes d'âge, Jacob est le plus proche de moi. Lui et moi nous ressemblons également le plus, parmi toute la fratrie. Les gens nous ont souvent pris pour des jumeaux. Nous mesurons tous les deux un mètre quatre-vingts, avons les cheveux brun foncé et les yeux verts. Nous sommes aussi les deux plus gros connards du groupe.

— Oui, tu n'as rien ni personne à retrouver, sans vouloir te vexer, petit frère.

Vraiment, je déteste qu'ils me perçoivent encore comme le petit frère crédule qui a besoin de ces trois salauds pour le protéger. Ils ne voient pas que je suis un putain de Navy SEAL ni que j'ai fait la guerre, qu'on m'a tiré dessus, que j'ai tué des gens et que je pourrais tous les détruire si je le désirais.

— J'en ai plein, au contraire.

Sean hausse les épaules.

— Tu sors de la Marine, tu n'as nulle part où vivre et pas de travail. Je veux dire, peut-être que tu devrais reprendre la ferme jusqu'à ce que tu sois à nouveau sur pieds.

— Ce n'est pas une si mauvaise idée, fait Declan, ce traître.

— Bien sûr que si, bordel !

Ça réduirait complètement en cendre mon plan qui consiste à quitter cette satanée ville. Trop de souvenirs que j'ai eu tant de mal à oublier ont ressurgi depuis mon retour.

— Tout ce qu'on dit, c'est que ça pourrait te donner quelque chose à faire pour un moment. On sait tous que tu es le plus bricoleur du groupe, tente de m'expliquer Jacob. On est tous d'accord pour dire qu'il y a une tonne de travail à abattre, c'est logique. Mais… et ta jambe ?

Je souffle et bois ma bière cul sec avant de répondre. Je suis très en colère et terriblement dégoûté à l'idée qu'ils puissent me suggérer de rester vivre ici. Chaque fois qu'un de mes frères est parti faire sa vie, le comportement de notre père empirait. Il buvait plus, me cognait plus fort, et je détestais chaque fois un peu plus cette ville.

Je n'ai vécu presque aucun bon moment. Le seul souvenir auquel je me raccroche, c'est la nuit que j'ai passée avec mon ange.

Mais, comme tous les anges, elle n'a pas plus sa place ici que moi. Elle mérite bien plus, et non pas d'une relation avec un ancien SEAL brisé qui rêvait depuis tout ce temps d'une femme mariée. Elle m'a dit qu'elle voulait quitter la région, alors nous ne nous sommes pas révélé nos noms.

Elle n'est cependant pas allée loin, en réalité. En fait, elle s'est mariée et a eu un enfant moins d'un an après notre nuit d'amour. Il est évident que je me suis accroché à ce souvenir bien plus fort qu'elle.

— Sa jambe va bien, il est guéri, il n'est juste pas suffisamment apte pour rester en service, ajoute Declan.

Pas apte pour le service et certainement pas pour vivre ici non plus.

— Eh, tu m'écoutes ? lance Sean en me donnant un petit coup.

— Non, bande d'idiots.

Il pousse un profond soupir, détourne le regard.

— Jacob a raison, il y a beaucoup de travail à fournir pour remettre la ferme en état, et tu as besoin de te construire une vie. Nous, on a déjà tous un emploi du temps chargé.

— Oh, donc je suis juste celui qui n'a rien d'autre à faire ?

— C'est l'idée, répond Declan.

Maintenant je me souviens pourquoi je déteste passer du temps avec eux.

— Je ne reste pas ici.

Declan pose sa bière et se tourne vers moi.

— Pourquoi ? Il est mort. Il ne peut plus te faire de mal.

Non, mais quelque chose d'autre pourrait : la possibilité de vivre plus de choses avec elle…

— Et toi, pourquoi est-ce que tu ne veux pas rester ici ? défié-je. On sait tous les deux pourquoi, et ça n'a rien à voir avec notre paternel.

Il s'agit d'une belle blonde qui est venue sur la tombe de notre père et qui est partie avant même qu'il ait pu lui parler.

— Va te faire foutre, Connor.

— Je te retourne le compliment, Dec. Tu veux que je reste là, à tout gérer, alors que tu refuses d'en faire de même ?

— Une fois qu'on aura vendu la ferme, aucun d'entre nous n'aura à revenir ici, intervient Sean pour essayer d'arranger la situation. C'est logique, Connor. Si tu restes, tu peux travailler à retaper la ferme, tu n'as rien d'autre de prévu, tandis que Jacob doit retourner à Hollywood, que Declan doit retourner à New York et que je suis en plein entraînement de printemps, ce qui m'oblige à retourner à Tampa pour retrouver l'équipe.

Si je n'étais pas si en colère devant la logique de ses paroles, je continuerais à argumenter. Mais ils ont raison. Je ne retournerai pas en courant auprès de qui ou de quoi que ce soit une fois que j'aurai signé les documents de démobilisation.

— Vendons-la et obtenons-en ce qu'on peut, suggéré-je.

Sean secoue la tête.

— Non. C'est tout ce qu'on a, il est hors de question qu'on s'en débarrasse tous les quatre juste pour le plaisir de s'en débarrasser. Pas quand l'un d'entre nous a du temps devant lui et est plus que capable de la retaper suffisamment pour qu'on puisse la vendre à deux fois son prix actuel. On ne parle pas de petite monnaie, là, Connor. On parle de millions de dollars.

Je gémis et me frotte la nuque.

— Je ne suis pas d'accord avec ça.

Declan hausse les épaules comme s'il ne s'en souciait absolument pas.

— Ça ne m'inquiète pas. Il comprendra vite qu'on a raison.

— Ou que vous êtes juste une bande d'abrutis.

— On le sait déjà, ça, sourit Sean.

La voix de Declan se fait autoritaire, ce qui me donne envie de le frapper à la gorge, quand il reprend :

— On doit voir l'avocat demain. Après ça, on décidera de ce qu'on va faire. Pour l'instant, laissons Connor mariner et buvons.

Je leur fais un doigt d'honneur car je déteste que mes frères croient si bien me connaître. Pourtant, c'est eux, les dindons de la farce, parce que mon esprit n'est pas complètement ancré sur la ferme ; en réalité, une petite partie se dirige déjà vers Ellie et sa petite fille, à côté.

〜

— Comment ça, il y a une condition particulière ?

Declan gronde encore plus fort tandis qu'il fixe l'avocat.

Le petit homme rondouillard tamponne son crâne chauve avec un mouchoir. J'aime quand mes frères et moi faisons transpirer les gens.

— C'est très clair. Grosso modo, le testament stipule que pour que ses enfants, Declan, Sean, Jacob et Connor héritent de la ferme Arrowood, chacun d'eux doit y vivre pendant six mois. Une fois cette période passée, que ce soit tous en même temps ou chacun leur tour, alors vous deviendrez propriétaires de plein droit et aurez le pouvoir de vendre les terres.

Sean rit jaune.

— Ce connard nous contrôle encore depuis sa tombe !

— Ce sont des conneries. Il doit y avoir une faille quelque part, fait Declan en se levant, sa colère palpable.

L'avocat secoue la tête.

— Je crains que non. Il a été très... précis. Si vous n'êtes pas d'accord, la ferme sera vendue et les bénéfices seront reversés à la fondation contre les violences faites aux enfants.

— Vous vous foutez de moi ! dis-je avant de pouvoir m'en empêcher. L'homme qui a régulièrement battu ses quatre enfants veut faire don de dix millions de dollars afin de lutter contre ce qu'il a infligé à ses propres gosses ?

Jacob pose sa main sur mon bras.

— Il ne gagnera pas.

— Il gagne quoi qu'il arrive ! hurlé-je. Si on va vivre dans cette ferme paumée, alors on est à sa merci. Si on s'en va tous les quatre, alors tout l'argent qui nous est dû, et ne me dites pas qu'il ne nous doit rien après l'enfer qu'il nous a fait vivre, reviendra à une œuvre de charité !

Je n'arrive pas à penser clairement. La colère et le dégoût me traversent à chaque battement de cœur. De toutes les choses auxquelles je m'attendais en entrant dans ce bureau, me retrouver confronté à un ultimatum aussi pervers n'en faisait pas partie. Je ne pensais pas que je serais forcé de vivre pendant six mois dans l'endroit où je ne voulais plus jamais remettre les pieds.

— Il pensait qu'on ne le ferait pas, lance l'un de mes frères.

— Je ne le ferai pas. Pas maintenant. Pas comme ça. Je refuse de faire un truc pareil. Merde, donnez cet argent à cette fondation, ces enfants pourraient au moins bénéficier de la chance que nous n'avons pas eue.

Sean se lève et commence à faire les cent pas.

— Que se passe-t-il si l'un de nous refuse ?

L'avocat se racle la gorge.

— Vous perdez tout, tous les quatre.

Je lève vivement les mains, avec l'envie de frapper quelque chose, puis je me déteste rien que d'y avoir pensé. Je n'ai jamais cogné sous le coup de la colère. Je me suis déjà battu, bien sûr, mais en cas de légitime défense ou parce que je n'avais pas le choix. La promesse que nous nous sommes faite tous les quatre signifie tout pour moi ; je ne blesserai jamais une autre personne physiquement parce que j'aurais perdu le contrôle de moi-même.

— On a combien de temps pour se décider ? demande Declan, cet homme responsable qui a sans doute déjà un plan en tête.

— Trois jours, et quelqu'un devra emménager dans la maison d'ici trente jours, déclare-t-il sans ambages.

Declan se lève et nous le suivons.

— À dans trois jours alors, nous aurons pris notre décision.

chapitre cinq

...

ellie

— J'AI FAIM, grogne Kevin depuis le canapé. Prépare-moi quelque chose.

Je ferme les yeux, m'efforçant de ne pas lui répondre. Ça ne ferait qu'empirer les choses. Je dois attendre le bon moment, la jouer fine, qu'il reste calme aussi longtemps que possible.

— Bien sûr, il y a quelque chose en particulier qui te ferait plaisir ?

Il me regarde fixement, sa colère commençant déjà à enfler.

— À manger, Ellie. Je veux à manger.

Ma gorge s'assèche, je me lève, me forçant à sourire, ce qui, je l'espère, l'apaisera. Une fois dans la cuisine, je vois Hadley qui travaille sur ses devoirs sur la table.

— Eh, ma chérie.

— Eh, maman.

Je m'accroupis à côté d'elle, repoussant ses cheveux bruns en arrière, qui sont de la même couleur que les miens.

— Je veux que tu ailles jouer dehors ou que tu restes dans ta chambre, d'accord ?

Ses yeux verts m'évaluent, réfléchissant à ce qu'aucun enfant de sept ans ne devrait jamais avoir à penser.

— Papa est encore en colère ?

Je hoche la tête.

— Oui, donc je veux que tu restes hors de son champ de vision, d'accord ?

La déception se lit sur son visage et je la ressens jusque dans mon âme. Je la laisse tomber. J'abandonne ma fille dans tous les domaines. Si ma mère et mon père étaient encore en vie, ils pleureraient de voir ça. Je ne suis pas la fille qu'ils ont élevée, mais j'essaie.

— D'accord, maman. Je ne vais pas l'embêter.

Quand suis-je devenue cette femme ?

Quand ai-je décidé que c'était normal qu'un homme me traite ainsi ? Quand je l'ai épousé en espérant que mon amour pour lui serait assez fort pour le faire changer ? Parce que mes parents ont été tués la semaine qui a précédé notre mariage et que j'ai eu besoin de me sentir en sécurité ? Quand j'ai découvert que j'étais enceinte un mois après notre mariage ? Est-ce là ma punition pour lui avoir menti des années durant à propos d'Hadley, soupçonnant qu'elle n'est pas sa fille ?

La vague de culpabilité est si intense que j'ai peur de m'y noyer.

Avant que Connor ne réapparaisse, il y a une semaine, c'était une décision facile. J'étais mariée à Kevin. Je voulais qu'Hadley soit *notre* enfant parce qu'une partie de mon cœur l'aimait et croyait que c'était la façon dont Dieu me pardonnait pour tout ça. Je pensais que si nous avions un enfant ensemble, tout irait bien. Qu'il changerait grâce à cet être merveilleux qui grandissait en moi.

Et, pendant un temps, ça a été le cas. C'était comme si le gars avec qui j'avais commencé à sortir à la fac était de retour.

Il était plus gentil, plus attentif, et je ressentais tellement d'espoir grandir en moi que je n'arrivais plus à respirer.

Mais un léopard ne peut modifier les taches qui ornent sa fourrure. L'homme dont je n'ai eu que des aperçus au tout début de notre relation a cessé de se cacher il y a des années de ça, et je vais être assez forte pour m'en sortir.

Hadley range ses affaires et se dirige vers la porte arrière.

— Je peux aller voir si Connor est chez lui ?

Je ne peux pas en supporter davantage.

— Non, chérie. Connor est un adulte, il est probablement occupé.

— Il a dit que je pouvais aller à la cabane quand je voulais.

Je ne suis pas sûre de savoir de quelle cabane elle parle, mais elle semble très excitée.

— Hadley, tu t'es blessée il y a une semaine… tu ne peux pas courir partout comme ça.

— Ça ne me fait pas mal et je ne vais pas grimper dedans.

Je ne la crois pas mais, en même temps, je ne peux pas continuer à discuter avec elle ou Kevin va finir par se fâcher.

Merde.

— D'accord, où se trouve cette cabane ?

Elle sourit.

— Sur son terrain.

J'imagine que je l'ai bien cherché. Elle est trop intelligente, au point que ça risquerait de la perdre un jour.

Je dévisage ma petite fille intensément. Elle a des yeux de la même couleur que les siens. J'ai toujours pensé qu'elle avait le visage de Kevin et qu'elle devait tenir ses yeux d'un membre de ma famille ou de la sienne. Mais quand je l'ai vu, lui et ses yeux, c'était comme si l'univers me rappelait que je n'ai jamais vraiment su. Hadley pourrait être la fille de Connor.

Ma fille presse ses mains contre mes joues.

— J'aime bien Connor. Il était fort, il m'a portée. En plus, il n'a pas crié quand il m'a trouvée, je pensais qu'il le ferait.

Non, il n'a pas crié comme son père l'aurait fait.

— Hadley, comment est-ce que tu t'es fait mal au bras ? Raconte-moi tout, ma chérie. Tu n'auras pas d'ennuis tant que tu me diras la vérité.

Elle détourne le regard, pousse un profond soupir.

— Je suis tombée. Je n'étais pas censée venir près de la grange. J'avais dit à papa que je ne monterais pas dans les combles, mais je voulais voir ce que faisaient les vaches. Je suis montée, et quand j'ai entendu papa, j'ai su que j'allais avoir de gros ennuis, et je ne voulais pas le mettre encore plus en colère. Alors j'ai sauté, mais je suis tombée sur mon bras et je suis partie en courant. Je savais qu'il serait fâché. Il est toujours en colère.

Je retiens mes larmes et lui adresse un petit sourire.

— Je suis désolée.

— Ça va. Je sais qu'il est fatigué.

Et que c'est un connard. Égoïste. Méchant. En colère contre tout le monde. Qui décharge toute sa colère sur moi.

Au lieu de révéler tout ça à ce qui me semble être ma seule amie, qui ne doit absolument pas entendre ces mots, je hoche la tête.

— Pourquoi tu n'irais pas t'amuser derrière la maison ?

Elle se lève de table et se glisse vers l'arbre, à l'extérieur.

Le sol sous les branches du chêne, à l'ombre, mouchetée de petits rayons de soleil, est l'un de ses endroits préférés. Elle a l'air si paisible là-bas, comme si toute la laideur du monde n'avait pas encore terni sa jeunesse. J'ai essayé, Dieu seul sait que j'ai essayé de lui offrir un quotidien normal et empli d'amour, mais Kevin, lui, ne nous en donne que quand il estime que nous l'avons mérité.

Je me demande comment les choses se seraient déroulées si je n'avais pas été noyée par le chagrin. Aurais-je trouvé quelqu'un d'autre ? Aurais-je vraiment épousé Kevin ? Est-ce qu'Hadley et moi habiterions dans une autre ferme, où un autre homme la prendrait dans ses bras quand elle a peur ?

Non, je ne peux pas faire ça. Je ne peux pas m'aventurer sur un chemin qui ne m'est pas ouvert.

Je secoue la tête et me concentre sur le repas de Kevin pour que ma réalité ne se transforme pas à nouveau en cauchemar.

Je m'assure soigneusement d'ajouter toutes les choses qu'il préfère et de ne pas mettre trop de mayonnaise dessus. Ça l'a énervé, une fois.

— Ellie, beugle Kevin.

Je ferme les yeux, prie pour avoir bien fait, puis récupère le sandwich, les chips et un cornichon coupé en quartiers avant de retourner dans le salon.

— Voilà, chéri, dis-je d'une voix douce et légère.

J'ai appris que plus je suis gentille avec lui, moins il éructe son venin en retour.

— Si tu veux autre chose…

— Ça me va.

Intérieurement, je pousse un profond soupir, puis m'assieds ensuite à côté de lui. Peut-être que la journée ne sera pas si terrible et que nous passerons juste le temps comme d'habitude. Kevin n'est pas toujours méchant, ce qui me satisfaisait totalement, fut un temps. Ça a commencé progressivement, à un tel point que je me suis demandé si je n'imaginais pas des choses.

Ensuite, c'était comme une boule de neige qui se raffermissait et grandissait au fur et à mesure qu'elle roulait, jusqu'à devenir si grosse qu'elle s'est mise à écraser tout le monde sur son passage. Et surtout moi.

Ce sont les journées comme celles-ci qui me terrifient le plus. Quand je ne sais pas s'il sera le mari que j'ai toujours voulu ou l'homme qui anime mes cauchemars.

Est-ce que je prends la parole ? Est-ce que j'attends ? Je marche sur des œufs, effrayée de devoir faire un choix.

Kevin prend une bouchée, et je m'arme de courage, espérant que je fais le bon choix.

— J'ai vu que la porte de la grange est réparée.

Il grogne.

— C'est chouette, reprends-je.

— Il m'a fallu des heures pour la remettre correctement sur ses gonds. Mon oncle était un abruti qui ne savait pas distinguer son cul de son coude. Il n'a pas utilisé les bonnes charnières, alors je suis surpris qu'elle n'ait pas lâché plus tôt.

Son oncle et sa tante étaient des gens merveilleux dont il a hérité de la ferme après leur décès. Sans eux, nous aurions encore moins que ce que nous possédons maintenant. Non pas que ce soit ce que j'ai toujours voulu. J'avais des rêves. Dont celui de retourner vivre dans le nord de l'État de New York et de travailler dans un vignoble. C'est pour ça que j'ai étudié le commerce à l'Université d'État de Pennsylvanie.

Mais ensuite, tout a changé.

Mes parents sont morts pile au moment où Kevin a hérité de la ferme et… voilà.

Je suis toutefois reconnaissante de l'avoir, car elle nous offre revenu et stabilité. Sans compter qu'elle est entièrement finie de payer, donc nous n'avons aucune dette sur le dos. Bien sûr, je ne vois pas la couleur de ce que nous gagnons car Kevin m'a interdit tout accès aux comptes et à tout le reste.

Je ne sais absolument pas si nous sommes riches ou pauvres. C'est une autre façon pour lui de me contrôler.

Sauf que j'ai mes propres revenus maintenant.

Kevin n'a pas conscience que je suis payée en tant que professeure à plein temps. Il croit que je suis bénévole et il faut que ça reste ainsi. Il y a six mois, j'ai ouvert un compte bancaire au nom d'Hadley.

— Je suis contente que tu l'aies réparé, cela dit. Je suis sûre que ça te permettra de garder tout le matériel en sécurité.

Kevin acquiesce.

— Surtout maintenant que le vieux Arrowood est mort. J'ai entendu dire que ses trous du cul de fils sont de retour. Mes ouvriers agricoles ne parlent que de ça. Comme si je les payais pour bavarder toute la journée.

— Ça doit être tellement frustrant. Tu t'occupes tellement bien des employés, bien mieux que je ne pourrais le faire.

Je prends l'option de la flatterie et de l'empathie. Plus je le laisse croire que je suis de son côté, plus il y a de chances que son humeur ne sombre pas.

Il repose son sandwich et vide le verre posé à côté de lui. Puis il se tourne vers moi et me transperce de son regard, je comprends alors que ça n'a pas marché.

— Tu te moques de moi ?

— Kevin, arrête. Tu imagines quelque chose qui n'existe pas, là.

Il carre la mâchoire.

— Je suis fatigué de me sentir jugé par tout le monde.

— Je ne te juge pas, je te fais un compliment. C'est différent. Je ne veux pas me prendre la tête avec toi aujourd'hui, alors s'il te plaît, ne transforme pas ça en bagarre.

Je n'ai jamais été aussi heureuse qu'Hadley soit dehors. Si les choses empirent, au moins elle ne le verra pas.

Le truc, c'est que Kevin fait toujours attention à l'endroit où il frappe, à ne pas laisser de marque là où les gens pourraient le voir. J'ai toujours des bleus, même s'ils ne sont pas visibles de l'extérieur.

Il ne se rate que lorsqu'il est trop ivre pour y prêter attention, et ce n'est pas le cas cette fois.

Les yeux de Kevin se ferment, et je recommence à parler.

— Je voulais être agréable avec toi, et je sais que tu ne me crois pas, mais c'est vrai. Tu es mon mari, et j'ai le droit de te faire des compliments. Tu travailles dur, tu subviens aux besoins de notre famille.

— Je ne suis pas assez bien pour toi, Ellie.

Nous savons tous les deux que c'est vrai.

— Ne dis pas ça. C'est moi qui ne suis pas assez bien, affabulé-je.

Je dois mentir.

Il rouvre les yeux, et je perçois l'homme triste et effrayé derrière le monstre.

C'est ça qui me touchait. La façon dont il s'excusait si humblement que je lui pardonnais. Je ne le comprenais pas, mais je souriais et je le laissais continuer à me maltraiter. Kevin est mon mari, il était censé me protéger, être mon univers tout entier, c'est ce que je désirais plus que tout.

J'étais tellement naïve, pleine d'espoir et en manque d'amour que j'en acceptais toutes les formes.

— Ne m'abandonne pas, bébé.

Je ravale tout ce que j'ai envie de lui balancer, la colère qui m'habite, et j'agis. Pas pour ma propre sécurité mais pour la petite fille dehors qui entendrait sa voix à travers les murs trop fins s'il se met à hausser le ton.

Je lève les mains pour les poser sur ses joues et fixe les yeux de cet homme que j'ai appris à craindre et mépriser.

— Jamais.

— Tant mieux, parce que j'en mourrais, Ellie. Je mourrais si tu partais et que tu emmenais ma petite fille avec toi. Je ne serais rien sans toi. Je ne suis rien sans toi. Je sais que je fais de la merde, mais je t'aime tellement, c'est pour ça. Si tu n'étais pas si parfaite, je ne ferais pas autant d'efforts. Putain, tu es tout pour moi.

Quand il pose son front sur le mien, une odeur de vodka m'emplit le nez lorsqu'il expire et je remercie Dieu que, ce soir, j'ai devant moi le Kevin triste et désolé. Pas le Kevin plein de haine et de colère.

~

J'aime ma salle de classe. C'est mon endroit préféré. Ce mois-ci, j'ai décoré la pièce avec tous les éléments shakespeariens que j'ai pu trouver. Il y a des citations, des photos, un faux poignard, une fiole d'eau et d'autres objets que j'ai dénichés pour intéresser les garçons. Et puis il y a les enfants, ils sont merveilleux, en particulier parce que l'enseignante que je remplace était une femme horrible. Je ne pense pas qu'elle aimait son travail, ses élèves, l'école ni elle-même… c'était terrible. Alors j'en récolte les bénéfices.

Je suis à mon bureau en train de réviser la pièce que nous allons étudier quand j'entends toquer à la porte.

— Bonjour, Ellie, tu es ravissante aujourd'hui, me lance madame Symonds, la directrice, en se tenant à la porte.

— Merci. Je suis excitée par le nouveau cours que l'on commence aujourd'hui.

J'ai également envie d'éprouver des émotions positives. La semaine dernière a été calme, et j'en avais besoin. Kevin a travaillé très dur parce qu'il y a eu une sorte de pic de production dans quelque chose et il en est content, donc notre foyer respirait la quiétude.

Hadley n'est pas retombée, son bras se porte bien et toutes les ecchymoses sur mon corps se sont estompées sans qu'aucune nouvelle marque n'y soit apparue.

Sans oublier que mon compte en banque a un peu plus grossi avec le virement automatique que j'ai reçu aujourd'hui, ce qui signifie que je m'approche plus encore de la liberté.

J'ai de bonnes raisons de sourire et de me sentir bien.

— Qu'est-ce que vous enseignez aujourd'hui ?

— *Roméo et Juliette*, dis-je avec un sourire. C'est l'une de mes œuvres littéraires préférées. D'une certaine manière, je pense que toutes les relations romantiques sont des relations contrariées. Chaque être humain doit franchir une certaine limite pour pouvoir partager son cœur, ou du moins sa vie, avec une autre personne. Même si j'aime beaucoup quand tout fini bien, dans la vraie vie, ce n'est pas toujours possible.

— Ahh, le grand Shakespeare. J'ai toujours été plus fan de Brontë ou d'Austen, de mon côté.

Je souris.

— Moi aussi, mais cette pièce-là est vraiment plaisante à enseigner.

— Je suis d'accord.

Madame Symonds est une directrice merveilleuse. Elle se montre juste et ferme mais elle rit avec les enfants. Je me demande aussi si elle n'est pas en partie sorcière ou magicienne, car elle semble avoir des yeux partout. Rien ne lui échappe, et même si les enfants semblent penser qu'ils vont s'en sortir sans accroc, ce n'est jamais le cas.

Tous les membres de l'équipe écoutent et observent, et nous nous communiquons les informations et intervenons chaque fois que c'est nécessaire.

— Alors, tu te fais à ton poste ?

— Oui, je l'adore. Les enfants sont merveilleux et semblent très excités d'apprendre.

Elle acquiesce.

— Ça me fait plaisir d'entendre ça. Je sais que le départ de madame Williams a été un peu soudain, mais elle était un atout pour nous ici. Bien sûr, elle avait une attitude un peu bourrue, elle était pointilleuse sur la grammaire et exigeait beaucoup de ses élèves, mais nous sommes un groupe soudé.

Madame Williams était une emmerdeuse, si j'en crois tout le monde.

— Elle devait vraiment faire grande impression.

— Vous vous entendez bien avec les autres professeurs ?

Je ne suis pas sûre de savoir où elle veut en venir. La paranoïa commence à monter en moi, je lui adresse un sourire hésitant.

— Ils sont tous vraiment sympas.

Elle me regarde avec curiosité.

— Vraiment ? J'ai remarqué que vous ne mangiez pas avec eux pendant la pause déjeuner, est-ce qu'il s'est passé quelque chose ?

Apparemment, rien ne lui échappe non plus quand il s'agit du personnel.

— Non, non, rien de tout ça. Tout va très bien.

À part que je me suis isolée pour empêcher les gens de voir certaines choses et de lancer des rumeurs. C'est une petite ville. C'est déjà bien suffisant que je doive cacher ma vie à une centaine d'élèves, je n'ai pas besoin d'y ajouter les adultes, qui sont bien plus perspicaces.

Que Kevin ne soit pas vraiment un membre très apprécié de la communauté aide pas mal. Bordel, il n'en fait même pas partie du tout. Il reste sur nos terres, n'assistant jamais aux rassemblements ou aux fêtes. Il ne fait pas les courses et n'avait qu'un seul ami, Nate, mais même eux ne se parlent plus. Il préfère qu'il en soit ainsi et fait en sorte de calquer le plus que possible ma vie sur la sienne. Au fil des années, les habitants ont cru que j'étais aussi distante que lui et ont cessé d'essayer d'apprendre à me connaître.

La directrice s'approche avec son sourire chaleureux et, pendant un instant, elle me rappelle ma mère. On dirait que c'est ça qu'elle ressent envers les professeurs et les élèves, qu'elle se voit comme une sorte de deuxième mère désireuse de protéger ceux qu'elle aime.

— Je sais que la plupart des enseignants se réunissent et travaillent sur les plans de leurs cours, je ne vois pas pourquoi tu ne pourrais pas aller avec eux...

— C'est juste mon emploi du temps. Une fois que j'ai fini ici, je récupère Hadley et on rentre filer un coup de main à la ferme.

Madame Symonds m'observe attentivement, prenant en compte non seulement mes paroles mais aussi mon langage corporel.

— Je peux comprendre, nous avons une ferme nous aussi, mais vous êtes ici depuis quelques mois maintenant, et je veux être sûre que tout se passe bien pour vous.

— C'est le cas, je me fais ma place tout doucement.

Elle s'assied sur la chaise à côté de moi, et tend la main vers la mienne dans un geste chaleureux.

— Vous savez, je serai toujours là pour vous écouter si besoin. Je sais que ça peut être un gros ajustement de vie que de reprendre le travail à plein temps. En plus, je sais que vous vivez à Sugarloaf depuis un moment, mais vous ne semblez pas avoir beaucoup d'amis. Si vous en ressentez le besoin, n'hésitez pas à vous confier, ça me ferait plaisir.

Je comprends maintenant pourquoi les gens lui racontent plein de choses. Pour la première fois depuis longtemps, j'ai envie de m'épancher, de me précipiter dans ses bras et pleurer, mais je ne peux pas me permettre de me lier avec quiconque. Je n'ai pas le luxe de me payer du temps pour lui révéler la vérité, avec tout ce que ça impliquerait ; et même ça, je ne peux pas le lui confier.

Je lui offre un doux sourire.

— Je suis heureuse ici, je m'y sens à l'aise.

— D'accord.

Puis la cloche sonne, avertissant le personnel que les élèves vont rentrer.

— C'est mon signal. Sachez juste que si vous avez besoin de quelque chose, Ellie, je suis là. Nous sommes une grande famille et il y aura toujours une place pour vous à notre table.

J'ai envie de pleurer, mais je me retiens.

— Merci, Sarah.

— Il n'y a pas de quoi. Profitez de votre tragédie.

Mon cœur s'emballe un instant, me demandant ce qu'elle veut dire par là, puis elle ajoute :

— Vous savez… la pièce de théâtre.

— Oh ! Ah. Oui. On va en profiter.

Quand elle part, je me retourne et pousse un gros soupir, tout en me demandant si quelqu'un dans cette ville croit à mes mensonges.

chapitre six

. . .

connor

— ALORS, tu vas retourner à Sugarloaf ? me demande Quinn, un autre SEAL avec qui j'ai servi.

— Plutôt aller en enfer.

Liam glousse et lève sa bière.

— On se retrouve là-bas, mec. Putain, on s'y retrouvera tous.

Aujourd'hui, je quitte officiellement la Marine et je retourne purger ma peine de six mois en Pennsylvanie. Ça fait deux semaines que j'ai signé mes papiers de démobilisation et une partie de moi est impatiente d'y retourner. La partie de moi qui a retrouvé cette chose qu'elle pensait ne jamais revoir.

Quinn acquiesce.

— Ça pourrait être pire.

— Ah oui, comment ? demandé-je.

— Tu pourrais être amoureux d'une fille qui ne veut pas avoir affaire à toi.

Le visage d'Ellie apparaît dans ma tête car, justement, elle ne veut absolument rien avoir affaire avec moi. Impossible d'être ne serait-ce qu'un peu excité par sa présence ou par le fait de savoir enfin qui elle est... puisqu'elle est mariée. Donc, non, ça ne pourrait pas être pire.

Il poursuit :

— Non pas que je sache ce que c'est puisque je suis très heureux en ce moment.

Liam me regarde et sourit.

— Oh, je pense qu'il est amoureux d'une fille qui ne veut rien avoir à faire avec lui. C'est quoi son petit nom déjà, Arrow ? Ton ange ?

— Va te faire foutre.

Les yeux de Quinn s'illuminent.

— Vraiment ? Comment se fait-il que je n'aie jamais entendu parler de cet ange ?

Car je ne l'ai jamais autorisée à exister que dans mes rêves.

Car je savais que si elle était soudainement à portée de main, ça me torturerait.

Car vous êtes tous les deux de vrais idiots qui adorent utiliser les infos en leur possession pour faire des blagues stupides au lieu de comprendre ce que cette nuit a représenté pour moi.

— Allez vous faire mettre, plutôt.

Même s'ils me rendent fou, ça va me manquer. La fraternité, la camaraderie que seule une équipe comme la nôtre peut construire au fil du temps. Je mourrais pour ces deux-là et pour n'importe quel autre SEAL. Nous vivons selon des règles précises, comme celles qui me lient à mes frères de sang.

— Cette proposition ne me plaît pas. Et toi, Quinn ?

— Non. Ce que je fais avec ma femme me suffit.

— Oui, c'est ce que tu dis aujourd'hui, lancé-je en levant les yeux au ciel.

Il y a un an, Quinn n'était pas aussi enjoué qu'il l'est maintenant. En fait, je crois que je n'ai jamais vu quelqu'un aussi au fond du trou que lui. Je ne sais toujours pas vraiment comment il a survécu à l'enfer qu'il a traversé.

Je ne sais pas non plus pourquoi j'ai accepté de prendre un verre avec eux. Je n'ai personne d'autre à blâmer que moi-même pour le tournant qu'a pris cette conversation. Quand ils sont chacun de leur côté, ils sont déjà assez terribles comme ça, mais une fois ensemble, ils se transforment en tsunami, annihilant tout sur leur passage.

— Dis, comment est-ce que tu vas la retrouver ? s'enquiert Liam avec une voix de conspirateur.

— Comme si j'allais vous dire quoi que ce soit, bande de connards.

— Il l'a déjà fait, lance Quinn à Liam sans me regarder. Tu vois l'expression de son visage ? Il est hanté. Il l'a probablement vue quand il est retourné là-bas. Une petite amie de lycée, peut-être ?

— J'imagine que c'était sa première copine, ajoute Liam.

— Ça se pourrait. Je veux dire, regarde-le, il est pathétique. J'ai vérifié, il n'existe pas une seule brochette de filles prêtes à ouvrir les cuisses pour lui.

Liam hausse les épaules.

— Peut-être qu'il a une petite bite ? Ça pourrait être ça, l'explication.

— Je pense que c'est ça qui est pathétique, finalement. Aucune fille ne veut d'un homme à ce point brisé.

— Je suis juste là ! grogné-je à l'adresse de Quinn.

Ils continuent tous les deux à discuter comme si je n'avais rien dit.

Liam me jette un coup d'œil et reprend sur un ton amusé.

— C'est peut-être son attitude. Il est un peu hostile comme gars.

— Regarde-le, je parie qu'elle l'a snobé parce qu'il n'est pas si beau que ça en réalité.

Quinn hausse les épaules.

— Qui veut avoir affaire à un ancien SEAL grincheux, moche et au chômage ? C'est un sacré paquet à gérer.

Je souffle.

— Et qui pourrait bien vouloir s'occuper de vous ? marmonné-je dans ma barbe.

— Eh bien, il se trouve que nous avons deux superbes femmes dans nos vies qui sont ravies de s'occuper de nous, répond Quinn. Mais, plus sérieusement, tu l'as vue ?

— Oui, et j'ai également vu son enfant. Et son mari.

Liam laisse échapper un sifflement.

— Eh bah, ça nique définitivement tes chances.

— Sans déconner.

— Un enfant mignon ? demande Quinn.

— Oui. Elle s'est blessée et est venue se cacher à la ferme. Je l'ai trouvée et je l'ai ramenée chez elle. Je ne savais pas qu'elle était la fille de cette fameuse femme avant de débarquer chez eux.

La situation d'Hadley me met toujours à cran. Je ne sais pas pourquoi mais, ce jour-là, les choses qu'elle a dites m'ont hérissé le poil. Le truc, c'est que je ne saurais dire si c'est parce que je déteste qu'Ellie soit mariée ou si mon instinct a raison au sujet de cette blessure.

— Mon conseil ? Reste à l'écart. Ne sois pas *ce genre* de type.

— Je n'ai pas l'intention de bousiller un mariage et une famille, Liam, mais merci de ta confiance.

Il secoue la tête.

— Je ne pense pas que quiconque ait l'intention de faire ça, à la base. Je ne crois pas non plus que tu sois quelqu'un de mauvais, Connor, mais je pense que les choses arrivent, parfois. Certaines limites sont franchies, et si cette femme signifie vraiment quelque chose pour toi, ton cœur va parler avant ta tête.

— Ou sa bite.

Je lève les yeux au ciel. Ils agissent comme si je n'avais pas eu à faire preuve de retenue toute ma vie. Je n'ai jamais franchi de limite comme celle-là. Si je le faisais, je risquerais de devenir une ordure comme mon père. Il était égoïste et faisait tout ce qui était le mieux pour lui, sans se soucier des torts qu'il causait et en attendant des autres qu'ils réparent ses dégâts. Je refuse d'être comme lui un jour.

— Merci pour tous ces conseils non sollicités. J'apprécie vraiment la confiance que vous venez de me témoigner.

— Ne le prends pas comme ça, ajoute rapidement Liam.

Quinn acquiesce.

— On a compris, c'est tout. Nous aussi, on a aimé une femme au point d'en perdre la raison.

Bordel. Ils me font penser à deux vieilles dames.

— Je ne l'aime pas. Je ne la connais pas, putain. Tout ce que je sais, c'est qu'il y a un million d'années, on a partagé une nuit ensemble. Une nuit qui… Merde, pourquoi je vous raconte ça ?

Liam glousse.

— Parce que, que ce soit une nuit ou toute une vie, ça voulait dire quelque chose et ça t'a foutu un sacré bordel dans le crâne.

Oui, ça signifiait quelque chose pour moi... Ça signifie que je vais devoir me plonger dans les réparations de la maison et croiser le moins de personnes possible quand j'en sortirai. C'est tout ce que ça peut vouloir dire.

~

Je me tiens debout dans cette grange délabrée, le seul endroit où je peux avoir du réseau. Je bouge de quelques centimètres sur la droite, et perds Declan. Je suis de retour ici depuis deux jours, et je déteste plus que jamais ces lieux.

Bien sûr, la demeure est calme et personne ne menace de frapper qui que ce soit, mais j'ai cette impression que quelque chose rôde en permanence. Mes frères et moi avons passé cinq jours à nettoyer les lieux autant que possible après l'enterrement, et Declan a accepté... enfin, a été forcé d'acheter tout ce dont on avait besoin.

Je voulais que chaque parcelle de mon père disparaisse. Les meubles de la chambre dans laquelle il dormait, les canapés, les assiettes de cuisine, tout est parti.

Nous avons acheté quelques nouveaux appareils électroménagers, puisqu'il aurait été impossible de réparer l'ancienne machine à laver si elle tombait en panne, de nouveaux lits et des meubles. Je ne me suis absolument pas senti mal à l'aise de dépenser l'argent de Declan.

On va devoir vivre deux ans dans cet enfer, alors ça en vaut largement le coup.

Et maintenant, je dois commencer à tout réparer pour qu'on puisse vendre la propriété.

— Dec ? dis-je en répétant son nom, attendant de voir s'il m'entend.

— Oui. De combien tu as besoin, cette fois ?

— Il me faut au moins dix mille dollars de plus.

J'entends le soupir de frustration s'échapper de la bouche de mon frère.

— Et c'est juste pour la première grange ?

— Oui.

— Ce ne serait pas plus économique de la démolir ?

— Dec, je ne peux pas bouger d'un pouce ou je vais perdre le réseau, alors je vais dire ça rapidement. Tu m'as dit de consacrer les six mois que je dois vivre ici à réparer tout ce qui pourra nous rapporter de l'argent. Une nouvelle grange, genre une bonne grange qui aiderait réellement un fermier à travailler, ça nous coûterait environ soixante mille dollars. Alors envoie-moi juste l'argent dont j'ai besoin pour réparer celle-ci et laisse-moi bosser en paix. Tu récupéreras toute ta mise quand on vendra, de toute façon.

Mon frère se tait, je ne sais pas s'il a entendu ma petite diatribe ou si j'ai perdu le réseau, dans tous les cas je raccroche. Quand je me retourne, je sursaute presque à en faire une crise cardiaque.

— Salut, Connor.

— Bordel ! crié-je avant de poser une main sur ma poitrine, sentant mon cœur s'emballer. Hadley, je ne savais pas que tu étais là.

— Je suis très discrète quand je veux.

Elle m'adresse un large sourire tout en se balançant d'un pied sur l'autre.

— Je vois ça, dis-je avec un rire tranquille. Tu me rappelles mon frère Sean qui se faufilait derrière moi pour me faire peur.

— Combien de frères tu as ? J'ai toujours voulu avoir un frère. Un frère ou une sœur, je ne ferais pas la difficile, mais maman dit qu'elle me donne déjà à moi toute seule tout l'amour qu'elle possède. Elle était fille unique, elle aussi.

Avant, je rêvais d'être fils unique certains jours. Avoir trois grands frères, c'était un enfer la majeure partie du temps. Quand maman était encore là, la vie était simple et amusante — surtout pour eux, parce que moi, j'étais l'abruti qui buvait toutes leurs paroles.

Je ne désirais qu'une chose : que mes frères m'acceptent. Ils étaient sympas et savaient tout ce que je souhaitais connaître. Quand j'avais l'âge d'Hadley, j'étais un gosse exaspérant.

Qui sautait de l'arbre pour voir si ça allait faire mal à atterrissage ? Moi.

Qui dévorait de la bouse de vache parce que quelqu'un m'avait dit que ça pouvait nous rendre encore plus forts que Popeye ? Moi.

Qui s'accusait d'avoir cassé la figurine de maman vu qu'on m'avait assuré que personne ne souhaitait punir le petit dernier de la famille ? Moi.

Et est-ce qu'on m'a puni en réalité ? Oui.

— J'ai trois frères plus âgés. Declan, Jacob, et Sean.

— Ouah. Ils sont là aujourd'hui ? Ils sont aussi grands que toi ? Je peux les rencontrer ?

Je ris en entendant l'étonnement dans sa voix.

— Non, ils sont tous rentrés chez eux tandis que moi, je reste ici pour travailler à la ferme.

Elle penche la tête sur le côté.

— C'est triste. Tu vas être tout seul.

— J'aime bien être seul. En parlant de ça… qu'est-ce que tu fais ici ? Est-ce que tes parents savent où tu es ?

— Maman m'a dit d'aller jouer dehors, alors je suis venue ici.

Ça n'a aucun sens, mais qui suis-je pour débattre avec un enfant.

— Pour jouer ?

— Je voulais grimper à l'arbre, mais j'ai promis de ne plus faire ça jusqu'à ce que mon bras soit guéri.

— Tu as vu le docteur ?

Hadley hoche la tête avec enthousiasme.

— Oui. C'est juste une égratignure et je suis censée porter ce truc sur mon épaule, mais je n'aime pas ça, alors je l'enlève quand maman a le dos tourné.

Je ricane.

— On dirait moi. Mais tu devrais vraiment faire ce que ta mère te dit.

— Tu promets de ne rien dire ?

Je lève ma main, puis les deux doigts en signe de paix.

— Parole de scout.

Non pas que j'ai été un scout ou quelque chose d'approchant. Bon sang, je suis presque sûr que ce n'est même pas ça, le signe, en vrai.

Hadley s'avance vers l'endroit où je me tiens, regardant le tas de bois sur le côté.

— Tu vas démolir la grange ?

— Non, je vais la réparer. Je vais démonter les parties endommagées avant d'y poser de nouvelles planches.

— Je peux te regarder faire ?

Euh, je ne suis pas vraiment certain du protocole à suivre dans un cas comme celui-ci. C'est une enfant de sept ans que j'ai rencontrée parce qu'elle s'était réfugiée dans mon arbre, blessée.

— Je ne suis pas sûr que tes parents apprécient.

Elle hausse les épaules.

— Papa s'en fiche, tant que je ne traîne pas dans ses pattes.

— Et ta mère ?

Hadley pince les lèvres et donne un coup de pied dans la terre.

— Peut-être que *tu* pourrais aller lui demander.

Même pas en rêve. Ça ne m'aiderait absolument pas à suivre mon plan qui consiste justement à éviter Ellie.

— Je ne pense pas que ce soit une bonne idée.

— Mais on est amis, rétorque-t-elle.

— C'est vrai…

Je ne sais pas comment me sortir de cette situation.

— Mais j'ai beaucoup de travail et je n'ai pas le temps d'y aller maintenant.

— S'il te plaît, Connor. Je n'ai pas d'autres amis à part toi, et je te *promets* que je serai sage. En plus, comment tu vas faire si tu te blesses ? Qui c'est qui ira chercher de l'aide si c'est *toi* qui tombes ?

Hadley croise les bras sur sa poitrine et me fait la plus belle moue du monde. Merde, je sais pourquoi les hommes sont incapables de dire non à leurs filles.

Elles savent exactement comment obtenir ce qu'elles désirent. J'avais l'habitude de voir ça entre Aarabelle et Liam. Elle le menait par le bout du nez, ainsi que tous les autres SEAL qu'elle rencontrait.

— Je suis quasi sûr que ça ira.

— Mais comment est-ce que tu le *sais* ? lance-t-elle.

Comment est-ce que je me suis mis dans ce pétrin ?

— J'imagine que je n'en sais rien, en réalité.

— Tu vois, me taquine-t-elle en se redressant. Je peux t'aider. Je suis d'une grande aide. Alors, tu peux aller demander à maman si j'ai le droit de rester ? Elle te dira oui. Quand un adulte demande quelque chose, les autres adultes ne peuvent pas dire non, c'est la règle. Tu sais qu'une fois, j'ai aidé quelqu'un à réparer une clôture ? Je l'ai fait toute seule. Je t'aiderai à réparer ta grange aussi !

C'est une si mauvaise idée. Je le sais et, pourtant, il y a cette force qui me dit que je pourrai alors voir Ellie. Peut-être que je pourrai lui trouver des défauts. Quelque chose qui la rendrait moins séduisante. Quelque chose qui me laisserait entendre que cette nuit n'était pas ce que j'ai imaginé dans mon esprit.

Si je peux faire en sorte de modifier ma version de l'histoire, alors je pourrais peut-être arrêter de la rejouer dans ma tête encore et encore.

Je me mens à moi-même. Mon envie de la voir n'a rien à voir avec le besoin de lui trouver des défauts. C'est juste elle. La femme qui m'a sauvé cette nuit-là, quand j'étais au plus bas. J'ai envie de voir ses yeux bleus fixés sur moi. De me souvenir de la sensation de ses longs cheveux bruns entre mes doigts. Est-ce qu'elle sent toujours la vanille ?

Je suis un sacré abruti, mais je ne peux m'en empêcher.

— D'accord, mais si elle dit non, tu dois me promettre que tu lui obéiras.

Hadley pousse un cri strident et enroule ses bras autour de ma taille.

— Merci, Connor. Tu es le meilleur ami qui soit.

Oh, bon sang, cette enfant va me briser le cœur.

chapitre sept

. . .

ellie

— MAMAN !

J'entends Hadley m'appeler depuis l'extérieur et je bondis sur mes pieds.

Kevin dort et, si elle le réveille, impossible de savoir de quelle humeur il sera. Il est arrivé il y a trente minutes environ, épuisé et déjà en colère. Sans trop savoir comment, j'ai réussi à le pousser à faire une sieste, et on ne dit pas qu'il ne faut pas réveiller l'eau qui dort pour rien.

Je me précipite à la porte, les mains levées pour l'arrêter, et c'est à ce moment-là que je le vois. Connor Arrowood porte un jean serré et une chemise grise qui lui colle à la peau. Il a coiffé ses cheveux sur le côté, comme s'il venait de passer la main dedans. Et puis il y a sa barbe. Elle recouvre le bord de sa mâchoire, faisant de lui un péché de luxure en chair et en os ainsi que tant d'autres choses que je ne devrais pas désirer.

Il me lance un petit sourire en s'approchant de moi, main dans la main avec Hadley.

— J'ai trouvé cette jolie petite fille dans ma grange et je me suis dit qu'elle était à toi.

Mon cœur s'emballe, mais j'essaie de sourire.

— Pour sûr.

— Maman, Connor veut te demander quelque chose.

Elle lève les yeux vers lui, les yeux brillants de joie.

Une fois de plus, je suis frappée par les similitudes qu'il y a entre eux, et ma poitrine se serre. Est-ce qu'Hadley pourrait être sa fille biologique ? Si c'est le cas, est-ce que ça changerait tout ?

Oui. Rien ne nous lierait plus à Kevin, et peut-être qu'il ne se mettrait pas à notre recherche.

Ou peut-être que ça empirerait les choses.

Il pourrait devenir fou et nous infliger Dieu seul sait quoi. Si c'est parce qu'Hadley est sa fille qu'il ne lève pas la main sur elle, je ne peux me permettre de mettre le doigt sur des choses qui sont peut-être juste le fruit de mon imagination.

— Tu voulais me demander quelque chose ? dis-je à Connor.

— Hadley est passée et voulait savoir si elle pouvait rester… Je ne sais pas les règles que tu lui as fixées ou si tu serais à l'aise à cette idée. Je suis en train de réparer la grange, puis je m'occuperai de la maison et enfin de chaque centimètre carré de la propriété pendant les six prochains mois. Hadley a eu la gentillesse de proposer son aide pour s'assurer que je ne tombe pas ou que je ne me casse pas le bras sans pouvoir appeler à l'aide.

Je sais qu'il parle, mais mon esprit est incapable de digérer le fait qu'il va rester ici.

— Six mois ?

— C'est ma sentence, je dois la passer ici à la ferme, explique Connor avec un soupir. Pour vendre l'endroit, chacun de mes frères et moi devons vivre sur ces terres.

Mon ventre se serre. Il va vivre à côté pendant six mois. Six mois pendant lesquels je devrais essayer d'empêcher mon esprit de partir trop loin, six mois pendant lesquels Hadley va tenter de devenir amie avec lui.

Six mois à faire en sorte que Kevin ne le voit pas.

J'ai envie de lever les bras et de hurler de frustration.

Si je veux éviter que la dernière chose ait lieu, je dois éloigner Hadley de Connor. Pas à cause de Kevin mais parce que, si elle s'attache à lui, ça lui fera beaucoup de mal quand nous devrons fuir.

— Ouah, ça semble être une sacrée masse de travail à abattre en six mois et… dis-je en regardant ma fille. Tu as beaucoup de devoirs et de corvées à faire.

— Mais… répond-elle alors que sa lèvre se met à trembler. J'aime aider les autres et je promets que je ne m'attirerai pas d'ennuis.

— Qu'est-ce qui se passe ici ?

La voix grave de Kevin résonne quand la porte d'entrée s'ouvre.

La peur m'envahit si vite que je n'ai pas le temps de la tempérer. Je fais soudainement volte-face.

— Chéri, tu es réveillé ?

Il pose les yeux sur moi, sur Hadley, et ensuite sur l'homme qui se tient à côté d'elle.

— Tu es qui ?

Hadley se précipite vers lui.

— C'est Connor, Papa. Il vit à côté.

Je ferme les yeux une seconde et essaie de réfléchir. Je dois faire partir Connor avant que la colère de Kevin ne croisse et que je le paie cher. Il est trop tard pour l'éviter, alors la minimiser est ma seule chance de m'en sortir au mieux.

Le regard de Kevin passe d'Hadley à Connor.

— Tu es l'un des frères Arrowood.

— Oui.

La voix de Connor est plus grave que celle de Kevin et je jure que le taux de testostérone dans l'air est suffisant pour me faire suffoquer.

— J'imagine que vous êtes le père d'Hadley ? C'est un plaisir de vous rencontrer.

— Comment est-ce que tu connais ma fille ?

Je m'avance vers lui, pose ma main sur sa poitrine et affiche un doux sourire sur mes lèvres.

— Hadley est allée se promener un peu trop loin et Connor s'est montré aimable en s'assurant qu'elle retrouve bien le chemin de la maison.

Kevin fait un pas de plus vers le bas pour ne plus être sur les marches. Sa main serpente autour de mon dos et s'agrippe à mon épaule.

— Eh bien, c'était très gentil de sa part. Hadley, va jouer à l'arrière une minute. Ensuite, tu pourras aller jeter un œil aux chevaux.

Elle me regarde et je lui adresse ce sourire que j'ai appris à perfectionner.

— D'accord, papa.

— Merci, ma puce. Et ne t'éloigne pas cette fois-ci.

Hadley se retourne, les yeux emplis de peur, mais elle lui sourit.

— Promis.

— C'est bien, ma fille.

Mon mari est doué pour maintenir l'illusion. Pour un inconnu, c'est quelqu'un d'aimant et d'attentif. Il a toujours été comme ça. Il ne donnerait jamais à personne la possibilité de lancer des rumeurs sur lui. Quand nous sortons en public, on dirait qu'il est fou de moi. Il me touche le visage avec tendresse. Il me prend par la main et me sourit tout en me contemplant.

C'est si facile de croire aux mensonges.

Je peux même m'y laisser prendre. Et pourtant je sais ce qu'il en est vraiment.

Pourtant, j'aimerais qu'il m'aime comme ça tout le temps. Je veux me souvenir de la façon dont ses mains m'ont touchée avec amour et non avec violence. J'ai mal au cœur en pensant à cet homme gentil qui a proposé de m'aider sans jamais me rabaisser.

C'est stupide, je le sais. Car il ne sera jamais cet homme, et c'est justement pour ça que je dois partir.

Sa main descend le long de mon dos, me saisit la hanche. Il y a un bleu tout frais de ce côté-là, et je prie pour qu'il ne s'en souvienne pas, car sinon il trouvera un moyen de l'utiliser pour me faire mal.

— Il semble qu'elle est bien rentrée à la maison. Moi, c'est Kevin et voici ma *femme*, Ellie.

Connor plisse légèrement les yeux, mais il s'avance, main tendue. Kevin n'a pas d'autre choix que de me libérer. Ils se serrent la main et je peux entendre l'écho du tonnerre en arrière-plan.

— Enchanté de vous rencontrer, tous les deux.

La main de Connor se déplace vers moi. Je m'en saisis, la serrant aussi brièvement que possible, et je retourne tout près de mon mari. Je m'approche de lui, essayant de me forcer à subir son étreinte. Kevin enroule son bras autour de moi, et je lui souris.

S'il vous plaît, faites que ça soit suffisant.

— Hadley ne vous a pas causé d'ennuis, hein ?

— Pas du tout. Je voulais passer ici quand je suis revenu l'autre jour, mais je me suis égaré. Ça fait un moment que je ne suis pas passé en ville, je ne savais pas qui avait pris la ferme des Walcott puisqu'ils n'avaient pas d'enfants.

Kevin acquiesce lentement.

— Oui, mon oncle me l'a laissée. Pour la première fois depuis plus de quinze ans, on est rentables. Je sais que ton père a eu une grosse période de vaches maigres, il y a quelques années.

— Ça ne me surprend pas, dit Connor sans émotion. Je suis choqué qu'il y ait des bâtiments encore debout.

— J'espère que tu feras mieux que lui. Il est peu probable que tu puisses inverser la vapeur, mais qui sait, hein ?

J'ai envie de pousser une exclamation étouffée devant cette insulte, mais je me retiens. Kevin n'est généralement pas aussi grossier devant les autres. Il aime que tout le monde l'imagine comme quelqu'un de merveilleux. Ou du moins, il l'a fait pendant un moment.

Connor glousse comme si ça ne le dérangeait pas.

— Je suis sûr d'y arriver, Kevin. Bref, il faut que je retourne travailler. Au plaisir de se recroiser.

— Merci d'avoir ramené Hadley à la maison, lancé-je quand il se retourne.

La main de Kevin s'agrippe à mon flanc et je grimace, le bruit de l'air que j'aspire entre mes dents me paraît résonner cent fois plus fort qu'en réalité.

Connor fronce les sourcils et porte son attention sur les doigts de Kevin, sur le bleu qu'il a laissé là l'autre jour et qui est caché sous ma robe.

— Pas de problème, répond-il avec sympathie.

Son regard est cependant teinté d'une compréhension si évidente qu'elle me met mal à l'aise.

— Je suis dans le coin, si vous avez besoin de quoi que ce soit.

— Merci, mais ça ira.

Sur ces mots, Kevin nous fait pivoter et je le laisse me guider à l'intérieur. Alors que nous montons les marches, je lutte contre l'envie de fuir mon mari. Il est en colère et ne fera pas preuve de la gentillesse dont j'espérais.

La porte claque et il commence à faire les cent pas. Je regarde l'horloge tourner tandis que mon esprit passe par un million de scénarios, tous focalisés sur la manière de faire face à son inévitable perte de contrôle.

Il arrête de bouger après presque cinq minutes, les yeux rivés sur moi.

— Tu as couché avec lui ?

Mon cœur s'emballe, ma bouche s'ouvre. De toutes les choses auxquelles je pensais, je ne m'attendais pas à celle-ci.

— Quoi ?

— Tu m'as entendu, Ellie ! Ne joue pas à ce petit jeu avec moi.

Je ne sais pas comment répondre à cette question. Est-ce qu'il a compris ? Est-ce qu'il a vu qu'Hadley a les yeux de Connor ? Ou est-ce que j'invente tout ça ? Parce qu'en réalité, elle a le même nez que Kevin ? C'est du grand n'importe quoi. Je ne sais pas s'il me demande si j'ai couché avec Connor il y a huit ans ou hier.

— Non ! Je n'ai pas couché avec lui ! crié-je en me retournant comme s'il m'avait blessée.

En réalité, je fais ça pour qu'il ne voie pas les traces de mensonge sur mon visage.

— Comment peux-tu me demander une chose pareille ?

— J'ai vu la façon dont il t'a regardée ! Comme s'il te connaissait. Comme s'il avait obtenu ce qui m'appartient.

Je secoue la tête et me retourne pour faire face à Kevin.

— Tu m'accuses de te tromper à cause de la manière dont un étranger m'a regardée ?

Il opine du chef.

— Je l'ai vu.

— Parce que tu as envie de le voir, Kevin. Comment aurais-je pu coucher avec lui alors que je ne l'ai jamais rencontré ? Comment aurais-je pu nous faire ça alors qu'il t'a dit lui-même qu'il venait d'arriver ? Comment ?

Je m'accroche à l'idée qu'il n'est pas assez intelligent pour penser à ma vie avant notre mariage.

— Je ne sais pas, mais... je le jure devant Dieu !

Kevin s'avance, ses mains serrent mes bras à l'endroit même où d'anciens bleus se sont estompés il y a quelques jours.

— Si tu poses les yeux sur lui encore une fois, Ellie. Je ne pourrai pas m'en empêcher. Si tu me fais du mal...

Les larmes que je retenais se mettent à couler. Pas seulement à cause de la douleur émotionnelle que j'ai endurée, mais aussi parce qu'il est en train de me briser.

— Tu me fais mal, Kevin. Tu me fais mal chaque fois que tu fais ça.

Il sert si fort que je sais déjà que j'aurais des ecchymoses encore plus importantes.

— Tu ne me quitteras jamais. Tu comprends ? Je ne serai pas tenu pour responsable. Je vais... Je vais...

— Tu vas quoi ?

Ses doigts se resserrent d'abord, puis relâchent leur prise.

— J'essaie de te garder auprès de moi !

— En me frappant ? En me donnant des coups de pied ? En me disant que je ne vaux rien ? En me menaçant ? demandé-je avec un rire jaune. Tu penses que faire ça nous rapproche, toi et moi ?

J'observe son expression d'agonie. Parfois, mes larmes, la douleur et la culpabilité fonctionnent. Il y a des moments où il voit l'homme qu'il est devenu et nous traversons alors une période pleine de joie. Sauf que c'est toujours de courte durée, et lorsqu'il se met en colère à nouveau, c'est comme si je payais dix fois plus fort.

Je ne veux pas de cette période de félicité, cette fois.

Cette vie factice est presque pire que la réalité, car je sais qu'elle aura une fin.

Il s'avance, le regard plein de rage, et me gifle.

— Tu penses que me répondre nous rapproche ?

Mes doigts touchent l'endroit où il m'a frappée, les yeux remplis de larmes.

— Pourquoi est-ce que tu fais ça ?

Son visage est tout proche, il serre les dents.

— Parce que tu es à moi. Toi et Hadley êtes tout ce que j'ai, et je ne vous perdrai pas.

Une larme roule sur ma joue.

— Tu me tues, Kevin. Tu me tues chaque fois que tu me cognes, que tu m'attrapes ou que tu me dis que je suis une femme horrible. C'est par tes mains que je me brise.

— Mes mains ? Et qu'en est-il de tes mains ? C'est toi qui es avec un autre homme.

Je ne peux pas supporter ça.

— Je suis avec toi depuis que j'ai dix-sept ans ! Quand est-ce que tu penses que j'ai eu le temps de voir ou juste de désirer quelqu'un d'autre ? Je t'ai aimé si fort ! Je t'ai épousé, on a élevé notre fille ensemble, et j'ai pris coup sur coup de ta part.

Kevin a l'air d'avoir pris une gifle. Son regard n'est que douleur et je fais un pas vers lui. Je ne sais pas pourquoi j'ai envie de le réconforter. Peut-être parce que je me suis entraînée à le faire. Peut-être parce que, quelque part au fond de moi, je l'aime, alors que je sais que je ne devrais pas.

— Tu me rends fou, Ellie. Tu ne sais pas à quel point je t'aime. Je ferais n'importe quoi pour toi. C'est juste que… quand je te vois comme ça, j'imagine ma vie sans toi, et ça m'est inconcevable.

— Je ne veux pas vivre comme ça, dis-je en comprenant que mes paroles revêtent un double sens.

Je ne souhaite plus me battre avec lui, pas plus que je n'ai envie de regarder dans le miroir et d'y voir une femme triste et pathétique qui laisse son mari la battre. Hadley a besoin que je change.

J'ai besoin d'un peu plus de temps et, ensuite, je nous sortirai d'ici. Si je travaille un peu plus, j'aurai assez d'argent pour dénicher une maison dans une petite ville assez loin d'ici pour qu'il ne nous y cherche pas. Kevin s'attendra à ce que je retourne à New York, d'où mes parents sont originaires. Il ne me cherchera pas dans le sud ou à l'ouest.

Si je peux économiser assez, je mettrai mon plan à exécution et j'offrirai à Hadley la vie qu'elle mérite. J'aurais aimé avoir plus de temps, mais je ne pense pas pouvoir tenir aussi longtemps.

Kevin s'approche et je plante mes pieds dans le sol pour ne pas bouger. Il me caresse doucement les joues.

— Je t'aime, Ellie. Je t'aime et je ne te ferai plus jamais de mal. Je te le promets.

Je ferme les yeux et me laisse aller lorsque ses lèvres touchent mon front.

Les promesses peuvent être brisées. Et les bleus guéris. Mais rien n'efface les cicatrices que laissent les violences conjugales.

Il croise ensuite mon regard et l'homme tendre aux douces promesses disparaît.

— Mais si tu essaies de partir, Ellie, je vous tuerai toutes les deux. Je m'occuperai d'elle d'abord et t'obligerai à regarder ce que tu m'auras finalement forcé à faire.

chapitre huit

...

ellie

JE SUIS ALLONGÉE LÀ, à fixer le plafond, à attendre que sa respiration s'apaise.

Si tu essaies de partir, Ellie, je vous tuerai toutes les deux.

Pendant toutes ces années, Kevin n'a jamais menacé de me tuer ou de blesser Hadley.

Si tu essaies de partir, Ellie, je vous tuerai toutes les deux.

Il va nous tuer. Je dois m'en aller maintenant. Pour Hadley. Pour moi. Pour saisir ma chance d'avoir enfin une vie. Je ne peux pas attendre plus longtemps.

Si tu essaies de partir, Ellie, je vous tuerai toutes les deux.

Peu importe que je n'aie pas assez d'argent sur mon propre compte ou de plan d'exécution. J'en ai assez pour partir d'ici et prendre n'importe quel bus. Impossible que je laisse ma fille ici une nuit de plus. Il est fou, jaloux, et si c'est le genre de menace qu'il me fait après n'avoir croisé Connor qu'une fois, je ne peux imaginer ce qui se passerait s'il découvrait la vérité.

Mon corps picote d'anxiété. J'ai l'impression que mes nerfs sont tellement tendus qu'ils vont craquer.

Kevin a le sommeil léger. S'il entend la voiture démarrer, il va se réveiller, nous serons mortes, ma fille et moi. Je vais devoir faire le chemin à pied.

Hadley va me ralentir un peu, mais nous éviterons de prendre sur les grands axes.

Pitié, Dieu, si seulement Tu pouvais m'entendre, j'ai besoin de Ton aide, là, maintenant.

Un ronflement déchire le silence, c'est maintenant ou jamais.

Je me glisse hors du lit, attrape la robe que j'ai cachée entre le lit et la table de nuit et l'enfile. Quand nous nous sommes préparés pour aller au lit, j'ai caché un sac dans la baignoire et j'ai cassé la fenêtre de la salle de bain pour pouvoir au moins prendre quelques affaires.

Une fois dans la salle de bain, je jette le sac dehors et prie pour pouvoir sortir de la pièce sans qu'il m'entende. Je serai alors à la moitié de mon objectif.

Tout doucement, je me glisse hors de la pièce. Il bouge et je me fige, priant pour qu'il n'ouvre pas les yeux.

Une seconde passe et rien ne se produit, alors je continue.

C'est tout ce qui me vient à l'esprit. Je dois continuer à avancer.

La porte de la chambre d'Hadley est entrouverte, je l'ai laissée dans cet état car c'est celle qui fait le plus de bruit.

Je la secoue doucement, et ma voix est à peine audible quand je la presse :

— Hadley, ma puce, réveille-toi.

Ses petits yeux s'ouvrent et elle se lève d'un bond.

— M'man ?

— *Chut*, fais-je rapidement, car j'ai besoin qu'elle soit aussi silencieuse que possible. On doit y aller, ma chérie. J'ai besoin que tu ne fasses pas de bruit, tu vas pouvoir faire ça ?

Elle hoche la tête et je lui souris doucement.

— D'accord, habille-toi, puis prends ta couverture et ton ours.

Hadley se déplace lentement et je me précipite pour récupérer quelques-unes de ses affaires. Mon cœur s'emballe, seuls les sons de nos respirations saturent l'air. Après quelques secondes, je prends sa main.

— Et papa ?

Elle parle à voix basse, mais je peux y entendre la douleur.

— On doit y aller, ma puce. Quoi qu'il arrive, on doit sortir d'ici sans le réveiller. Tu me fais confiance ?

Les yeux d'Hadley se remplissent de larmes, mais elle acquiesce.

Une fois de plus, j'ai l'impression d'être la pire mère du monde. Aucun enfant ne devrait avoir à se faufiler hors de chez elle au milieu de la nuit comme ça. Son foyer devrait être un endroit sûr, où toute la malignité du monde disparaît une fois la porte passée. À la place, elle se retrouve dans un théâtre de cris et de bleus. Jusqu'à aujourd'hui.

Il ne me fera plus jamais de mal, et il devra me tuer pour atteindre Hadley.

— D'accord, on va devoir être *ultra* silencieuses, chuchoté-je. Quoi qu'il arrive, on devra continuer d'avancer une fois qu'on a passé la porte, OK ?

Hadley essuie une larme et hoche la tête.

— C'est bien, ma grande. Si papa se réveille, je veux que tu coures dans ta chambre et que tu fermes la porte. Verrouille-la si tu peux ou mets des choses devant. Mais ne laisse entrer personne d'autre que moi, d'accord ?

Je sais que je lui fais peur, mais je n'ai pas le temps de peser le pour et le contre, et je ne veux pas qu'elle hésite.

— J'ai peur.

— Je suis désolée, mais on doit y aller.

— Est-ce qu'on reviendra ?

Je secoue la tête et place mes doigts sur ses lèvres. C'est maintenant ou jamais.

Je ne sais toujours pas si sortir par l'arrière est la meilleure solution, mais c'est vraiment ma seule option. La porte d'entrée est trop proche de l'endroit où il dort, et je ne vais pas laisser Hadley passer par la fenêtre toute seule. Si on peut faire le tour de la maison sans se faire repérer, on aura de meilleures chances.

Je la tire dernièrement moi, à l'affût de chaque craquement, de chaque bruit qui me semble être amplifié dans ce silence total. Nous arrivons à la porte, que je tire lentement, seules nos respirations vibrent dans l'air. Nous sortons et je serre les pans du sweat d'Hadley autour d'elle, remontant la fermeture en la dévisageant.

— Bon, on doit y aller.

— Maman ?

Ses grands yeux sont remplis de tant de peur.

— Ça va. On doit y aller. Je suis tellement désolé, Hadley. Je sais que tu aimes ton papa et que c'est dur, mais on… on doit y aller.

J'aimerais pouvoir tout lui dire, mais je ne peux pas. Ce serait trop dur à comprendre pour une gentille petite fille au grand cœur comme elle. Un jour, elle regardera dans le rétroviseur et verra que j'ai fait ce que je pensais être le mieux pour nous — ou peut-être qu'elle me détestera pour toujours. Dans tous les cas, elle pourra le faire parce qu'elle sera en vie.

C'est tout ce qui compte.

Je lui prends la main et l'entraîne vers l'endroit où j'ai laissé tomber mon sac par la fenêtre. Une fois que je l'ai bien accroché à côté du sien sur mon épaule, nous cheminons rapidement jusqu'au coin de la maison. Je ne peux pas ralentir, du moins pas avant que nous soyons loin d'ici.

Hadley court presque à côté de moi alors que nous passons devant la voiture et avançons plus loin dans l'allée.

Et c'est là que je l'entends.

Le son de la porte moustiquaire en bois qui claque contre le mur.

Il est réveillé.

Il est là.

Il va me tuer.

Je le sens dans tout mon corps, j'ai soudain conscience de tout ce qui m'entoure. Le goût de la rosée et du clair de lune dans l'air. L'odeur des vaches et du bois fraîchement coupé m'emplit le nez. S'il m'attrape, ce sera la dernière fois que je respirerai et sentirai de telles choses.

Je regarde mon adorable fille, retenant mes larmes à l'idée que je ne la reverrai peut-être jamais. La douce et rayonnante lumière de ma vie. La seule chose pour laquelle je me suis battue pour vivre.

— Cours, Hadley, dis-je à bout de souffle. Cours aussi loin et aussi vite que tu peux. Cours rejoindre quelqu'un qui te protégera. Cours et ne m'attends pas. Ne t'arrête pas. N'écoute personne d'autre, contente-toi de fuir.

— Maman ?

Je sens que Kevin se rapproche de nous. J'entends ses pas rapides qui se rapprochent. La seule chance qu'il me reste, c'est de le laisser m'attraper pour qu'elle puisse s'enfuir. Il ne peut pas nous poursuivre toutes les deux.

— *Cours !*

J'ai l'impression que mon cœur s'échappe hors de mon corps lorsqu'elle obtempère.

— Hadley ! beugle Kevin.

— Cours, Hadley ! Cours et ne reviens pas ! hurlé-je aussi fort que je le peux, car j'ai besoin que ma fille s'enfuie loin d'ici.

Kevin m'attrape par l'arrière de la tête, me tirant les cheveux si fort que je glapis.

— Tu vas quelque part ?

Je pourrais mentir, mais ça n'aurait aucune importance. Il sait pourquoi nous nous sommes éclipsées au milieu de la nuit. Je ne peux pas nous trouver d'excuses et, pour une fois, je refuse de reculer et d'avoir peur. C'est le pire qui m'attend, mais Hadley ne sera pas là quand ça arrivera.

Je ressens un petit… très, très petit réconfort à savoir qu'il ira en prison après m'avoir assassinée et qu'elle sera libérée de lui.

— Tu ne l'auras pas.

— Oh, tu te crois noble ? Tu penses qu'elle ne rentrera pas retrouver son père ?

J'éclate de rire parce que, le plus drôle, c'est qu'elle n'est peut-être pas de lui. Pourtant, il reste un peu d'instinct de survie en moi qui me pousse à me taire. Je me sens peut-être courageuse, mais je ne suis pas assez folle pour aggraver la situation.

— Quelque chose de drôle, Ellie ?

— Ça, dis-je en serrant les dents, alors qu'il m'a presque arraché les cheveux et que la douleur me brûle. Tu dis que tu nous aimes, Hadley et moi, et pourtant tu t'abaisses à ça.

— J'ai besoin de toi.

— Tu dois arrêter de nous faire du mal.

Les lèvres de Kevin m'effleurent le cou et il relâche sa prise.

— Je t'ai aimée dès le premier instant où je t'ai vu. Je savais que tu me quitterais un jour. Je me suis battu pour te garder. Puis on a eu Hadley et j'ai cru qu'on filerait le parfait amour. J'aurais dû savoir que tu ne serais jamais loyale envers moi.

Je ferme les yeux, m'obligeant à museler toute émotion. Je ne peux pas lui montrer mes faiblesses.

— Laisse-moi partir, Kevin. Laisse-moi partir et sois heureux.

Il me repousse si fort que je tombe. Mes mains et mes genoux heurtent la terre si fort qu'ils s'embrasent sous l'effet de fraîches égratignures.

— Tu veux être heureuse et me laisser gérer ça tout seul ? Non. Je t'ai dit ce qui allait se passer. Je t'ai prévenue de ne pas essayer de me quitter.

— Pourquoi ? Pourquoi tu me veux à ce point ? Tu ne m'aimes pas et je ne veux pas de ça !

Une colère nouvelle emplit son regard et je n'ai pas le temps de bouger avant que son pied n'atteigne mes côtes.

Je ressens l'intense souffrance avant même de pouvoir respirer. Le flanc où j'étais déjà meurtri semble maintenant brisé.

Je lutte pour me relever, pour faire entrer de l'air dans mes poumons, mais la douleur est trop forte.

— Tu ne veux pas ça ? hurle Kevin en me repoussant au sol.

— Kevin !

— Tu ne veux pas de quoi ? De moi ? Tu veux quelqu'un d'autre ?

Il me saisit le bras et me hisse sur les genoux.

— Je veux que tu arrêtes ! réussis-je à crier sans trop savoir comment.

— Tu aurais pu faire qu'on n'en arrive pas là.

Oui, en ne l'épousant jamais. En partant il y a un million d'années. J'aurais pu faire tellement de choses différemment, mais ça n'a pas été le cas. J'ai choisi de vivre avec un homme qui m'a démolie. Alors que j'avais l'impression de ne pas avoir d'issue de secours, je lui donne finalement la possibilité de me faire du mal. Et là, il a clairement l'intention de s'en donner à cœur joie. Je suis déjà brisée et je ne sais pas comment l'arrêter.

— Kevin, s'il te plaît, je te supplie... je reprends tout en sachant que c'est peut-être ma seule chance de m'en sortir.

— S'il te plaît quoi ? S'il te plaît, ne me fais pas de mal ? Tu penses que je n'allais pas être terriblement blessé en découvrant que ma femme et ma fille ont disparu ? Tu n'as pas pensé à moi quand tu t'es faufilée hors de la maison en essayant de voler mon enfant ? Non, tu ne pensais qu'à toi-même !

Mes larmes coulent maintenant, sans que je puisse les en empêcher. La douleur dans ma poitrine est si forte qu'elle fait apparaître des taches dans mon champ de vision. Chaque once de force qu'il me reste, je l'utilise pour le faire parler. Plus je garde son attention rivée sur moi, plus Hadley pourra s'enfuir le plus loin possible.

— Je t'ai supplié, dis-je en croisant son regard, cédant aux émotions qui me rongent. J'ai cru tes promesses, celles où tu disais que tu ne me frapperais plus. J'ai avalé chaque mensonge, je t'ai laissé me contrôler. Je t'ai permis de faire tout ça parce qu'à un moment donné, je t'aimais. Je voulais qu'Hadley ait un père, mais tu n'as tenu aucune de tes promesses. Tu dis que je suis égoïste, mais que dis-tu de ça, Kevin ? Et des bleus ? Et des blessures ?

Il se met à genoux à côté de moi.

— Tu ne vois pas à quel point je t'aime, putain ? Si tu ne me mettais pas tout le temps en colère...!

Puis il se lève et commence à faire les cent pas.

— Tu me défies et tu penses que je suis stupide. Sauf que je ne suis pas stupide, n'est-ce pas, Ellie ? Regarde qui est sur le sol à mes pieds maintenant. Tout ça parce que tu n'as pas su fermer les cuisses.

Le fait que le blâme me retombe dessus me donne envie de l'étouffer. J'ai essayé si fort de le rendre heureux. J'ai fait tout ce qu'il m'a jamais demandé, j'ai entretenu notre maison comme il le souhaitait. J'ai préparé ses repas comme il l'exigeait et agi exactement comme il l'attendait de moi. J'ai tout fait, mais rien n'était jamais assez bien pour lui.

Je me lève, fatiguée d'être au sol. Il me regarde et je m'éloigne de lui ; mon dos cogne contre la voiture.

Je suis piégée.

— Si tu m'aimais, tu arrêterais de faire ça. Tu n'aurais jamais commencé à me frapper en premier lieu et je ne serais pas en train de m'enfuir.

Je plaque les mains contre le métal froid au moment où il s'avance rapidement vers moi.

Je tremble, la peur m'envahit car je sais ce qui va arriver. Il est fou de rage.

— Non ! Tu ne comprends pas. Tu ne comprends pas, putain.

Il bascule son poing en arrière, puis me frappe si fort que ma vision se trouble. Le monde autour de moi bascule tandis que je colle une main contre ma joue. La douleur est si intense, je sais que je la sentirai encore pendant des jours.

— Tu es à moi ! Tu es ma femme et tu vas m'obéir. Tu as promis de rester avec moi !

— Et tu as promis de me chérir !

Hadley.

Toute mon attention est concentrée sur cette adorable petite fille et l'espoir qu'elle soit toujours en mouvement, qu'elle trouve quelqu'un chez qui se réfugier.

Je reste debout à fixer son regard vengeur.

— Tu peux me frapper, me briser, me tuer, mais je ne resterai pas !

Kevin m'attrape à nouveau par les cheveux et me tire vers le haut. La douleur est telle que je hurle, incapable de me retenir. Tout me semble lourd et même respirer devient difficile.

Il me traîne vers la maison et j'essaie de suivre en trébuchant.

— Tu n'es pas obligée de rester, Ellie, mais tu n'iras nulle part.

chapitre neuf

...

connor

— C'EST *juste pour cette nuit. Pas de noms. Rien du tout. Juste... J'ai besoin de ressentir quelque chose, lance sa voix suppliante.*

— Ressens-moi.

Ses yeux d'un bleu profond fixent les miens et je peux jurer qu'elle y voit tous mes démons et les chasse.

Ce soir, je ne suis pas l'enfant qui a fait face à son père alcoolique, qui l'a remercié de ses poings au vitriol. Je ne suis pas l'enfant de l'homme qui a menacé de me ruiner la vie grâce aux mensonges que mes frères et moi avons racontés pour le couvrir.

Je ne suis pas Connor Arrowood, le plus jeune fils de la fratrie, le fauteur de troubles qui a réussi à grande peine à finir le lycée.

En cet instant, pour elle, mon ange, je suis un dieu. Elle me regarde avec tant d'espoir et d'honnêteté que c'en est émouvant.

— Demain... dis-je en passant doucement mon pouce sur sa joue.

— Pas de lendemain non plus.

Je veux juste lui dire que je pars demain au camp d'entraînement militaire. Il faut qu'elle sache que, même si nous nous sommes mis d'accord pour une seule nuit, je reviendrai pour elle. Elle doit simplement m'attendre.

— Il y a autre chose... commencé-je, mais elle recouvre mes lèvres d'une main.

— Il n'y a rien d'autre que cette soirée. J'ai envie que l'on se perde l'un dans l'autre, est-ce que c'est une chose que tu peux m'offrir ?

Je lui offrirai le monde.

Elle retire sa main et elle la remplace par sa bouche. Je l'embrasse, lui répondant par mes caresses.

Nous nous disons à peine un mot tandis que nous nous déshabillons lentement dans une chambre d'hôtel, trois villes plus loin que Sugarloaf. Je suis ici pour me souvenir. Je suis ici pour oublier. Je ne sais même pas pourquoi je suis venu, peut-être était-ce pour elle.

J'ai dix-huit ans, mais j'ai l'impression d'en avoir trente. J'ai dû faire face au décès de ma mère, à mon père alcoolique, aux coups, aux mensonges et à la nécessité de prendre des décisions que je n'aurais jamais dû prendre — tout ça à cause de lui.

Là tout de suite, je ne ressens rien de tout ça. Je suis juste un gars qui va aimer une femme qu'il ne mérite pas du tout.

— Connor !

Je regarde autour de moi, sans savoir d'où vient cette voix. Il n'y a personne d'autre, ici. Il n'y a que mon ange et moi.

— Connor ! Connor ! Au secours !

Je me redresse brusquement et mon rêve s'évanouit tandis que je cherche l'origine du bruit.

— Pitié ! Faites que tu sois chez toi ! *Pitié* ! Connor, j'ai besoin de toi ! Hadley.

Je bondis hors du lit, enfile mon short et me précipite vers la porte.

— Hadley ?

Quand j'ouvre la porte, elle est bien là, les cheveux plaqués sur le visage et les yeux rouges. Elle attrape ma main, me tirant derrière elle.

— Tu dois venir ! Tu dois m'aider !

— Venir où ?

— Dépêche-toi ! crie-t-elle.

Hadley tremble, elle serre ma main si fort que je peux presque sentir la peur en elle. Elle me regarde fixement, brisée, triste et terrifiée. Des images de ce qui a pu la mettre dans cet état défilent devant mes yeux parce que je me souviens de ce regard. Je me souviens avoir couru, les traits plus tirés que jamais, en priant pour trouver de l'aide.

Avant d'y aller, j'ai besoin qu'elle me dise ce qui s'est passé pour que je puisse me préparer. J'utilise mes années d'entraînement pour ralentir mon rythme cardiaque rapide.

Je m'accroupis pour être à son niveau et prends ses deux petites mains dans les miennes.

— J'ai besoin que tu me dises ce qui ne va pas ?

Elle tourne la tête vers l'endroit où se situe sûrement sa maison, puis repose les yeux sur moi.

— Elle m'a dit de courir.

— Ta maman ?

Elle acquiesce.

— Il… il était… on a essayé.

Je l'attrape d'un geste rapide, la mets dans mes bras et me précipite à l'intérieur. Une fois assuré qu'elle est en sécurité chez moi, je la fais asseoir et essaie d'en savoir plus.

— C'est ton père ?

Les pleurs d'Hadley redoublent, ma gorge se serre douloureusement. J'ai envie de la prendre dans mes bras, de réconforter cette enfant effondrée, mais je la pousse à poser une nouvelle fois les yeux sur moi.

— J'ai besoin que tu m'expliques, pour que je puisse l'aider.

— Il l'a rattrapée, mais elle m'a dit de courir et de ne pas m'arrêter.

Putain.

Pendant une seconde, je suis Hadley. Je cours, me rappelant des cris de Declan derrière moi, jusqu'à ce que je ne puisse plus l'entendre à force de m'éloigner en courant. Je peux sentir la terreur dans mon corps sans pour autant cesser de fuir, avant de trouver un arbre et d'y grimper, priant pour qu'il ne me suive pas.

Declan m'a protégé et je ferai tout pour en faire de même avec Ellie aujourd'hui.

— Bien, je veux que tu restes ici, verrouille la porte derrière moi et appelez le 911 tout de suite. Raconte-leur ce qui s'est passé.

— J'ai peur.

Je secoue la tête tout en arborant mon expression la plus encourageante.

— Je sais, mais tu as réussi à me retrouver et, maintenant, j'ai besoin que tu appelles la Police pour que l'on puisse s'assurer que tout le monde est en sécurité. Je reviendrai ici dès que je le pourrai.

— Avec maman ?

Je l'espère sincèrement, putain. Mais je sais qu'il ne faut pas faire de promesses qu'on ne peut pas tenir.

— Je vais essayer. N'ouvre pas la porte sauf si c'est moi ou le shérif Mendoza qui toque… C'est toujours lui, le shérif ?

Elle acquiesce.

— Bien, seulement nous deux alors, d'accord ?

Je déteste la laisser seule dans cette demeure en ruine, mais Ellie a besoin d'aide. Si elle a demandé à Hadley de fuir… c'était pour la protéger, comme mes frères l'ont fait avec moi.

— S'il te plaît, aide-la, Connor, plaide Hadley.

Je ne souhaite rien d'autre qu'accéder à sa requête.

Cette enfant s'est sentie suffisamment en sécurité avec moi pour venir me demander de l'aide. Je ne peux pas l'abandonner, quoi qu'il arrive.

— Je vais y aller, maintenant. N'oublie pas d'appeler et ne laisse entrer *personne* d'autre que moi, ta mère ou le shérif Mendoza, lui rappelé-je encore une fois.

J'ai envie de lui préciser qu'elle ne doit surtout pas laisser entrer son père, mais elle est déjà assez terrifiée comme ça.

— Promis.

Sur ce, je lui offre un rapide câlin, attrape mon arme sur la table d'entrée et pars en courant.

Mes jambes ne s'arrêtent plus. Je ne pense à rien d'autre qu'à la rejoindre… rapidement. Je ne peux ni m'arrêter, ni ralentir, ni faiblir. Je sais que passer par la route serait le plus facile, mais couper à travers le champ est plus rapide, alors c'est ce que je fais.

Je saute par-dessus la clôture, avançant à un rythme que je n'avais pas atteint depuis longtemps. Lors de mon dernier déploiement, on m'a interdit de courir, mais là, je n'ai mal nulle part. Je galope sous l'effet de l'adrénaline pure et dure et du besoin de rejoindre Ellie.

Je savais au plus profond de moi que quelque chose n'allait pas. Si ce fils de chien a blessé Hadley ce jour-là, je vais le tuer. Je dois m'empêcher d'y penser, ceci dit, parce que j'essaie déjà de contenir ma colère de savoir qu'il a fait du mal à Ellie.

Alors que j'avance sur l'herbe humide, je repense à cette nuit. Je me rappelle à quel point c'était agréable de l'avoir dans mes bras. J'ai gardé ce souvenir si longtemps en moi que l'idée que nous ne pourrons jamais partager davantage me tue. Ellie signifie quelque chose pour moi, que ce soit réciproque ou non ; elle était mon talisman.

J'ai rêvé d'elle tellement de fois, j'ai ressassé le souvenir de cette nuit uniquement pour l'avoir à nouveau auprès de moi.

J'ai imaginé des centaines de scénarios différents sur ce qui se serait passé si je m'étais réveillé plus tôt, sur la façon dont les huit dernières années de ma vie se seraient alors déroulées.

Mon cœur s'emballe lorsque la lumière de la maison perce la nuit devant moi. J'avance encore plus vite, sachant que chaque seconde qui défile peut avoir un tas de conséquences.

Je sors mon arme, la gardant contre mon flanc pendant que je continue de marcher. La maison de type ranch devrait me permettre d'entrer plus facilement par une fenêtre si nécessaire. Il y a un petit porche à l'avant et la baie vitrée est éclairée de l'intérieur. C'est très probablement là qu'ils se trouvent. J'analyse rapidement la demeure, essayant de déterminer la meilleure façon d'y entrer. L'air est étrangement calme, la lune brille au-dessus de moi, m'offrant assez de lumière pour voir sans être vu.

Je m'approche et vois le rideau bouger à l'avant.

J'espère que le shérif est proche, mais nous sommes à Sugarloaf, donc je n'ai pas grand espoir, et impossible que j'attende qu'il se pointe avant d'entrer.

— Kevin.

J'entends un marmonnement s'élever par la fenêtre.

— Ne fais pas ça.

La voix d'Ellie est brisée et rauque. Pas du tout comme la belle et douce voix que j'ai entendue plus tôt, presque semblable à une mélodie.

— Tu crois que j'ai envie que ma femme me quitte ? Moi qui t'ai soutenue, aimée, offert une vie, puis je me réveille en découvrant que tu me voles ma fille ?

Je regarde par la fenêtre et la vois allongée sur le sol devant la cheminée alors qu'il fait le tour de la pièce. J'examine la zone, décidant que la porte à l'avant est le meilleur point d'entrée pour l'atteindre rapidement.

— Je l'emmenais dans un endroit sûr, tente-t-elle de crier, mais son bras retient sa poitrine, comme si elle pouvait à peine respirer pleinement. C'est la dernière fois que tu me frappes.

Cet enfoiré lui a fait du mal.

Ma vision vire au rouge et tout mon plan bien réfléchi passe à la trappe.

Je me dirige vers l'avant de la maison, coince mon arme dans ma ceinture et ouvre la porte d'un coup de pied si fort que le bois éclate. J'entre, ne me souciant plus de rien à part ce salaud qui a levé la main sur une femme.

— C'est quoi ce bordel ?

Il recule en titubant, puis s'avance.

— Tu es venu sauver ta pute ?

— J'ai entendu du bruit, je voulais savoir ce qui se passait ici.

Il secoue la tête. On sait tous les deux que je n'entendais rien depuis la route, à presque un kilomètre et demi de là, mais je n'en ai vraiment rien à faire de ce qu'il peut bien penser. Je m'inquiète seulement de cette femme étendue sur le sol et de la petite fille qui est réfugiée chez moi, morte de peur.

À cause de cette ordure.

— Sors de chez moi.

— J'aimerais vraiment, mais je suis une règle très stricte en ce qui concerne les hommes qui frappent les personnes plus faibles qu'eux.

Je m'approche, serre le poing, puis relâche mes doigts.

— Je pense qu'un homme, un vrai, s'en prend à quelqu'un de sa taille, tu vois ?

— Va te faire foutre.

— Que dirais-tu de jouer les bonshommes avec moi ? Je parie que comme ça tu te sentirais encore plus viril que lorsque tu cognes une femme.

Je l'encercle, traquant ma proie, prêt à bondir à la seconde où je verrai qu'Ellie est hors de danger.

Mais soudain des flashes de lumière bleue et rouge emplissent la pièce et je lis la panique dans ses yeux.

Kevin se déplace vers la gauche comme s'il allait s'enfuir par le couloir, puis probablement par une porte arrière, mais je me jette sur lui. J'enroule mes bras autour de son corps, avant de laisser l'élan et la gravité nous entraîner tous les deux vers le sol. Il m'envoie un coup de poing au visage, sur le côté, et je lui rends la pareille. Un bruit sourd résonne autour de moi.

Presque dans le même temps avant, quelqu'un me tire en arrière.

— Laisse-le partir, fiston. Je vais prendre le relais à partir maintenant, me lance le shérif Mendoza.

Il attrape Kevin et je me précipite vers Ellie, qui est recroquevillée sur le sol.

— Ça va ?

Elle secoue la tête.

— On doit aller à l'hôpital.

— Hadley ?

— Elle est en sécurité, dis-je rapidement. Chez moi.

— Il faut que je la voie.

Ellie essaie de se lever mais pousse un hurlement.

— Ellie ?

— Mes côtes. Mon estomac…

Je serre les dents pour m'empêcher de faire quelque chose qui me conduirait tout droit en prison. Elle a été battue et a survécu à Dieu seul sait quoi. Il faut que je me montre différent de l'homme qu'elle vient de voir.

— Est-ce que tu peux marcher ?

Sa lèvre tremble, elle essaie de se détourner, de cacher le bleu qui se forme sur sa joue. Je lève une main, mais elle s'éloigne d'un mouvement brusque.

— Désolé.

— Non.

Elle essaie de m'arrêter puis reprend :

— J'ai besoin d'Hadley, j'ai besoin de sortir d'ici.

— Je ne te ferai pas de mal.

— Est-ce qu'elle est en sécurité ?

— Elle est chez moi, dis-je.

Nos regards se croisent, elle se met à pleurer.

— Merci d'être venu m'aider.

Si elle savait que c'est pour elle que je reviens à chaque fois. C'est à cause de la nuit que nous avons partagée, son sourire, ses rires, tout ce qu'elle m'a offert ce soir-là. Je me suis senti vivant, digne. Comme si je pouvais être le héros de quelqu'un. Je reviendrais pour elle chaque jour de ma vie, même en sachant qu'elle ne serait jamais à moi.

— Je suis content d'être arrivé à temps.

Elle passe son bras autour de son ventre et pousse un gémissement étouffé.

— Ellie ?

— Ça me fait mal, rien de plus.

J'ai envie d'arracher les bras de son mari. Comment ose-t-il faire ça à sa famille ? Sa femme et sa fille devraient être ce qui compte le plus pour lui, et il les a brisées toutes les deux ce soir.

Je jette un coup d'œil vers l'endroit où il se tient, mains derrière le dos, et j'espère que ces menottes métalliques sont si serrées qu'elles lui mordent la peau. Il me regarde et je me bouge pour qu'Ellie ne soit plus dans son champ de vision. Il ne mérite pas de poser les yeux sur elle.

Elle étouffe un autre gémissement, je ne sais pas comment l'aider. Je ne me suis jamais senti aussi inapte à quoi que ce soit.

— Que puis-je faire ?

Ses larmes débordent alors et entraînent mon cœur avec elles.

— Ramène-moi juste auprès d'Hadley.

Je hoche la tête, puis le shérif Mendoza attire notre attention.

— Ellie, j'ai quelques questions à te poser.

— D'accord, mais je dois rejoindre Hadley.

Les trémolos dans sa voix me laissent entendre qu'elle est sur le point de perdre les pédales. Elle a besoin de voir sa fille.

— Ce serait possible de prendre sa déposition là-bas, là où elles seront toutes les deux en sécurité ? m'enquiers-je.

Mendoza l'observe et hoche la tête.

— Bien sûr. Je vais demander à l'adjoint McCabe d'amener Kevin au poste et je vous conduirai tous les deux chez toi.

Ellie a l'air sur le point de craquer. Ses mains tremblent et elle n'arrête pas de prendre de vives inspirations étouffées à chaque mouvement.

— Tu peux te lever ? demandé-je doucement.

— Tu pourrais m'aider ?

Je lui tends les mains sans savoir où la toucher, mais elle peut à peine bouger pour s'en saisir.

Merde, tant pis. Je me penche et, aussi prudemment que possible, je la prends dans mes bras.

— Pardon, dis-je quand je l'entends crier.

— Ne t'excuse pas, merci. Je ne pense pas que j'aurais pu marcher.

Je la soulève, la cale aussi doucement que possible contre ma poitrine.

— Je ne te laisserai pas tomber.

Et que Dieu me pardonne, je ne laisserai plus jamais quelqu'un lever à nouveau la main sur elle.

chapitre dix

. . .

ellie

LE SOLEIL se lève alors que je suis assise sur la balancelle du porche de Connor, une couverture drapée autour des épaules et une tasse de thé entre les mains. Je suis tout engourdie, je ne peux pas parler. Tout me semble irréel. C'est presque comme si je m'étais enfermée dans un état proche du rêve et que j'avais observé tout ce qu'il s'était passé, sans le vivre.

Pourtant, je sais que c'est faux. La douleur que je ressens dans ma poitrine à chaque respiration en est la preuve.

J'éprouve une autre chose : un sentiment de sécurité, du moins autant que faire se peut. Connor est resté à mes côtés ou dans mon champ de vision à chaque instant, s'assurant que je me rendais bien compte que j'étais en sécurité et que ma fille l'était aussi. Il s'est tenu à mes côtés lorsque j'ai refusé d'appeler une ambulance, car il savait que je ne pourrais pas laisser Hadley seule et que je serai incapable d'accepter qu'elle me voie dans un hôpital.

Il s'est assis à l'arrière de la voiture de police avec moi tandis que des larmes silencieuses roulaient en silence sur mes joues. J'avais mal, oui, mais surtout... j'étais détruite. Quand nous avons atteint l'entrée de l'allée, il m'a doucement serré la main pour me rassurer. Je me suis essuyé les yeux et ai refoulé ma tristesse parce que j'avais besoin de me montrer forte à nouveau. Hadley en avait besoin.

Rien n'aurait pu m'empêcher de la rejoindre, alors il s'est assuré que j'étais bien hors de la voiture et debout avant d'aller ouvrir la porte. Hadley s'est précipitée dehors, une expression de terreur gravée sur son visage, suivie du soulagement.

Tout ce que j'ai pu faire, alors, c'est toucher son visage et lui garantir que j'allais bien. Qu'elle était la personne la plus courageuse que j'aie jamais connue, qu'elle en ait conscience ou non. Ma fille m'a sauvé la vie et je ne pourrai jamais me le pardonner.

J'ai réconforté Hadley autant que j'ai pu avant de faire ma déposition et de laisser la Police prendre des photos de mes blessures. Pendant que Connor me bandait les côtes, il m'a expliqué qu'ils auraient besoin de ces clichés pour le procès. Tandis qu'il s'activait à me soigner, j'ai appris qu'il était médecin dans la Marine, ce qui explique pourquoi il n'a pas laissé l'ambulancière, Sydney, s'occuper de moi.

J'entrais dans un tout autre niveau d'humiliation, mais j'étais ravie d'être capable de me renfermer et d'être insensible à tout ça. J'ai laissé Connor me faire tous les soins qu'il pouvait et fait comme si j'étais sur la plage, à des années-lumière de tout ça. Je me suis contentée de garder Hadley dans mes bras, oubliant la douleur, pendant qu'elle s'endormait.

La porte s'ouvre en grinçant et je sursaute, mais Connor lève immédiatement les mains.

— C'est seulement moi. Je viens voir comment tu vas.

Je fais de mon mieux pour me détendre et revenir à moi.

— Je… suis là.

— Comment tu digères les choses ?

Je hausse les épaules.

— Je ne sais pas trop. Je suis encore en train d'analyser tout ça.

— Tu t'es bien débrouillée avec le shérif Mendoza.

Je ris intérieurement. Je n'ai rien fait d'extraordinaire. Ma vie entière consiste en une série d'erreurs, celle d'hier soir étant la plus grande de toutes. La veille, j'étais assise ici, à leur raconter toute l'histoire, à lui et au shérif, à me détester, à me réprimander, tout en pleurant tout mon soûl.

Il n'y avait rien d'incroyable dans tout ça.

— Je n'en suis pas si sûre. J'étais dans un sale état.

— Tu n'as pas menti et tu as réussi à tout lui dire alors que tu n'avais pas à le faire. J'ai vu… des gens dissimuler leurs abus parce que c'est plus facile ainsi. Tu t'es montrée courageuse. Tu n'y crois peut-être pas, et je suis certain que tu as tes raisons de ne pas être partie plus tôt, mais tu l'as fait, et je suis sûr qu'Hadley le verra de la même façon que moi.

Je regarde le soleil se lever, espérant trouver un peu de réconfort en sachant que j'ai réussi à survivre, mais je n'y arrive pas. Je suis emplie de regrets, il n'y a pas une once de bravoure là-dedans.

— Si j'étais courageuse, je n'aurais jamais laissé les choses aller aussi loin. Je serais partie la première fois qu'il a fait en sorte que je me sente faible et diminuée. Si tant de choses n'étaient pas arrivées… si seulement je m'étais enfuie la première fois qu'il a levé la main sur moi, ma fille n'aurait jamais vu de bleu sur le corps de sa mère ou de larmes couler parce qu'il m'avait fait du mal.

— Il est facile de voir les choses sous cet angle, de rejeter la faute sur soi-même ou d'imaginer tous les « et si ? », mais on fait des choix parce qu'ils nous semblent les meilleurs choix à faire à ces instants T. On a tous des regrets.

J'espère qu'il plaisante. Les personnes qui ne vivent pas ça voient les choses différemment. J'ai entendu des gens parler de la situation de personnes coincées dans des relations toxiques et dire qu'à leur place, ils n'auraient pas fait ceci ou cela. Quand on ne vit pas les choses, on ne peut pas dire ce qu'on pourrait faire si c'était nous.

Je n'ai jamais pensé que je me retrouverais dans une relation abusive, et pourtant…

En grandissant, j'étais cette fille intelligente qui croyait rencontrer un homme qui la traiterait bien et qui, s'il ne le faisait pas, le quitterait. Et puis je suis tombée sur Kevin et me suis retrouvée dans cette relation chaotique où mon univers tout entier tournait autour de lui et où j'étais devenue étrangère à ma propre histoire.

C'est ma faute.

— J'apprécie, mais je ne suis pas d'accord. Je savais que je devais le quitter, mais j'ai décidé de rester en espérant qu'il change. C'est forcément moi la coupable car j'avais juste trop peur de me rendre compte qu'il ne changerait jamais.

Connor avale une gorgée de son café et m'adresse un triste sourire.

— Je ne suis pas d'accord avec le fait que tu ne sois pas d'accord.

Je laisse échapper un petit rire et grimace.

— Comment tu te sens ? J'aurais vraiment aimé que tu voies un médecin.

Sydney, l'ambulancière, m'a examinée, et je ne l'ai laissé faire que pour convaincre ma fille que je ne courrais pas de grave danger. Pourtant, j'ai tellement mal au flanc que je ne serais pas surprise d'avoir une côte cassée.

— J'irai demain, quand Hadley sera à l'école.

— Il faudrait au moins que je nettoie la coupure sous ton œil.

— Je suis contente que tu acceptes de m'aider, commencé-je d'une voix douce. Mais je suis certaine de pouvoir me débrouiller toute seule.

Connor va s'appuyer contre la rambarde, ses larges bras croisés sur la poitrine comme s'il pouvait défaire le monde entier s'il venait lui chercher des noises.

— Je comprends que tu préfères faire comme ça, mais laisse-moi au moins jeter un œil à tes côtes. Je suis sûr qu'elles sont cassées, alors j'aimerais être sûr de ne pas passer à côté de quelque chose de plus grave, surtout si tu repousses ta visite chez le médecin.

— D'accord, accepté-je, sachant que je ne pourrai pas examiner moi-même la zone ou la toucher. Bon sang, je peux à peine respirer sans avoir envie de pleurer. Je n'arrive toujours pas à croire que ce qu'il s'est passé cette nuit est réel. Je suis si… fatiguée, pourtant j'ai l'impression que je ne pourrais pas dormir. Je ne vois que son visage, je ne ressens que la douleur du moment où il m'a donné des coups de pied.

Nous restons tous les deux silencieux. Je ne sais pas pourquoi je lui avoue tout ça.

Après quelques minutes de silence dénuées d'embarras, Connor s'éclaircit la gorge.

— Ellie, est-ce que ton mari a déjà frappé Hadley ? demande-t-il sans aucune trace de jugement dans la voix, juste par curiosité.

— Pas que je sache. Il a menacé de le faire… C'est pour ça que je suis partie hier soir. Il a dit que si j'essayais de partir, il nous tuerait toutes les deux, et je l'ai cru. Je savais que je devais partir. Je savais que ça risquait d'être la nuit de trop et je me fichais de ne pas avoir de plan précis, de ne pas avoir d'argent ou d'endroit où aller. Impossible de rester une minute de plus là-bas. Je pense qu'il m'aurait vraiment tuée si tu n'étais pas arrivé.

— Tu as bien fait. La maltraitance ne s'arrête jamais. Même quand notre bourreau meurt, l'impact de ses gestes est toujours là.

Je lève les yeux et l'étudie comme s'il y avait quelque chose caché sous la surface.

— Je suis certaine d'éprouver les choses ainsi pendant encore longtemps.

— Tu vas guérir, et je te jure qu'il ne te fera plus jamais de mal.

— Je ne sais pas comment tu peux me promettre un truc pareil.

Connor s'éloigne de la rambarde.

— Parce qu'il ne te fera pas de mal si tu es chez moi. Si tu choisis de rentrer chez toi, alors on trouvera un tas de moyens pour que tu puisses te protéger, au cas où il serait libéré de prison. De toute façon, que ce soit ce soir, demain, ou peu importe le jour où tu seras prête à partir, tu seras en sécurité tant que tu resteras avec moi.

En sécurité. C'est un mot que j'ai pris pour acquis tellement de fois. Quand j'étais jeune, je me souviens que mon père me faisait souvent des câlins et me disait qu'il veillerait à toujours me protéger. Il verrouillait toutes les portes, prenait d'immenses précautions et puis, un jour, alors que j'étais à la fac, une voiture a dévié sur leur voie et les a tués tous les deux. Ils n'ont jamais trouvé le conducteur de l'autre véhicule.

Rien n'a pu les protéger.

Quand j'ai rencontré Kevin, il nous a dupés tous autant que nous sommes. Mes parents l'adoraient, le trouvaient gentil, merveilleux, et me disaient combien j'avais de la chance d'avoir rencontré un homme comme lui lors de ma première année d'université. Il a hérité de la ferme un mois avant la fin de l'année, alors nous les avons invités à nous rendre visite.

Ils étaient tellement heureux ce soir-là. Ils aimaient les champs, la ville et espéraient que je vivrais ici un jour. Puis ils ont été tués, et soudain il n'y avait plus qu'un trou béant en moi. Je croyais que Kevin comblerait le vide laissé par la perte de mes parents. J'étais si seule. Si triste. Je cherchais quelqu'un en espérant que cette personne puisse améliorer un peu les choses. Et lui, il était là, à promettre de prendre soin de moi, à me couvrir d'amour, à me redonner vie. Je suis tombée dans le panneau, j'ai mordu à l'hameçon, au plomb et à la ligne, il n'avait même pas besoin de mouliner.

Et maintenant, je me sens vidée, comme un poisson.

— C'est gentil, mais je ne suis en sécurité nulle part. Est-ce qu'on pourrait éviter de parler de ça maintenant ? Je suis si confuse… enfin, je suis incapable d'y penser, là tout de suite.

— Bien sûr, je peux m'asseoir à côté toi ?

Je me décale, lui laisse un peu de place, et il s'installe avec moi sur la balancelle.

— Désolé. Je n'aurais pas dû te pousser à parler.

— Non, ce n'est pas grave. Je suis à vif, une loque. Toi, tu n'as rien fait de mal.

— Tu n'es pas une loque, répond Connor avant de reprendre rapidement. Parle-moi d'Hadley quand elle était bébé.

Je regarde par la fenêtre pour la centième fois. Je continue à m'assurer qu'elle est bien là et que ce n'est pas une réalité alternative que j'ai créée dans ma tête. Pour l'instant, je ne crois à rien de ce qui m'entoure car je ne suis pas vraiment sûre d'être en vie et que tout ça n'est pas juste l'au-delà.

Excepté la douleur. On ne souffre sûrement pas dans la mort, et Hadley ne serait pas là.

— Elle a toujours, toujours été la plus incroyable des enfants. Elle n'a jamais fait d'histoires quand elle était bébé, elle faisait ses nuits probablement bien avant que je ne le mérite. C'était comme si elle suivait les chapitres du livre pour bébé que j'avais lu, car elle franchissait chaque étape exactement quand il le fallait.

Il sourit.

— Elle a l'air adorable.

— Oui, elle l'est. J'ai tellement de chance de l'avoir. Je n'ai jamais eu l'occasion de te remercier pour la façon dont tu t'es occupé d'elle quand elle s'est fait mal au bras. Ça compte beaucoup pour moi que tu t'en sois inquiété. Merci de l'avoir trouvée puis ramenée à la maison.

Connor fait doucement tanguer la balancelle.

— Je ne l'aurais jamais laissée partir comme ça. C'est la seule belle chose que j'ai vue après être revenu m'enterrer dans ce trou. Cette ville… disons que ce n'est pas l'endroit que je préfère.

— Pourquoi ça ?

Il hausse les épaules.

— J'ai beaucoup de souvenirs ici. Beaucoup que j'ai essayé d'oublier et qui ne disparaîtront pas. Tu sais, ma mère avait l'habitude de faire ça chaque matin.

Je le fixe, me demandant ce qu'il veut dire par là.

— Elle s'asseyait sur cette balancelle tous les matins et regardait le lever du soleil. Je me souviens avoir essayé de me réveiller tôt pour l'accompagner. Elle disait que c'était son moment suspendu où rien ne pouvait l'atteindre.

Je souris, malgré l'enfer que j'ai traversé. Je l'imagine jeune garçon, venant ici juste pour passer du temps avec elle.

— Je pense qu'il est important pour un enfant de partager des moments comme ça avec leurs parents. Hadley et moi, on a notre petite routine du soir que je chéris en priant pour qu'elle ne l'oublie jamais.

— Maman faisait des activités spécifiques avec chacun d'entre nous. Son but, c'était de nous rendre heureux. Elle est morte quand j'avais à peu près l'âge d'Hadley.

Je lui touche la main.

— Je suis vraiment désolée que tu l'aies perdue. J'ai rencontré ton père quelquefois, mais je ne le connaissais pas très bien. J'aurais aimé avoir l'occasion de la rencontrer, elle avait l'air extraordinaire.

— Ma mère était une sainte. Je ne me souviens pas de grand-chose, mais les souvenirs que j'ai… ils sont tout. J'aimerais pouvoir voir son visage plus nettement dans ma tête.

— Je comprends ce que tu veux dire. J'ai perdu ma mère aussi, donc je sais que c'est dur. Elle serait très fière de l'homme que tu es devenu. Je sais qu'on ne se connaît pas vraiment, mais tout ce que j'ai vu jusqu'ici me dit que tu es quelqu'un de bien.

Je ne sais pas comment l'expliquer, mais depuis que Connor est revenu dans ma vie, tout a changé. Peut-être que ce n'est rien, ou peut-être que c'est l'univers qui me dit que j'ai merdé la nuit où je l'ai laissé dans sa chambre d'hôtel, endormi, et que je devrais l'écouter. C'est peut-être mes parents qui me font un signe, depuis le Ciel. Quoi qu'il en soit, Connor m'a plus apporté en une semaine que n'importe qui d'autre depuis que je suis arrivée en ville.

Il a sauvé ma fille et maintenant moi. Il s'est montré gentil sans me diminuer dans le même temps. Même là, maintenant, au lieu de me cuisiner ou de me forcer à parler, il trouve le moyen de me faire penser à autre chose, de changer de sujet de conversation.

Je me suis posé tellement de questions à son sujet pendant si longtemps… et il est là. Juste au moment où j'ai le plus besoin de quelqu'un.

Quand Connor me regarde, il a le regard hanté.

— J'espère vraiment. Mes frères et moi, on a essayé de suivre un mode de vie qui la rendrait fière.

— Raconte-moi quelque chose sur elle, le pressé-je. Je préfère parler d'elle plutôt que de mes propres parents ou de ce qui leur est arrivé.

— Elle faisait les meilleures tartes qui soient. Pour notre anniversaire, elle nous cuisinait toujours notre tarte préférée au lieu d'un simple gâteau. On se fichait des cadeaux et de tout le reste tant qu'elle nous faisait une tarte.

— C'était laquelle, ta préférée ?

— Celle aux pommes.

— Comme Hadley, dis-je en regardant à nouveau à travers la fenêtre. Elle peut engloutir une tarte aux pommes à elle toute seule. Je suis sûre que celle que je fais n'est pas aussi bonne que celle de ta mère, mais…

— Je suis certaine que tes tartes sont parfaites, Ellie.

Je me mords la lèvre pour l'empêcher de trembloter, mais c'en est trop pour moi. Je ne peux pas l'en empêcher.

— Mon Dieu, Connor, j'aurais pu mourir, et qui lui aurait préparé sa tarte, dans ce cas ? Qu'est-ce qu'il lui serait arrivé si… si tu n'avais pas débarqué ? Comment pourrais-je me pardonner d'avoir fait voler son monde en éclats ?

— Tu n'es pas morte, tu es juste ici.

Est-ce vraiment le cas ? La culpabilité et la douleur m'assaillent, me coupent le souffle. J'ai essayé tellement fort de tout garder en moi, mais je suis une loque. C'est un vrai désastre.

— Je n'aurais jamais dû essayer de fuir, hier soir. Si j'avais été plus maline et que j'avais attendu...

— Et quoi ? Qu'est-ce que tu penses qu'il serait arrivé, Ellie ? Les hommes qui utilisent leurs poings se fichent du moment où leur entourage s'en va. Les hommes qui utilisent leur pouvoir pour soumettre les autres ne se soucient pas de l'instant T ou de la personne en face, tout tourne autour d'eux et d'eux seuls. Tu as fait ce qu'il fallait.

Je secoue la tête et essuie les larmes sur mon visage.

— Absolument pas.

Il jette un œil à l'intérieur de la main, avant de reposer les yeux sur moi.

— Tu as fait ce qu'il fallait pour elle. Tu l'as empêché de pouvoir lui faire du mal. Tu as fait passer Hadley en priorité pour qu'elle puisse avoir de la tarte quand elle en aura envie.

J'ai mal dans la poitrine, et pas seulement à cause de mes côtes blessées. Je me sens impuissante, je me dissipe comme la brume du matin, je ne suis plus rien. J'avais tellement peur qu'il tienne parole que je lui ai donné l'occasion de le faire.

— Je me suis promis que s'il touchait à un cheveu d'Hadley, je fuirais. J'ai juré de ne jamais laisser qui que ce soit lui faire du mal, et regarde...

À travers mes larmes, j'observe la petite fille qui dort sur le canapé. Elle est enroulée dans les couvertures et un rayon de soleil illumine son visage.

— Je n'ai pas tenu ma promesse, je l'ai trahie.

Alors je ferai tout mon possible pour ne plus jamais briser mes promesses.

chapitre onze

. . .

— ON SE LE *promet tous chacun notre tour, dit Declan au moment où nous nous attrapons l'un après l'autre le poignet pour former un cercle. On doit se jurer qu'on ne sera jamais comme lui. On va protéger ce à quoi nous tenons et ne jamais nous marier ou avoir des enfants, d'accord ?*

Sean hoche rapidement la tête.

— Oui, on ne tombera jamais amoureux parce qu'on risque d'être comme lui.

Jacob resserre sa prise sur mon poignet.

— On ne lèvera la main sur personne sous le coup de la colère, mais seulement pour nous défendre si nécessaire.

J'agrippe plus fort le poignet de Declan et Jacob en faisant ma promesse.

— On n'aura jamais d'enfants et on ne reviendra jamais ici.

Nous nous serrons les mains à l'unisson. Les frères Arrowood ne rompent jamais leurs promesses.

Je ne l'ai jamais rompue, cette promesse que nous nous sommes fait tous les quatre cette nuit-là, comme pris dans un étau. Je ne me suis jamais permis d'aimer qui que ce soit ou d'avoir un enfant. Pas parce que je pense que je suis comme mon père, mais parce que la parole que j'ai donnée à mes frères est plus importante que tout. Nous avons brisé le schéma familial ce jour-là. Nous avons promis de nous protéger les uns les autres en nous assurant que nous ne perdrions jamais quelqu'un et afin de ne pas être dévastés au point de plonger dans l'alcool.

La force d'un homme se mesure seulement à sa capacité à garder ses promesses, et la mienne est immense.

En restant ici avec elle, je sais que toutes mes promesses ne valent rien. Je les briserais toutes pour elle, et ça me fout les jetons.

Impossible de la convaincre qu'elle n'a rien fait de mal. Son cœur et sa tête sont emplis de vérités auxquelles elle s'accroche. Je ne le sais que trop bien.

Cependant, le besoin de la réconforter m'envahit.

Elle frissonne, alors j'ai envie de la prendre dans mes bras, de la protéger du froid et de tout ce qui la hante. Je ne veux dépasser une quelconque limite, mais le besoin que je ressens de la protéger est si fort que je ne peux m'en empêcher.

— Est-ce que je peux te prendre dans mes bras ? demandé-je, prêt à entendre n'importe quelle réponse.

Elle lève lentement les yeux sur moi, comme un animal blessé. L'idée que quelqu'un lui ait infligé une telle chose m'horripile. J'ai envie de découper cet homme en morceaux, cet homme qui l'a plongée dans un tel état de détresse. Elle aurait dû être aimée, protégée, et chérie.

— Tu voudrais bien ? s'enquiert-elle.

Je ferais n'importe quoi pour elle.

Je lève mon bras, l'invitant à se blottir contre moi.

Elle bouge très lentement, en émettant des petits bruits de douleur, et je reste complètement immobile. Elle se blottit contre moi, pose la tête sur mon épaule, puis j'enroule les couvertures autour de nous deux.

Chacun de nous garde le silence, je ne crois pas que nous ayons besoin de mots. De toute façon, je ne pourrais pas parler même si je le devais.

Elle est avec moi. Dans mes bras, à me laisser la réconforter. Je prends la mesure de la confiance qu'elle m'offre. Les six dernières heures ont été un véritable enfer pour elle et, une fois de plus, elle fait preuve de courage.

Nous nous balançons ensemble tandis que le soleil se lève, illuminant le ciel de nuances chaudes. Les larmes d'Ellie trempent ma chemise, mais je ne lui fais pas remarquer. Si elle a besoin de tremper une centaine de chemises, je n'y verrai aucun inconvénient. Si elle veut que je la prenne dans les bras pendant des jours, je m'exécuterai. Elle m'a peut-être échappé cette nuit-là, et nos vies sont peut-être compliquées, mais une chose est sûre : Ellie ne se sentira plus jamais diminuée ni brisée. À partir d'aujourd'hui, je ferai tout pour qu'elle se sente en sécurité.

~

— Tu n'as vraiment pas besoin de m'emmener là-bas, répète-t-elle pour la dixième fois alors que nous nous rendons à l'audience préliminaire pour l'affaire avec son mari. Tu fais déjà tellement pour nous. J'aurais pu y aller en marchant.

C'est ça, comme si j'allais la laisser parcourir trente kilomètres jusqu'au tribunal. Elle a eu besoin d'un chauffeur car elle ne peut pas conduire à cause des médicaments qu'elle prend, et j'étais bien incapable de l'imaginer quitter mon champ de vision plus d'une heure. Donc que je l'y conduise m'arrange finalement autant qu'elle.

— Tu n'as pas besoin de le répéter. Si je ne voulais pas être là, avec toi, je ne me forcerais pas. Je sais que tu n'arrives pas à le comprendre, Ellie, mais j'ai besoin d'être auprès toi, là, maintenant.

— Vraiment ?

— Oui. Je ne te forcerai pas à entrer seule dans ce tribunal. Si tu veux que je t'accompagne, je t'accompagnerai. Si tu veux que je reste en dehors, je t'attendrai. Je ferai tout ce que tu veux. D'accord ?

— OK.

Hadley et elle sont restées chez moi la nuit dernière, en particulier parce que j'ai réussi à la convaincre qu'elle avait besoin de quelqu'un pour l'aider à se déplacer car elle pouvait à peine se tenir debout. Le médecin a confirmé qu'elle avait trois côtes cassées et de nombreuses contusions. L'empreinte de sa main était incrustée sur son bras et elle avait une marque violette sur sa joue là où il l'avait giflée, mais elle n'a pas eu besoin de points de suture. Je resterai à son chevet, sans faute.

Pas parce que j'ai envie de la contrôler, mais bien parce que je veux la protéger, et c'est à ce niveau-là que j'ai du mal à me contenir. Ellie n'avait aucune marge de manœuvre ni aucun moyen de fuir et s'est sentie impuissante. Je ne peux pas m'interposer et la protéger en lui disant comment gérer les choses.

Je ne veux pas qu'un autre homme lui retire son agentivité. Alors je ravale tous les conseils que je lui aurais normalement donnés et qui ne laissaient aucune place aux négociations, j'essaie de l'amener vers la décision que je souhaiterais la voir prendre. Si elle ne le fait pas, ce qui n'est pas encore le cas, il me faudra changer mon fusil d'épaule.

Le shérif Mendoza m'a expliqué que l'audition d'aujourd'hui servirait à déterminer s'ils vont garder Kevin en prison jusqu'au procès ou s'il pourra payer sa caution lui-même et être libéré.

S'il retourne dehors, je ne sais pas comment je réagirai, et je ne sais pas si Ellie a réfléchi à un plan au cas où ça arriverait.

Je gare la voiture ; Ellie tend la main vers la poignée, mais n'ouvre pas la porte.

— Je ne vais jamais y arriver.

— Bien sûr que si.

— Non, répond-elle, le souffle court. Je ne peux pas. Je suis incapable de lui faire face.

Je sors du véhicule, le contourne et ouvre la portière passager avant de m'accroupir pour que nous soyons à la même hauteur, yeux dans les yeux.

— Il ne peut pas te faire de mal. Il devra me passer sur le corps, s'il veut s'approcher de toi.

Elle lève une main et me touche la joue un bref instant.

— Tu ne me dois rien, Connor.

Je ne suis pas certain de ce qu'elle veut dire par là.

— Je ne suis pas là parce que je me sentirais redevable envers toi. Pourquoi est-ce que tu imagines une telle chose ?

— Je ne sais pas, mais en même temps je ne comprends pas non plus pourquoi tu fais ça.

— Parce que je tiens à toi.

— Vraiment ?

Comment fait-elle pour ne pas le voir ?

— Je tiens à toi et à Hadley. Tu n'as pas idée du nombre de nuits durant lesquelles j'ai rêvé de toi, Ellie. Je ne connaissais pas ton nom, je ne connaissais rien à part ton visage et la manière dont tu m'as sauvé cette soirée-là. Ton sourire, tes yeux, la façon dont tu m'as redonné confiance et espoir quand je n'en avais du tout, c'est ce qui m'a permis de rester en vie. Nuit après nuit, je me repassais ces souvenirs dans ma tête, rêvant de cet ange descendu du ciel, pour me donner envie de continuer à me battre. Alors, je ne te dois peut-être rien, mais je tiens à toi. Je fais ça parce que je n'imagine pas faire autre chose, je veux juste être là pour toi. Je fais ça parce que tu es brave et forte et que personne ne mérite de subir ce qu'on t'a infligé. Tu as pris Hadley et tu t'es enfuie. Ta fille avait besoin que tu la choisisses elle, tu le savais et tu l'as fait. Alors tu dois le faire à nouveau aujourd'hui. Tu dois te battre et entrer là-dedans avec la tête haute. Je serai juste à côté de toi tout du long.

Elle pousse un profond soupir, une expression tourmentée sur le visage.

— Tu dis toutes ces choses…

Sa voix se brise, elle doit s'éclaircir la gorge.

— Je ne suis pas courageuse, mais j'ai envie de l'être. J'ai tellement de choses à te dire, mais c'est un tel chaos dans ma tête.

— Je n'attends rien de toi. Je veux juste que tu saches que tu n'es pas seule.

— Je veux être cette femme que tu vois en moi.

Je sais parfaitement ce qu'elle ressent. Je me lève et lui tends la main.

— Alors montre-la-moi.

chapitre douze

. . .

ellie

JE GLISSE une main dans la sienne et sors de la voiture, puisant mon courage en lui à chaque pas. Il pense que je suis brave. Il ne me regarde pas comme si j'étais une fille stupide trop faible pour quitter son mari violent. Connor me voit comme une femme qui a fait passer son enfant en priorité et qui est partie lorsque la sécurité de cet enfant a été menacée.

C'est ça, j'ai besoin de ressentir cette détermination à nouveau. J'ai besoin d'être forte, même si j'ai envie d'aller me planquer dans le véhicule et ne jamais plus revoir Kevin.

Quand nous arrivons devant les portes du palais de justice, le procureur, qui était autrefois un bon ami de Kevin, nous accueille :

— Ellie, me salue Nathan Hicks, une main levée.

Je remonte la mienne sur l'avant-bras de Connor et m'y accroche tandis que nous avançons.

— Bonjour, Nate.

Il m'observe, prenant en considération les bleus et les coupures que je ne peux pas dissimuler et carre la mâchoire. Quand son attention se porte sur la personne qui se trouve à mes côtés, il ouvre grand les yeux.

— Connor ? Connor Arrowood ?

— Nate, ça faisait longtemps.

Connor tend la main pour serrer la sienne.

— Ça fait des années. Tu as quitté la ville et on n'a plus jamais entendu parler de toi. Ça me fait plaisir de te voir. Bon sang, je n'arrive pas à croire que c'est vraiment toi.

Connor n'a pas l'air heureux de le revoir, mais Nate est connu pour être un connard.

— Je suppose que c'est toi, le procureur ? demande-t-il.

Je commence à légèrement trembler, mais Connor me couvre la main avec celle qu'il a de libre.

— Oui, en effet. Je ne savais pas que tu connaissais Ellie…

— Il habite à côté de moi et… je suis sûre que tu as déjà lu que Connor est celui qui m'est venu en aide sur place.

— Oui, bien sûr. Je n'ai même pas fait le rapprochement, admet Nate. Eh bien, je suis content que vous soyez là tous les deux. C'est l'audience préliminaire, on va voir si le juge va garder Kevin…

Je resserre ma prise autour du bras de Connor parce que Nate pourrait très bien faire en sorte que les choses aillent dans l'autre sens. Et s'il n'était pas de mon côté ?

Je croise le regard Connor, et ce dernier intervient alors :

— Tu veux dire monsieur Walcott, l'homme qui a battu sa femme, lui a cassé trois côtes et lui a fait ce bleu sur la pommette, hein ?

Nate se hérisse, puis se racle la gorge.

— Oui, excuse-moi, Ellie, tout ça est un peu étrange pour moi. Je savais que Kevin et toi vous disputiez, mais je ne savais pas que ça allait jusqu'à la violence physique. On va demander à la cour de le garder enfermé jusqu'au procès, pour ta sécurité et celle d'Hadley. Le verdict dépendra probablement du rapport que le shérif Mendoza a soumis et des déclarations que tu vas faire aujourd'hui.

— Quel genre de déclarations ? fait Connor.

— J'ai du mal à tout comprendre… avoué-je. Je sais que le shérif Mendoza me l'a expliqué, mais honnêtement, j'ai l'impression de surnager dans tout ça. Je suis… désolée… Je ne devrais pas être confuse à ce point.

— Ne le sois pas. Tu as traversé beaucoup d'épreuves, je suis ravi de pouvoir tout t'expliquer. Aujourd'hui, il va s'agir de démontrer au juge que notre réquisitoire est pour aller au procès. S'il pense que je n'ai pas assez de preuves, ce qui est totalement le cas, en réalité, il pourrait rejeter notre demande. C'est pourquoi il était impératif que tu viennes.

Tout ça est tellement paralysant. Non seulement je suis encore sous le choc, mais en plus je dois maintenant passer devant le juge et faire face à l'homme qui m'a battue. Je dois revivre ça devant des gens, et c'est seulement l'audience préliminaire. Je devrais le refaire si on arrive jusqu'au procès.

Connor acquiesce et carre la mâchoire.

— Qu'est-ce que tu vas requérir, Nate ?

Ce dernier gonfle un peu la poitrine et se tourne vers moi.

— Qu'est-ce que tu souhaites, Ellie ? Je peux faire pression pour qu'il soit détenu, mais est-ce que quelqu'un risque de venir payer sa caution ?

— Je ne veux pas qu'il soit libéré, si c'est là ta question.

Ils ne peuvent pas le laisser courir en liberté. S'ils le font, il nous tuera, Hadley et moi.

Impossible qu'il nous laisse le quitter.

Mon rythme cardiaque s'accélère et je tremble si fort que j'ai peur de me briser les dents. Je pensais que battre sa femme serait un motif légitime pour le garder en prison. Où est-ce que j'irai ? Où Hadley et moi pourrions-nous aller pour nous cacher ?

— Ellie ?

Connor se positionne face à moi, me fait reculer de quelques pas.

— Ellie, calme-toi.

Ma poitrine me fait mal, mais je n'arrive pas à me ressaisir. Je revois le regard de Kevin lorsqu'il s'est dirigé vers moi et je ressens à nouveau la manière dont mon corps ne pouvait se remettre de ses coups de pied. Je vois tout ça, là, devant moi, comme si tout recommençait.

Je me dégage de Connor, les mains levées, prête à m'enfuir en courant.

Je dois aller chercher Hadley et partir d'ici. Je suis tellement stupide. J'aurais dû m'enfuir bien avant ça.

— Ellie, écoute-moi… me dit Connor en mettant les mains en l'air et en faisant des gestes lents. Pour l'instant, on doit seulement aller là-bas et dire au juge pourquoi il ne peut pas le faire libérer, d'accord ? Si tu ne fais pas ça, alors on devra définir un tout nouveau plan. Il ne s'approchera *pas* de toi ni d'Hadley. Tu m'entends ? Il ne pourra même pas faire un seul pas dans ta direction. Je me tiendrai juste à côté de toi.

Il ne comprend pas que je suis incapable de faire ça.

— Je dois m'en aller.

— Si tu t'en vas, il sera libre, reprend Nate avec une intensité dans la voix que je ne lui ai jamais connue. Je sais que tu flippes, là tout de suite, mais je vais requérir une caution d'un montant si outrageusement élevé qu'il ne pourra pas être libéré, à moins d'avoir cette somme avec lui ou que quelqu'un soit prêt à la régler pour lui.

J'éclate de rire et secoue la tête.

— Vous ne comprenez pas. Je ne sais pas de combien d'argent il dispose, Nate. Je n'ai pas accès à nos comptes. Je n'ai aucune idée s'il en a un sur lequel il y a de quoi payer, s'ils l'autorisent. J'avais seulement le droit à un budget précis pour aller faire les courses, autrement, je n'avais jamais d'argent à ma disposition. Il pourrait avoir des millions sans que je le sache. Il a mentionné il y a peu que la ferme avait fait des bénéfices ces dernières années. Il a reçu de l'argent en héritage en plus des terres agricoles. Je n'en ai absolument *aucune* idée ! Je ne sais rien de ce qu'il possède !

Cet aveu sur l'état de ma vie avec Kevin me rend malade, mais voilà, c'est la vérité, et je ne peux pas faire comme si elle n'existait pas. Kevin pourrait détenir des millions et je ne le saurais même pas. Il pourrait leur faire un chèque aujourd'hui, revenir à la maison, et qu'est-ce qu'il se passerait ensuite ?

Nate émet un sifflement entre ses dents.

— Ellie, il faudrait qu'il ait cet argent sur lui.

— Il ne risque pas de se faire virer le montant en question ou mettre la main dessus autrement ? intervient Connor.

— Non, mais ça ne veut pas dire qu'il ne peut pas demander à quelqu'un de payer la caution.

Je ne peux pas rester dans cette ville s'il sait que je le quitte. Il me traquera et ce sera la fin.

Peu importe le genre de protection que Connor pense pouvoir m'apporter en restant auprès de nous.

— Tu n'as aucun contrôle sur ce que le juge va décider.

Connor pose doucement les mains sur mes joues, me forçant à le regarder. Ses yeux verts exsudent la compréhension et les promesses.

— Tu ne peux y aller qu'un pas après l'autre. Hadley est en sécurité. Elle est à l'école et l'adjoint du shérif est là-bas pour veiller sur elle. Là, maintenant, tu dois te présenter à la barre et expliquer pourquoi ils ne peuvent pas le libérer. Si tu ne le fais pas et que tu fuis à la place, tu seras en cavale pour toujours, Ellie. Crois-moi, ça ne s'arrêtera jamais à moins que tu y fasses face. Tu peux le faire, pour Hadley et toi.

J'essaie de retrouver une respiration plus régulière et de me concentrer sur lui. Il a raison. Je dois le faire. Je dois nous défendre, Hadley et moi. C'est elle qui compte le plus, je dois démontrer pourquoi il était nécessaire que je parte, cette nuit-là.

— D'accord, dis-je d'une voix tremblante.

Nate se rapproche.

— Je ferai tout ce que je peux pour obtenir le résultat que l'on souhaite.

— Merci.

Je secoue la tête, ravalant mes larmes, et m'avance dans le palais de justice, flanquée de Connor et Nate, en priant pour réussir à aller au bout de l'audience.

～

Révulsée, j'écoute le discours du shérif Mendoza, puis celui de Connor, qui racontent les événements de cette nuit-là avec leurs propres mots. Ça ressemble à un film d'horreur, sauf que c'est réel. C'est ma vie. Je suis la femme qu'ils décrivent, cette femme battue et étendue sur le sol quand ils sont arrivés.

Nate prend son temps pour prouver au juge à quel point la situation avait dégénéré, puis ils répètent les déclarations qu'ils ont entendues. Il fait ensuite un bref compte-rendu de ce que j'ai dit à l'extérieur du tribunal, sur la manière dont Kevin me contrôlait, puis explique que nous ne savons pas de combien d'argent il dispose.

Connor est assis à côté de moi, il ne me touche pas, mais... il est là.

— Veuillez faire venir la plaignante à la barre.

— Il ne peut pas te faire de mal, Ellie, sois forte et dis-leur la vérité, me dit la voix profonde de Connor à mon oreille.

Je ravale ma frayeur et fixe un point devant moi. Nate est là, alors je me tourne vers lui. Il s'est montré vif d'esprit et inflexible durant l'audience. L'inquiétude que j'ai ressentie par rapport à sa vieille amitié avec Kevin a disparu. Aujourd'hui, il est de mon côté, et la défense n'a pas su trouver de faille dans les témoignages du shérif Mendoza et de Connor.

Je suis la dernière à passer.

Je prie pour ne pas être prise de nausée ou perdre la tête.

Quand j'arrive à la barre, je répète les mots de l'huissier et m'assieds.

Nate lance l'interrogatoire :

— Madame Walcott, pourriez-vous nous raconter ce qu'il s'est passé il y a deux nuits.

J'entremêle mes doigts, ferme les yeux et je commence mon récit. Je leur raconte tout. Je passe en revue chaque mot, chaque menace, chaque fois qu'il m'a attrapé par les cheveux et m'a donné des coups de pied. Comment il me tirait et me secouait comme si j'étais une poupée. Mes larmes coulent à mesure que je parle, mais je ne m'arrête pas, même quand je commence à trembler. Je raconte simplement mon histoire.

— J'ai cru que j'allais mourir. Que c'était la dernière fois que je voyais ma fille quand je lui ai dit de s'enfuir et de ne surtout pas revenir en arrière. La douleur était tellement forte quand il m'a frappée et donné des coups de pied.

J'ai l'impression de ne plus rien avoir en moi. Je suis vidée de toute la force qu'il me restait, mais je finis par m'obliger à regarder Nate. Ses lèvres frémissent malgré lui et il me tend un mouchoir.

— Merci, madame Walcott. Il se tourne ensuite vers le juge. Votre Honneur, sur la base du témoignage que vous venez d'entendre et des preuves que j'ai fournies, nous demandons à ce que monsieur Walcott soit détenu sans possibilité d'être libéré sous caution, car il a menacé madame Walcott et leur fille en lui promettant de les tuer.

Le juge acquiesce.

— C'est maintenant au tour de la défense de parler. Ensuite, je rendrai ma décision.

L'avocat se lève, boutonne sa veste de costume et se dirige vers moi.

— Madame Walcott, vous avez vécu un sacré traumatisme.

— Oui.

— Un traumatisme qui semble être une première dans votre histoire conjugale, n'est-ce pas ?

Je secoue la tête.

— Non, c'est déjà arrivé avant.

— Vraiment ? Quand ?

Je m'humecte les lèvres, j'ai mal au ventre car je sais exactement où il va vouloir en venir.

— Je ne l'ai jamais signalé à la Police, si c'est ce que vous me demandez. Mon mari m'a frappée à de nombreuses autres occasions.

— Vraiment ? À moins que ce soit le plan que vous avez élaboré avec votre amant pour vous enfuir ensemble ?

J'ouvre la bouche malgré moi et prends une vive et brève inspiration.

— Excusez-moi ?

— Vous et monsieur Arrowood êtes ensemble, n'est-ce pas ?

— Non, pas du tout. Il a emménagé ici récemment.

Je croise le regard de Connor, il carre la mâchoire. C'est le discours insensé que Kevin a tenu cette nuit-là. Son avocat acquiesce.

— Je vois, et donc monsieur Walcott, avec qui vous êtes mariée depuis huit ans a soudainement… perdu la tête ? Il n'a jamais fait quelque chose comme ça avant, contrairement à ce que vous dites, madame Walcott, car vous n'avez aucune preuve qu'il y a eu le moindre incident avant cela. Vous pouvez aisément imaginer à quel point ce moment a pu sembler étrange. En plein milieu de la nuit, vous vous retrouvez soudain hors de votre foyer et l'homme que votre mari a, selon vous, accusé à tort comme étant votre amant…

L'avocat lève deux doigts à chaque main pour mimer le signe des guillemets.

— … viens vous sauver ?

Je ne laisserai pas cet homme m'enlever ça. Je dois tenir bon, pas parce que c'est la vérité mais parce qu'Hadley et moi devrons fuir à nouveau s'ils le laissent sortir de cellule. Nous serons loin avant que Kevin ne soit libéré de prison et personne ne pourra m'arrêter. Peu importe si ça implique qu'il soit libéré après ça, parce que moi, je serai libérée de lui. Je trouverai un moyen.

Alors, au lieu de me recroqueviller, ce qui est exactement ce qu'ils attendent de moi, je me redresse et pousse un profond soupir qui provoque une vague de douleur au niveau de mes côtes.

— Mon mari m'a déjà frappée auparavant. Il m'a donné des coups de poing, m'a violemment attrapé, m'a tiré par les cheveux et m'a projetée à terre. Mon mari m'a contrôlée et isolée des autres. Il m'a piégée dans tous les domaines de la vie et a ensuite menacé de nous tuer, notre fille et moi. Je ne peux pas parler à sa place pour savoir ce qu'il en pense ou faire la liste des excuses qu'il s'est trouvées au fil des années, mais *tout ce que j'ai dit* aujourd'hui est vrai. Mon voisin m'a sauvé la vie car ma fille s'est réfugiée chez lui pour lui demander de l'aide et a appelé le 911. Je n'ai pas de relation amoureuse avec lui. Monsieur Arrowood a agi comme un ami au moment où j'étais en danger, rien de plus.

— Eh bien, nous verrons bien.

L'avocat s'éloigne et s'assied à côté de Kevin.

— Vous pouvez aller vous rasseoir, Madame Walcott.

J'ai l'impression que mes jambes sont en coton lorsque je retourne à mon siège.

— La défense souhaite-t-elle faire une déclaration ? demande le juge.

Je suis assise là, le corps tout tremblant et les nerfs en pelote. Je m'en suis sortie, mais maintenant, on arrive à la pire partie de l'audience. Aucun d'entre nous ne peut contrôler quoi que ce soit à partir d'ici. Le shérif Mendoza réintègre la salle d'audience et s'assied à côté de moi. Je me retrouve alors flanquée des deux hommes qui me montrent leur soutien et leur volonté de me protéger.

— Pour l'instant, nous plaidons le cinquième amendement et souhaitons attendre le procès.

Le juge n'a pas l'air surpris, mais moi, si.

Mendoza se penche vers moi et me dit dans un murmure :

— Ils savent qu'il y a assez de preuves pour que l'affaire ne soit pas rejetée et qu'il vaut mieux attendre le procès pour avancer leurs arguments plutôt que de devoir se rétracter sur des déclarations qu'ils auraient faites pendant cette audience.

Evidemment, il ne faudrait pas qu'il risque de creuser sa propre tombe en témoignant, lui. On devrait accorder les mêmes droits aux témoins et à moi, qui suis quand même la victime.

Tout ça est injuste, vraiment !

Le juge se penche en avant, les bras posés sur le bureau devant lui, il regarde la défense, puis le procureur.

— Je me retrouve là, à être juge de ce genre de procédures bien plus souvent que je ne l'aimerais. Une famille est déchirée, et la défense présente chaque fois un argument futile. Comme si la femme ou l'enfant demandait à subir ces sévices. Je ne sais pas quand nous, les juges, avons pensé que c'était acceptable. Mais ça ne l'est pas. Monsieur Walcott, j'ai examiné le dossier médical de votre femme, entendu son témoignage et ai pris note de l'absence du vôtre. J'ai écouté le récit de ce qu'il s'est passé cette nuit-là, vu les photos que l'accusation a présentées et entendu l'histoire de votre fille de sept ans qui est allée chercher de l'aide en croyant que sa mère allait mourir. Bien sûr, ce n'est pas votre procès, aujourd'hui, mais je dois décider si vous pourrez sortir de prison jusqu'à la tenue ce procès et, si oui, à quel prix. D'habitude, les tribunaux fixent la caution à cent mille dollars, pas au-dessus, mais je me souviens d'une affaire similaire à celle-ci. Et si je ne suis pas mon instinct, je crains que notre affaire se termine comme celle que je viens de mentionner. Par conséquent, je rejette la demande de caution.

chapitre treize

. . .

ellie

LE SOULAGEMENT qui me remplit est si doux que je peux à peine me contenir. Nous retournons chez Connor pour récupérer Hadley et mes affaires avant de rentrer chez moi. La maison de Connor est… étrange. Elle est propre, mais très stérile, avec son unique canapé et sa télévision démodée. Il y a dans chaque chambre un grand lit et une commode, mais c'est tout.

C'est une simple demeure, mais pas un foyer.

Même si ma maison n'est pas géniale, au moins, elle est confortable.

Je penche la tête en arrière sur le siège et soupire par le nez.

— Je ne peux pas croire qu'ils l'aient gardé en détention.

— Honnêtement, j'ai du mal à y croire moi aussi.

Je me tourne vers lui.

— Tu pensais qu'ils allaient le relâcher ?

Connor penche la tête sur le côté.

— Oui. D'habitude, ils statuent sur une caution, j'espérais que Nate pourrait suffisamment repousser sa sortie. Cela dit, je m'étais préparé, au cas où…

— Au cas où, quoi ?

Il me jette un coup d'œil, puis fixe de nouveau son regard sur la route.

— Je n'avais rien décidé encore.

— Je suis sûre que tu avais un plan.

Connor éclate de rire.

— J'avais des idées complètement insensées, c'est sûr.

Je suis certaine qu'il dit vrai. Nous arrivons à l'entrée de son allée et Connor stationne la voiture.

— Est-ce que tout va bien ? demandé-je, vu que nous ne bougeons pas.

Il regarde le panneau qui indique son nom de famille, puis se tourne vers moi.

— Ma mère… elle était sentimentale dans tous les domaines qui existent. Elle voulait qu'on ait des traditions que l'on pourrait transmettre à nos enfants. Lorsqu'on arrivait ici, elle arrêtait la voiture et obligeait à répondre à une question. Chacun des frères avait sa réponse personnalisée, basée sur ce qu'elle imaginait correspondre à nos besoins.

— C'est mignon.

Ma mère était pareille. Elle essayait toujours de faire en sorte que les périodes de fêtes soient des moments uniques en organisant des événements capables de rester gravés dans ma mémoire. Chaque année, pour mon anniversaire, elle entrait dans ma chambre avec un gâteau dans les mains, et nous le mangions au petit-déjeuner. C'est une tradition que j'ai perpétuée avec ma fille, qui voit ça comme la meilleure idée au monde.

— Peu importe si, après sa mort, personne n'a plus osé poser la question à voix haute. Mes frères et moi, on s'arrête toujours là pour fixer ce panneau et on se demande intérieurement ce qu'aurait été notre vie si elle avait survécu.

Il est clair qu'elle a eu un sacré impact sur ses fils, un impact bien plus grand qu'elle n'aurait pu l'imaginer.

— C'était quoi, cette question ?

— Quelle est la chose la plus importante qui soit à propos des flèches ?

Je lui touche le bras, et il lâche alors le volant. Ma main glisse vers la sienne, et j'enlace nos doigts.

— Dis-moi quelle est cette chose, lui demandé-je avec douceur, car je ne veux pas rompre le charme de l'instant.

— On ne peut pas tirer tant qu'on n'a pas cassé son arc.

— Qu'est-ce que ça veut dire ?

Connor bouge la main, recouvrant alors complètement la mienne.

— Qu'il faut faire ployer le bois de l'arc, utiliser toute sa force pour ne pas céder à la tension qui crispe les muscles du bras au moment même où tu vises vers ce que tu désires. Ça veut dire que si tu ne casses pas l'arc, tu ne pourras jamais avancer et atteindre ta cible.

Mon cœur commence à battre plus fort dans ma poitrine. Nous respirons silencieusement en nous fixant l'un l'autre. Ces mots sont si poignants, quand je les transpose à ma vie en ce moment. Je n'ai pas voulu faire de vagues par peur de ce qui arriverait alors, mais tant que je ne déciderai pas de changer activement le cours de ma vie, je n'irai nulle part.

— Je vois à quel point ta mère t'a influencé. Toi, tu as brisé l'arc, Connor. Tu as quitté cet endroit un matin et tu es devenu marin, un héros. Quand tu es revenu, tu l'as de nouveau été, pour Hadley et moi. Merci de partager ça avec moi.

Il ouvre la bouche pour dire quelque chose mais s'arrête.

— Il n'y a pas de quoi.

Je regarde nos mains, que nous retirons tous les deux à ce moment-là.

— Désolée. Je devrais… Je suis une vraie loque et tu es si gentil. Ces derniers jours ont été difficiles et je…

— Ellie, arrête. Tu n'as pas à m'expliquer quoi que ce soit. Tu n'as rien fait de mal. Et arrête de dire que tu es une loque, d'accord ?

— Mais c'est le cas !

— On l'est tous un peu. Crois-moi, j'ai peut-être l'air d'un héros, mais ce n'est pas le cas. J'ai fait des erreurs et subi leurs conséquences. Je pense à toi et à ce que la vie aurait été, si les choses s'étaient passées différemment cette nuit-là...

— J'y pense aussi.

Il s'adosse plus confortablement au siège conducteur, la tête en arrière, puis se tourne vers moi.

— J'étais une vraie loque la première fois que je t'ai revu après être tombé sur Hadley. J'ai dû me répéter un million de fois que tu étais mariée et que tout ce que je ressentais pour toi était ridicule. Mes amis m'ont même averti que je devais lutter contre cette envie d'être près de toi parce que c'était mal.

Je lutte exactement contre la même chose. Le désir d'être près de lui.

C'est difficile de décrire pourquoi Connor me fait ressentir une telle chose, mais c'est la réalité. Il y avait cette alchimie indéniable que nous partagions tous les deux, puis il y a eu cette nuit.

Le fait de me retrouver à nouveau près de lui m'a troublée, rendant mes émotions difficiles à déchiffrer.

Je souris, sachant que je dois lui répondre, sans pourtant être encore capable de lui dire la vérité.

— D'accord. Je suis juste si fatiguée et submergée par tout ça.

— Je comprends, mais tu n'es pas une loque. Bien sûr, la situation est terrible, mais ça ne veut pas dire que tu n'arriveras pas à trouver un moyen de t'en sortir.

Mes yeux commencent à se fermer, je lutte pour les garder ouverts.

— Je crois que les médicaments commencent à faire effet.

Il acquiesce et redémarre la voiture en marche.

— Il est l'heure de rentrer chez toi et de te reposer.

Je bâille.

— Oui, un peu de repos ne me ferait pas de mal.

Alors que nous longeons la longue allée, mes pensées vont et viennent. Il s'est passé tellement de choses que c'est comme si ma vie se révélait en fait n'être qu'une série de séquences de film que je suis incapable de voir d'un seul coup. Il y en a trop.

Quand nous nous arrêtons, Connor me touche le visage d'une main et je vois qu'il me fixe.

— On est arrivé.

— Je ne dormais pas.

— Ah bon ?

Peut-être que oui mais pendant, quoi, deux secondes ? Je prends une profonde inspiration et ouvre la porte avant qu'il ne sorte. Je me déplace lentement, faisant attention à ne pas trop heurter mon flanc. Entre le trajet, l'audience, et mon manque de sommeil durant de deux nuits de suite, mes jambes pèsent une tonne.

Je sors du véhicule en utilisant toute ma force et ma détermination, mais au moment où je commence difficilement à me traîner pour avancer, je commence à m'effondrer au sol. Les bras puissants de Connor m'entourent alors, et les plus beaux des yeux verts qui soient sont fixés sur les miens.

— Ellie ?

Il me prend dans ses bras et ma tête repose sur son épaule tandis qu'il se dirige droit vers sa maison.

— Fatiguée. Je suis tellement, tellement fatiguée. Je vais bien. Je peux marcher.

— Tu as mal et tu es sous traitement. Tu as besoin de repos.

Je dois rentrer chez moi et remettre de l'ordre dans ma vie.

— Chez moi.

— Fais une sieste d'abord, ensuite on pourra parler de ça. Je serai là quand Hadley reviendra.

J'ai envie d'ouvrir la bouche et de lui révéler toutes les questions que je me pose depuis qu'il est revenu dans ma vie, mais l'épuisement me gagne et je m'endors.

~

— Ce n'est pas comme ça qu'on joue au Go Fish !

La voix d'Hadley résonne dans la petite ferme, et je souris.

— Si c'est comme ça ! Il faut avoir deux cartes de la même couleur.

— *Noooon*, répond-elle. Tu dois en avoir deux avec le même *numéro*.

— Je pense que tu es en train de tout inventer, là, fait Connor en riant. Je sais jouer au Go Fish et j'en connais les règles.

— Tu triches.

— Moi ? Tricher ?

Il a l'air choqué, mais je vois bien qu'il exagère pour rire.

— Oui, parce que je t'ai battu trois fois de suite.

Je suis allongée à essayer de me réveiller en les écoutant.

— Je pense que c'est toi qui triches, Hadley.

J'entends son petit soupir.

— Tu es juste un mauvais pêcheur[1]. Mais tu es mon héros préféré.

Il éclate de rire, et je souris immédiatement en l'entendant.

— Je suis content d'être ton préféré. Tu es mon enfant de sept ans qui triche au Go Fish préféré.

— Tu vas me manquer, dit-elle sur un ton mélancolique.

— Te manquer ? Pourquoi ? Tu vas quelque part ?

Je m'approche lentement du bord du lit, car je n'ai aucune idée de la suite que va prendre leur conversation mais que j'ai besoin de le savoir.

— Maman et moi devions nous enfuir, l'autre nuit, et je ne sais pas si je te reverrai un jour, quand nous partirons vraiment.

Sa voix se brise en fin de phrase, brisant mon cœur au passage.

C'est son foyer. Le seul endroit qu'elle ait jamais connu, et s'il est primordial que je la protège, ça l'est également qu'elle se sente en sécurité. Je dois réparer les dommages.

D'abord, nous devons retourner à la maison et je vais devoir faire mon possible pour tout remettre en ordre.

J'ai besoin qu'elle se rende compte que tout va bien, que je tiens le coup. J'ai toujours peur de retourner là-bas. Même en sachant que Kevin est en prison, notre maison est remplie de souvenirs que je souhaite oublier. Pourtant, je veux donner à Hadley le courage d'affronter ses peurs et lui prouver qu'elle peut tout endurer.

— Eh bah, si ça arrive, il faudra qu'on trouve un moyen de rester en contact.

— Mais je n'ai pas de téléphone.

— C'est vrai, mais tu sais où j'habite.

Hadley marque une pause et je me dirige prudemment vers la porte, en les observant tous les deux. Connor et Hadley sont assis par terre de chaque côté de la table basse, les cartes posées entre eux. Tout mon univers brille un peu fort simplement en les regardant.

Je ne sais pas si je peux trouver dans ma mémoire un moment où Kevin a fait quelque chose d'aussi simple que ça. Pendant que je dormais, ils ont passé du temps ensemble, se rapprochant d'une manière qui me fait monter les larmes aux yeux.

— Et si tu déménages ?

— Hmm, c'est vrai que je ne vais rester ici que six mois, mais je m'assurerai que ta mère sache comment me contacter.

— Promis ?

Il lève la main pour mimer un salut militaire.

— Bien sûr que oui.

Hadley se jette en avant, passe ses bras autour de son cou et il regagne son équilibre avant de se retrouver projeté en arrière.

— Tu es mon meilleur ami, Connor.

Par-dessus la tête d'Hadley, je le vois sourire tandis qu'il la serre dans ses bras.

— J'ai beaucoup de chance, alors.

Il pourrait être plus. Tellement plus. Je leur dois à Hadley et lui de découvrir si c'est le cas.

J'entre dans la pièce et nos regards se croisent.

— Tu es réveillée.

— Oui. Combien de temps j'ai dormi ?

— Maman !

Hadley se précipite vers moi. Je tends rapidement la main pour qu'elle ne me rentre pas dedans, et elle ralentit.

— Pardon.

— Non, non, je veux bien qu'on se fasse un câlin, mais pas un trop vif.

Je veux qu'elle me fasse un million de câlins. Des câlins qui dureront éternellement, pour que je puisse à jamais la serrer contre moi.

— Tu as été sage avec Connor ?

Elle acquiesce.

— On est allé à l'étable pour que je puisse voir toutes les vaches. Il y en a beaucoup de vaches, mais, continue-t-elle en murmurant soudain, il ne sait pas quoi faire avec elles.

Je me mets doucement à rire.

— Tu lui as dit de les traire ?

— J'ai essayé, mais il n'écoute pas. Ensuite, on est allé voir mon arbre préféré.

Connor s'approche et lui ébouriffe les cheveux.

— Je me suis dit que tu avais besoin de te reposer, alors on a fait des trucs dehors et on est revenu se réchauffer quand il a commencé à faire froid. Est-ce qu'on t'a réveillée ?

— Non.

Je lui souris. Je ressens tellement de gratitude envers lui que j'ai le sentiment d'en être submergée.

— Non, pas du tout. Merci d'avoir pris soin d'elle.

— Il n'y a pas de quoi. Hadley et moi, on est amis. C'était sympa de pouvoir passer un peu ensemble.

Elle le regarde avec l'air plus ravi que jamais.

— Bon, je pense qu'Hadley et moi allons devoir rentrer à la maison.

— Non ! crie-t-elle. Non ! Je ne veux pas. S'il te plaît ! S'il te plaît, maman ! Je t'en prie, ne m'oblige pas à y retourner !

Je tombe à genoux et lui prends les mains dans les miennes.

— Hadley, ça va aller.

— Je ne veux pas rentrer à la maison.

Ses yeux se remplissent de larmes tandis qu'elle secoue vivement la tête d'avant en arrière.

— Je veux rester ici… avec Connor !

— Chérie, on ne peut pas. On doit rentrer. Personne ne nous fera de mal là-bas.

Ses larmes coulent comme la pluie sur les carreaux et ses reniflements me brisent le cœur. Je vois bien qu'elle est saisie d'une terreur bien réelle. Je ne peux pas lui dire que je ressens la même chose. L'idée de retourner dans cette maison me donne envie de m'enfuir à toutes jambes.

— Maman, j'ai peur.

Connor s'agenouille à côté de nous et intervient :

— Tu n'as rien à craindre. Je peux y aller en premier pour m'assurer qu'il n'y a personne d'autre à l'intérieur et que vous y serez en sécurité.

Elle secoue la tête.

— Je ne veux pas y aller ! Vous ne pouvez pas me forcer !

Hadley arrache les mains des miennes, se lève en courant et se précipite vers la porte.

— Hadley ! crié-je en essayant de me lever, mais je grimace quand mon flanc crépite de douleur en signe de protestation.

— Vas-y doucement, je m'occupe d'elle, lance Connor en m'aidant à me relever.

— C'est ma fille, c'est à moi d'y aller. J'ai juste besoin d'une seconde.

— Pourquoi ne pas lui laisser un peu de temps ? Elle a probablement besoin de se calmer, et je sais où elle est allée.

Comment fait-il ça ? Comment peut-il savoir ce dont Hadley a besoin avec une telle facilité ? C'est comme s'il avait atteint notre cœur à toutes les deux sans aucun effort. Connor et moi avons déjà partagé ça quand nous nous sommes rencontrés, mais maintenant il a également développé cette intuition avec Hadley. Il a réussi à voir qu'elle avait besoin de temps quand j'en ai été incapable.

Ça doit vouloir dire quelque chose, non ?

— Tu as raison. Je suis vraiment désolée. Je pensais qu'elle voudrait rentrer à la maison. On doit y retourner.

— Pourquoi ?

Je soupire, je me déteste d'avoir dit ça.

— Parce que c'est son foyer et qu'on ne peut pas rester ici pour toujours. Je suis certaine que tu n'as pas besoin que deux personnes restent là à te rendre la vie impossible.

— Tu me rends la vie impossible. Tu n'es pas obligée d'y retourner si tu ne le désires pas.

— On ne peut pas rester ici.

— Pourquoi ?

— Pourquoi ? répété-je. Parce que… tu as ta vie de célibataire et cette ferme à retaper. Et puis je ne pense pas que tu aies vraiment besoin de devoir réparer d'autres choses cassées.

En plus, rester près de lui rend presque impossible de ne pas voir les ressemblances qu'il y a entre Hadley et lui. Garder pour moi la possibilité qu'il soit son père biologique, c'est mal. Il mérite de le savoir. Il n'y a qu'une chose qui m'empêche de le lui dire : ce que je ressens quand je suis près de lui. Je veux être proche de lui, pouvoir compter sur lui, et ce sont des pensées dangereuses pour moi. C'est irréaliste et j'ai peur de m'attacher à un homme qui, je le sais, va bientôt s'en aller.

Si ce n'est pas déjà arrivé entre lui et Hadley.

Mais si c'était sa fille ?

Et si tous les signes qui me font douter n'étaient pas que dans ma tête ?

Je dois lui dire.

Il secoue lentement la tête.

— Je suis tout à fait capable de retaper cet endroit pendant que vous logez toutes les deux ici, et que ma vie de célibataire est moins importante que votre sentiment de sécurité, à Hadley et à toi. Est-ce que tu te sens en sécurité avec moi ?

C'est ça, le plus insensé. Je ne me suis jamais sentie plus en sécurité que lorsque je suis près de lui. Il est fort, inébranlable, et il est intervenu quand j'avais le plus besoin de lui. Je lui fais confiance alors que je le connais à peine.

C'est maintenant ou jamais.

Je rassemble tout le courage dont je dispose et me prépare à avouer quelque chose qui pourrait changer à jamais leur vie à tous les deux.

— Je me sens en sécurité avec toi et c'est la seule raison pour laquelle je vais réussir à te parler. Connor, je dois te dire quelque chose. Ou... te dire que quelque chose me ronge.

Mon monde tout entier tourne autour d'elle et il mérite de pouvoir en faire autant s'il s'avère qu'il est son père.

— Tu peux tout me dire.

J'espère vraiment que c'est vrai, parce que ça pourrait très bien ne pas se passer comme je l'imagine.

— J'ai découvert que j'étais enceinte d'Hadley environ un mois après mon mariage. Je me suis toujours demandé... si peut-être... elle était...

Je m'arrête, j'ai peur de le dire à voix haute.

— Il y a une possibilité pour qu'Hadley ne soit pas la fille de Kevin.

Il lève vivement les yeux avant de les poser sur la porte par laquelle elle s'est enfuie, puis vers moi.

— Tu penses que je pourrais être son père ?

— Je ne sais pas, mais elle a les mêmes yeux que toi.

L'aveu s'échappe de mes lèvres au moment où une larme tombe de mes cils.

---

1. Le mot *fish*, dans le nom du jeu Go Fish, veut dire « pêcher ».

chapitre quatorze

. . .

connor

IL Y A UNE chance qu'Hadley soit ma fille ?

Ce n'est… ce n'est pas… possible. N'est-ce pas ?

On a fait l'amour tellement de fois cette nuit-là qu'il m'est difficile de me rappeler si nous avons fait attention à chaque fois. Non, c'était le cas. Je sais que je me suis protégé.

— C'était juste une nuit. Je portais un préservatif.

— Oui. Mais vu le moment où c'est arrivé, le champ des possibles est ouvert. C'est peut-être illusoire de penser ça, parce qu'elle est si merveilleuse et que cette nuit-là était…

Je ne sais pas quoi dire ni que penser. Si c'est ma fille, je dois le savoir.

— Depuis combien de temps est-ce que tu te poses la question ?

— Depuis le jour où j'ai découvert que j'étais enceinte.

Bordel de merde. Je pourrais être père. J'ai passé tout ce temps avec Hadley sans savoir que j'étais peut-être son père. Je m'assieds, essayant de me faire à cette idée.

Que se serait-il passé si j'étais revenu ? L'aurais-je su, alors ? Pourquoi n'ai-je pas envisagé cette possibilité quand nous nous sommes rencontrés ? Je suis un abruti et, pourtant, je me mets à espérer qu'elle soit ma fille.

— Pourquoi n'as-tu pas essayé de me retrouver ?

La lèvre d'Ellie tremble.

— Comment est-ce que j'aurais pu faire ça ? Je ne connaissais pas ton nom ni même d'où tu venais. Je ne t'ai jamais revu avant le mois dernier. J'ai épousé Kevin le lendemain de la nuit où nous avons couché ensemble, donc je ne pouvais pas en être certaine.

C'est vrai. Marié et… oui, c'était une nuit entre deux anonymes qui n'attendent rien l'un de l'autre.

— Attends, le lendemain ?

Elle acquiesce, l'air nerveux, presque honteuse.

Sauf que la réalité est là : j'aurais pu être père durant ces sept dernières années et si c'est le cas, je ne rattraperai pas le temps perdu.

— Est-ce qu'elle s'en doute ?

— Non, non, *mon Dieu* non. Je suis désolée, Connor. J'aurais dû te le dire dès que tu es revenu ici, mais je ne pouvais pas risquer que Kevin se doute de quoi que ce soit.

Ellie essuie quelques larmes et tout en moi s'ébranle. Je l'ai fait pleurer une nuit où elle ne devrait éprouver qu'un seul sentiment, celui d'être en sécurité. Je me rapproche d'elle.

— Ellie, ne pleure pas.

— C'est que… je ne savais pas. Je ne sais vraiment pas, et puis elle n'est peut-être pas de toi, mais une partie de moi a toujours espéré qu'elle le soit. Parce que… tu t'es montré gentil avec moi et que cette nuit-là signifie quelque chose…

— Cette nuit-là signifie tout pour moi.

Elle me fixe, les yeux débordant toujours de larmes.

— Tu m'as dit que tu avais rêvé de moi ?

Je hoche la tête.

— En effet. Tout le temps. Je revivais cette nuit dans ma tête, en me demandant qui tu étais, où tu pouvais être, si tu étais heureuse.

— Je ne l'étais pas.

— Je le sais maintenant.

Nous nous regardons tous les deux tandis que je chancelle sous les poids des confessions qu'elle vient de me faire. Je ne sais pas si je lui fais peur ou si elle ressent la même connexion que moi entre nous.

Le bruit du tonnerre qui éclate à l'extérieur me ramène à la réalité dans un sursaut. Nous clignons tous les deux des yeux, réalisant qu'Hadley est dehors, probablement cachée dans un arbre alors que la tempête gronde.

— Je vais la chercher, lancé-je avant qu'Ellie puisse parler.

— Connor…

— On en reparlera à mon retour, mais j'aimerais que tu restes ici au moins ce soir, pour Hadley.

Et pour moi, mais ça, je ne le précise pas.

— On discute à ton retour.

J'acquiesce et, alors quand le tonnerre enfle au loin, je ressens sa puissance jusque dans mon âme.

～

Je m'approche de l'arbre où je suis persuadé de la retrouver et, évidemment, j'entends un bruit de frottement contre le bois.

C'est difficile, cette fois, de ne pas penser que le fait qu'Hadley soit venue ici est une sorte de signe ou la seule manière qu'a trouvée le destin pour intervenir. Pourtant, quelles étaient les chances pour que la fille d'Ellie trouve toute seule le chemin jusqu'à ma ferme et l'arbre qui a une importance capitale à mes yeux ?

Est-ce qu'elle a vraiment mes yeux, d'ailleurs ?

J'essaie de l'imaginer, je n'y arrive pas.

Est-elle ma fille ? Si oui, qu'est-ce que ça signifie ? Est-ce que je pourrais passer du temps avec elle ? Est-ce qu'elle le voudra bien ? Est-ce que ça a une quelconque importance puisque, de toute façon, je tiens déjà à elle et que je considère déjà que ces deux-là font partie de ma vie, une partie dont je ne veux pas me séparer ?

Je me fustige intérieurement parce que, pour l'instant, je ne peux pas me laisser dépasser par tous ces « et si ? » et ces « peut-être ». Cette petite fille se retrouve plongée en plein enfer, à devoir lutter pour trouver un moyen de surmonter ça, alors ce n'est pas le moment.

Je suis passé par là.

Trop de fois.

Je grimpe les échelons de bois, lève la tête et lui souris.

— Tu devrais probablement choisir un autre endroit si tu ne veux pas que je te retrouve, mais bon, je sais à quel point c'est difficile d'éviter cet arbre quand on sait qu'il a des pouvoirs magiques capables de nous protéger.

Sa lèvre tremble.

— Je ne veux pas y retourner. Je ne veux pas retourner à la maison. Je veux rester ici, avec toi.

— Hmm, ce n'est pas en t'enfuyant que tu feras changer ta mère d'avis.

Hadley fronce encore plus les sourcils.

— J'ai peur.

Je ne lui en veux pas.

— Tu sais que ta mère ne rentrerait jamais à la maison avec toi si ce n'était pas un endroit où elle sait que vous serez en sécurité. Elle a probablement un peu peur, elle aussi.

— Les mamans et les papas n'ont peur de rien.

— Oh, bien sûr que si. Les adultes ont peur de plein de choses tout le temps.

Hadley croise les bras sur sa poitrine et me fixe.

— Non, c'est faux.

Je laisse échapper un petit rire.

— Moi, j'ai peur.

— Même pas vrai ! Tu es le garçon le plus fort du monde. Tu dis juste ça comme ça.

J'apprécie qu'elle ait une aussi haute opinion de moi. J'ai envie d'être ce héros qu'elle voit en moi, mais les héros tombent de très haut quand ils échouent. Elle a déjà été témoin de ça bien trop souvent.

— Si tu descends de l'arbre, je te dirai tout ce qu'il y a à savoir sur mes peurs.

Hadley semble y réfléchir et soupire.

— Tu vas me ramener et m'obliger à rentrer chez moi.

Je sais ce qu'elle ressent. Quand Declan ou Sean venaient me chercher ici, je les suivais à contrecœur. Retourner dans un lieu où on a l'impression de toujours devoir fuir est horrible. Si j'avais pu vivre dans cet arbre, je l'aurais fait. Mon père n'avait aucune idée de l'endroit où je me trouvais, et je pouvais enfin respirer.

En revanche, la seule chose que j'ai toujours respectée, c'est que mes frères ne me mentaient jamais quand c'était important. Ils m'expliquaient ce que nous devions faire, et nous protégions les uns les autres, comme je la protégerai, elle.

— Je vais te ramener, mais je te promets que, quoi qu'il arrive, tout ira bien.

C'est dur d'être un enfant et c'est encore plus dur quand on a l'impression que le monde autour de nous s'écroule. Tout ce que j'ai appris sur elle me laisse dire qu'elle ne va pas s'amuser à défier ouvertement qui que ce soit. Elle aime sa mère mais j'imagine qu'elle se sent perdue.

— Pourquoi on ne peut pas rester avec toi ? demande-t-elle en commençant à se rapprocher de moi.

— Parce que tu dois faire ce que ta mère dit.

— Je préfère rester ici.

Je glousse intérieurement au moment où le tonnerre gronde à nouveau et je lui lance un regard entendu.

— Tu sais, dès que les éclairs vont commencer à tomber par ici, je vais devoir me dépêcher de rentrer chez moi.

Elle tourne rapidement la tête vers moi.

— Tu vas me laisser ici... toute seule au milieu de la tempête ?

Non, mais je dois la pousser à descendre parce que les arbres ne sont pas des endroits sûrs où se cacher pendant un orage. Je peux déjà voir des éclairs au loin.

Je pousse un soupir dramatique.

— J'ai peur de la foudre... Je ne vais pas pouvoir rester là. Donc soit tu descends et je te raconte toutes mes peurs sur le chemin de la maison, soit tu restes ici sous l'orage. C'est toi qui choisis.

Hadley s'avance vers le rebord.

— D'accord. Je viens avec toi. Mais *seulement* parce que tu as peur.

Je souris et baisse la tête avant qu'elle ne puisse me voir.

— On se retrouve en bas.

Une fois qu'elle est en sécurité sur le sol, je me surprends à la regarder d'un peu plus près. Elle a des yeux de la même couleur que ceux de mes frères et moi, verts avec de petites taches dorées. Notre père nous battait parce qu'ils lui rappelaient ceux de sa femme. Nous avions hérité de ses yeux.

Et maintenant que j'observe Hadley, je le vois moi aussi.

Ou peut-être que je souhaite que ce soit vrai parce qu'alors, elle serait ma fille. Je ne laisserais plus jamais ce salaud les toucher, elle et sa mère — enfin, non pas que ça changerait quoi que ce soit si Hadley n'était pas de moi.

Pourtant, je n'ai jamais autant désiré qu'une chose soit vraie de toute ma vie.

Peu importe les promesses que j'ai faites dans le passé, parce que je mourrai avant de laisser quoi que ce soit arriver à Hadley ou à Ellie. Je l'ai su à la minute où je l'ai rencontrée, il y a huit ans, et ce besoin que je ressens d'être auprès d'elle est toujours aussi fort ; et maintenant, c'est la même chose avec Hadley.

Mon cœur continuera d'appartenir à cette petite fille, peu importe de qui provient le sang qui coule dans ses veines.

Tous les deux, nous commençons à marcher et sa posture me déchire l'âme. Ses épaules sont affaissées, comme si elle avait perdu, et elle ne bavarde plus comme elle a l'habitude de le faire — un trait de caractère que j'ai découvert en apprenant à la connaître. C'est comme si nous allions tout droit dans la gueule du loup. J'aimerais pouvoir effacer toutes ses émotions négatives, les garder toutes les deux auprès de moi, là où je sais qu'elles seront en sécurité. Mais je refuse de dérober à Ellie ne serait-ce qu'une once de ses capacités.

— Connor ? m'interpelle Hadley alors que nous avançons dans le champ.

— Oui ?

— De quoi tu as peur ?

Tant de choses me viennent à l'esprit, et chacune d'elle est liée aux gens que j'aime.

— Quand j'étais petit, les orages me terrifiaient. Je me suis retrouvé coincé dans cet arbre pendant une grosse tempête et les éclairs frappaient le sol. C'était si violent que même les vaches avaient peur. J'étais tellement effrayé qu'il a fallu que mes grands frères viennent me chercher pour que je réussisse à bouger.

— Et aujourd'hui ? demande-t-elle.

Aujourd'hui, j'ai peur qu'elle soit ma fille et que je ne la mérite pas. J'ai peur qu'elle ne soit pas ma fille, et que la partie de moi qui chérit cet espoir ne se remette jamais de perdre une enfant qui n'a jamais été la sienne. Mais, surtout, j'ai peur de ne pas pouvoir les protéger, Ellie et elle.

— Hmm, je ne sais pas. Je m'inquiète surtout pour les gens que j'aime.

— Comme moi ?

Je hoche la tête avec un sourire.

— Tu penses bien. On est ami.

— J'ai peur de mon père.

La bile me remonte dans l'œsophage, la culpabilité m'envahit. Si j'avais su qu'Ellie risquait de tomber enceinte, j'aurais pu la sauver de tout ça. Nous ralentissons tous les deux et je pose ma main sur son épaule.

— Ton père ne peut plus te faire de mal maintenant, la rassuré-je.

Elle regarde ailleurs, puis repose les yeux sur moi.

— Il a fait du mal à maman, il nous hurlait toujours dessus.

Cet enfant aurait dû avoir une autre vie, faite de contes de fées, de soleil et de goûter. Son père aurait dû lui communiquer tout plein d'espoirs, être un homme qu'elle aurait pu admirer. Il lui a volé cette possibilité et j'ai envie de le tuer rien que pour ça.

Je ferai ce que je peux pour apaiser ses inquiétudes.

— J'étais réfugié dans l'arbre pendant cette tempête parce que mon père était souvent en colère. Il criait et parfois il nous frappait, mes frères et moi.

— Mais tu es si fort.

— Maintenant, oui, mais je ne l'étais pas à l'époque. Je me souviens avoir eu très peur quand j'étais plus petit. Ce n'est que lorsque j'ai grandi et que je suis entré dans l'armée que j'ai enfin réalisé que je n'avais plus besoin d'avoir peur.

Je ne veux pas qu'elle doive attendre aussi longtemps, mais j'ai bon espoir que ce ne sera pas le cas.

— Je veux être adulte.

J'éclate de rire.

— Ce n'est pas aussi bien qu'on le prétend, Minus.

La maison entre dans notre champ de vision et Hadley soupire.

— Quand je serai grande, je ferai ce que je veux et je n'aurai pas à aller là où je n'ai pas envie d'aller.

Ah, la candeur de la jeunesse ! Je n'ai clairement pas envie de vivre à Sugarloaf ou de devoir réparer la ferme que je n'ai pas souhaité revoir. Je n'avais pas non plus envie de quitter la Marine, mais je n'ai pas eu le choix. Cependant, revenir ici m'offre une chose que je n'aurais jamais cru pouvoir avoir… une seconde chance.

chapitre quinze

...

ellie

— ELLE EST BLOTTIE sous les draps et dort profondément, dis-je en entrant dans le salon où Connor est assis, occupé à faire une liste.

Il lève les yeux et sourit.

— Bien. Elle est probablement épuisée.

Nous le sommes tous. Devant l'insistance d'Hadley et Connor, j'ai décidé de rester une autre nuit ici. Enfin, j'ai pris cette décision parce que Connor et moi avons beaucoup de choses à nous dire. Mon désir de rendre les choses agréables pour Hadley était une autre raison — même si ça implique que cette conversation ne le sera pas du tout pour moi.

— Oui… tu crois qu'on pourrait discuter ?

Il pose le papier et hoche la tête.

— Je crois que c'est même une bonne idée.

— Et si on allait sur le porche ? Comme ça elle ne nous entendra pas si elle se réveille.

— Ça me va.

Je pousse un profond soupir par le nez et je le suis à l'extérieur. Nous nous asseyons sur la balancelle du porche et je frissonne à cause de la température bien plus basse qu'avant, mais j'ai tellement de choses à dire que je ne me donne pas une seconde pour y réfléchir.

— Il faut que je te dise que je ne sais absolument pas si c'est possible. J'aimerais tout t'expliquer, si tu es d'accord ?

— Bien sûr.

J'ai l'intention de mettre mon âme à nu et j'espère que je me sortirais de cette conversation sans m'effondrer.

— Je t'ai rencontré la veille de mon mariage avec Kevin. Une partie de moi, inconsciente, savait que je ne l'aimais pas et que je ne devais pas l'épouser, mais je sentais… que je devais le faire. Je croyais vraiment qu'il m'aimait et qu'il se montrait seulement protecteur envers moi, sûrement parce qu'il était un peu jaloux et peu sûr de lui. C'était la façon dont il me parlait ou dont il parlait de moi, tu comprends ? Je me suis convaincue qu'une fois notre relation sécurisée par le mariage, il le serait aussi. J'avais tort. Dans mon cœur, je savais que ça n'aurait aucune importance et que je ne devais pas faire ça. Je suis allée au bar cette nuit-là parce que j'étais perdue et que c'était le dernier endroit où s'étaient rendus mes parents. Ils représentaient tout pour moi. Ils ont été… ils ont été tués dans un accident de voiture avec délit de fuite près de ce bar une semaine avant ce jour-là, et j'étais une véritable épave depuis leur décès. Tout mon monde a volé en éclats d'un claquement de doigts et je me suis dit que si j'arrivais à sentir leur présence, je saurais quoi faire. Mais ensuite tu m'as saluée et j'étais tellement perdue. Il a suffi d'un mot pour que j'aie soudain l'impression que ma vie entière allait enfin avoir un sens. Tu étais si merveilleux, tu me regardais comme si j'étais quelqu'un de spécial, de beau. On a dansé dans ce bar et je désirais vivre cette nuit dont toutes les femmes rêvent. Même si ça ne pouvait être qu'une histoire d'un soir ? Même si c'était mal ? Oui.

— Pourtant, ça aurait pu être tout autrement.

Il a raison. Si je n'étais pas partie avant son réveil, je n'aurais peut-être jamais épousé Kevin. Même si Connor était parti, peut-être aurais-je trouvé le courage de le quitter en me rendant compte de tout ce que j'aurais pu avoir. J'étais si naïve, je ne voulais pas que le lever de soleil efface la nuit que nous avions partagée dans l'obscurité. Alors, au lieu de faire face aux possibilités qui s'offraient à moi, je me suis contentée de me tourner vers ce que je pensais être ma seule option.

Je n'ai jamais vraiment pensé que Connor aurait pu être plus qu'un coup d'un soir pour moi, car il était tout aussi ravi que moi de vivre cette nuit dans l'anonymat.

— Je pense que l'on mentirait en prétendant le contraire. Tu fuyais quelque chose toi aussi, si je me souviens bien.

Nous nous sommes utilisés l'un l'autre pour échapper un instant au cours de notre vie. Même si j'ai envie de croire de tout mon cœur que nous aurions pu vivre plus à l'époque, c'est faux. Et je suis particulièrement bien placée pour savoir faire la différence entre la réalité et les faux-semblants.

Il fixe l'horizon et agrippe le rebord de la balancelle.

— Effectivement.

— Tu n'es pas marié, donc ça ne peut pas être ça, lancé-je pour essayer de détendre l'atmosphère

Ce qui ne fonctionne manifestement pas, car il a maintenant une expression figée.

— La nuit où nous nous sommes rencontrés… commence-t-il avant que sa voix ne s'estompe.

Je tends la main vers la sienne, et son autre main recouvre la mienne. Le frisson que je ressens cette fois n'a rien à voir avec le froid.

— La nuit où nous nous sommes rencontrés… ?

Je lutte pour conserver une voix égale.

Le visage de Connor ne laisse transparaître aucune émotion, mais l'air autour de nous est lourd. C'est étrange et, pourtant, je me souviens avoir ressenti la même chose le soir de notre rencontre. C'était comme s'il m'avait touchée, émue si profondément que je ne pourrais plus jamais être la même. Nos cœurs se sont mêlés et nous nous sommes dévoilés d'une manière que je croyais impossible.

— Ça représentait tellement plus...

— Je comprends ce que tu veux dire.

Il secoue la tête, rompant brusquement ce lien qui nous unit.

— Mon père était un homme alcoolique et violent qui nous battait, mes frères et moi.

Une partie de moi vole en éclat à l'entente de cette simple phrase.

— Connor...

— Non, je ne parle pas souvent de ça, alors laisse-moi le temps de réussir à tout sortir.

Je presse les lèvres, lui offrant le silence qu'il me demande.

— Quand ma mère est morte, il s'est transformé en une personne complètement différente. Il buvait constamment, et lorsque l'alcool a cessé d'effacer sa douleur, il a décidé de la partager de manière directe. Mes frères ont fait ce qu'ils pouvaient pour me protéger puisque j'étais le plus jeune et de loin le plus petit de notre quatuor.

J'ai mal à la poitrine, mais je ravale toutes les réactions que je pourrais avoir tandis qu'il poursuit son récit :

— Quand ils sont partis, c'est devenu beaucoup plus difficile de l'éviter. J'ai appris que fuir ne faisait qu'empirer les choses. Chaque fois que je revenais, il me le faisait payer.

Je prends ses doigts dans les miens, lui offrant tout le soutien que je peux lui apporter. Je n'arrive pas à imaginer la trahison qu'il a dû ressentir quand la personne dont il avait le plus besoin est devenue son bourreau. Il m'a soutenue si fermement en me donnant ce dont j'avais besoin sans rien demander, je me demande si ça ne lui a pas fait du mal.

A-t-il vécu à nouveau tout ce qu'il a enduré ?

Est-ce que, quand il me regarde, il voit une femme faible, alors que c'est bien lui qui me répète combien je suis forte ?

— Je suis vraiment désolée. Tu n'as jamais mérité ça, encore moins de la part de ton père.

— Personne ne mérite d'être battu, Ellie. Personne. Peu importe qui nous frappe, c'est dans tous les cas quelque chose de mal et d'impardonnable. J'ai juré que je ne deviendrais jamais comme lui, et je veux que tu comprennes à quel point je le pense. Je ne frapperai jamais quelqu'un sous l'emprise de la colère, sauf si j'essaie de protéger ce qui m'est cher.

Je lève mon autre main et lui touche doucement sa joue.

— Tu n'as pas besoin de faire beaucoup d'efforts pour me convaincre. Je vois qui tu es. Il n'y a aucune trace de cet homme en toi.

Il enroule ses doigts autour de mon poignet, tirant ma main vers le bas.

— J'ai travaillé très dur pour m'en assurer. Mes frères aussi. La nuit où nous nous sommes rencontrés, j'étais plus que jamais au fond du trou. Mon père est resté dans un état second pendant des mois avant ma remise de diplôme. Il buvait plus, trouvait toujours plus de moyens de me tomber dessus quand je ne m'y attendais pas. Je savais que je devais partir de là, mais je n'étais pas aussi intelligent que Declan ou Jacob, donc je ne pouvais pas avoir de bourses. Je ne jouais pas au baseball comme Sean, donc me tourner vers le sport n'était pas une possibilité pour moi. Je savais que c'était la prison ou l'armée, alors je me suis enrôlé quand j'étais en Terminale et je ne le lui ai jamais dit. Cette nuit-là, je lui ai annoncé que je partais, et il a perdu la tête. Il s'est jeté sur moi en hurlant et en me disant des choses que je n'oublierai jamais. Il m'a donné des coups de poing et je les lui rendais. Nous nous sommes battus, d'homme à homme, c'était la première et la seule fois que je laissais mes émotions prendre le dessus.

— Tu ne peux pas penser une seule seconde que tu étais fautif. Tu te défendais.

Il se passe la main sur le visage.

— Je me suis battu avec mon père alors qu'il était hors de lui. Je ne m'en veux pas, mais ne te méprends pas, ce n'était pas parce que j'étais énervé. J'avais accumulé en moi dix ans de rage à cause des coups qu'il nous infligeait et à l'enfer qu'il nous faisait vivre.

C'est différent. Je sais qu'il ne le verra probablement pas comme ça, mais ce n'est pas du tout pareil. Il n'a pas cherché la bagarre, il a réagi à une menace réelle.

— Et si j'avais pris une batte et que j'avais éclaté la tête Kevin, qu'est-ce que tu me dirais ?

— Que tu as bien fait.

— Pourtant, que tu te défendes face à ton agresseur serait différent ?

Les mains de Connor se crispent, puis il se frotte la jambe, l'air mal à l'aise. Je le comprends comme personne d'autre ne peut le comprendre. J'ai vécu ça, je me suis débattue avec le sentiment de culpabilité, passant des années à croire que peut-être, pour une raison ou une autre, je le méritais, parce que c'était ce que l'on m'avait dit. Pour Hadley, j'ai dû lutter contre moi-même chaque jour afin de rester une minute de plus avec lui, après qu'il a levé la main sur moi pour la première fois.

Je n'ai pas été victime seulement sur le moment, ça me suit toujours chaque seconde qui passe. J'en ai conscience et je déteste l'idée que nous partagions ce lien. Et, en même temps, j'éprouve une certaine reconnaissance à ne pas me savoir seule.

— Quoi qu'il en soit, reprend Connor, quelques heures après m'être réveillé et avoir constaté ton absence, j'ai pris un bus pour commencer ma formation et je ne suis pas revenu jusqu'à sa mort, il y a quelques semaines.

Tant de questions flottent dans mon esprit. Si Connor était revenu, même une seule fois, les choses auraient-elles été différentes ? Si je l'avais croisé, j'aurais ressenti quelque chose… ou peut-être se serait-il battu pour moi. Il y a un million de « et si ? » possible, mais une seule vérité : ce moment suspendu dans le temps.

— Je me suis souvent demandé si j'avais été punie pour cette nuit…

Il se lève si vite que je sursaute, mais il attrape rapidement le rebord du dossier de la balancelle pour en stabiliser le mouvement.

— Ne redis jamais ça. Ce qu'on a partagé, ce n'est pas quelque chose qui mérite le moindre châtiment. Pourquoi est-ce que ce serait punissable ?

— Parce que c'était quelque chose mal, en ce qui me concerne ! J'allais me marier le lendemain. Je n'ai pas regretté ce qu'on a fait, je ne le regrette toujours pas, mais je n'aurais jamais dû retourner dans cette chambre avec toi.

— Je ne comprends pas.

— Je l'ai épousé. Je suis allée jusqu'au bout de la cérémonie, mais pendant tout le temps que ça a duré, je…

Je ne peux pas le dire. Si je le fais, ce sera une erreur. Pourtant, je lève les yeux et capte son regard, la façon dont il me supplie silencieusement de lui révéler ce que j'ai sur le cœur, et j'en ai envie.

— J'ai souhaité que ce soit toi. L'homme qui m'a souri de la manière la plus douce et aimante qui soit. Tu m'as regardé comme si tu avais besoin de moi, et je sais que c'était mal, mais j'avais besoin de toi, moi aussi.

Quand il se rassied, il enfouit son visage entre ses mains avant de se tourner vers moi.

— Oui, j'avais besoin de toi.

— Mais nous n'étions pas faits l'un pour l'autre.

— Non, j'imagine que non.

Je me penche en arrière, pivotant juste assez pour pouvoir encore le regarder tout en me demandant si le moment que nous partageons maintenant aurait pu faire partie de notre quotidien. Serions-nous assis là, sous le porche, à discuter en pleine nuit, à jouir d'une honnêteté dont j'ignorais l'existence jusqu'à cet instant ?

— Si les choses s'étaient passées différemment cette nuit-là, si j'avais été plus courageuse et que j'étais restée, penses-tu que nous aurions pu être ensemble ?

Connor se redresse, allonge un bras le long du dossier de la balancelle. J'imagine aisément comment je pourrais parfaitement me blottir contre lui, comme si le destin avait prévu ça pour moi, mais je reste à ma place parce que nous devons encore parler d'Hadley.

— Je ne sais pas. Parfois, quand j'imagine ce que nous aurions pu être, j'envisage bien plus qu'une nuit, mais je crois que le fantasme de l'époque s'arrêtait là. J'étais dans un sale état quand on s'est rencontrés, je me débattais avec des émotions que je n'étais pas assez mature pour gérer. Cette nuit-là, j'étais en paix, mais au matin, cette paix avait disparu… tout comme toi.

— Je n'étais jamais partie, j'étais perdue.

— Et qu'en est-il aujourd'hui ?

Je détourne le regard, laissant la question s'insinuer en moi.

— J'aimerais te dire que j'ai trouvé ma voie. Je ne suis pas perdue, mais je ne suis pas encore retrouvée. Mais… j'espère arriver là où il faut.

Connor me prend la main.

— C'est ce que nous faisons tous, Ellie.

— Certains y arrivent mieux que d'autres.

Il émet un unique rire qui résonne autour de nous.

— Je suis un éternel célibataire, j'ai juré de ne jamais avoir de famille ou de relation sérieuse. Je repousse tout le monde. Je ne fais rien de mieux que qui que ce soit.

Ce qui me pousse à me demander si la possibilité que je lui ai révélée l'a contrariée.

— Et si Hadley était ta fille ?

— Alors je serai pour elle le père que je n'ai jamais eu, et cette petite fille n'aura plus jamais à craindre ni pour ta vie ni pour la sienne.

chapitre seize

. . .

connor

— CONNOR, Connor, Connor ! m'appelle Hadley en courant vers la grange.

Je n'ai pas arrêté de travailler depuis qu'elle est partie à l'école. J'ai terminé ma surprise il y a environ une heure, puis je suis venu abattre une partie du travail que j'avais à faire pour la ferme.

— Coucou ! C'était comment l'école ?

— Super. J'ai pu raconter à toute la classe comment un Navy SEAL m'a sauvée quand je me suis fait mal au bras.

Ellie s'avance lentement derrière elle et l'immense sourire qu'elle arbore fait dérailler mon cœur. Mon Dieu, elle est magnifique.

Le soleil l'éclaire d'un côté et le pan de sa robe flotte légèrement autour de ses jambes. Elle a une écharpe autour de ses épaules et ses longs cheveux bruns lâchés. Elle est à couper le souffle.

— Salut ! lancé-je malgré ma gorge nouée.

— Salut !

Les yeux d'Ellie s'illuminent quand elle se rapproche.

— Et de ton côté, c'était comment l'école ?

Ellie hausse les épaules.

— C'était bien, mais j'ai hâte qu'Hadley te raconte sa journée.

Je baisse les yeux vers cette dernière et elle sourit si intensément que je crains que ses joues ne se brisent.

— Alors tu as parlé de moi, hein ?

— Oui ! Totalement ! Et maintenant, tu vas venir à l'école avec moi !

— Euh… bégayé-je. Je quoi ?

Elle écarquille les yeux et se met à parler à sa vitesse de croisière, qui doit être à Mach dix ou vingt — ce qui est bien trop rapide pour qu'un être humain normalement constitué puisse la suivre.

— Je leur ai raconté quand tu m'as trouvée dans l'arbre, et que je ne voulais pas vraiment qu'on me retrouve, mais que tu es si intelligent et que tu m'as sauvée. Je leur ai dit comment tu m'as portée avec un seul bras parce que tu es comme Hercule. Puis j'ai continué en disant que tu es encore plus fort parce que tu sais te servir d'un fusil vu que tu étais dans l'armée. Ensuite, j'ai raconté comment, encore une fois, tu es venu m'aider quand j'avais des problèmes et à quel point tu es un héros *et* comment tu as combattu pendant la guerre *et* comment tu n'as peur de rien sauf des tempêtes quand tu étais petit.

Elle prend une grande inspiration et reprend :

— Ensuite, j'ai dit que j'allais te faire venir à la séance de questions/réponses parce que tout le monde veut te rencontrer parce que tu es mon meilleur ami. En plus, personne n'a de meilleur ami adulte comme moi. Ils ne m'ont pas crue, mais tu l'es. Mais maman prétend que je ne peux pas dire aux gens que tu viendras à l'école car je dois te demander avant. Alors est-ce que tu viendras à l'école avec moi, Connor ?

Quand elle s'arrête enfin, elle sourit, l'air satisfait d'elle-même. Moi, je suis sous le choc.

— Je ne sais pas trop.

— Tu dois venir. Tu ne veux pas que j'échoue à mon contrôle, hein ? La présentation et l'exposé sont notés.

Bien sûr que je ne veux pas qu'elle le rate, non ? Je veux dire, c'est ce que je devrais répondre, mais en même temps, j'ai envie de tout, sauf de faire ça. Quel genre de séance de questions/réponses vais-je pouvoir tenir ?

— Non, je ne veux pas que tu échoues à ton contrôle, mais je suis sûr qu'on peut trouver quelque chose d'encore mieux.

— Il faut que ce soit toi. J'ai même écrit une rédaction sur toi pour que madame Flannigan approuve ta venue, et elle est méchante. Elle n'aime pas les enfants, mais on la laisse quand même enseigner.

Oh, bon sang.

— D'accord, mais je ne suis pas sûr que les gens ont envie de me rencontrer.

— Tu es le plus chouette des meilleurs amis. Mes amis vont t'adorer !

Hadley semble vraiment très sûre d'elle. J'ai besoin de trouver un moyen de me sortir de ce pétrin et vite.

— Je suis sûr qu'il y a un million d'autres choses qui sont bien plus cool que moi, et de bien meilleures options.

Elle fait la moue.

— Mais c'est toi que je veux présenter.

Je me tourne vers Ellie pour qu'elle me vienne en aide, mais elle s'appuie contre le chambranle de la porte avec un sourire entendu. Il n'y a aucun moyen de dire non à cette fille. Surtout pas quand elle fait ce truc avec sa bouche et ses grands yeux qui me regardent avec un air innocent. Merde.

— Dix minutes, pas plus.

Hadley saute en l'air et pousse un petit cri aigu.

— Tu es le meilleur !

Non, c'est elle la meilleure, et elle me mène totalement à la baguette. Si cette enfant est de moi, je suis encore plus dans le pétrin que je ne le pensais. Il n'y a aucune chance que j'aie envie de la laisser partir. Pour chaque jour que je passe avec elle, c'est des centaines d'autres que je veux rattraper. J'ai raté sept ans de sa vie et, si c'est bien ma fille, je m'assurerai de ne plus en louper un seul de plus.

— Je pense que tu surestimes le nombre de personnes qui ont envie de me rencontrer.

Hadley hausse les épaules.

— Mon meilleur ami est le plus chouette de tous. Tout le monde va être tellement jaloux. Tu pourras porter ton uniforme ?

Ellie éclate de rire, avant d'essayer de le cacher en mimant une toux.

— Ça suffit, Hadley. Connor travaille dur et on doit s'occuper de tes devoirs.

— D'abord, dis-je avec un peu trop d'enthousiasme, j'ai quelque chose à te montrer.

— Ah oui ?

Je hoche la tête à l'adresse d'Hadley.

— Oui. Allons donc faire un tour.

— Maman peut venir ?

— Bien sûr, on peut tous y aller… si elle veut bien.

Nous nous tournons tous les deux vers Ellie, qui hausse les épaules et s'avance vers nous.

— Je pense qu'un peu d'air frais nous ferait du bien à tous.

Nous sortons tous les trois de la grange et commençons à nous diriger vers l'arbre, Hadley postée entre Ellie et moi. Je pense à l'image que nous formons probablement en ce moment. Une famille composée d'une mère et d'un père qui adorent l'enfant qui se trouve entre eux deux. À bien des égards, ce serait bien là la légende de la photo, car j'adore Hadley et que je tiens beaucoup à Ellie. D'une certaine manière, je l'aime, ce qui est insensé mais bien réel.

Ellie, c'est cette femme pour laquelle j'ai ressenti de la passion, de l'amour et du désir pendant presque toute ma vie d'adulte.

Je sais qu'elle n'est pas prête pour quoi que ce soit. Bon sang, elle est encore mariée et doit faire face au procès de son mari, mais… c'est comme si le temps ne passait pas pour moi. Elle aurait été prête à tenter quelque chose avec moi pendant tout ce temps, et maintenant je dois attendre qu'elle soit prête… à nouveau.

— On se retrouve là-bas.

Hadley s'enfuit, nous laissant tous les deux derrière elle.

— Alors comment se passent les réparations de la grange ? demande Ellie après quelques secondes, les mains jointes devant elle.

— Je n'ai pas fait grand-chose, en fait. Je travaillais sur autre chose…

— Ah oui ?

— Quelque chose pour Hadley.

Ellie cherche mon regard et je discerne dans le sien un océan de questions.

— Tu n'avais pas à…

— Je sais. Ecoute, je sais qu'on en a déjà discuté hier soir, mais je veux savoir si elle est de moi, biologiquement parlant. Si ce n'est pas le cas, je ferai tout mon possible pour respecter le fait que c'est bien sa fille, mais j'espère que tu comprends que, quels que soient les résultats du test, ça ne change rien au fait que je l'apprécie beaucoup. C'est une enfant adorable et elle est... eh bien, elle est...

— Tu tiens à elle.

Je lève les yeux vers elle en souriant.

— En effet. Tout comme je tiens à sa mère.

— On t'aime bien aussi, me répond Ellie avec un sourire en coin. Juste un peu.

— Par ailleurs, vous pouvez rester chez moi jusqu'à ce que vous vous sentiez suffisamment en sécurité pour rentrer chez vous.

Ellie soupire par le nez et ses doigts effleurent l'extrémité de la paille qui pousse dans le champ.

— Hadley aimerait rester ici pour toujours avec toi. Je ne sais pas si elle se sentira un jour en sécurité chez moi, et je ne peux pas lui en vouloir, mais... tu n'as pas besoin de t'embêter avec la présence de deux autres personnes.

Je ne veux pas lui dire que c'est exactement ce dont j'ai besoin, que le fait qu'elles soient restées ici m'a rendu la vie dans cette maison plus facile. Les souvenirs ne sont pas aussi violents quand elles sont là et je préfère de loin leur visage à celui du fantôme de mon père quand j'entre dans une pièce.

Au lieu de lui confier cela, j'essaie de lui communiquer une partie de la vérité.

— Vous ne me dérangez pas du tout. Et si Hadley...

— Est ta fille, termine-t-elle à ma place.

— Si c'est le cas, alors je suis vraiment ravi du temps que je passe avec elle en ce moment.

Le bras d'Ellie bouge contre son flanc et ses doigts frôlent les miens. Je ne sais pas si elle l'a fait exprès, mais je ne suis pas du genre à laisser passer une telle occasion. Je glisse une main dans la sienne et m'y accroche. Elle me regarde et je fais de même, attendant de voir si c'est bien ce qu'elle souhaitait.

— Et si ce n'est pas ta fille ?

— Alors j'ai une meilleure amie plutôt chouette.

Son sourire me fait chavirer le cœur. Je veux qu'elle me regarde comme ça tous les jours. Je veux être l'homme qui donne à mon ange l'impression qu'elle peut s'envoler. Ses ailes ont peut-être été brisées il y a des années de ça, mais je suis très doué pour réparer les choses.

Aucun de nous ne dit un mot lorsque nous approchons de l'arbre, mais Ellie retire sa main quand nous entendons Hadley crier.

— Ouah ! C'est le meilleur truc de tout l'univers !

Je regarde la cabane entièrement décorée que j'ai passé des heures à construire, puis je les regarde toutes les deux. Les yeux d'Ellie s'humidifient tandis qu'elle observe Hadley qui monte déjà les marches.

— C'est toi qui as fait ça ?

— Chaque enfant devrait avoir un endroit où se réfugier.

Ellie se tourne vers moi, les lèvres entrouvertes. Le soleil projette une douce lueur sur son visage cependant qu'il se rapproche de l'horizon.

— Tu as passé toute la journée à construire ça pour elle ? Connor… dit-elle d'une voix émue.

Je fourre mes mains dans mes poches pour éviter de lui toucher le visage. Elle est tellement belle.

— C'était dans cet arbre que je courais me réfugier quand je pouvais m'éloigner de mon père. C'est là que j'ai retrouvé Hadley. Cet endroit n'a pas besoin d'accueillir les mêmes souvenirs de vie que les miens, maintenant qu'elle est là. Je l'ai fait pour nous deux, et pour toi.

— Pour moi ?

Oui, pour elle. Pendant que je construisais cette cabane, je n'arrêtais pas de penser à ma mère. C'était comme si elle était là avec moi, à me dire combien elle était fière en souriant.

— Je ne peux pas tirer si je ne casse pas l'arc, Ellie. Je suis assez fort pour retenir la flèche jusqu'à ce que tu sois prête.

Elle écarquille les yeux, le souffle coupé.

Ça en valait la peine. La sueur, la frustration et le changement de plan juste pour voir ce regard. Nous avons peut-être laissé passer notre chance il y a des années, mais je ne suis plus un enfant, et j'ai mon objectif en plein dans ma ligne de mire. J'attends juste que mon viseur s'aligne parfaitement avec la cible.

chapitre dix-sept

. . .

ellie

— J'APPRÉCIE que vous veniez me retrouver ici, dis-je à Sydney, l'amie de Nate.

Nous sommes assises dans la salle des professeurs.

— Ça ne me pose aucun problème, sincèrement.

Sydney était l'ambulancière bénévole qui est venue la nuit du drame, mais c'est également l'avocate que j'ai engagée pour m'aider à rédiger les papiers du divorce.

— Je sais que c'est bizarre…

— Pourquoi ?

— Que vous étiez là et que vous vous soyez disputés avec Connor.

Elle ricane.

— Connor et moi, on se dispute comme ça depuis… eh bien, depuis toujours. Il a de la chance que je ne l'aie pas frappé, vu la façon dont il a essayé de me repousser. C'est comme s'il pensait qu'il pouvait débarquer ici à nouveau et tout diriger. Hors de question. Il a fait ses choix, et même s'il pense être un nouvel homme, il peut toujours rêver s'il croit pouvoir me donner des ordres.

Une pointe de jalousie me prend aux tripes, mais je fais de mon mieux pour l'ignorer. Il est clair qu'ils ont eu une sorte de relation. Je me demande s'il l'aime ou si elle l'aime encore.

Sydney est ce que j'appellerais une beauté d'antan. C'est le genre de femme à l'allure royale que l'on peut s'attendre à croiser à New York ou à Londres, mais pas à Sugarloaf. Ses cheveux blonds sont tirés en arrière en un chignon bas d'où s'échappent quelques mèches. Elle porte un pantalon de tailleur noir avec les plus beaux escarpins rouges que je n'ai jamais vus. Tout en elle respire la confiance, alors que moi, je me sens si petite et insignifiante.

— Je ne savais pas…

— Quoi donc ?

Je me sens mal à l'aise, mais il y a manifestement eu quelque chose entre eux.

— Que vous étiez ensemble.

Sydney se penche soudain en arrière, les lèvres entrouvertes étirées par un sourire amusé.

— Oh, non, rien de tout ça. Connor est comme un petit frère pour moi. Je suis sortie avec son idiot de frère aîné, Declan, de mes treize ans jusqu'à ce que ce connard quitte la ville et ne revienne jamais. Ils sont tous pareils, cela dit. Dominant, protecteur, et attirant. Oh, et la stupidité coule dans leurs veines également.

Mon corps tout entier pousse un soupir de soulagement. Je ne sais pas pourquoi, d'ailleurs, puisque Connor et moi sommes juste des amis qui pourraient avoir eu un enfant ensemble, mais c'est pourtant ça que je ressens.

— Désolée d'y avoir pensé.

— Ne soyez pas désolé.

Elle sourit, ce qui me rassure un peu.

— Vous êtes d'accord pour parler de ça avec moi ? Je veux être sûre que vous soyez à l'aise. Si vous craignez que je vous trahisse parce que je connais Connor, je peux vous promettre que non seulement ce serait illégal et que je perdrai ma licence, mais aussi que je ne dirais jamais à personne ce dont nous pourrions parler, même s'il n'y avait pas cette épée de Damoclès au-dessus de ma tête. Sans compter que ça l'embêterait au plus haut point et que j'en tirerais bien trop de joie.

Je ne suis pas assez à l'aise pour parler à qui que ce soit, mais Sydney me paraît gentille, et elle était présente cette nuit-là. Son regard est dénué de tout jugement et c'est le mieux que je puisse attendre d'elle.

— Non, ce n'est pas ça, et je ne pense pas que vous le feriez, de toute façon. Je suis sûre que vous pouvez imaginer à quel point c'est humiliant et je…

— Vous n'avez pas de raison de ressentir ça avec moi.

J'aimerais que ce soit aussi simple. J'aimerais que tout ceci ne soit qu'un mauvais rêve dont je suis sur le point de m'extirper.

— Ça va. Je veux juste en finir avec tout ça.

— Je peux imaginer. Je sais que vous avez traversé beaucoup d'épreuves et celle-là ne sera pas différente. Pour l'instant, on a obtenu une ordonnance de protection temporaire pour vous et Hadley, ce qui nous permettra de faire avancer le divorce une fois que le délai d'attente de quatre-vingt-dix jours sera passé. Je pense que l'on n'aura aucun problème à établir la preuve de la faute puisqu'on a des photos et le témoignage d'un officier de police au sujet des abus de votre mari. Si vous êtes d'accord, bien sûr.

Mes mains se mettent à trembler, je me sens malade. C'est la raison pour laquelle tant de femmes se taisent. La peur de parler et que leur appel de détresse ne soit pas entendu. Si je passe devant le juge et que je lui raconte tout, que se passera-t-il s'il estime que ce n'est pas suffisant et qu'il le laisse sortir ? Bien sûr, le juge a refusé sa libération sous caution, ce qui me donne envie de croire que les tribunaux statueront en ma faveur, mais même Nate a dit que c'était une chance que le juge sur lequel nous soyons tombés sur un juge qui est en croisade contre ce genre d'abus. Et si je tombais sur un magistrat qui ne soit pas de cet avis au sujet du divorce ? Sans la condamnation, Kevin pourrait contester le divorce et essayer de me contrôler avec.

— Tu veux dire qu'ils pourraient quand même ne pas me croire ? Qu'ils pourraient penser que je mens au sujet des abus et ne pas le condamner ? Même s'il y a des témoins et tout ?

Sydney pose son stylo puis met sa main sur la mienne.

— Ellie, peu importe si l'affaire ne se passe pas comme prévu. Nous savons ce qui s'est passé, et je te crois. Tu n'es pas seule. Tu n'as rien fait de mal et, quoi qu'il arrive, je t'aiderai à te sortir de tout ça aussi vite que possible.

— Je ne veux pas qu'il nous fasse du mal à nouveau.

— Je sais, et je vais faire tout mon possible pour l'en empêcher.

Je pousse un profond soupir et laisse tomber mon menton sur ma poitrine.

— J'aurais dû faire ça il y a des années.

— Avoir réussi à le faire tout court montre que vous êtes forte. Je suis désolée, d'ailleurs.

Elle me presse la main et reprend :

— Vous vivez ici depuis si longtemps et aucun de nous n'a jamais pris contact avec vous. J'ai toujours cru que vous ne vouliez pas faire partie de notre communauté.

Je secoue la tête comme mon sentiment de solitude refait surface.

— Je n'avais pas le droit d'en faire partie.

— Je le comprends bien, maintenant.

— En plus, c'est dur de se faire des amis quand on essaie de cacher ses bleus.

Sydney retire sa main, ses épaules s'affaissent.

— J'espère que vous savez que vous n'avez plus besoin de dissimuler quoi que ce soit, Ellie. J'aimerais vraiment être votre amie, si vous le voulez bien.

Un ami. C'est un mot si simple et, néanmoins, c'est un type de relation que je n'ai pas entretenue depuis tant de temps que je ne sais même plus ce que ça veut dire. Pourtant, Sydney est gentille. Elle m'offre un rameau d'olivier que je n'aurais jamais imaginé accepter auparavant.

— J'aimerais beaucoup.

Elle sourit.

— Bien. Maintenant, passons en revue les détails de l'affaire et préparons nos arguments pour pouvoir déposer notre dossier à la seconde où on sera autorisés à le faire. Tu es d'accord ?

— Oui.

Je vais faire tout ce que je peux pour mettre tout ça derrière moi, et c'est la première étape.

— Maman ? s'enquiert Hadley alors que nous traversons le champ pour aller chez nous chercher des vêtements et d'autres affaires dont nous avons besoin.

Ça fait une semaine que nous mettons tout en œuvre pour que tout fonctionne, mais ce n'est plus tout à fait possible. Nous avons besoin de plus de vêtements et de matériels si nous voulons continuer à vivre chez Connor.

— Oui ?

— Pourquoi papa t'a frappée ?

Ma main se crispe un peu, car sa question me prend au dépourvu. Je ne suis pas sûre de savoir comment lui répondre. Hadley n'a peut-être que sept ans, mais elle est intelligente et perçoit tout un tas de choses. Elle n'est plus candide et crédule.

C'est l'occasion pour moi de l'aider à ne pas faire les mêmes erreurs que moi. Je veux qu'elle sache que ce n'est pas bien, que personne ne devrait jamais lever la main sur elle, surtout pas sous le coup de la colère. Je suis restée trop longtemps avec lui, je me suis trouvé trop d'excuses, mais ça, c'est fini.

Je me redresse un peu et m'efforce d'insuffler de l'assurance dans ma voix.

— Il m'a frappée parce qu'il était en colère et qu'il ne pouvait pas se contrôler. Ce n'est jamais acceptable de faire ça, tu comprends, n'est-ce pas ? C'était mal.

— Est-ce qu'il est désolé ?

Non, je doute qu'il l'ait jamais été.

— J'espère bien.

— Est-ce qu'il nous aime ?

Oh, mon cœur se brise à cette question.

— Je pense qu'il t'aime beaucoup.

Hadley est, bien sûr, bien trop intelligente pour ne pas remarquer que je ne me suis pas incluse dans ma réponse.

— Et est-ce qu'il t'aime toi, Maman ?

— Je crois qu'il essaie vraiment très fort, mais…

Maintenant, c'est son univers à elle qui va voler en éclats.

— Mais quand on aime quelqu'un, on n'a pas envie de lui faire du mal. Ce qu'il a fait est inacceptable, ce ne sera jamais une bonne manière de montrer à une personne qu'on tient à elle. Est-ce que tu comprends ?

Elle lève les yeux vers moi et je prie pour qu'elle saisisse mes paroles.

— Je crois que oui.

Je m'accroupis dans le champ de paille et prie pour que cette petite fille ne laisse jamais quelqu'un lui faire du mal.

— Peu importe si c'est un père, un mari, un ami ou quelqu'un que tu ne connais pas. Personne ne devrait jamais s'arroger le droit de te faire du mal. Si ça arrive, tu devras le dire immédiatement à quelqu'un. N'aie pas peur qu'on te dise que c'est de ta faute parce que ce ne le sera jamais.

Hadley hoche la tête mais son regard ne quitte pas le mien.

— Je t'aime, maman.

— Je t'aime, ma chérie. Je veux que tu saches que ce qui s'est passé n'arrivera plus jamais. Toi et moi, on ne vivra plus avec papa.

— Pourquoi ?

Je lui ai toujours épargné la vérité jusqu'ici, rien d'autre. Je ne veux pas qu'elle le déteste, mais je veux qu'elle perçoive la force qu'il y a en moi. Il faut qu'elle comprenne que le choix que je fais aujourd'hui n'est sans doute pas facile, mais que c'est le bon. Je ne peux pas rester mariée avec lui. Je ne lui permettrai pas de rester auprès d'Hadley et la laisser imaginer que les mariages doivent se dérouler comme ça.

— Parce que je vais divorcer. Nous allons déménager et tout ira bien.

Une larme coule sur sa joue, j'aimerais pouvoir l'effacer.

— J'ai fait quelque chose de mal ?

— Non, ma puce. Tu n'as rien fait de mal, et moi non plus. Je fais ça parce que je dois nous protéger. Je sais que c'est effrayant et très inquiétant, mais je veux que tu saches que je t'aime de tout mon cœur et que je ferai tout ce qu'il faut pour que l'on puisse être en sécurité.

— Mais il ne m'aime pas ?

— Qui donc pourrait ne pas t'aimer, enfin ? demandé-je.

— S'il m'aimait, il ne voudrait pas qu'on parte.

C'était ce que je craignais le plus en lui révélant tout ça. Je ne veux pas qu'Hadley pense que c'est sa faute.

— Tu apprécies quand papa nous crie dessus ?

Elle secoue la tête.

— Eh bien moi non plus. Je ne veux plus que l'une de nous deux ait peur. Toi et moi, on est deux filles fortes et plus personne ne nous criera dessus. Tu es la meilleure enfant dont une mère peut rêver et une partie de mon travail de maman consiste à te protéger.

— Est-ce qu'il reviendra nous chercher ?

— Non, il ne nous approchera plus. Peu importe ce que je devrais faire pour ça, je tiendrai cette promesse. On va trouver un autre endroit où vivre, un endroit que nous aimons toutes les deux.

— On peut rester chez Connor ?

Je lui adresse un doux sourire. Ça me réconforte de savoir qu'il a une telle importance pour elle.

— Non, ma chérie. Connor ne va pas rester très longtemps à Sugarloaf, et même s'il a été très gentil avec nous, il a sa ferme à gérer.

Et je suis loin d'être prête pour ça, actuellement.

— Je crois qu'il t'aime bien.

— Je crois que c'est plutôt *toi* qu'il aime bien, dis-je en riant. Tu as une cabane sur ses terres et il va participer à une séance de questions/réponses juste pour toi.

Et il pourrait être ton père.

— Je vais être triste quand il partira.

Moi aussi. La façon dont il me regarde ainsi que sa force, sa compréhension et son soutien inébranlable vont me manquer.

— Eh bien, on va devoir faire en sorte que les prochains mois que l'on va passer avec lui soient uniques alors. Allez, remettons-nous en route.

Nous nous frayons un chemin à travers le champ tandis qu'elle me raconte sa journée. Elle est un peu plus calme que d'habitude, moins animée, et je déteste que cette conversation l'ait rendue morose. Je sais que si je ne me relève pas maintenant, je n'y arriverai jamais.

Quand la maison apparaît, une vague de nausée éclate en moi avec la violence d'une brique en pleine tête. Tout me revient en mémoire. Les sons se répètent à mes oreilles, je sens à nouveau ce souffle qui s'échappe de mes poumons quand il me donne le plus violent coup de pied qui soit.

Tout ça s'est passé ici, chez moi.

La respiration d'Hadley s'accélère, alors je lui serre fort la main.

— Ça va, on va prendre nos affaires puis retourner chez nous, et personne ne pourra nous faire du mal, d'accord ?

Je ne sais pas si j'essaie de la rassurer ou de me rassurer moi-même, à ce stade. Peut-être que nous avions tous les deux besoin de l'entendre.

— Il n'est pas là ?

— Non, ma puce, il n'est pas là.

Je déteste que mon enfant ait si peur, alors je me pousse à être le roc qu'elle a besoin de voir et fais un pas en avant. Je puise dans toute la détermination qu'il me reste pour me rapprocher de la maison qui a accueilli une telle horreur seulement une semaine auparavant, je me raccroche au besoin que j'éprouve de protéger Hadley. Je me rappelle tout ce que Kevin m'a dérobé, je refuse de lui laisser me voler quoi que ce soit d'autre.

Je tiens la petite main de ma fille plus fermement, lui montrant que même si nous touchons le fond, la seule voie possible après ça, c'est de remonter.

Alors que nous arrivons devant la porte d'entrée, un autre sentiment d'effroi me frappe. Je ne sais pas à quoi ressemble la maison, à l'intérieur. Tout ce qu'Hadley a toujours connu, c'est un foyer parfait. Je m'assurais méticuleusement que tout était propre et bien à sa place pour pas que Kevin ne se trouve une nouvelle raison de me frapper.

Quand je suis partie cette nuit-là, beaucoup de choses ont été renversées. Merde.

J'ouvre la porte, que quelqu'un a visiblement fait remplacer, et j'espère que ce n'est pas aussi grave que je le crains.

Puis je m'arrête, stupéfaite.

Chaque objet est à sa place.

La photo qui a été jetée à travers la pièce repose sur la table du canapé comme si on ne l'avait jamais touchée. La lampe que Kevin a menacé de me fracasser sur la tête n'est pas sur le sol, où il l'a laissée tomber. Elle est posée sur la table d'appoint.

Je ne comprends pas. Comment ? Qui est venu faire le ménage ici ?

Hadley me lâche la main quand elle aperçoit sa poupée adorée dans le coin.

— Phœbe !

Elle court à toute vitesse, la prend dans ses bras et la serre fort.

— Je peux la ramener chez Connor ?

— Je suis sûr que ça ne le dérangera pas.

Je souris doucement, soulagée qu'elle ait surmonté sa peur et ravie que quelqu'un soit venu tout nettoyer pour qu'Hadley n'ait pas à être témoin d'un tel chaos.

chapitre dix-huit

. . .

ellie

QUAND NOUS RENTRONS CHEZ CONNOR, un sac de vêtements chacune en plus, un SUV de luxe est garé à côté du sien.

— Qui c'est, maman ? demande Hadley.

— Je ne sais pas.

Nous nous avançons vers la voiture. La portière côté conducteur s'ouvre. Une paire de chaussures à talon rouges touche le sol, puis je souris.

— Bonjour, Sydney, dis-je en m'approchant.

— J'espérais te trouver ici.

— Hadley, voici Sydney.

Cette dernière lui tend la main.

— C'est un plaisir de te rencontrer.

Elles se serrent la main et Hadley lève les yeux pour les poser sur la maison.

— Je suis contente de te rencontrer, moi aussi. Tu as de très jolies chaussures.

— Merci, fait Sydney en souriant. Tu as de très jolis yeux.

Mon cœur s'arrête, je me demande soudain si elle le voit. Si Sydney connaît les frères Arrowood aussi bien qu'elle le prétend, sera-t-elle assez observatrice pour découvrir le pot aux roses ?

— Merci, Sydney. Maman, je peux aller voir Connor ?

— Je ne suis pas sûre que…

— S'il te plaît ! Je dois l'aider avec la grange. Je suis certaine qu'il est là. Il a dit qu'une fois que j'aurais fini l'école, je pourrais venir lui donner un coup de main parce qu'il en a besoin. Hier, il a fait sortir les poules par la mauvaise porte et j'ai dû leur courir après pour les faire rentrer. On ne peut pas laisser les poules s'enfuir dans tous les sens quand les vaches sont là.

Hadley s'énerve comme si c'était de notoriété publique.

— Je lui ai dit, mais il a répondu qu'il essayait d'avancer sur la grange pour retourner s'occuper des travaux à faire dans la maison. Et puis après on a trouvé un accroc dans la clôture, alors il était très contrarié.

— Tu ne crois pas qu'il a beaucoup à faire et que tu vas l'embêter ? demandé-je en espérant qu'elle le laisse tranquille.

Sydney éclate de rire.

— Je pense que tu devrais aller le rejoindre et lui montrer toutes les choses cassées dans le coin.

— Tu connais Connor ?

La suspicion dans le ton de sa voix est évidente.

— Oui. Je l'ai connu quand il était petit et qu'il me suivait partout. Il voulait monter mes chevaux.

— Pour de vrai ?

— Oui.

Hadley fronce les sourcils tout en toisant Sydney de haut en bas.

— Tu sais que c'est mon meilleur ami et qu'il pense que je suis la meilleure de toutes.

— Ah oui ? Eh bien, il en a de la chance, lance Sydney sur un ton léger et enjoué. J'aimerais avoir une meilleure amie comme toi moi aussi, mais… il t'a vue en premier.

Elle hoche la tête une unique fois.

— Il l'a fait. Et il m'appelle Minus.

Le sourire de Sydney s'élargit.

— Il t'a donné un surnom ?

— Oui !

— Ouah, tu sais que Connor adore les surnoms. Quand on était petits, je lui ai donné le meilleur des surnoms et, comme tu es sa meilleure amie, je pense que je peux te le confier.

Hadley applaudit et pousse un petit cri.

— Vraiment ?

— Absolument ! Tu devrais l'appeler « mon poulet ». Il aimait tellement ce surnom, il va tellement en rire s'il l'entend à nouveau.

Le sourire de Sydney me laisse entendre que ce sera plutôt l'inverse.

— D'accord ! Je peux y aller, Maman ?

— J'imagine que oui, mais s'il n'est pas dans la grange, reviens tout de suite ici.

— Promis ! crie-t-elle par-dessus son épaule alors qu'elle est déjà en train de nous fuir.

Sydney émet un petit rire.

— Elle est adorable.

Je la regarde courir à toute vitesse, avec ses cheveux qui se balancent de gauche à droite. Un poids s'enlève de ma poitrine. Elle semble si insouciante, comme elle devrait l'être. J'essaie de me souvenir d'un autre moment où je l'ai vue comme ça, mais je n'y arrive pas.

Bien sûr, elle a été heureuse ces sept dernières années, mais là, c'est différent. En cet instant, je ne la vois pas hésiter à se fondre dans son rôle d'enfant. C'est comme si, enfin, elle éprouvait un sentiment de sécurité qui lui permettait de… d'être libre.

— Elle compte plus que tout au monde pour moi.

— Et il semble qu'elle soit sous le charme de Connor.

Je hoche la tête.

— Ces deux-là se sont liés instantanément.

Sydney déplace ses épaules vers l'arrière et remue légèrement. Je sais qu'elle y pense, vu le commentaire qu'elle a fait sur ses yeux. Si Sydney est sortie avec son frère aîné, elle a sûrement vu la ressemblance.

— Connor est un homme bien.

— Oui.

— Il a traversé beaucoup d'épreuves. Comme tous ses frères et… Vous vous connaissiez tous les deux, avant ?

Je l'arrête tout de suite.

— Connor et moi avons couché ensemble il y a huit ans et oui, je sais qu'Hadley a ses yeux… et son sourire.

Elle relâche sa respiration.

— Je ne voulais pas être indiscrète, mais c'était… impossible de ne pas le voir. Du moins pour moi, parce que, eh bien, je suis tombée amoureuse de ces yeux-là quand j'étais enfant.

Si ça a été si simple pour Sydney de le remarquer, je ne peux pas m'empêcher de me demander si le père de Connor l'a vu lui aussi. Il regardait souvent Hadley avec un air confus, mais il n'a jamais rien dit ou même fait allusion à cela. Peut-être savait-il ? Peut-être était-ce pour ça qu'il était toujours si gentil avec nous. Je pensais que c'était parce qu'il était seul mais… et s'il avait perçu cette ressemblance ?

— Est-ce que tu veux qu'on aille s'asseoir ? proposé-je. C'est une longue histoire.

Sydney et moi rejoignons le porche. Je peux voir son embarras.

— J'ai beaucoup de souvenirs dans cette maison. Je ne suis pas venue ici depuis la nuit où Declan est parti.

Elle laisse échapper un petit rire.

— Je pensais que si j'arrivais à l'éviter suffisamment longtemps, j'aurais moins mal, mais…

— Les maisons recèlent des vérités qui ne meurent jamais.

Elle lève les yeux vers moi et hausse les épaules.

— J'imagine, mais l'amour le fait. Lui, en tout cas, c'est certain.

N'est-ce pas la pure vérité ?

Nous nous asseyons et je raconte comment Connor et moi nous sommes rencontrés et tout ce qui s'est passé ensuite. C'est plus facile, cette fois, de tout raconter à Sydney. Je suis capable de le faire et elle se contente de m'écouter.

— Ouah, dit-elle une fois que j'ai terminé mon récit.

— Comme tu dis.

— Et il sait que tu as des doutes sur sa paternité ?

— Oui, dis-je avec un peu d'hésitation.

Il n'en a pas vraiment parlé. J'attends toujours qu'il demande un test de paternité, mais ça n'est pas encore arrivé. J'ai cru que ça serait la première chose qu'il exigerait. À moins qu'il ne veuille pas savoir.

Ce qui n'a pas de sens, étant donné sa personnalité.

Connor est un protecteur farouche lorsqu'il s'agit de sa famille. Il l'a clairement fait savoir lorsqu'il a parlé de ses frères ou de sa mère. Je pense que ce ne sera pas différent avec Hadley, d'autant plus qu'il semble déjà beaucoup tenir à elle.

— Eh bien, c'est une sacrée révélation.

— Est-ce que ça va changer quoi que ce soit pour le divorce ?

Sydney secoue la tête.

— Non. Au contraire, ça te facilitera les choses puisqu'on n'aura pas à se battre pour une pension alimentaire ou un droit de visite. Vous avez déjà fait un test ?

— Non, en fait, on a… Ce n'est pas vraiment… J'attendais qu'il… qu'il me le demande. Je ne veux pas le pousser à faire ça. Ça fait beaucoup de choses à assimiler, surtout que cette nuit-là n'était pas censée amener sur autre chose. Je ne connaissais même pas son nom avant qu'il ne revienne ici.

Elle éclate de rire, le regard débordant d'incrédulité.

— Tu te moques de moi.

— Du tout.

— Je ne sais pas si je dois être en admiration ou en état de choc. C'est comme ces histoires dont on entend parler, où des gens se retrouvent cinquante ans plus tard, mais là, c'est tellement plus incroyable encore.

Je ne sais pas si ce qu'il se passe là est si différent de la première fois. Connor m'a sauvée, et pas seulement de la violence de Kevin. Si je n'avais pas partagé cette nuit avec lui, si je n'avais pas su qu'il existait bien plus que ce que j'avais avec mon mari, j'aurais baissé les bras il y a bien longtemps.

— Voilà, tu sais tout.

Sydney se cale contre le dossier de son siège.

— C'est tellement incroyable et, pourtant, c'est du Connor tout craché.

— Qu'est-ce qui est du Connor tout craché ?

Sa voix grave me fait sursauter.

— Eh, salut ! On était justement en train de parler de toi.

Hadley et lui échangent un regard et commencent à monter les escaliers.

— Je m'en doutais un peu. Ravi de te revoir, Syd. Je peux faire quelque chose pour toi ?

Elle se lève, la main sur la hanche, la tête penchée sur le côté.

— Tu pourrais commencer par me dire à quel point je t'ai manqué.

— J'aimerais bien, mon petit coq, mais il semble que mon amie Hadley ici présente me surnomme « mon poulet ». Une idée de comment c'est arrivé ?

Elle éclate de rire, un immense sourire sur le visage.

— Bon sang, c'était la meilleure soirée du monde.

Elle se tourne vers moi.

— Tu vois, les frères Arrowood sont foncièrement mauvais, du moins quand ils sont tous les quatre entre eux. Ils ne s'interdisent rien et, s'ils connaissent ta faiblesse, alors ils l'utilisent contre toi. Connor, ici présent, avait peur de l'étang de ma ferme. Probablement parce que Declan, Jacob et Sean lui ont dit que si quelqu'un trempait ses orteils dedans, ils tomberaient, mais seulement si cette personne avait un prénom commençant par C.

Connor grimpe les marches.

— Ne sois pas dupe, Syd est loin d'être innocente. Elle était pour moi la sœur que je n'ai jamais voulu avoir.

— S'il te plaît, j'ai toujours été gentille avec toi, se défend-elle.

— C'est ça !

— Quoi qu'il en soit, reprend Sydney après avoir levé les yeux au ciel, on a dit à Connor qu'on voulait jouer au jeu de la chandelle, mais que la seule manière de pouvoir y participer, c'était en mimant la poule.

Je comprends que ça ait tourné au vinaigre. Connor la regarde avec une sorte d'affection fraternelle, sous son air bourru.

— Dans l'eau.

— De l'étang de ma maison, ajoute Sydney. Ses frères l'ont jeté dedans et l'ont forcé à imiter la poule. Oh, tu aurais dû voir comme il était terrifié à l'idée que ses orteils puissent tomber alors qu'il faisait des bruits de poule en même temps. C'était incroyable.

Sydney se tient le ventre et rit à n'en plus finir. Je ne peux pas m'empêcher de me joindre à elle, car l'expression sur le visage de Connor est impayable. C'est comme s'il ne s'était toujours pas remis de cet incident, qu'il détestait qu'elle me raconte cette anecdote et qu'il aurait préféré que je ne la connaisse pas.

— Est-ce qu'il a fini par rattraper l'un d'entre vous ?

— Non, il caquetait et s'enfuyait en courant.

Il se rapproche de moi.

— Oui, vous deviez tous être très fiers de torturer un enfant de six ans. Et tu peux bien rire maintenant, mais quand ma mère a débarqué, aucun de vous ne moufetait à ce moment-là.

Sydney lève encore les yeux au ciel.

— À cause de toi, on a tous été punis pendant un mois.

— C'était mérité.

— S'il te plaît, il y avait soixante centimètres d'eau, gros bébé.

Connor se tourne vers moi.

— Tu comprends pourquoi j'ai quitté cette ville ? Elle est remplie de gens terriblement méchants qui n'ont aucun remords.

Je hausse les épaules.

— Je crois que tu as plutôt bien survécu à tout ça.

Il secoue la tête et se tourne ensuite vers Sydney.

— Qu'est-ce que tu fais ici, de toute façon ? Personne ne t'a invité, ça c'est sûr.

— Eh bien…

Sydney se rapproche de moi et pose sa main sur mon épaule.

— Ellie et moi sommes amies maintenant, mon poulet. Tu vas devoir l'accepter et réaliser que si tu traînes avec elle, ça impliquera de devoir passer du temps avec moi.

Il sourit comme si ça ne le dérangeait pas le moins du monde.

— Ça me va parfaitement, Syd. Je sais exactement comment te gérer.

Oh, merde. Ça sent mauvais, cette histoire. Cependant, les voir se balancer répartie sur répartie est le moment le plus amusant que j'ai vécu depuis des années. Ces deux-là s'adorent clairement, mais n'ont pourtant aucun problème à se voler dans les plumes. C'est ce que j'ai toujours imaginé vivre, si j'avais un frère ou une sœur.

— Tu pourrais préciser, s'il te plaît ? demande-t-elle.

Le sourire de Connor s'élargit et un éclat malicieux illumine son regard.

— Je vais appeler Declan.

Sur ces mots, je comprends que Sydney et moi risquons toutes les deux d'être totalement ensorcelées par un frère Arrowood.

~

— Eh ! lance Connor avec un petit sourire en entrant dans le salon où je classe des documents.

La soirée a été longue et j'essaie encore de rattraper le retard que j'ai pris après avoir été mise en arrêt à cause de l'agression.

— Eh…

La suite de ma phrase meurt sur ma langue quand je lève les yeux et le toise. Il doit sortir de la douche, car il est en short de sport, torse nu et a les cheveux humides. Quelques gouttes d'eau roulent sur sa poitrine.

Ma gorge s'assèche tandis que j'admire son physique. Je perçois chacun de ses muscles avec une acuité parfaite, comme s'il était en haute définition. Ses cheveux sont gominés et mes doigts picotent, comme pressés de s'y glisser. Il passe sa main contre la peau lisse de sa poitrine, puis la remonte jusqu'à son cou. Je l'ai déjà vu sans sa chemise, je l'ai déjà vu nu, mais ce… ce corps, c'est un tout nouveau monde d'émerveillement qui s'offre à moi.

Je détourne le regard, histoire de ne pas tomber de ma chaise.

— Tu bosses ? demande-t-il en se plaçant derrière moi pour pouvoir lire par-dessus mon épaule.

Oh mon Dieu. Ressaisis-toi, Ellie.

Mais je ne peux pas, parce que je sens la chaleur qui se dégage de sa poitrine et l'odeur musquée du savon qu'il a utilisé.

Son bras descend à ma droite, et il pose la main sur la table pour ne pas perdre l'équilibre.

— Ou… oui.

Je reste complètement figée de peur que, si je bouge, je ne le touche accidentellement, ce qui pourrait me conduire à dire ou à faire quelque chose d'incroyablement stupide. Il me semble d'ailleurs que c'est une chose contre laquelle je me lutte un peu plus chaque jour qui passe à vivre dans cette maison.

Je ne pense qu'à l'embrasser.

A fantasmer en me demandant si les choses se passeraient aussi parfaitement entre nous qu'il y a des années auparavant.

C'est un terrain glissant, mais les blessures qui en résulteraient pourraient en valoir la peine.

— Besoin d'aide ?

Je secoue la tête et essaie de me concentrer sur les devoirs d'anglais très peu attirants, sur la ponctuation des dialogues que je devrais corriger.

— Ellie ?

Je tourne la tête sur le côté pour regarder son visage, en espérant que ce sera peut-être mieux que les muscles de son bras qui sont si proches.

— Oui ?

Il sourit. Des plis se forment dans le coin extérieur de ses yeux, et je réalise que j'ai fait une grave erreur. Son visage est vraiment ce qu'il y a de plus beau chez lui. Et, quand il sourit, eh bien, c'est presque impossible de ne pas se perdre en contemplation.

Sauf que je ne dois surtout pas me perdre.

Je dois garder la tête droite, divorcer et m'en aller d'ici.

— Tu vas rester debout encore longtemps ?

Non, en fait, je vais aller dans ma chambre maintenant pour ne pas faire quelque chose que je regretterais.

— J'ai fini, en fait.

— Je te pose la question parce que je dois me lever tôt demain. Je veux m'attaquer aux travaux de la maison plutôt qu'à ceux de la grange. J'aimerais faire le tour de la maison et fermer à clé mais, d'habitude, j'attends que tu sois au lit pour faire ça.

— Oui, j'ai fini. Pas de problème. La maison, c'est bien. Fermer à clé et tout ça, bégayé-je comme une idiote.

— Est-ce que tout va bien ?

— Oui, dis-je bien trop vite, en rangeant les papiers en piles désordonnées parce que j'ai besoin de faire quelque chose de mes mains. Je suis juste fatiguée, tu sais, à cause du travail et tout ça. En plus, Sydney a rédigé les papiers du divorce et ça fait beaucoup de choses à trier.

— Alors tu vas vraiment le faire ?

Je lève les yeux, ramenant les papiers contre ma poitrine comme s'ils étaient une sorte de barrière protectrice.

— Bien sûr.

— Je n'en savais rien.

Je n'étais pas sûre de ce que je devais lui répondre. C'est l'une de ces choses dont je n'ai pas vraiment envie de parler. Mais en même temps, Connor et moi avons passé les deux dernières semaines à pratiquement vivre ensemble, ce qui est plutôt étrange.

— Je suis désolée, j'ai plus ou moins… attendu pour te le dire, vu qu'il ne pourra pas être jugé avant un moment.

Il secoue la tête.

— Ne t'excuse pas, tu ne me dois aucune explication.

Non, peut-être que je ne lui en dois pas, mais j'imagine que j'aurais pu lui en parler. Mais je repense soudain aux dernières fois où nous avons discuté et à la manière dont ces conversations portaient principalement sur l'avancée de ses travaux ou sur mon travail. Nous avons presque évité de parler de choses personnelles.

Je ne sais pas pourquoi mais il y a quelque chose qui me tracasse depuis quelques jours maintenant.

— Connor, je peux te demander quelque chose ? dis-je avant d'avoir le temps de m'en empêcher.

— Bien sûr.

Je ravale ma nervosité, puisqu'il est trop tard pour revenir en arrière maintenant.

— Tu as envie de savoir si Hadley est ta fille ?

Il croise mon regard et mon cœur s'emballe tandis que j'attends qu'il dise quelque chose, n'importe quoi.

— Plus que tout.

— Alors pourquoi est-ce que tu n'as rien dit ?

Il se rapproche, me prend les papiers des mains et les pose sur la table.

— Parce que vous avez vécu l'enfer toutes les deux. Même si je veux savoir si c'est ma fille plus que tout ce que j'aie jamais désiré dans ma vie, je ne vais pas non plus me montrer égoïste et exiger que ça se fasse là, tout de suite. Je peux attendre, Ellie. Je peux attendre que tu sois prête.

— Prête pour quoi ?

Il lève la main, repoussant quelques mèches de cheveux de mon visage. Sa voix est douce, empreinte de prudence et, pourtant, pleine d'une confiance sous-jacente.

— Pour moi.

chapitre dix-neuf

...

connor

— COMMENT ÇA SE passe à la ferme ? s'enquiert Sean après avoir évité mes coups de fil durant les deux dernières semaines.

— Comme si tu en avais quelque chose à foutre.

Je comprends que mon frère soit un grand joueur de baseball, mais il est vraiment agaçant quand il pense que le temps des autres n'est pas aussi précieux que le sien. Declan, lui, s'occupe d'évaluer la valeur de terrains grâce à l'un de ses clients installés dans l'immobilier, et Jacob fait... Dieu seul sait quoi. Quant à Sean, il devait contacter un certain Zach Hennington, avec qui il a joué au baseball, pour estimer la valeur du bétail, car il possède un ranch.

Je n'ai aucune compétence de ce côté-là. Je n'ai aucune idée de ce qu'il faut faire avec les animaux, à part ce qu'une adorable enfant de sept ans m'enjoint de faire. Je ne sais même pas si c'est correct, mais c'est mieux que ce que j'ai réussi à faire jusqu'à présent. Les ouvriers agricoles d'Ellie m'ont donné un petit coup de main quand j'avais des questions, mais ils sont déjà bien assez occupés à gérer sa ferme.

Même si j'ai grandi autour des animaux, je ne me suis jamais vraiment embêté à apprendre comment il fallait s'en occuper. Je faisais mes corvées, qui consistaient généralement à réparer les clôtures ou à faire de la menuiserie, et mes frères se débrouillaient avec les animaux.

— Écoute, je suis occupé, explique-t-il. J'ai fait de mon mieux, mais j'ai des dossiers en cours.

— Et pas moi ? lui rétorqué-je. Je ne connais absolument rien aux vaches, Sean. Tu es censé prendre en charge cette partie de la ferme.

— J'ai donné son numéro à Dec.

Je souffle et pousse un juron étouffé. Declan est tout aussi nul à ce jeu-là, ces derniers temps. En fait, ils peuvent aller se faire foutre tous les trois. Ça fait un mois que je suis ici, que je me casse le cul, sans aucune autre aide à part celle de Declan, qui me verse les fonds nécessaires aux travaux, même si j'ai dû l'appeler dix fois pour ça, tandis qu'eux vivent leur petite vie, sans s'imaginer un instant la merde à laquelle je dois faire face.

— Ça me fait une belle jambe, connard. J'ai besoin d'aide. Vous étiez tous censés participer à la rénovation et, au lieu de ça, je me débrouille tout seul, comme toujours.

— Qu'est-ce qui t'arrive, là ? Tu es encore plus con que d'habitude.

Je m'assieds sur une botte de paille en me frottant le front. Je pourrais tout lui dire. Une partie de moi en a envie, et Sean est le seul frère qui est au courant pour mon ange, mais même en lui révélant une petite partie de ce qui se passe, je serais obligé de répondre à trop de questions.

Pourtant, mes frères sont tout ce que je n'ai jamais eu.

Ils sont ma famille.

Ils ne m'ont jamais tourné le dos et, pour être honnête, j'ai l'impression de me noyer en ce moment.

— Connor ?

— Je l'ai retrouvée, dis-je avant d'avoir le temps d'y réfléchir à deux fois.

— Qui ?

— *Elle.*

Sean garde le silence une seconde, puis laisse échapper un petit rire.

— Sans déconner ?

— Elle est ici… … dans cette putain de ville, et ce n'est même pas tout…

Je lui raconte tout. Je parle encore et encore, en en disant probablement plus durant cette seule conversation que ce que je n'ai dit à mon frère au cours des dix dernières années. Il ne dit pas un mot pendant que je déballe le déroulé de ces dernières semaines et toutes les révélations qui en découlent. Je passe même en revue les détails dont je ne désire pas me souvenir, mais que je n'arrive pas à oublier.

Je lui parle d'Ellie, d'Hadley, de l'arbre, de la maison, des coups et du fait qu'elles vivent ici avec moi.

Une fois que j'ai fini, j'ai l'impression d'avoir terminé une séance d'entraînement et n'arrive pas à reprendre mon souffle. J'ai mal à la tête, mon cœur bat la chamade, je suis essoufflé.

— Eh bien, il semble que tu aies été plutôt occupé, petit frère.

— C'est tout ce que tu as à dire ?

— Non, mais… Je ne suis pas vraiment sûr de pouvoir réussir à répondre autre chose que ça.

Il m'est d'une grande aide.

— Merci, Sean.

— Écoute, tu viens de me dire que la fille dont tu as rêvé pendant huit ans, qui est apparemment un être éthéré marchant sur l'eau, reste vivre avec toi parce qu'elle vient de quitter son mari violent. Et pour en rajouter une couche, tu pourrais avoir eu un enfant avec cette femme ? Laisse-moi une putain de seconde pour digérer tout ça.

Je soupire profondément par le nez puis lève les yeux au plafond. Quel bordel.

— Je ne sais pas ce que je dois faire ensuite.

— Faire ?

— À propos d'Ellie. Je n'arrive pas à rassembler mes esprits. Je la regarde et mon cœur s'emballe. Je pense à elle tout le temps, je lutte contre l'envie d'aller la rejoindre. C'est ridicule. Et puis il y a le simple fait que j'ai envie de vivre bien plus que ça avec elle.

J'ai essayé de nier mes sentiments grandissants. Ellie n'est même pas prête à envisager quelque chose avec moi. Je l'ai attendue si longtemps que la dernière chose dont j'ai envie, c'est que tout s'écroule parce que j'insiste trop. Je veux qu'elle ait envie de moi. Je ne veux pas qu'elle vienne à moi à cause de son ex.

— Dis-moi que tu n'as pas…

— Quoi ?

Il hésite, ce qui ne lui ressemble pas du tout.

— Tu n'as rien fait… avec elle… après son agression ?

S'il était en face de moi, je lui ferais la tête au carré.

— Si tu es en train de me demander si j'ai recouché avec Ellie, la réponse est non. Non, je ne suis pas un connard égoïste qui profiterait d'une femme qui traverse l'enfer.

— Ce n'est pas ce que je voulais dire. Calme-toi, bordel. Je dis simplement que cette situation est assez insensée, et je sais aussi ce que c'est que d'éprouver des sentiments, même au pire moment.

Sean est amoureux de sa meilleure amie depuis douze ans. Le problème, c'est qu'elle est amoureuse de quelqu'un d'autre. Sa seule planche de salut, c'est qu'elle vit ici et qu'il n'est plus obligé de la croiser.

— Je n'ai pas dit que je n'éprouvais rien pour elle.

— Je m'en doutais. Et puis il y a cette gamine.

Oui, il y a Hadley.

— Si elle est de moi…

— Tu dois en avoir le cœur net.

Je souffle un grand coup et me lève.

— Il y a des chances qu'elle ne le soit pas.

— Certes, mais il y a une chance pour que ça soit l'inverse. Tu m'as dit qu'elle avait les yeux des Arrowood, non ?

— Même Syd l'a remarqué, avoué-je.

Sean éclate de rire.

— Sydney… comme la Sydney de Declan ?

— En personne.

— Comment tu fais pour gérer tout ça tout seul, Connor ? Tu es de retour à Sugarloaf, ce qui est déjà assez terrible comme ça, mais maintenant il y a cette femme, ta potentielle fille, et Sydney. La prochaine fois, tu vas me dire que Devney et son copain viennent dîner.

Je souris.

— Ça, c'est ton problème, mon frère.

— Oui, eh bien j'imagine qu'on a tous nos problèmes à gérer, hein ?

— Certains plus que d'autres.

Je ne suis pas sûr de ce que je ressens, à ce stade. Plus que tout, j'ai envie de savoir si Hadley est ma fille, mais il y a beaucoup de choses qui pourraient arriver une fois cette vérité révélée. Pour l'instant, je ne suis pas son père. Je n'ai pas à agir comme tel. Je peux simplement apprécier le temps que je passe avec elle. Et puis, il y a mes sentiments pour Ellie qui sont inexplicables.

Je l'aime.

Je le sais. Je sais aussi que c'est la dernière chose qu'elle a besoin d'entendre de ma part.

Elle n'a pas besoin d'entendre qu'elle est la seule femme que je désire et que j'attendrai une éternité, si c'est ce qu'il faut pour être avec elle.

Vu l'enfer qu'elle a enduré, elle risque d'avoir justement besoin de cette éternité pour se remettre de tout ça. Mais si j'apprends qu'Hadley est ma fille, je ne suis pas sûr de pouvoir me retenir.

Je veux qu'elles soient à moi, toutes les deux.

— J'ai l'impression que ce bâtard était au courant de tout ça…

J'avoue enfin cette idée qui me trottait dans la tête.

— Père ?

Mon père était un salaud, mais mettre des stipulations à la con dans son testament, ça ne lui ressemblait pas. Pourquoi s'inquiétait-il de nous faire revenir ici ? Qu'est-ce que ça pouvait bien faire qu'on garde cette maison encore deux ans ou pas ? À moins qu'il se soit douté de quelque chose, lui aussi. Il y a forcément une raison qui l'a poussé à vouloir que nous revenions tous ici, et pas seulement pour des histoires de nostalgie.

— Sinon, pourquoi aurait-il voulu qu'on revienne vivre ici ?

Sean se tait l'espace d'une seconde puis ricane.

— Tu sais, je n'y mettrai pas ma main au feu.

— Declan a des problèmes qu'il n'a jamais résolus avec Syd. Tu aimes Devney et tu n'as jamais eu le courage de lui dire. Je pourrais avoir une fille, et qui sait ce qu'on va découvrir du côté de Jacob.

— Je ne suis pas amoureux de Devney.

Il essaie de se montrer convaincant.

— Mais bien sûr.

— Elle va se marier.

— Et elle n'épouserait pas cet idiot si elle pensait qu'elle avait une chance de t'avoir. On le sait tous les deux.

La voix de Sean se fait grave et pleine de frustration.

— Nous nous sommes fait une promesse.

Certes, mais nous étions des enfants à l'époque. Les choses ont clairement changé.

— Sauf que je pourrais déjà avoir un enfant et, si c'est le cas, alors cette promesse serait nulle et non avenue.

Et c'est bien une énième chose contre laquelle je lutte. Car ma parole envers mes frères est plus importante que tout, mais je suis prêt à endurer leur colère si ça signifie que je peux l'avoir elle.

chapitre vingt

. . .

ellie

IL EST TARD et je n'arrive pas à trouver le sommeil. Je me tourne et me retourne dans mon grand lit vide, mon esprit part dans un million de directions différentes. Je suis dans l'une des anciennes chambres de l'un des frères de Connor, qui dort dans la pièce à côté. Nous nous sommes tous les trois glissés dans une étrange routine durant ces trois dernières semaines.

Chaque jour, je ramène Hadley à la maison, nous faisons quelque chose de simple, et j'essaie d'y passer un peu plus de temps que le jour précédent.

Aujourd'hui, elle a eu plus de mal que d'habitude. Elle était nerveuse et n'arrêtait pas de regarder tout autour d'elle. Un livre est tombé de mon sac, provoquant un gros bruit sourd, et elle est sortie en courant de la maison. Je ne sais pas comment nous pourrons revenir vivre ici si elle est aussi craintive.

Puis mes pensées se tournent vers le fait que je n'ai pas l'air d'être pressée de rentrer à la maison, moi non plus. Connor n'a été que gentillesse et petites attentions. Il fait toujours des pleins d'activités avec Hadley ou s'assure que je vais bien. Il y a également la façon dont il me regarde, la chaleur et le désir dans ses yeux me provoquent des décharges électriques dans tout le corps. Tout comme la nuit où nous nous sommes rencontrés, l'alchimie ne s'est pas amenuisée.

Je l'imagine dormir de l'autre côté du mur. Qu'est-ce que ça me ferait de passer par la porte de sa chambre et non par la mienne, à la fin de la journée ?

C'est quelque chose que je ne devrais même pas envisager.

Je me lève, enfile un sweat sans manches et me dirige vers la cuisine. Peut-être que bouger quelques minutes m'aidera à me calmer et à m'endormir.

J'ouvre le frigo, prends du lait et m'en sers un verre. Je reste là, les mains posées sur le comptoir, à me demander ce qu'il s'est passé dans ma vie pour que j'en arrive là.

Quand je me retourne, je manque de faire tomber le lait au moment où j'aperçois le profil de quelqu'un dans l'obscurité, debout dans l'embrasure de la porte. La peur me saisit si fort que je n'arrive plus à respirer. J'ouvre la bouche pour crier, mais une voix me coupe dans mon élan :

— C'est juste moi, lance rapidement Connor, les mains en l'air. Tout va bien.

— Bon sang, j'ai failli avoir une crise cardiaque.

J'ai cru que c'était Kevin qui m'attendait, qui m'observait, prêt à me ramener chez nous et à finir ce qu'il a commencé.

Peut-être qu'Hadley n'est pas la seule qui ne s'est toujours pas remise de cette nuit-là.

— Désolé, j'ai entendu du bruit et je suis venu voir d'où ça venait.

Il entre dans la pièce.

Mon cœur s'emballe si vite que je m'accroche à la bouteille à lait pour tenter de reprendre mon souffle.

— J'avais soif, je croyais que je ne ferais pas de bruit.

Il avance lentement jusqu'à se positionner devant moi puis récupère doucement le lait d'entre mes mains.

— J'entends tout. Je mets ça sur le compte des années que j'ai passées à l'armée à ne dormir que d'un œil. Je ne voulais pas t'effrayer.

J'aimerais pouvoir dire qu'il ne me fait pas peur, mais à bien des égards, c'est le cas. C'est l'homme auquel je pense pendant la journée. L'homme avec qui ma fille a envie de passer du temps. Et si je veux vraiment honnête avec moi-même, celui avec qui j'ai également envie de passer du temps.

Je ne me suis jamais sentie aussi liée à quelqu'un avant aujourd'hui. C'est comme si le temps que nous avions passé loin l'un de l'autre n'a fait que nous rapprocher.

Ce qui est insensé.

Deux personnes peuvent-elles s'appartenir sans jamais avoir été ensemble ? Peut-on aimer une personne sans vraiment la connaître ? J'ai toujours cru aux âmes sœurs et, alors que je me trouve là, debout devant lui, je ne peux nier qu'il y a… plus que de l'amitié entre nous.

— Je n'arrivais pas à dormir, dis-je au lieu de répondre à sa confession.

— Pourquoi ?

Parce que j'étais allongée dans mon lit, à penser à toi et à me demander pourquoi je n'arrive pas à partir d'ici.

— Il y a beaucoup de choses qui me travaillent en ce moment.

Et surtout lui, mais Kevin, également. J'ai reçu la date du procès aujourd'hui et j'ai eu du mal à m'y faire. Je ne suis pas prête à reparler de ce qui s'est passé. J'ai l'impression d'être arrivée au point où j'arrive à ne plus le revivre chaque jour, alors faire remonter toutes ces émotions au tribunal est particulièrement décourageant. Non pas parce que je n'aurais pas envie de voir Kevin être condamné à une peine de prison pour tout ce qu'il a fait, mais parce que je ne veux pas retomber dans le même état que celui dans lequel j'étais les jours qui ont suivi son arrestation.

— Parce qu'on a un rendez-vous ?

Un rendez-vous ? On a un rendez-vous ? Ma poitrine se serre et je me creuse la tête pour savoir quand j'ai accepté ça.

— On en a un ?

— Au tribunal.

Je me frappe mentalement le front du plat de la main. Bien sûr, il parlait de ce foutu procès et pas de nous deux. On ne sort pas ensemble et on… évite de parler de nos sentiments.

Je suis l'incarnation parfaite des problèmes de santé mentale en ce moment.

— Oui, j'avais compris ce que tu voulais dire. C'est juste qu'il est tard et que je suis fatiguée, mais ce rendez-vous au tribunal est une bonne chose. Je veux dire, je suis contente qu'on ait enfin une date et que ce soit dans cinq mois. Je suis prête à ce qu'il y ait une fin à tout ça et…

Et tes lèvres sont si proches des miennes.

Je peux sentir la chaleur de ton corps quand tu te tiens si près de moi.

L'eau de Cologne de Connor emplit l'air autour de nous, et j'inspire, la laissant s'insinuer en moi.

— Ellie ?

— Hein ?

Je continue de regarder ses lèvres et à mémoriser la façon dont elles bougent quand il prononce mon nom.

Lentement, je lève mon regard vers le sien. J'y vois le désir tourbillonner comme il me fixe. J'ai tellement envie de lui. Je ne sais pas si c'est parce que nous sommes dans le noir et que seuls les rayons argentés de la lune éclairent la pièce autour de nous. Peut-être est-ce parce qu'il sent si bon. Ou parce que je me sens seule quand je ne suis pas près de lui.

— Connor ?

Son prénom est un murmure dans le vent.

— Oui ?

Mon cœur s'emballe à mesure que je réfléchis à ce que j'ai envie de faire, chaque seconde qui passe me semble durer des années entières, jusqu'à ce que je m'autorise enfin à cesser de penser. J'ai passé ma vie à réfléchir encore et encore, et ça ne m'a jamais rien apporté de bien.

J'ai envie de le faire.

J'ai envie d'être.

J'ai envie de vivre.

Je comble la distance entre nous si vite qu'il n'a pas le temps de réagir, et presse ma bouche contre la sienne. Il ne faut qu'une seconde pour qu'il me réponde. Il enroule ses bras autour de ma taille et me tire à lui. Nos lèvres se caressent doucement, mais la passion est si intense entre nous que j'ai l'impression que je pourrais fondre.

J'effleure sa barbe avec mon pouce, me délectant des petits picotements contre ma peau. Il émet un bruit qui prend racine tout au fond de sa gorge, et je l'aspire, le laissant approfondir notre baiser.

Je l'ai peut-être initié, mais c'est Connor qui mène la danse. Il raffermit son étreinte tout en inclinant légèrement mon corps en arrière, approfondissant encore plus notre baiser.

Les souvenirs auxquels je me suis accrochée tout ce temps s'étaient estompés bien plus que je ne le pensais, car embrasser Connor n'a rien à voir avec ce dont je me souviens. C'est comme si j'avais vécu dans un monde en noir et blanc mais que je venais de passer à la couleur ; la vivacité de la vie qui grouille tout autour de moi m'aveugle.

C'est presque comme si c'était irréel et que j'allais me réveiller dans mon lit d'un instant à l'autre. Si c'est un rêve, je prie pour dormir à tout jamais.

Lentement, je glisse les mains de son visage vers son cou, tandis que ses lèvres descendent le long de ma mâchoire.

— Bordel, Ellie, lance Connor d'une voix rauque et lascive.

— Embrasse-moi.

Il s'éloigne un peu et me regarde alors comme s'il réalisait qui il est et ce que nous sommes en train de faire.

— Est-ce que je rêve ?

Je sais ce qu'il ressent.

— Non, je suis bien réelle. On est bien réels.

Son nez caresse le mien et je me délecte du faible grognement qui s'échappe de sa poitrine.

— Je ne veux pas te mettre la pression. Je peux attendre. J'attendrai. J'attendrai l'éternité pour toi.

J'apprécie ses mots plus qu'il ne pourrait l'imaginer. Il m'incline la tête pour pouvoir m'observer d'un peu plus près.

— Je ne veux pas que tu attendes avant de m'embrasser, soufflé-je.

Il ferme les yeux et, lentement, m'embrasse à nouveau. Ses douces lèvres se posent sur les miennes, nos respirations s'entremêlent et aucun de nous ne bouge. Je me sens étourdie, à bout de souffle. C'est presque comme si j'étais suspendue dans le temps et que je cherchais désespérément à ce qu'il me fasse revenir à la réalité.

Je commence à m'approcher de lui, incapable de résister, et j'entends alors la seule chose capable de me couper dans mon élan.

— Maman ? Tu es là ?

Je recule si vite que je manque de trébucher et me tourne vers la porte de la cuisine.

— Eh, ma chérie. Qu'est-ce qu'il y a ? Tu n'arrives pas à dormir ? Tu veux de l'eau ?

— Connor ! Elle se redresse dès qu'elle réalise qu'il se trouve également dans la pièce. Je ne savais pas que tu étais là, toi aussi !

— Coucou, Minus.

Elle le regarde d'abord, et moi ensuite.

— On va te trouver un petit truc à boire et puis on retournera au lit.

Peut-être que si j'arrive la faire sortir d'ici assez vite, elle ne posera pas de questions.

— Pourquoi est-ce que vous êtes tous les deux dans le noir ?

Ou pas.

Connor éclate de rire et la prend dans ses bras.

— Parce que la lumière serait trop forte. Retournons tous au lit avant que le soleil se lève et qu'on se mette tous à fondre.

Hadley glousse.

— On ne fond pas au soleil.

— Ah oui, tu es sûre ?

— Oui ! dit-elle d'une voix aiguë, amusée. Les gens ne fondent pas, Connor.

— Eh bas dis donc. Tu m'as appris quelque chose aujourd'hui. Et maintenant, ta maman va t'apporter quelque chose à boire et après, je prendrai le temps de bien te border.

Il me regarde et me fait un clin d'œil avant de quitter la pièce.

Je reste debout, hébétée, les doigts sur les lèvres, à me rappeler ce baiser que nous venons de partager et à souhaiter qu'il vienne me border, moi aussi.

Je suis dans un sacré pétrin.

~

Le bureau de Nate est exactement comme je l'imaginais, c'est-à-dire à l'opposé de celui de Sydney. Le sien était blanc avec des meubles gris, un décor moderne, et aucun objet qui marque l'autorité ou son statut d'avocate. Un lieu propre et accueillant dans lequel elle souhaite que ses clients soient apaisés et francs. Alors que dans celui de Nate, tout hurle : « Regardez-moi, regardez-moi ! »

Son bureau occupe un tiers de l'espace de la pièce, avec de larges bibliothèques contre le mur du fond. Un grand fauteuil à oreilles en cuir foncé et capitonné l'accompagne. Il n'y a aucune œuvre d'art sur les murs, seulement ses diplômes et quelques photos de lui avec le maire et d'autres personnalités du comté.

— Est-ce que tu as des questions ? me demande Nate en faisant pivoter sa chaise pour me faire face.

Sydney tapote son stylo puis dévisage Nate.

— Quelles mesures de sécurité seront prises vis-à-vis d'Hadley après que le verdict sera rendu ?

Il secoue la tête, ses yeux plissés fixés sur elle comme si elle était ridicule.

— Vraiment, Syd ?

— Ne m'appelle pas comme. S'il est déclaré non coupable ou s'il est libéré jusqu'à ce que le verdict soit prononcé, tu crois vraiment qu'il va les laisser tranquilles ?

L'énorme pierre qui logeait dans mon estomac fait une pirouette, envoyant une nouvelle vague d'anxiété s'écraser en moi. J'aimerais vraiment que Connor soit avec moi, mais comme il est également témoin, il n'est pas autorisé à discuter avec le procureur en même temps que moi.

Ce n'est pas comme si on ne pouvait pas monter un plan tous les deux, si nous le désirions, puisque nous vivons sous le même toit, mais peu importe.

Nate se repositionne sur son siège puis baisse les yeux.

— Je ne sais pas. J'imagine qu'on pourrait placer l'un des adjoints du bureau du shérif à l'école.

— J'apprécierais, dis-je avec un doux sourire. Je sais que c'est dur pour tout le monde. C'est une petite ville, tout le monde se connaît.

— Aucune importance, me coupe Sydney. Je me fiche de savoir si je le connais lui, toi ou qui que ce soit d'autre. Ce que j'ai vu cette nuit-là, Ellie… Je veux m'assurer que ça ne t'arrivera plus jamais.

Tout mon corps est glacé, je secoue les mains de haut en bas pour essayer de les réchauffer. Je ne veux pas non plus revivre cette expérience. La sécurité à laquelle j'ai commencé à m'habituer va s'estomper s'il n'est pas déclaré coupable.

En plus de tout ça, on m'a dit que le temps qu'il a déjà passé en détention pourra être soustrait à la longueur de la peine qui sera prononcée. Kevin n'a jamais été arrêté avant ça et il n'est pas considéré comme quelqu'un de dangereux. Que le juge ait statué en faveur d'une détention provisoire semble même rendre Nate et Sydney perplexes.

— Personne ne peut contrôler tout ça, Syd. Ce qui m'inquiète le plus, c'est l'audition, admets-je.

Nate se redresse.

— Qu'est-ce qui t'inquiète exactement ?

Le plus simple serait de faire la liste de ce qui ne m'inquiète *pas*. Il n'y a rien de simple dans tout le processus judiciaire. Je ne sais pas à quoi je dois m'attendre. Bien sûr, ils ont passé en revue les scénarios possibles, mais ce n'est pas gravé dans la pierre. Si Kevin est libéré, aucune chance qu'il laisse passer ça. J'aurai ruiné sa vie, donc je devrai payer.

Il ne va pas tomber à mes pieds et s'excuser. On va lui remettre les papiers du divorce, je ne me trouve plus dans sa précieuse maison à faire les choses exactement comme il le désire. Sans parler du fait que je ne garde absolument pas un œil sur la ferme. Les ouvriers pourraient nous voler des vaches, et je n'en aurais rien à faire.

Ce qui m'importe, c'est ma sécurité et celle d'Hadley. Donc, oui, je suis inquiète.

— Tout. Mais surtout : et s'ils ne croyaient pas aux preuves ?

Nate et Sydney échangent un regard, puis Nathan prend la parole.

— Je ne pourrai pas contrôler la façon dont ça va se dérouler, et Dieu seul sait à quel point j'aimerais pouvoir le faire. Ce que je pourrais faire, en revanche, c'est présenter la vérité de la meilleure façon qui soit. Je vais leur peindre le tableau tel qu'il est et espérer qu'ils le verront parfaitement. C'est pour ça que l'on va devoir beaucoup discuter et rabâcher les choses. J'ai quatre mois pour monter un dossier en béton.

— Ça ne change rien au fait qu'ils pourraient ne pas me croire.

Sydney m'interrompt, prenant ma main dans la sienne.

— La véracité de ton histoire ne changera pas en fonction du verdict. On ne peut rien faire d'autre que de dire la vérité, Ellie. Tu es une femme forte et belle qui a traversé l'enfer. Tu as fait ce que tu devais faire pour Hadley. Tu lui as montré ce que sont la force et le courage. Le verdict ne changera rien à ça.

On a quelques mois pour nous préparer, donc s'il est innocenté, on aura mis sur pied un plan B pour que tu puisses rester en sécurité.

Une larme roule sur ma joue parce que les mots qu'elle a prononcés représentent tout pour moi. Mais je ne sais pas si j'y croirai un jour. Pendant si longtemps, j'ai cru que la violence de ma réalité n'avait aucune importance. Je me voyais seulement comme une personne faible et stupide. Peu importe ce que les autres disaient de moi, je pensais que je le méritais.

Je savais qu'il valait mieux ne pas l'épouser.

Bon sang, j'ai couché avec un autre homme la veille de mon mariage parce qu'une partie de moi voulait échapper à tout ça. J'étais trop faible pour le supporter.

Je me suis levée, habillée et je suis partie sans saisir ma chance Connor.

Et maintenant, voilà où j'en suis.

J'essuie les larmes qui continuent de couler.

— J'ai tellement peur.

— Je sais, mais tu es si courageuse.

— Il n'y a pas que ça… ça fait si longtemps qu'il réussit à me faire faire tout ce qu'il désire. C'est un jeu tordu auquel il joue, un jeu qui me donne l'impression d'être bête et vulnérable. Et s'il est libéré le jour du procès ? demandé-je. Qu'adviendra-t-il alors ?

Le regard de Sydney se remplit d'inquiétude mais également de détermination.

— Alors on sera tous là pour s'assurer que tu restes en sécurité. Tu n'auras pas à t'inquiéter parce que, de toute façon, Connor tuera quiconque essaiera de vous faire du mal, à toi ou à Hadley.

Je lève les yeux, la peur m'étreint si fort que j'ai du mal à respirer.

— C'est de ça que j'ai peur. De ruiner la vie de quelqu'un d'autre à cause de mes erreurs.

chapitre vingt et un

. . .

ellie

JE MARCHE DANS L'HERBE, la rosée me colle aux jambes à mesure que je me rapproche de ma destination. Je me suis réveillée tôt et, puisque Connor et Hadley étaient déjà en train de travailler dans la grange, j'ai pensé qu'il était temps de venir chercher quelques bons conseils auprès des personnes que j'aime le plus.

Ça fait des années que je ne suis pas venue ici. Pendant ce temps, j'essayais de reconstruire ma vie brisée du mieux que je le pouvais. Alors que les jours passaient, que le temps s'écoulait et que mon monde se compliquait plus que je ne l'aurais jamais imaginé, il y a au moins une chose qui est toujours restée inébranlable. J'aime ces deux personnes et je sais qu'elles m'ont aimée.

Je tiens le bouquet de marguerites blanches que j'ai ramassées en chemin, ma main tremble au fur et à mesure que je m'approche. L'air pur du matin tourbillonne autour de moi, entre parfum d'herbe fraîche et odeur ténue de vache.

Pourtant, je suis transportée au jour où je les ai enterrés, il y a huit ans.

Ce jour-là, je suis restée ici, seule et triste, avec l'impression que rien ne serait plus jamais pareil. Ce qui a été le cas. La nuit de leur décès a changé ma vie à jamais.

Ce chauffard a volé ma famille et mon avenir.

Et maintenant, je vais tout récupérer.

Encore quelques pas et je pourrai voir les plaques où sont gravés leurs noms. Elles sont petites, simples, et marquent le lieu où reposent les deux personnes qui m'étaient les plus chères au monde.

Je m'arrête et mon cœur s'emballe quand je baisse les yeux.

L'herbe est tellement haute que je peux à peine distinguer leurs noms, mais il y a un bouquet de fleurs séchées accrochées au-dessus.

— Salut, maman, dis-je en m'accroupissant pour arracher les brins d'herbe pour révéler ce qui n'aurait jamais dû être oublié. Je sais que ça fait un moment et… eh bien… beaucoup de choses sont arrivées. J'espère que tu me regardes de là-haut et que tu sais que tu es la grand-mère d'une petite fille parfaite. Elle s'appelle Hadley parce que…

J'arrête de parler et trace les lettres du prénom de ma mère, Hadley Joanne Cody.

— J'imagine que tu peux aisément deviner pourquoi. J'avais toujours besoin de toi à mes côtés. Elle me fait penser à toi. Elle est intelligente, drôle et elle a le plus merveilleux des sourires. Papa l'aurait adoré lui aussi, elle est aussi curieuse et futée que lui. Tu l'aurais aimée. Vous l'auriez aimé tous les deux. En revanche, je ne suis pas certaine que tu serais très fière de moi, avoué-je. Tu vois, j'ai fui tout ce que tu m'as appris sur ce qu'est la famille et le respect. Je pense que c'est pour ça que je ne suis pas revenue ici depuis si longtemps. J'étais sûre que tu me trouverais stupide. Mon cœur était brisé à cause des choix que j'ai dû faire et, ici, c'était bien le dernier endroit où je pouvais aller, mais j'ai été stupide, Maman. Tu ne m'aurais pas jugée. Tu m'aurais aidée.

Ma mère était la meilleure personne qui soit. Elle aimait les autres avec une intensité qui rivalisait avec tout le reste. J'essaie si fort de faire pareil avec Hadley. De l'aimer comme si c'était mon dernier jour. Tant de fois, j'ai craint que ce soit vraiment le cas et j'ai espéré que l'amour que je lui portais serait suffisamment fort pour qu'il lui permette de s'en sortir.

Ma propre mère m'aimait assez pour que j'y arrive, moi.

Et je ne me suis pas toujours bien comportée avec elle.

— Je suis désolée, Maman. Désolée de ne pas avoir été aussi forte que tu l'as été.

Je regarde la tombe où repose mon père.

— Désolée de ne pas avoir trouvé un homme comme toi, Papa.

Une larme roule sur ma joue.

— Désolée d'avoir eu peur et d'avoir voulu croire que je pouvais changer quelqu'un. Désolée de n'avoir pas attrapé la personne qui vous a enlevé la vie. Je ne sais pas qui conduisait cette voiture, mais je veux que vous sachiez que je n'oublie pas.

Pendant un moment, j'ai eu de l'espoir. Mais quand la police m'a dit qu'elle n'avait récolté aucune information ni reçu aucun signalement de dégâts matériels correspondants à l'accident, ils ont clos l'affaire.

Et mon cœur a suivi le même chemin.

— J'ai tant de choses à te dire, dis-je d'une voix tremblante. Comme une sorte de confession aux personnes qui m'ont élevée et appris à faire au mieux. J'ai épousé Kevin, même après t'avoir dit que je ne pensais pas le faire. Je pensais qu'il serait comme tu l'espérais, mais c'était faux. Je pense que je savais, même à l'université, qu'il y avait quelque chose de sombre en lui. Et maintenant, je… eh bien… j'opère certains changements. Des changements dont tu serais fière.

J'essaie de penser à ce que je dirais si Hadley était dans ma situation. Je sais que ma mère poserait sa main sur la mienne et la serrerait. Elle me dirait que je suis intelligente et que je sais parfaitement ce que je dois faire, mais que je dois le faire maintenant.

— J'ai demandé le divorce après qu'il...

Ma voix tremble encore plus tandis que les larmes me montent aux yeux.

— Il m'a frappée. Il aurait pu me tuer mais, grâce à Connor, il n'a pas pu arriver à ses fins. Je t'ai parlé de lui la dernière fois que je suis venue ici, mais je ne connaissais pas son nom. Tu as dû penser que j'allais l'épouser puisque je n'arrêtais pas de parler de lui. Sans compter la possibilité qu'il soit le père d'Hadley, ce qui est une tout autre histoire.

Après avoir quitté Connor cette nuit-là, je suis venue ici. J'ai mis mon âme à nu devant mes parents, sachant que je ne pourrais jamais dire à une autre âme ce que je ressentais. J'avais honte mais j'étais également pleine d'espoir. Je leur ai raconté comment il me prenait dans ses bras, comment il prenait soin de moi et comment j'allais m'en sortir à partir d'aujourd'hui.

— Il est de retour, et je ne sais pas ce que ça signifie, mais je ne peux pas m'empêcher de penser à lui. J'ai envie d'être près de lui. Je me surprends à rêver de lui pendant la journée, puis à m'agiter la nuit en imaginant l'embrasser à nouveau. J'ai peur qu'il soit trop tôt pour ressentir ces sentiments.

Je caresse doucement le métal froid et me demande si je ne suis pas en train de devenir folle. Connor et moi ne nous connaissons pas depuis longtemps et, pourtant, c'est comme si aucune autre personne au monde ne m'avait jamais aussi bien connue que lui. Il s'est montré patient, attentionné et adorable. Je sais qu'il me désire, je le vois dans son regard, même s'il lutte contre ses envies - ce que nous faisons tous les deux.

— Je tiens à lui, Maman. Je sais qu'il tient à moi mais... et si je me trompe à son sujet ? Et s'il ne veut pas de nous, si Hadley n'est pas sa fille ? Et s'il découvre qu'elle l'est et qu'il a envie que nous soyons une famille mais que je suis trop brisée pour ça ? C'est trop pour moi, je suis terrifiée. Mon Dieu, j'ai tellement peur de refaire les mêmes erreurs et pourtant... Je ne sais pas combien de temps je pourrai encore lui résister. Et c'est ça qui me fait le plus peur. Si seulement tu étais là pour me dire quoi faire, Maman.

— Est-ce que tu m'évites ?

La voix grave de Connor me fait sursauter alors que je fais face à la lune.

Une fois que mon cœur s'est arrêté de battre la chamade, je secoue la tête.

— Pas plus que toi.

Hadley est allée se coucher il y a deux heures et j'ai travaillé sur des papiers pendant que Connor était sorti s'occuper de la ferme. Nous nous sommes vus en coup de vent depuis le baiser de la veille, mais c'est comme si nous étions en orbite l'un autour de l'autre, incapable d'arrêter de nous tourner autour. Je voulais lui parler mais soit nous n'avions pas le temps soit Hadley se trouvait dans les parages.

J'espérais bien qu'il me rejoindrait ici pour que nous puissions mettre au clair ce qu'il se passe entre nous.

— Ah, c'est là que tu te trompes. Je ne fais rien de tel, mon ange. Je me contente de travailler, d'essayer de réparer cette foutue grange pour pouvoir déplacer le troupeau, ce que ton contremaître m'a dit de faire avant la fin de la semaine.

Le vent souffle, repoussant mes cheveux devant mon visage, et je serre un peu plus fort la couverture que j'ai enroulée autour de mes épaules. La neige commencera bientôt à tomber, il est donc logique de ramener le bétail vers le pâturage le plus proche.

— Comment est-ce que tu as fait pour grandir au milieu d'un élevage de vaches sans rien retenir de la gestion de la ferme ?

Connor hausse les épaules avec cette assurance que je recherche tant.

— Je n'avais pas l'intention de rester y vivre ou d'en diriger une, alors ce n'était pas le genre d'infos qui m'intéressait.

J'imagine que c'est logique.

— Tu voudrais bien me parler de ton enfance ?

— Il n'y a pas grand-chose à en dire.

Je penche la tête sur le côté. Je n'y crois pas une seule seconde.

— Tu as grandi ici avec trois grands frères. Il doit bien y avoir quelque chose dont tu peux me parler.

Il se rapproche, son regard se perd dans les champs devant nous.

— Tu vois cet arbre, là-bas ?

— Oui.

— C'est là que mon frère m'a convaincu que j'étais un descendant de Superman et que j'avais le pouvoir de voler dans le vent. Il m'a aussi dit qu'il avait un flacon de kryptonite et que si je ne tentais pas ma chance en m'envolant, j'allais mourir.

J'éclate de rire et me couvre la bouche avec la couverture.

— Et tu as réussi ?

Il souffle.

— Non, je me suis cassé le nez et deux côtes. Mais…

Le sourire de Connor grandit.

— La raclée que Sean a reçue pour m'avoir fait faire un truc pareil en valait presque la peine. Je jure qu'il n'a pas pu s'asseoir pendant trois jours.

— Ah, les garçons, dis-je avec un soupir.

— Tu n'as pas idée. Nous étions les terreurs de la ville. Ma mère se rendait ici et là pour s'excuser et jurer qu'elle nous avait élevés mieux que ça. Mais quatre garçons avec beaucoup de temps libre devant eux et une imagination débordante, c'était un sacré mélange contre lequel elle ne pouvait rien.

J'adore entendre ce genre d'anecdotes sur lui.

— J'aurais aimé avoir des frères et sœurs.

— Et moi d'être fils unique.

— Tu aurais été très seul dans cette vaste ferme, sans personne avec qui te fourrer dans les ennuis.

Connor penche la tête sur le côté.

— Tu as peut-être raison. Quand mes frères sont partis, ça a été dur pour moi. J'étais coincé ici, seul, et je détestais ça. Bien que, si ma mère avait encore été en vie, les choses auraient sûrement été différentes.

— Comment est-ce qu'elle est morte ? demandé-je.

Au même instant, j'aimerais pouvoir revenir deux secondes en arrière.

Je me souviens de la douleur dans les yeux de Connor quand il parlait de sa mère, et c'est pareil pour moi quand je pense à la mienne. C'est difficile de perdre un parent. Ce sont eux qui vous mettent au monde, vous façonnent et, quand ils meurent, c'est comme si tout un pan de votre existence entière disparaissait. J'ai dû faire face à la perte de mes deux parents d'un seul coup. Nous n'avons pas pu nous faire d'adieu ni eu la chance de partager les choses que nous aurions eu besoin de nous dire. Je n'ai pas eu ce qu'il fallait pour pouvoir faire mon deuil, alors que j'espère que c'était tout l'inverse pour Connor, même si ce ne serait probablement d'aucun réconfort pour lui.

— Le cancer. C'était rapide et c'était violent. Elle a découvert qu'elle était malade et, ensuite, c'est comme si j'avais cligné des yeux et elle avait disparu. Mes frères et moi, on était… au bout du rouleau. Mais mon père, eh bien…

Sa voix se fait plus douce, débordante de douleur.

— C'est comme si on l'avait enterré lui aussi ce jour-là, sauf que son corps n'a pas rejoint celui de sa femme. Il n'a plus jamais été le même et la vie que nous pensions avoir nous a filé entre les doigts.

Je lui tends la main et prends la sienne.

— Je ne pense pas que l'on puisse retrouver la vie que l'on croyait avoir après une telle tragédie. Quelqu'un ou quelque chose nous l'arrache et on se retrouve là, à la dérive.

Il me fixe avec une intensité qui me serre le ventre.

— Tu es toujours à la dérive, toi, Ellie ?

Je secoue la tête.

— Non, je ne crois pas.

— Pourquoi ?

— Parce que tu m'empêches de dériver.

Il lève une main et la pose sur ma joue sans me quitter du regard.

— M'autorises-tu à t'embrasser à nouveau ?

J'ai à la fois souhaité ce moment et tout fait pour l'éviter. Mon être tout entier est déchiré entre le désir et la peur. J'ai envie de l'embrasser à nouveau, de sentir ses lèvres sur les miennes et de m'abandonner à ce moment. Mais je crains également que, si je me laisse aller à espérer plus avant de le perdre lui aussi, alors je serai encore plus brisée que je ne l'ai jamais été.

Mais ma détermination n'est pas assez forte.

Lui résister est futile, je ne fais que me mentir à moi-même quand je prétends vouloir lui résister. Il n'y a rien que je désire plus que d'être à lui.

Alors, j'enferme ma peur tout au fond de moi-même et pose la seule question qui compte à cet instant.

— Est-ce que tu vas me faire du mal, Connor ?

— Jamais.

Et je le crois.

— Alors oui, je t'autorise à m'embrasser.

chapitre vingt-deux

. . .

connor

J'ATTENDS JUSTE UN PEU, au cas où elle changerait d'avis. Le premier baiser était tout ce qu'il y avait de plus beau, mais la peur m'a obligé à me retenir et l'emprise que j'avais sur ma propre retenue s'avérait inflexible. Cette fois, je ne pense pas que je puisse en faire autant.

Mais je vais essayer.

Elle est tout ce que je désire et dont j'ai besoin, et elle est là, avec moi. J'ai envie de la prendre dans mes bras, de l'embrasser jusqu'à ce qu'elle oublie toutes les choses horribles qui lui sont arrivées, de lui offrir de nouveaux souvenirs remplis de toutes les merveilleuses choses qu'elle aurait dû vivre.

Je veux tout et j'ai envie de le vivre avec elle.

Lentement, je lève mon autre bras et encadre son visage de mes mains. Les ecchymoses qui maculaient sa peau il y a un mois ont disparu. Ne restent alors que ses magnifiques yeux bleus dans lesquels il n'y a aucune trace de peur. Chaque jour, elle guérit un peu plus et, chaque jour, j'espère lui montrer l'homme que je suis.

Je ne lui ferai pas de mal. Je ne prendrai jamais ce qu'elle n'est pas prête à me donner. Je ne la chérirai que parce que c'est un putain d'ange.

Nos lèvres se rapprochent, chaque respiration est concentrée sur ce moment. Je sens la chaleur de son corps quand elle se penche vers moi.

— Tu es tout ce dont je me souviens et à des années-lumière de ce à quoi j'étais préparé, dis-je juste avant de l'embrasser.

Au début, j'y vais doucement, laissant simplement nos lèvres se toucher car je ne veux pas l'effrayer avec le désir fou que je ressens pour elle. Je me retiens, me servant de chaque once de l'entraînement que j'ai enduré jusqu'ici. La patience, c'est ce dont elle a besoin, et c'est bien la dernière chose que je me sens capable de garder quand je suis si proche d'elle.

Elle glisse les mains dans mon dos, ce qui fait tomber la couverture de ses épaules. Et puis je l'embrasse comme je l'ai toujours rêvé. Ma langue caresse la sienne, son goût est à se damner.

C'est le paradis.

C'est pour ça qu'elle est un ange envoyé vers moi.

Tout chez elle est parfait.

Je gémis, incapable de m'en empêcher, et j'embrasse Ellie comme je le désire depuis si longtemps. Nos langues se mêlent tandis que je l'absorbe en moi. Elle n'a aucune idée de ce qu'elle provoque en moi et, de toute façon, j'espère qu'elle ne le saura jamais.

Ellie consume mes pensées et mes rêves. Un simple sourire suffit à embraser mon univers tout entier. Je plane tellement sans même savoir comment c'est arrivé. La minute d'avant, j'étais là, dans cette putain de ville que je déteste, entouré de fantômes, et la minute d'après, je ne souhaitais plus jamais quitter cette demeure parce qu'Hadley et elles sont venues y vivre.

Elle se retire et pose son front contre le mien.

— Quand tu m'embrasses comme ça, je n'arrive pas à réfléchir.

— Je ne veux pas que tu réfléchisses, j'ai envie que tu ressentes le moment.

Elle lève ses yeux bleus vers les miens et la vulnérabilité que j'y discerne m'émeut.

— Ça a toujours été mon point faible. Si j'écoutais plus souvent ma raison, je ne me serais jamais retrouvé dans la position dans laquelle je suis, reprends-je.

Ellie recule et je la laisse faire, même si j'ai envie de la garder contre moi. Elle et moi avons nos propres démons et, quand ils se réveillent, je sais combien il est difficile de les faire taire à nouveau.

— Je ne veux pas te retirer la possibilité de faire tes choix.

Elle se tourne rapidement.

— Je ne pense pas que tu fasses une chose pareille. Je ne veux pas refaire les mêmes erreurs, Connor. J'ai sauté à pieds joints dans une relation avec un homme qui, je le savais, n'était pas fait pour moi. Je l'ai laissé… me faire du mal. Je lui ai donné du pouvoir sur moi comme je n'aurais jamais dû le faire. Il a brisé des choses en moi, ma confiance, et je ne sais pas s'il est possible de la réparer. Je ne serai plus jamais entière ni une femme dénuée de toute fêlure.

Je fais un pas vers elle, incapable de rester loin d'elle, mais je me retiens de la toucher.

— Je me fiche que certaines parties de toi soient endommagées. Je me fiche que chaque centimètre de toi soit marqué. Crois-moi, il y a des parties de moi qui sont tellement abîmées qu'il faudrait un miracle pour les remettre d'aplomb. Il ne s'agit pas de perfection ou d'être entier, il s'agit d'être soi-même.

Ellie détourne le regard, ramenant ses cheveux derrière son oreille.

— Quand tu dis ce genre choses, je dois m'empêcher de succomber.

— Si tu succombes, je te rattraperai.

— Et si je t'entraînais avec moi ?

— Je te garderai en sécurité pour que tu ne te blesses pas.

— Et si tu te blesses en faisant ça ?

La voix d'Ellie est tout juste un murmure.

— Je saurais le gérer.

Je me rapproche et replace d'une main l'autre partie de ses cheveux derrière ses oreilles.

— Ce que je ne pourrais pas supporter, c'est de vous faire souffrir, Hadley et toi. Je veux te rendre heureuse, mon ange, pas te faire pleurer.

Ses doigts s'enroulent autour de mon poignet, tandis que je pose la paume de ma main contre le bas de sa joue. Elle ne repousse pas ma caresse.

— C'est juste que quand tu m'embrasses, je m'oublie. Je ne peux pas accepter que ça arrive.

Je pose mes lèvres sur son front, essayant de trouver quoi dire pour la rassurer. Je ne veux pas qu'elle s'oublie elle-même, juste le monde alentour. Je veux lui donner un sentiment de pouvoir et de liberté.

Alors que je m'apprête à ouvrir la bouche, elle lève la tête et reprend :

— J'ai envie de toi, Connor. Je pense que j'ai toujours eu envie de toi, mais ce n'est pas ce que j'ai eu. Je suis partie cette nuit-là et on ne peut pas faire comme si les huit dernières années de nos vies n'avaient pas existé. Je sais que tu es inquiet à l'idée que, si tu découvres qu'Hadley est ta fille, tu ne pourras pas t'en aller, et j'ai peur que, si nous n'essayons pas de le découvrir, je n'arriverai jamais à aller de l'avant.

Mon cœur bat à cent à l'heure, je réponds :

— Peu importe si elle est de moi ou non.

— C'est important pour moi.

C'est ce que je craignais, moi aussi. Si elle découvre que Kevin est le père d'Hadley, va-t-elle s'éloigner de moi ? Va-t-elle avoir peur qu'il veuille récupérer Hadley et s'enfuir ? Va-t-elle s'en aller et ne rien dire à personne pour les protéger toutes les deux ? Je serai incapable de supporter ça, si ça arrive. J'aimerais que ce soit notre fille. Je voudrais que cette nuit ait créé quelque chose de si parfait qu'elle vit ici avec nous. Cela dit, si c'est important pour elle, alors je lui apporterai les réponses qu'elle veut, quelles qu'en soient les conséquences.

— C'est ce dont tu as besoin ? demandé-je.

— Je pense que oui.

— Alors… Je passerai le test demain, si ça peut te rendre heureuse et t'offrir un sentiment de sécurité.

— Ça m'aiderait, oui. Je veux le découvrir, peu importe comment.

— Je ferai tout pour toi, Ellie.

Ellie se jette sur moi, enroule les bras autour de mon cou, et je nous stabilise avant de l'étreindre. Ses lèvres sont sur les miennes la seconde d'après et tous mes soucis s'envolent.

Elle a peut-être raison, nous ne pourrons pas avancer si nous ne faisons pas face à notre passé. Bon sang, si c'est vrai, je vais avoir beaucoup de choses à avouer.

chapitre vingt-trois

. . .

ellie

JE SUIS SI FATIGUÉE. Aujourd'hui, c'était la course au travail. J'ai essayé de sortir de ma zone de confort et de rencontrer les autres enseignants, mais j'ai de très mauvaises compétences sociales. S'ils n'ont pas d'enfants, je n'ai rien à apporter à la conversation.

Ils parlaient d'aller faire du shopping aujourd'hui alors j'ai essayé. J'ai vraiment essayé. J'ai également lamentablement échoué et j'ai fini par simuler un mal de ventre pour aller me cacher dans ma classe afin d'y déjeuner seule.

— Connor ? appelé-je en entrant dans la maison. Hadley ?

Personne ne répond.

Peut-être qu'ils travaillent encore tous les deux sur le tracteur. Connor a fini avec la grange hier soir et a dit qu'il devait ensuite s'occuper des équipements de la ferme. Il y a tellement de réparations à faire que je ne sais pas comment ses frères peuvent s'attendre à ce qu'il en fasse ne serait-ce que la moitié avant la fin de sa peine de six mois.

Moins de six mois, maintenant.

Mon agression remonte à presque deux mois. Le temps s'écoule sans même que je m'en rende compte. Que se passera-t-il quand ce sera fini ? Va-t-il rester ou partir ? Et moi, est-ce que je vais rester ou m'en aller ? Ça, c'est une autre question. Et je n'ai aucune réponse à toutes ces interrogations.

Je pousse un soupir parce que je ne suis pas prête à affronter tout ça maintenant. Je récupère le courrier sur le comptoir et jette les factures et le relevé bancaire pour le compte dont je n'ai jamais changé l'adresse, puis je m'arrête net avant de balancer la dernière enveloppe.

Les résultats du test ADN.

Je prends l'enveloppe et me précipite dans ma chambre. Je ne peux pas l'ouvrir sans lui. Mais je ne peux pas rester ici sans y jeter un œil. Hadley est ma fille, elle est toute sa vie, mais que faire si les résultats ne sont pas ceux que j'espère ?

Je savais que ce serait une possibilité, mais ça me ferait quand même beaucoup de mal. Aujourd'hui, les résultats sont là, et même si je pensais que j'arriverais à gérer cette réponse, quelle qu'elle soit… J'avais peut-être tort. Suis-je prête à ce que Connor soit son père ? Est-ce que je suis d'accord pour savoir que… Kevin… pourrait faire partie intégrante de ma fille et que nous ne pourrons jamais nous en débarrasser ? Il y a tellement de choses en jeu ici.

Au lieu de me laisser entraîner dans ce piège de l'esprit, je me force à me ressaisir. Connor est quelqu'un de bien et jamais il ne s'imposera, ça, j'en suis sûre. Il en a peut-être envie, mais il ne fera jamais rien pour nous blesser, Hadley et moi. Je dois croire qu'indépendamment de ce que dit ce test, je sais quel chemin je devrais suivre.

Je vais obtenir mon divorce et commencer à vivre la vie que je mérite. Que ça signifie que Connor en fasse partie ou non n'a aucune importance. J'économise de l'argent, j'ai un travail que j'aime et je vis en quelque sorte avec le père de mon futur bébé parce que ma maison est trop effrayante pour que ma fille y reste plus de dix minutes. Oui, j'ai tout ce dont j'ai besoin aujourd'hui.

Je m'assieds sur le lit, lève la tête vers le plafond et pousse un profond soupire. Je gère. Je dois y aller étape par étape. La première est de retrouver ma fille et Connor, de l'attirer loin d'elle et lui faire ouvrir l'enveloppe des résultats. Ensuite, je pourrai flipper.

Au lieu de faire ça, je pose ma main sur le lit mais je ne sens pas la texture de la couette. Je découvre alors un tissu en satin. Quoi ?

Quand je me lève et baisse les yeux, je découvre ma robe en satin noir qui était rangée dans le placard de chez moi. C'est la seule belle pièce que je possède, et je ne l'ai portée que pour des occasions très spéciales. Kevin ne voulait pas que je m'habille joliment car ça aurait pu attirer l'attention sur moi.

— Qu'est-ce que… ? demandé-je en attrapant un petit mot.

Ellie,

Retrouve-moi à 20 h au bar où nous nous sommes rencontrés. Hadley reste chez Syd cette nuit, tout est réglé. Nous méritons de pouvoir passer du temps… juste toi et moi.

Connor

— Qu'est-ce que tu manigances exactement, Connor Arrowood ? m'exclamé-je à voix haute en serrant le mot contre ma poitrine.

Peu importe, car il fait là quelque chose que personne n'a jamais fait pour moi.

Que personne n'a jamais ne serait-ce *qu'essayé* de faire pour moi.

Je suis toute nerveuse quand je sors de la berline noire qui m'attendait devant la maison quand j'en suis sortie. C'était assez impressionnant mais une très belle attention. Je lisse ma robe et recoiffe mes cheveux en arrière. Je me suis préparée en toute hâte car je n'ai découvert le mot qu'à dix-neuf heures trente et je savais qu'il me faudrait environ vingt minutes pour y aller.

Pourtant, même en me pressant, j'ai un quart d'heure de retard. L'enveloppe contenant les résultats du test ADN est dans mon sac à main et je me demande quand le moment sera venu d'en parler.

Je sors sur le trottoir et suis soudain projetée dans le passé. C'est exactement comme dans mon souvenir. Le bar est vieux, avec une enseigne en néon sur laquelle toutes les lettres ne sont pas correctement éclairées, ce qui fait que l'on peut y lire AR au lieu de BAR. Les vieux volets qui encadrent les fenêtres auraient désespérément besoin d'être réparés et la musique qui s'élève est du genre country morose, témoin de la tristesse de ceux qui s'arrêtent ici.

Mais à l'intérieur, ce n'est pas la tristesse qui m'attend, c'est Connor.

Je pousse la porte, soudain angoissée de le voir et, quand je prends la mesure de ce qui se trouve devant moi, je n'arrive plus à respirer.

Connor est la seule personne à l'intérieur, il n'y a aucun autre client ni même la présence d'un barman. L'intérieur miteux a été nettoyé et une légère odeur de pin et de citron flotte parmi le parfum des bougies allumées tout autour de la pièce. Une petite table a été installée au milieu de la piste de danse, recouverte d'une nappe, de deux couverts et d'un bouquet de roses. La main de Connor repose nonchalamment sur le dossier de la chaise tandis qu'il sourit en me regardant.

— Tu es en retard.

Je souris en retour.

— Je n'ai pas été prévenue suffisamment tôt.

Il commence à s'avancer vers moi, sans se presser mais sans être trop lent non plus. Son pas est confiant, comme s'il savait que je viendrais même si je prenais mon temps.

— Tu es magnifique.

— Toi aussi. Enfin, beau. Tu es beau, rectifié-je.

Tous mes soucis se sont envolés. Connor les repousse rien qu'en se tenant près de moi.

— Je voulais qu'on ait un vrai rendez-vous, toi et moi.

— Je vois ça. En temps normal, on demande d'abord à la personne qu'on veut inviter, non ?

Il hausse les épaules en s'arrêtant devant moi.

— Je ne pense pas qu'il y ait quelque chose de normal chez nous, mon ange.

Il a raison sur ce point.

La main de Connor glisse le long de mon bras, me déclenchant la chair de poule au passage, puis son pouce me frôle la mâchoire.

— Ne te perds pas.

Sa voix est rauque, et j'y discerne une pointe d'avertissement.

— Je vais t'embrasser, et j'ai besoin que l'un de nous réussisse à garder un minimum de contrôle.

Mes respirations s'accélèrent soudain et je n'arrive pas à comprendre ce qu'il dit. Contrôle ? M'embrasser ?

Avant que j'aie le temps de réfléchir, ses lèvres sont sur les miennes. Il m'embrasse d'abord lentement, avec douceur, dans des baisers délicats qui me font recourber les orteils. Je m'accroche à ses épaules, j'ai besoin de ce soutien parce que je jurerais que je suis en train de fondre.

Puis le baiser se fait plus intense, et je ne sais même plus sur quelle planète je me trouve. J'ai l'impression d'être en apesanteur, de flotter dans une mer de désir où il n'existe plus que lui au monde.

La musique a disparu, le bar s'efface, il n'y a plus que nous deux.

Nos lèvres se caressent, pas de façon brutale, mais de manière à s'explorer, comme s'il n'existait rien d'autre que le moment présent. C'est magique, merveilleux, et je ne veux pas que ça s'arrête. Le son des battements de mon cœur m'emplit les oreilles tandis que j'ouvre la bouche pour le laisser passer. Sa langue se fond alors contre la mienne, et je gémis.

Mon Dieu, embrasser comme ça est criminel.

Il penche ma tête sur le côté, me poussant à lui offrir un meilleur accès à ma bouche, et je m'exécute librement. Je donnerais tout pour que ce baiser dure toujours.

Mes doigts s'enfoncent dans ses épaules tandis que ses lèvres descendent pour m'embrasser le cou.

— Tu étais censée garder le contrôle, dit-il contre ma peau avant de déposer un autre doux baiser au creux de ma gorge.

— Tu sais ce que tu provoques en moi quand tu m'embrasses ?

Il se redresse, un sourire triomphant sur le visage, l'air arrogant.

— Oui et j'adore le résultat.

Je souris et recule d'un pas, vacillant un peu, ce qui agrandit encore son sourire.

— Fais attention à toi.

— Oui, et toi de même. Tu n'es pas aussi insensible que tu aimerais le prétendre.

Connor glousse, un son profond et guttural qui me donne envie de l'embrasser à nouveau.

— Je n'ai jamais dit que je l'étais. Quand il s'agit de toi, Ellie, je n'ai aucune retenue.

— Je pense que tu en as beaucoup plus que tu ne veux bien l'admettre.

Il arque un sourcil.

— Comment ça ?

— Eh bien, ça fait deux mois que je suis chez toi et tu n'as rien fait de plus que m'embrasser.

Une fois les mots sortis de ma bouche, j'ai envie de me gifler.

— Tu veux que je fasse plus ?

Oui. Non. Je ne sais pas.

— Je ne devrais pas vouloir plus, c'est pour ça que je suis contente que tu n'aies rien fait. Je suis toujours mariée techniquement et une partie de moi refuse que l'on fasse plus que ça exactement pour cette raison.

Non pas que je pense qu'un Dieu perché dans son paradis ne comprendrait pas que je craque, après tout ce que j'ai enduré. Je crois qu'il s'agit plutôt de commencer quelque chose de nouveau. Je veux que ma relation avec Connor ne soit jamais marquée par la douleur ou les regrets.

Nous avons passé une nuit ensemble il y a des années, et je n'aurais jamais dû faire ça.

— Non, c'est...

Je me cache le visage de mes mains.

— Je ne suis pas douée pour tout ça, alors oublie ce que j'ai dit.

— Explique-toi, s'il te plaît, insiste-t-il alors que nous nous asseyons.

— La prochaine fois qu'on partagera une telle inimitée, je veux que ce soit irréprochable. Pas de mari, pas de secrets, pas d'épée de Damoclès au-dessus de nos têtes. Je veux qu'il n'y ait que toi et moi.

Il tend sa main au-dessus de la table et j'y glisse la mienne.

— Je t'ai dit que je t'attendrais aussi longtemps qu'il le faudra, et je le pensais. J'ai l'impression que ces huit années m'ont servi d'entraînement.

J'essaie de sourire, mais je me sens stupide.

— Désolée.

— Pour quoi ?

— D'être en train de te dire qu'on doit attendre que mon divorce soit prononcé.

— Dis-moi, est-ce que je peux t'embrasser ?

— Oui.

— Est-ce que je peux te prendre dans mes bras ?

J'acquiesce.

— Bien sûr.

— Est-ce qu'on peut s'organiser des rendez-vous amoureux ?

— J'espère bien.

Connor sourit.

— Alors, jusqu'à ce que tu sois prête à dépasser ce stade, c'est tout ce qu'on fera. Je ne suis pas pressé.

— Et quand tes six mois seront écoulés ? demandé-je.

— Alors on trouvera une solution.

Je ne sais pas pourquoi j'ai espéré quelque chose d'autre. C'est injuste de ma part d'attendre de lui qu'il me promette plus, et je suis vraiment ravie qu'il ne le fasse pas. Connor me dit la vérité, comme toujours. Il est honnête avec moi, car il sait que je ne supporte pas les manigances.

— D'accord, on trouvera une solution, dis-je pour le soutenir.

— Ce soir, c'est notre premier rendez-vous officiel et j'ai bien l'intention de te faire la cour.

Je m'adosse plus confortablement à mon siège et tends le bras.

— Courtise-moi donc, je t'en prie.

Le dîner est génial. Connor et moi rions, nous nous racontons des anecdotes de notre enfance et nous nous souvenons des bons moments. Nous évitons tous les deux les sujets plus lourds et apprécions la compagnie de l'autre. Il a demandé au bar de nous servir en entrée des bâtonnets de mozzarella dans des assiettes qu'il a apportées de chez lui, des cheeseburgers en plat principal et a demandé à ce que les frites soient servies séparément, pour faire comme si on avait des accompagnements. C'était mignon, attentionné et absolument parfait.

— Parle-moi de tes parents, dit Connor alors que nous attendons le désert.

— Je ne sais pas trop quoi dire. Ils étaient incroyables, vraiment merveilleux. Ils sont morts tragiquement et la manière dont ça s'est déroulé reste un mystère.

— Un mystère ?

Je hoche la tête.

— Ils n'ont jamais trouvé la voiture qui les a renversés, alors l'affaire a été classée.

— Je suis vraiment désolé, dit-il d'une voix pleine d'empathie.

Pour la première fois, je ne me sens pas si triste. C'est drôle comme la guérison arrive via des moyens que l'on n'imagine même pas. Avant, parler d'eux me déprimait mais, en cet instant, je veux me souvenir du bon et pas du mauvais. Je suis fatiguée de toujours revenir sur ce qu'ils ont vécu au moment de leur mort.

— Je n'ai pas pu tourner la page pendant si longtemps et... je ne sais pas. J'imagine que j'ai oublié à quel point mes parents s'aimaient. C'était parfois presque dégoûtant à regarder. Mon père était toujours en train de l'embrasser.

J'éclate de rire.

— Je me souviens d'une fois où je suis entrée dans la cuisine et qu'il l'avait plaquée contre le mur. J'avais seize ans, donc je savais parfaitement ce qu'ils faisaient.

Connor sourit.

— Je n'ai jamais rien vu de tout ça, Dieu merci. Pour moi, ma mère est morte en entrant au panthéon des vierges.

Il est tellement stupide.

— Vu ce que tu m'as dit sur l'amour éternel que ton père lui portait, j'imagine que c'est faux. Et puis, elle a eu quatre garçons en l'espace de cinq ans. Ils ont souvent dû faire l'amour.

Son visage se crispe.

— Non, juste une fois pour chacun d'entre nous et ils ne se sont plus jamais touchés après.

— C'est ce que tu voudrais pour nous, si on était ensemble ?

Je glisse les doigts contre sa paume. Il s'éclaircit la gorge.

— Non. Une fois que je t'aurai eue, Ellie, tu auras toi aussi envie de passer bien plus de temps que ça avec moi.

— Ah oui ?

Non pas que j'en doute le moins du monde. J'ai envie de lui, là, tout de suite. Le toucher, l'embrasser, c'est une drogue dont je ne peux me passer. Je n'arrive pas à imaginer comment ce sera quand nous ferons enfin l'amour à nouveau.

— Très certainement.

— Je suis impatiente de relever le défi.

Connor se lève et fait le tour de la table.

— On dit que danser, c'est comme faire l'amour tout habillé.

— Vraiment ?

— Oui. Voudrais-tu danser avec moi ?

— Maintenant ? Mais il n'y a pas de musique.

Il sourit en tendant la main.

— On n'en a pas besoin.

Je glisse ma main dans la sienne et nous nous éloignons un peu de la table, qui occupait la majeure partie de la piste de danse. Connor s'arrête et je m'avance entre ses bras. Ensemble, nous dansons, joue contre joue, accrochés l'un à l'autre. Il avait raison. Pas besoin de musique.

Je ferme les yeux et grave ce moment en mémoire. Nous sommes là, dans le bar où nous nous sommes rencontrés il y a tant d'années, à danser comme ce soir-là.

Je ressens tout, la chaleur de son corps, les muscles puissants qui m'offrent un sentiment de sécurité et la façon dont je semble parfaitement m'adapter à lui.

Connor se recule pour que nous puissions nous voir.

— Je pourrais rester comme ça avec toi pour toujours.

— Moi aussi.

Et j'en ai envie. Avec lui, le monde est rempli de possibilités, de protection.

— Dis-moi ce que tu penses, insiste Connor.

Je veux tout lui avouer car il doit savoir ce que je ressens.

— Quand je suis avec toi, je ne suis pas la femme brisée que j'ai parfois l'impression d'être. Quand tu me regardes de cette manière que je croyais seulement possible en rêve. Ça me fait peur, certes, mais ça m'émeut tellement. Je vois à quel point j'ai envie de vivre bien plus avec toi, même si j'ai l'impression que c'est bien trop tôt.

Il me caresse la joue du pouce.

— Je pense que si nous étions deux personnes différentes, ce serait le cas. Tu es à moi depuis la nuit où on s'est rencontrés dans ce bar. Quand on s'est donnés l'un à l'autre, ce n'était pas ce qu'on avait prévu. Je te connais, Ellie. Je te vois telle que tu es, et je pense que tu commences sans doute juste à découvrir qui tu es.

C'est l'homme qui veut aller tuer des dragons pour moi et qui a le courage de le faire. Je n'ai pas peur de tout lui dire. Il est mon phare dans la tempête qui fait rage autour de moi.

Je secoue la tête, détournant le regard.

— Je ne te mérite pas.

Son pouce me soulève le menton pour que nos regards se croisent à nouveau.

— C'est moi qui ne te mérite pas, mon ange, mais il est hors de question que je t'abandonne.

Nous restons comme ça, à danser au son des battements de notre cœur, à créer notre propre musique.

Après quelques pas supplémentaires, je lève les yeux vers lui, en espérant que ce que je m'apprête à lui dire ne détruira pas la soirée parfaite que nous venons de passer.

— J'ai reçu quelque chose, aujourd'hui.

— C'est à propos de l'affaire au tribunal ? J'ai reçu ma citation à comparaître aujourd'hui, moi aussi.

— Non, il ne s'agit pas de ça.

Je me mordille nerveusement la lèvre.

— Ellie.

L'inquiétude de Connor s'entend lorsqu'il prononce mon prénom.

— Ça va aller, je te le promets. Je resterai à tes côtés et, vu la façon dont le juge a statué la dernière fois, je suis sûr que ça ira dans ton sens.

— Non, je sais. Ce n'est pas ça. Je sais que tu ne le laisseras pas nous faire du mal, continué-je. En fait, j'ai reçu quelque chose d'autre… les résultats.

J'essaie d'ignorer la lueur d'effroi dans ses yeux tandis que je me dirige vers mon sac à main. Je sors l'enveloppe et la garde en main.

— Je ne l'ai pas ouverte. J'avais vraiment envie de le faire, mais j'ai pensé qu'on devait faire ça ensemble… enfin, si tu veux. Ou je peux l'ouvrir et te dire ce qu'il en est.

Connor s'approche, ses doigts effleurent les miens alors qu'il récupère le pli. Il étudie l'enveloppe en papier kraft ordinaire, où est inscrit le nom de la société et collée une étiquette avec leur adresse, avant de reposer les yeux sur moi.

— On va le faire ensemble.

Je hoche la tête, incapable de parler même si je le voulais. J'ai l'impression que quelque chose m'écrase la gorge au moment où l'énormité de ce moment me submerge.

Nous allons découvrir si Hadley est de lui.

Mes mains tremblent, tout comme les siennes lorsqu'il sort le papier de l'enveloppe.

Connor me regarde une fois de plus.

— Je suis sérieux, Ellie, ça ne changera rien à ce que je ressens. J'aime Hadley et peu importe ce qui se passe entre nous, ça ne s'arrêtera pas à cause de ça. Si elle est de moi, je jure en cet instant que je la protégerai toute ma vie. Je suivrai tes décisions sur la manière de gérer ça, car c'est elle qui compte avant tout. Si je ne suis pas son père, alors elle ne saura jamais rien de nos doutes. Mais que je le sois ou non, elle n'aura plus jamais peur de cet homme. Aucun de vous n'en aura plus jamais peur.

— Tu ne comprends pas, tout va changer.

Il secoue la tête.

— Non, pas du tout.

— Si elle est de toi, tu voudras rattraper tout le temps perdu. Tu auras des besoins parce qu'en tant que parent, c'est comme ça que ça se passe. Tu l'aimeras d'une façon que tu ne comprendras jamais totalement. Elle deviendra le centre de ta vie, comme il se doit, et ça entraînera de grands changements pour chacun d'entre nous. Donc même si tu penses que ça n'arrivera pas... ça arrivera. On peut au moins le reconnaître.

Connor pose le document sur la table et me prend dans ses bras, cherchant mon regard.

— Je pense à toi depuis le soir où on s'est rencontrés. Je te désire, j'ai envie de toi, je t'aime, d'une certaine manière, depuis huit ans déjà. La seule chose que ça va changer, c'est que la famille que je pensais ne jamais avoir se trouvera enfin devant moi. La femme que je pensais avoir imaginée est toujours bien réelle et on a encore une chance de construire quelque chose. Peut-être que quelque chose va changer, mais ce que je ressens pour toi et ce qu'il se passe entre nous, ça, ça ne changera pas.

Je pose ma main sur ses lèvres, comme si je souhaitais pouvoir absorber les mots qu'il vient de prononcer, car personne ne m'a jamais rien dit d'aussi beau.

— Ça ne changera rien pour moi non plus.

— Parfait.

Je dépose un baiser sur ses lèvres, parce qu'il est tout proche et que je ne peux pas m'en empêcher, puis je me dégage de son étreinte et je récupère la lettre.

Les mains tremblantes, je soulève le haut pli, puis tire l'autre vers le bas, et mon regard déborde alors de larmes après avoir lu la première ligne.

chapitre vingt-quatre

. . .

connor

J'AI UNE FILLE.

J'ai une petite fille. Ellie et moi avons un enfant. Ces phrases se répètent en boucle dans ma tête. C'est comme si j'attendais que les mots sur le papier se modifient sous mes yeux, m'informant que tout ceci est irréel. Hadley est ma fille.

Ellie lâche la lettre et je me plonge dans ses yeux bleus.

— Elle est de moi.

— Oui.

J'ai envie de dire autre chose, mais rien ne semble suffisamment adéquat. Je le désirais tellement, mais je ne me permettais pas d'espérer que ça puisse vraiment être le cas. Hadley et moi avons sympathisé instantanément et, ces derniers mois, elle est devenue bien plus que la petite fille que j'ai retrouvée dans l'arbre.

— Je ne sais pas quoi dire, avoué-je en relisant les mots.

Ellie s'essuie les yeux, ce qui m'attire brusquement de nouveau à la réalité.

— Ça va ?

Elle acquiesce rapidement.

— Je voulais tellement recevoir ce résultat-là. Mon Dieu, je me suis pratiquement convaincue qu'il ne pouvait en être autrement, mais… J'avais tellement peur qu'elle ne soit pas ta fille. Ce n'était qu'une nuit et on s'est protégé… Du moins, c'est ce que je pensais, mais c'était le parfait timing et je…

— Je suis tellement heureux, putain.

Ellie rit à travers ses larmes.

— Moi aussi. Je voulais que ce soit toi.

Je l'attire vers moi et l'embrasse sauvagement. Je plane à deux cents. Je n'étais vraiment pas sûr de ressentir un truc pareil. Bien sûr, je désirais plus que tout qu'elle soit ma fille depuis le moment où Ellie m'a parlé de ses doutes, mais impossible de savoir ce que ça me ferait de découvrir qu'elle l'est réellement.

Pendant si longtemps, je me suis résigné à être célibataire et à ne jamais avoir d'enfants.

Et, maintenant, je suis devant une femme que j'aime et je viens de découvrir que j'ai une fille.

Mon cœur s'emballe et je ne sais pas si j'ai envie de crier, de rire, ou de faire les deux en même temps.

— J'ai l'impression que tout en moi est sur le point d'exploser. Je n'arrive pas l'expliquer. J'aimerais que beaucoup de choses soient différentes, mais...

Ellie détourne le regard et sa respiration s'emballe.

— Je suis désolée, Connor. Je suis tellement, tellement désolée.

— Pardon ?

J'ignore pourquoi elle se sent désolée.

— Désolée de ne pas t'avoir cherché. D'avoir épousé cet homme horrible et de l'avoir laissé l'élever. Désolée qu'elle n'ait pas su ce que la vie aurait pu être en grandissant avec toi.

Ellie sanglote et je l'attire contre ma poitrine. Elle pleure tandis que je la serre contre moi.

— Désolée de ne pas avoir fait plus pour elle ! Je suis tellement désolée !

Je ne peux imaginer ce qu'elle ressent parce que, si ses émotions sont similaires à celles que j'éprouve, alors elle est submergée par tout ça.

J'ai une petite fille que je n'ai pas pu voir grandir, mais je n'en veux pas à Ellie. Comment aurait-elle pu me retrouver ? En faisant le tour d'une ville dans laquelle je ne vivais plus, à demander des informations sur un gars dont elle ne connaissait pas le nom ? Bien sûr, si elle avait su que j'étais un des frères Arrowood, ça aurait été différent, mais elle n'avait même pas ce maigre indice.

— Tu as fait du mieux que tu pouvais. Tu ne savais pas qu'elle était de moi jusqu'à maintenant. Tu l'as protégée, Ellie.

Elle lève la tête et j'essuie ses larmes.

— Elle n'aurait jamais dû en avoir besoin.

— On ne peut pas modifier les erreurs qu'on a faites. Dieu seul sait que j'ai essayé d'expier les miennes.

Si elle savait les choses que j'ai faites pour effacer tout ce que je souhaite oublier, elle pourrait s'enfuir. Le jour où j'ai quitté cette ville a été le jour où j'ai enfermé qui j'étais. Tous mes frères ont fait de même. Quand nous vivions ici, c'était pour être forcé à vivre une vie dont nous ne voulions pas. Mon père nous a brisés et j'ai fait tout ce que j'ai pu pour me reconstruire. J'ai servi mon pays et essayé de faire le bien. Je n'ai jamais laissé la merde qui est arrivée affecter la personne que je suis aujourd'hui.

— J'ai l'impression que je ne pourrai jamais arranger les choses, que ce soit pour elle ou pour toi. Elle aurait dû te connaître. Regarde à quel point elle t'aime déjà.

— Et je serai là pour elle pour le reste de ma vie.

— Tu sais que ça signifie… Tout ce qui m'inquiétait à propos du divorce n'a plus d'importance. Kevin ne pourra plus jamais la toucher. Il n'est pas son père, il n'a aucun droit sur elle, dit-elle au moment où ses yeux se remplissent de soulagement.

Non, son ex ne se retrouvera plus jamais près d'Hadley ou d'elle-même.

— Pour que ça se produise, on va devoir lui dire.

Elle fait un pas en arrière puis se retourne.

— Je sais.

— Tu ne veux pas ?

Elle fait volte-face.

— Non, au contraire. Mais on ne peut pas lui annoncer ça comme ça. Elle ne sait pas qu'on s'est rencontrés avant. Elle a toujours cru que Kevin était son père. Même si je ne pense pas qu'elle réagira mal, je pense que ça va la rendre terriblement confuse.

Je hoche la tête. La dernière chose dont j'ai envie, c'est de rendre les choses encore plus difficiles pour l'une ou l'autre. Et même quand on a un parent violent, on ne cesse jamais de l'aimer, en espérant qu'il vous aime en retour — c'est peut-être même encore pire quand on a un parent aimant. Je suppliais Dieu de permettre à mon père de se rendre compte que nous étions de bons enfants. Je voulais qu'il soit fier de nous et je faisais souvent tout ce que je pouvais pour gagner son approbation.

Ce n'est jamais arrivé et j'ai été de plus en plus déçu, jusqu'à ce que j'arrête totalement de m'en soucier.

— Et on sera tous les deux là pour l'aider à traverser cette épreuve.

Ellie m'adresse un doux sourire.

— On a une fille.

Je fais un pas vers elle afin de réduire la distance qui nous sépare.

— Oui. Et j'espère t'avoir toi aussi bientôt.

chapitre vingt-cinq

. . .

ellie

— MAMAN, regarde ! crie Hadley en tournoyant sur la balançoire-pneu que Connor a accrochée pour elle au bord de la cabane.

Il y a travaillé au moins une heure par jour, la rendant chaque fois plus incroyable qu'Hadley n'aurait pu l'imaginer. La semaine dernière, elle est restée ici jusqu'à ce que l'un de nous n'aille la chercher pour rentrer à la maison.

— Hadley, il commence à faire froid et tu as des devoirs à faire.

— Mais j'adore jouer ici !

— Je sais, mais tu dois faire tes devoirs. Et on doit rentrer à la maison pour récupérer quelques affaires.

Elle marmonne en se traînant vers moi.

— Tu ne peux pas y aller toute seule ?

Ça fait des mois que ça dure et je commence à penser qu'elle ne ressent plus vraiment de peur, qu'elle aime juste vivre chez Connor.

— Non, on doit y aller toutes les deux.

Principalement parce qu'une fois le divorce prononcé, ce ne sera plus ma maison et que nous devons donc en sortir toutes nos affaires. Kevin possède toutes les terres et la maison. Je ne connais rien de rien à ce sujet et c'était la maison de sa famille, pas la mienne, donc je n'aurais absolument aucun droit dessus même si je le voulais.

— Je déteste cet endroit.

— Tu sais que rien ne peut nous faire du mal là-bas, n'est-ce pas ?

Hadley lève les yeux vers moi, ses grands yeux verts emplis de confiance.

— Je sais. Papa est en prison.

Et c'est la chose la plus triste qui soit. Elle ne se sent en sécurité que parce que Kevin est en prison.

J'ai failli lui dire que Connor est son père tellement de fois. J'ai eu envie de le lui avouer de but en blanc au lieu de lutter avec chacun des mots que je voulais prononcer. C'est dur de savoir la vérité et de la lui cacher, mais Connor et moi avons décidé d'attendre. Je veux que Kevin reçoive les papiers d'abord, ce qui arrivera cette semaine. C'est aussi cette semaine que je demanderai à ce qu'il soit déchu de ses droits parentaux, car l'ADN a prouvé que Kevin n'est pas son père.

Sydney a réussi à le convaincre d'accepter de faire un test ADN, et elle conserve les résultats dans le cadre de la procédure judiciaire.

Tout ça est terriblement moche et chaotique mais chaque étape a été nécessaire pour réussir à le faire sortir de ma vie.

— D'accord, que dirais-tu de rentrer et de commencer tes devoirs ? Je te retrouverai là-bas dans un moment.

Hadley sourit et part en courant.

Je retourne vers la maison, sans me presser, en appréciant l'air frais de l'automne. Ça me rappelle ma mère. Elle adorait cette période de l'année. Notre maison sentait la pomme, la citrouille et les épices. Faire de la pâtisserie lui procurait un grand sentiment de joie et mon père aimait tout ce qui avait trait à l'horreur, donc Halloween était sa fête préférée.

Je m'avance dans les hautes herbes, inspirant simplement les odeurs autour de moi sans me soucier de quoi que ce soit. Ma vie est totalement différente, maintenant. Je ne m'inquiète pas de devoir mettre le dîner sur la table ou de m'assurer que la maison est rangée et nettoyée de fond en comble. Pour remercier Connor, je cuisine et je fais le ménage, mais il n'attend pas ça de moi, il apprécie juste le geste.

Et il exige que la cuisinière ne range pas ensuite. Donc je dois rester tranquillement assise après le repas et… ne rien faire.

Quand je m'approche de la maison, je vois sa grande silhouette, le soleil dans le dos.

Bordel, il est magnifique.

Il a mis sa casquette à l'envers, cachant ses cheveux dans lesquels j'aime passer mes doigts, et sa chemise blanche est tendue sur ses muscles comme il soulève la botte de foin.

L'agriculture serait vraiment très sexy, finalement.

Je me tiens à quelques mètres de là, à mordiller mon pouce pendant que je le dévore des yeux.

Il jette le ballot sans trop d'effort et je pousse un léger soupir.

Nos regards se croisent et il me lance l'un de ses sourires détendus.

— Salut toi.

— Salut toi.

— Tu aimes ce que tu vois, hein ?

Évidemment. Au lieu de lui donner la satisfaction de répondre positivement, je hausse les épaules.

— C'est plutôt sympa, j'imagine…

L'amusement s'entend dans sa voix.

— Sympa ?

— Hmm, je veux dire, tu es plutôt cool et tout ça.

Et alors il se jette sur moi. Je pousse un petit cri et pars en courant, mais je n'ai pas la moindre chance contre lui. Connor me rattrape et m'attire dans ses bras. Je bats des jambes dans l'air et, là-dessus, Hadley se précipite dehors.

— Connor ! crie-t-elle quand il s'enfuit alors que je suis dans ses bras.

— Tu ne peux pas nous attraper !

Je passe les bras autour de son cou alors qu'il tourne en rond, Hadley à ses trousses.

— Mais tu as ma mère dans les bras !

— Je sais bien et, si tu veux la récupérer, tu dois nous attraper !

J'éclate de rire lorsqu'il l'esquive. Elle-même rit aux éclats tout en le poursuivant et, à cet instant, je sais que n'ai jamais été aussi heureuse.

Rien ne me pèse.

Dans ses bras, à courir tout autour du champ, notre fille sur les talons, je souris — et j'ai l'impression que le monde entier sourit avec nous.

— La demande de divorce a été officiellement déposée. Le juge va l'examiner et, que Kevin la signe ou non, il rendra une décision car il est en prison en attendant son procès.

Je ne sais même pas quoi dire. Ça fait des mois que nous attendons que cette stupide limite de temps se termine et Sydney s'est montrée vigilante en comptant les jours jusqu'à pouvoir frapper.

— Et pour la paternité ?

Elle en sort la copie.

— Elle lui a été donnée en même temps qu'il a reçu sa version des résultats. Tu veux voir ?

Je hoche la tête. Je sais qu'Hadley n'est pas de lui, mais ce sera bien de le voir par moi-même.

— Tu as regardé ?

— Non, ça aurait été déplacé, je trouve.

Je souris. Sydney est devenue une amie de confiance, ce que je n'avais jamais eu auparavant. Hadley l'aime beaucoup et elle adore faire la morale à Connor. C'est toujours amusant de passer du temps avec elle.

— Merci, Syd.

— Ne dis rien mais, s'il te plaît, ouvre cette foutue chose pour mettre fin au suspense.

Je fais ce qu'elle demande, souriant lorsque je lis les résultats.

— J'imagine qu'il n'est pas son père ?

— Non, dis-je, avec des larmes de joie. Non, il ne l'est pas, mais on le savait déjà, tout ça, c'est juste… une forme de confirmation.

— Alors… c'est Connor ?

— Oui, c'est bien lui.

Sydney se rencogne dans sa chaise, une expression de surprise évidente sur le visage.

— C'est ce que je pensais. Je veux dire, Hadley a les yeux de la famille Arrowood, mais je ne savais pas trop comment c'était possible.

— Je l'ai toujours espéré.

Elle sourit.

— Moi aussi, fut un temps. Écoute, reprend Sydney avant de faire une pause, je veux te prévenir, en tant qu'amie, que les frères Arrowood se traînent beaucoup de… bagages. Je suis sortie avec Declan pendant ce qui m'a semblé être toute ma vie. Il m'a embrassée quand j'avais huit ans, m'a dit qu'on allait se marier, puis plus rien. Je l'aimais de tout mon cœur et je croyais vraiment passer le reste de ma vie avec lui, mais il a changé. Jour après jour, le garçon que je connaissais disparaissait entre les mains de son père. C'était insoutenable, mais on avait un plan. Puis il est parti et n'est jamais revenu. Aimer ces garçons est simple, mais les perdre, eh bien, c'est quelque chose dont on ne se remet jamais vraiment.

Mon premier instinct est de défendre Connor, une envie que je refrène. Sydney ne me dit pas ça pour me blesser, c'est une amie. J'entends aussi la douleur dans sa voix. Il est clair qu'elle ne s'est jamais remise de la perte de Declan.

— Je sais qu'ils ont eu une enfance difficile.

Elle ricane.

— Ellie, tout ce qu'il t'a dit… doubles-en l'horreur. Ces garçons ont vécu un enfer, un enfer insoutenable. Connor a probablement pris plus fort que ce qu'on sait, car il était le dernier à rester vivre chez eux. Declan a été le premier à partir, on était à l'université ensemble. On était bien, c'était même génial entre nous. On a fréquenté des universités proches l'une de l'autre, mais une fois que Connor est parti sur la base militaire, Declan a rompu. J'étais déprimée, je me suis renfermée sur moi-même quand il est parti.

— Je suis désolée qu'il t'ait fait du mal.

— Moi aussi. Le plus triste, c'est que j'aurais fui avec lui. J'aurais suivi cet homme jusqu'au bout du monde, mais il m'a dit de rester, qu'il ne voulait plus de moi. Il voulait recommencer à zéro et ça impliquait de ne pas poursuivre cette relation.

Sydney fait peut-être de son mieux pour masquer la douleur dans sa voix, mais je l'entends dans chaque syllabe. J'entends aussi l'amour qu'elle lui porte toujours. Mais Connor n'est pas Declan, et je ne suis pas elle. Nous avons parlé de choses et d'autres, et je dois croire qu'après tout ce que j'ai traversé, Connor ne me cache pas quelque chose de terriblement sombre qui le ferait fuir à nouveau.

Nous avons déjà mis les choses au clair à ce sujet.

— Je sais que son frère et toi aviez des problèmes, mais on n'est plus des enfants, on ne se lance pas là-dedans les yeux fermés. Connor connaît mes démons, il m'a parlé des siens. J'apprécie que tu essaies de m'aider, et j'entends ce que tu me dis, vraiment, mais il se passe quelque chose entre nous. On a un enfant ensemble et… Je ne sais pas, Sydney, c'est tellement…

— Simple de l'aimer ?

J'ai envie de secouer la tête pour nier. Je ne l'aime pas, du moins pas de cette manière encore. Je sais que je pourrais. Je sais que mon cœur a envie de bondir en avant, mais je garde la tête froide. L'amour est puissant et peut être utilisé contre quelqu'un si l'objet de cet amour a de mauvaises intentions, je refuse de plonger à nouveau là-dedans sans savoir d'abord dans quoi je m'engage.

— Simple de désirer l'aimer, du moins.

Syd tend la main et la pose sur la mienne.

— Je ne te dis pas de rester loin de lui ou quelque chose du genre, je veux juste que tu sois prudente. Voir Hadley ou toi ressentir ne serait-ce que la moitié de la douleur que j'ai ressentie... eh bien, je ferais tout mon possible pour que ça n'arrive plus.

— J'apprécie ça.

Elle sourit.

— Maintenant, fêtons ton divorce et allons manger !

J'attrape mon sac à main, un immense sourire sur le visage, et je hoche la tête.

— Oui. Allons-y.

Cette journée est pleine de possibilités et de joie, et j'ai l'intention d'en profiter, mais quelque chose qui me turlupine, tout au fond, quelque chose qui me dit que je n'en suis pas encore là.

Je ne sais pas pourquoi je suis là.

Mon instinct et toutes mes sonnettes d'alarme me hurlent dessus, m'avertissent, en me disant de faire demi-tour.

Pourtant, je suis là, dans la prison du comté de Luzerne, devant une paroi de verre, qui me sépare d'une pièce vide.

Mes mains picotent parce que ma nervosité a atteint des sommets. Je sais qu'il ne peut pas me faire de mal, me toucher ou faire quoi que ce soit d'autre. Mais le simple fait de savoir que je vais voir Kevin me rend malade.

Pourtant, j'ai besoin de lui parler. J'ai besoin de lui faire face et de lui faire comprendre que je n'ai pas peur.

Enfin, si, j'ai peur, mais je ne le lui montrerai pas.

De l'autre côté de la cloison de verre, une rangée de détenus, tous vêtus de leurs combinaisons orange, commencent à entrer. Je serre les mains sur mes genoux sous le comptoir et j'attends.

Il s'avance lentement, sans jamais croiser mon regard avant de s'asseoir.

Cet homme a nourri ma terreur pendant si longtemps, il m'a tourmentée, hantée et, maintenant, il semble si misérable quand je le regarde.

Kevin s'assied et prend le téléphone au mur, je fais de même.

— Tu es là pour me frapper quand je suis à terre ? grince-t-il de sa voix profonde.

— Ce ne serait pas différent de ce que tu m'as fait.

Il ferme les yeux, baisse la tête, mais il garde le combiné contre son oreille.

— Je ne suis pas ici pour ça. Je suis ici parce que... eh bien, je ne sais même pas vraiment pourquoi, mais j'ai senti que j'ai envie de tourner la page, quelle que soit l'issue du procès.

Il éclate de rire.

— Tourner la page. Tu es ma putain de femme, Ellie. Tu m'as trompé et tu veux tourner la page. Comment as-tu pu me mentir pendant sept ans en me disant qu'elle était ma fille ? Tu étais si désespéré d'être aimée que tu m'as manipulé tout ce temps ? Je t'ai tout donné et c'est ça qu'on m'apprend ?

— Tout donné ? Tu me battais, Kevin. Tu me battais quand tu ne pouvais pas me contrôler. Tu m'as traitée de grosse, de moche, de bonne à rien. Tu as refusé l'amour, l'affection et utilisé le sexe comme une arme. Tu me battais physiquement et émotionnellement. Je ne savais pas si Hadley était de toi, je ne t'ai pas manipulé. C'était honnêtement bien plus plausible que le fait que je sois tombée enceinte la seule fois où j'ai passé une nuit avec quelqu'un d'autre… *avant* qu'on soit mariés.

Il frappe le comptoir d'une main et je sursaute.

— Une fois. Tu es une putain de menteuse, d'infidèle. Tu veux divorcer ? Bien ! Je suis ravi d'en finir avec vous deux.

Ma poitrine se serre, les larmes menacent de me monter aux yeux. Je me fiche qu'il dise qu'il est ravi d'en finir avec moi, vraiment, mais je pensais qu'il éprouvait peut-être un peu d'affection pour Hadley. Je ne sais pas pourquoi, puisque c'est un connard, mais elle, elle l'adorait.

— Elle représentait si peu à tes yeux ?

Kevin secoue la tête, me rappelant à quel point il est insensible.

— Pourquoi tu es là ? Tu voulais que je sois obligé de te regarder dans les yeux ? Et pour te dire quoi ? J'ai signé tes putains de papiers. Je ne veux pas être marié avec une croqueuse de diamants qui couche avec d'autres hommes. Tu veux divorcer ? Vas-y. Prends ta bâtarde avec toi et casse-toi.

— Je suis venue parce qu'une partie de moi se sentait mal pour toi, abruti. J'ai cru que ça t'avait peut-être réellement blessé et que tu voudrais des réponses.

Quand Kevin se penche en avant, la colère dévore son regard.

— Tu m'as envoyé en prison, tu as divorcé, puis tu m'as fait savoir que la gamine que j'ai élevée pendant sept ans n'était même pas de moi. Me sentir mal ? Je suis putain de soulagé d'en avoir fini avec toi, et quand le juge découvrira la pute que tu es, je suis presque sûr que je ne serai plus là après le procès. Si j'étais toi, Ellie, je ferais tout ce que je peux pour éviter de me recroiser… de ne plus *jamais* me recroiser.

Sur ces mots, il raccroche et se lève.

Je regarde l'homme que j'ai aimé et que je voulais rendre heureux, cet homme qui est maintenant un étranger pour moi. Je suis venue ici pour tourner définitivement la page et j'imagine que c'est exactement ce dont j'avais besoin pour le faire. Il n'y avait pas d'amour entre nous. Ce n'était qu'une histoire de possession et de contrôle. C'est tout ce que nous étions pour lui depuis le début, rien d'autre que des consommables.

chapitre vingt-six

. . .

— COMMENT ÇA, tu as un enfant ? demande Declan après l'avoir informé de ce qui s'est passé la semaine dernière.

J'ai évité ses appels, prétendant que je n'avais pas de réseau, lui envoyant des SMS à la place. Je n'ai pas besoin qu'il me fasse la leçon ou un rappel sur ce que mes frères et moi nous nous sommes promis. Rien de tout ça n'a plus aucune importance. Nous sommes adultes et, si l'un d'entre eux ne comprend pas, il pourra aller se faire foutre.

— J'ai une fille.

Le silence se fait à l'autre bout du fil.

— Tu es là depuis quoi, presque quatre mois ? Comment as-tu pu engendrer un enfant en si peu de temps ?

Je soupire et me lance dans une explication au sujet d'Ellie et Hadley. J'ai toujours secrètement chéri cette nuit. Il n'y avait aucune raison d'en parler à qui que ce soit parce que c'était à moi, juste à moi. Tout dire à Declan maintenant me donne l'impression d'être un crétin. Plus que tout, il a toujours été comme un père pour moi et c'est lui qui éprouve le plus de culpabilité et de déception par rapport à ce que nous avons fait et enduré.

— Bon sang, Connor.

J'imagine mon frère dans son bureau luxueux en haut d'une tour, s'affalant dans son fauteuil, la main sur le visage.

— Écoute, je sais que tu es probablement en colère contre moi, mais je suis heureux. J'aime cette petite fille et je craque pour Ellie. Je ne peux pas l'expliquer, mais c'est comme si elle était ma parfaite autre moitié. Je ne te demande pas la permission, juste de me comprendre.

Declan pousse un long et grave soupir.

— Je le comprends mieux que quiconque, mon frère. J'ai ressenti ce genre d'amour, avant.

— En parlant de Syd, c'est la meilleure amie d'Ellie.

— Tu l'as vue ?

L'enthousiasme dans sa voix n'était pas là, un instant plus tôt. Il peut bien prétendre ce qu'il veut avec n'importe qui, mais pas avec moi. Il l'aime. Il l'a toujours aimée et c'est à cause d'elle que mon frère ne sera jamais heureux.

— Elle était ici, l'autre soir.

— Putain. Je ne peux pas la voir.

— Tu n'auras pas le choix quand tu devras revenir à Sugarloaf pour faire ta peine de six mois, lui rappelé-je.

Mon frère est peut-être un gros bonnet à New York, mais Sydney va le mettre à genoux.

— Et que comptes-tu faire avec ta nouvelle famille ? Tu vas déménager ? Trouver un emploi ? Faire autre chose ?

C'est la raison principale de mon coup de fil. Il va péter les plombs, mais mes autres frères seront pires encore. Si je veux pouvoir leur faire avaler cette idée, j'ai besoin que Declan soit de mon côté.

— J'aimerais acheter une parcelle de terrain.

— Je suis désolé, *quoi* ?

Il est à deux doigts de s'étouffer.

— Hadley n'a jamais connu que Sugarloaf, c'est son foyer, et le terrain est bien assez grand pour que j'en achète une partie. Il n'y a pas d'hypothèque dessus, donc j'aimerais en acheter une partie.

— Tu es complètement dingue ? Tu veux rester dans ce putain de trou paumé ? Tu te souviens des raisons de notre départ, Connor ? De toutes les choses que je pensais entendre un jour, c'est la chose la plus stupide qui soit !

Maintenant c'est à mon tour de crier :

— Oui, je suis complètement fou parce que je veux être un bon père pour mon enfant ! Je veux lui donner ce que nous n'avons pas eu : la stabilité. Tu peux fuir les choses que tu aimes, Declan, mais pas moi. J'ai retrouvé la femme dont j'ai littéralement rêvé pendant huit ans et je ne vais pas la laisser partir comme ça. Si elle veut que je vive ici et que je sois enterré sur ces terres, je le ferai.

Il souffle sans rien répondre. Nous sommes tous les deux énervés et nous connaissons tous les deux notre tempérament volcanique. Nous aimons d'ailleurs nous lancer dans une bonne joute verbale donc je doute que les mots que nous prononçons aient des répercussions durables.

— Et niveau travail, qu'est-ce que tu vas faire ? Avec quoi tu comptes acheter cette parcelle ?

— Je ne suis pas bête. Je peux trouver un travail.

Je ne suis pas encore arrivé à ce stade parce que j'ai été occupé à purger ma peine, mais je vais trouver une solution. J'ai obtenu mon diplôme pendant que j'étais dans la Marine et, même si l'élevage de vaches n'est pas vraiment ce que j'ai envie de faire, je pourrais probablement m'en sortir avec un plus petit troupeau.

Peut-être.

— Tu ne réfléchis pas.

— Non, tu ne m'écoutes pas. J'ai appelé pour te parler de ta nièce, qui est merveilleuse, pour te dire que je vais bien et que je suis heureux, mais tu es trop égoïste pour l'entendre.

— C'est tout à fait toi, tu ne penses qu'à toi. Et pour Sean et Jacob ? Qu'est-ce qu'on va bien pouvoir te faire payer pour une partie de la terre dont tu aurais pu hériter ? S'il te plaît. Je ne veux pas de cette foutue ferme ni d'une parcelle de terre, mais on s'est tous fait la promesse de ne jamais revenir vivre ici !

Cette promesse était la seule chose qui m'empêchait de lui parler de tout ça. Mes frères étaient les seules personnes au monde qui comptaient pour moi, et je les aime, mais je ne peux pas vivre ma vie comme ça.

— Toi plus que quiconque devrait savoir que les choses changent, Dec. On n'est plus les mêmes petits garçons qu'avant.

Il ne répond rien pendant un moment alors je baisse les yeux sur mon téléphone pour voir s'il n'aurait pas raccroché.

— Oui, fait-il alors que sa voix se brise. J'imagine que oui. Parle-moi d'Hadley...

Je me souviens alors que mon frère n'est pas quelqu'un de mauvais. Il est juste protecteur.

Hadley arrive en courant dans la grange, ses cheveux bruns relevés en queue de cheval, le nez rouge vif à cause du froid.

— Où est maman ?

— Elle est allée voir Sydney. Je suis sûr qu'elles vont discuter pendant des heures. Passe-moi la clé à molette.

Je lui donne mes instructions car je travaille encore sur ce foutu tracteur.

Peu importe ce que je répare, remplace ou bricole, cette fichue chose ne démarre pas. Bien que je n'aimerais rien de plus que d'y mettre le feu et d'en acheter une nouvelle, elle n'a que trois ans et devrait donc fonctionner. À ce stade, elle met même ma volonté à l'épreuve mais je refuse d'abandonner.

— Est-ce que les vaches brunes font du lait chocolaté ? demande soudain Hadley.

— Euh, non.

— Vraiment ? Parce que les hippopotames font du lait rose, ce qui est bizarre. Je me demande s'il est aromatisé à la fraise. J'aimais les fraises mais, une fois, j'en ai mangé trop et je suis tombée malade.

Ces anecdotes pouvaient me sembler stupides avant mais, maintenant, j'ai envie de tout savoir sur elle. J'ai travaillé très dur pour ne pas considérer Hadley différemment ou la serrer trop fort dans mes bras. Tout ce que je désire, c'est lui dire la vérité, l'éteindre et lui promettre la lune.

Je veux rattraper le temps perdu, ce qui est impossible.

— Oui, j'adore les fraises.

— Je pourrais les aimer à nouveau, ajoute-t-elle rapidement.

Je souris. J'adore vraiment cette gamine.

— Qu'est-ce que tu n'aimes pas d'autre ?

— Les poules.

Je tourne la tête et la fixe.

— Les poules ?

Elle acquiesce.

— Sydney a dit qu'on souffre tous les deux d'alektorophobie. C'est un grand mot, je sais.

Sydney est dans le coup ? Super.

— Et qu'a-t-elle dit, exactement ?

— Eh bien, elle m'a demandé si j'aimais les canards alors j'ai dit qu'ils étaient sympas mais qu'ils avaient des yeux bizarres. Elle a acquiescé et m'a dit que tu n'aimais pas non plus les poules, alors j'ai décidé que les poules étaient vraiment nulles. Quand je l'ai dit à Sydney, elle m'a dit que tu étais alektorophobe. J'ai fait des recherches et j'ai décidé qu'on l'était tous les deux parce que je n'aime pas quand les poules me regardent et que, toi, tu n'aimes pas non plus. On a beaucoup de choses en commun.

Je ne sais pas si je dois rire ou aller tout droit chez Sydney et mettre une centaine de fausses araignées dans son lit pour voir qui rira le dernier. Mais, ensuite, je regarde ma fille, qui a l'air de penser que notre haine des poules rend notre lien encore plus fort, et je m'en fiche alors.

— C'est vrai.

Son sourire radieux s'agrandit encore.

    • Tu sais de quoi d'autre j'ai peur ?

— Non, quoi ?

— La fée des dents.

Je glousse.

— Vraiment ?

— Elle est si effrayante ! Qui vient dans ta chambre quand tu dors pour récupérer tes dents ? Si je pouvais être quelqu'un de cool, je ne serais pas elle. Je voudrais probablement être le père Noël parce qu'il donne des cadeaux et rend les gens heureux. J'aime rendre les gens heureux. Est-ce que je te rends heureux, Connor ?

Je pose ma clé à molette et me déplace pour m'asseoir à côté d'elle, récupérant les bouteilles d'eau qu'Ellie nous prépare avant de venir travailler à l'étable.

— Tu me rends très heureux, Minus. Te trouver dans cette cabane est vraiment la meilleure chose qui me soit arrivée depuis longtemps.

— Pour de vrai ?

Ses yeux verts s'illuminent.

— Pour de vrai.

— Je t'aime, me dit-elle avant de m'entourer de ses bras.

J'en reste bouche bée. Je passe un bras autour d'elle et la serre contre moi, sans me soucier des règles que je me suis édictées.

— Je t'aime aussi, petite. Je t'aime aussi.

chapitre vingt-sept

. . .

ellie

— TU VEUX REGARDER UN FILM ? demandé-je en revenant dans le salon.

Je viens de coucher Hadley et fais tout ce que je peux pour empêcher mon esprit de repenser à ce qui s'est passé aujourd'hui. Je suis épuisée, sur les nerfs, et j'ai besoin de me distraire.

— Oui, il est déjà prêt à être lancé.

— Tu l'as déjà choisi ?

Il acquiesce.

— Tout à fait.

— Ça m'inquiète.

— Et tu devrais, mon ange, mais puisque tu m'as demandé de passer la soirée avec toi, c'est à moi de choisir.

Je ne suis pas certaine de comprendre sa logique, mais je suis prête à lui offrir cette victoire parce que je n'ai pas l'énergie pour me battre avec lui.

— Alors je vais choisir ce que l'on va grignoter.

Connor mange des aliments sains, la plupart du temps. Ses petits-déjeuners et ses déjeuners sont tous basés sur les macronutriments et autres termes du genre, et son idée d'un bon goûter consiste à manger des carottes ou des poivrons. Je sens que des Oreos et du lait sont nécessaires, ce soir.

Son regard brille de sarcasme, comme s'il pouvait lire dans mes pensées et qu'il savait qu'il allait avoir des ennuis.

— Je ne suis pas sûr de vouloir faire ce compromis.

— Qu'est-ce que je pourrais faire pour te persuader ?

— M'embrasser.

Je m'approche, me tenant devant le bord du canapé, là où il est assis. J'aime être dans une telle position par rapport à lui.

— Je crois que c'est dans mes cordes.

Je me penche et mes cheveux créent alors un rideau autour de nous. Même si Connor m'a demandé de l'embrasser, c'est lui qui prend le dessus lorsque nos lèvres se touchent. Il glisse une main dans mes cheveux, m'obligeant à rester là où je me trouve, mais j'ai envie de me rapprocher de lui, alors je le repousse contre le canapé et m'installe à califourchon sur lui.

Son air surpris m'arrache un sourire mais ça ne dure pas longtemps car j'ai besoin de ses baisers.

Je veux me perdre sous ses caresses, sa chaleur, son affection.

Il passe les bras derrière mon dos et je l'embrasse comme jamais. Nos langues s'entremêlent, je glisse les doigts dans ses cheveux et je me frotte contre lui. Je ne sais pas si c'est tout ce qui s'est passé aujourd'hui qui me fait ressentir un tel désir pour lui, mais j'ai envie de tout oublier, que le monde s'efface comme seul Connor réussit à le provoquer en moi.

— Doucement, mon ange, murmure-t-il quand je l'embrasse à nouveau.

— J'ai besoin de toi.

Il me prend le visage entre ses mains et m'étudie.

— Je suis juste là.

La culpabilité m'assaille car c'est injuste de l'utiliser de cette manière. Je n'avais pas l'intention de lui dire que j'étais allée voir Kevin. Je n'avais pas prévu de le dire à qui que ce soit, mais il mérite de savoir la vérité, quoi qu'il arrive.

— Je suis allée à la prison aujourd'hui.

— Dis-moi que c'est parce que l'un de tes parents éloignés y est incarcéré.

— J'ai parlé à Kevin.

Son corps se tend et je tressaille, m'attendant à recevoir sa colère et pas à l'horreur que je vois poindre chez lui à la place.

— Tu as cru que j'allais te frapper ?

Je commence à me lever car j'ai soudain besoin d'espace, mais Connor m'attrape par les hanches, me forçant à rester sur lui.

— Ellie, je ne te ferai jamais de mal sous le coup de la colère.

— Je sais…

— Je te le dirai jusqu'à ce que tu le croies. Est-ce que je suis bouleversé ? Oui. Pas parce que tu y es allée mais parce que je déteste l'idée que ce connard soit près de toi. J'y serais allé avec toi si tu me l'avais demandé. Tout ce que je veux, tout ce que je désirerai toujours, c'est qu'Hadley et toi soyez en sécurité. Alors tout ce qui risque de vous mettre en danger me rend nerveux.

— J'étais en sécurité. Il ne peut pas me faire de mal là-bas.

Connor relâche un grand soupir par le nez.

— Alors pourquoi est-ce que tu es à fleur de peau ? Qu'est-ce qu'il t'a dit ?

C'est la conversation la plus gênante qui soit dans la position la plus inconfortable qui soit. Je suis assise sur les genoux du gars avec qui j'ai en quelque sorte emménagé et dont je tombe amoureuse, et je vais lui parler de l'homme dont je suis en train de divorcer.

— Il a dit que je ne valais rien et qu'il avait signé les papiers du divorce. Il veut partir et veut que ma bâtarde de fille ne soit plus un poids pour lui. En gros, il m'a fait savoir que ça ne le dérange pas du tout et que je suis une pute.

— Je vais le tuer, putain, siffle Connor entre ses dents serrées.

Je pose une main sur sa joue.

— Et puis quoi ? Je te perdrais à nouveau ? Hadley te perdrait également. Il n'en vaut pas la peine.

Il ferme les yeux puis prend quelques secondes pour lui avant de les ouvrir.

— Cet homme ne te parlera plus jamais, tu entends ? Je ne pourrai pas le supporter. Il ne s'approchera plus jamais d'Hadley, et je le jure devant Dieu, Ellie, je ne veux pas que tu restes seule avec lui.

— Je n'en ai pas l'intention.

Après aujourd'hui, nous n'avons plus rien à nous dire. Nous allons divorcer, puisqu'il a signé les papiers. Et, vu les accusations et les notes du juge sur ce qui s'est passé, tout le monde signera et nous n'aurons pas besoin de passer par une médiation. Sydney a fourni beaucoup de notes et de preuves pour soutenir l'accusation d'abus, y compris des photos. Maintenant qu'il est clair qu'il ne veut plus rien avoir à faire avec Hadley, c'est plus simple.

— Rien que de t'imaginer près de lui…

Je peux voir à quel point il en souffre et je déteste en être à l'origine.

— C'était quelque chose que je devais faire. Même si ça ne faisait que confirmer ce que je savais déjà…

Son regard empli de compréhension croise le mien.

— Je comprends.

— À cause de ton père ? essayé-je de deviner.

Il souffle un grand coup et remet une mèche de cheveux derrière mon oreille. C'est un geste si simple, mais la tendresse dont il fait preuve malgré sa colère en dit bien plus long que tous les mots du monde. Il ne m'insulte pas, ne crie pas. Il fait preuve de compréhension.

— Je l'ai confronté plus de fois que je ne veux le compter. Je n'ai jamais pu l'atteindre et il n'a ressenti aucun remords pour ce qu'il nous a fait subir, c'est pour ça que, quand je suis parti, je ne suis jamais revenu. Tu ne peux pas montrer la lumière aux monstres, mon ange. Tu ne peux pas leur montrer un meilleur chemin parce que l'obscurité les appelle.

Je me déplace à nouveau sur ses genoux, légèrement gênée à l'idée que nous soyons dans cette position pour la première fois parce que j'ai eu envie d'oublier.

— Connor, dis-je d'une petite voix, en passant mes mains dans ses cheveux.

— Oui ?

— Peut-on recommencer cette soirée ? Est-ce que je peux t'embrasser parce que tu m'as donné ce soir quelque chose dont je ne savais pas avoir besoin ? Est-ce que je peux m'allonger dans tes bras pour regarder un film et apprécier le fait qu'une telle chose est possible ?

Il place ses mains sur mon visage, prend précautionneusement mes joues entre ses paumes, puis rapproche ma bouche de la sienne. Ce baiser est le sien, seulement le sien. La tête me tourne à cause des sensations et des émotions qu'il semble insuffler à travers ses lèvres. Je sens son amour pour moi et plus que ça... Je me sens chérie.

Nous approfondissons tous les deux ce baiser, sans savoir où commence l'un et où finit l'autre. Je glisse mes doigts vers sa poitrine et me délecte de la façon dont ses muscles se contractent sous mes caresses.

Puis il passe ses mains le long de mon cou et dans mon dos, effleurant le bord de mes seins avant de se poser sur mes fesses. Il m'agrippe, me tire un peu plus haut sur moi jusqu'à ce que je sente son érection enfler.

— Connor.

Son nom est comme une prière.

— J'ai tellement envie de toi, souffle-t-il.

— J'ai tellement envie de toi aussi.

Et c'est vraiment le cas, encore plus quand on s'embrasse. Quand je peux goûter, sentir et respirer tout ce qui est merveilleux et parfait chez lui.

— Je me sens si bien avec toi.

— C'est toi qui diriges, Ellie. Je ne ferai rien si tu ne me le demandes pas.

Il m'embrasse à nouveau, puis se recule, ce qui m'arrache un gémissement.

— Dis-moi, bébé. Tout ce que tu veux.

Mon cœur bat si fort qu'il me donne le vertige.

— Embrasse-moi.

Il le fait. Il m'embrasse comme si c'était la seule chose pour laquelle il avait été créé. Nos langues s'emmêlent, encore et encore, me rendant folle. J'ai besoin de plus. J'ai envie de plus. Je veux qu'il me touche, qu'il m'aime.

— Caresse-moi.

J'arrive à peine à prononcer les mots que je retourne à ses lèvres.

C'est le seul homme qui m'ait jamais fait ressentir ça. Jamais de ma vie quelqu'un ne m'a embrassé aussi profondément que Connor. C'est une expérience entière, physique et, à cet instant, mon corps en demande plus.

Il m'a déjà aimée.

Je l'ai déjà senti en moi.

Et je veux le sentir encore une fois.

Les mains de Connor glissent dans mon dos puis redescendent. Il rompt le baiser et nous nous regardons tandis que ses mains se déplacent vers ma poitrine. Comme je sais qu'il mesure ma réaction, je retire brusquement ma chemise, lui révélant mes seins, puis je saisis ses poignets pour le guider.

La chaleur de son regard suffit à me faire fondre et je bascule la tête en arrière tandis qu'il cajole mes tétons de ses pouces, qu'il me pétrit les seins. Je jure que je pourrais jouir juste comme ça. Je relève la tête. Ses caresses, ses yeux et la puissance qu'il m'offre, c'est trop.

— Tu es si parfaite. Tu es tout, Ellie. Dis-moi ce que tu veux.

— Plus.

Il sourit mais secoue la tête, son souffle chaud frôlant ma peau nue.

— Sois précise. Est-ce que tu veux que je m'occupe de tes magnifiques seins avec ma bouche ? Est-ce que tu veux que je t'embrasse à nouveau ? Qu'est-ce que tu veux, mon ange ?

Je n'ai jamais été aussi bruyante. En fait, j'ai toujours été obligée de me taire et d'obéir. Je ne sais pas comment m'y prendre mais il y a cet homme grand et fort qui s'abandonne à moi, ce qu'il n'a jamais fait pour personne d'autre, je crois. Je veux me montrer courageuse pour lui.

— Je veux que tu t'occupes de ma poitrine avec ta bouche.

Un brasier naît dans ses yeux verts puis, sans rompre notre lien, sa langue décrit des cercles autour de mon téton, ce qui est la chose la plus sexy que j'aie jamais vue. Je glisse les doigts dans ses cheveux pendant qu'il me vénère. Il embrasse, suce et caresse ma peau avant de passer de l'autre côté.

C'est le paradis et l'enfer en même temps. Je commence à onduler des hanches, j'en veux plus.

— C'est ça, mon ange, prends tout ce dont tu as besoin. Utilise-moi. Chevauche-moi, fais ce que tu veux de moi.

Ses mots devraient m'embarrasser, mais ce n'est pas le cas, et je fais ce qu'il dit, m'offrant cette friction dont j'ai si désespérément besoin. Nous nous débrouillons comme des adolescents qui ne savent pas trop comment s'y prendre, mais c'est parfait.

Le plaisir commence à monter tandis que Connor continue de s'occuper de mes seins et que sa verge se tend contre son jean à l'angle exact dont j'ai besoin. Mon cœur bat la chamade et mon corps se tend au moment où je cherche la libération.

— Abandonne-toi, Ellie. Lâche-toi, je te rattraperai. Tu es dans mes bras, je ne te laisserai pas tomber.

Je me frotte plus fort, plus vite contre lui, il gémit. Sa langue encercle mon téton, puis je sens ses dents me mordre juste ce qu'il faut et alors… Je m'envole au septième ciel.

Je ferme les yeux, ma tête tombe et il est là, juste là, à cajoler ma peau pendant que j'expérimente ce qui pourrait être le meilleur orgasme de ma vie.

Je recommence à respirer et la gêne m'envahit.

Connor lève les yeux vers moi.

— C'était la chose la plus sexy que j'aie jamais vue. Te regarder te laisser aller, c'était magnifique.

Je change un peu de position et il grimace.

— Mais tu…

Il prend mon visage entre ses mains et m'embrasse tendrement avant de poser mon front contre le sien.

— J'ai eu tout ce que je voulais, mais je dois…

Il se décale.

— Aller aux toilettes une minute. Quand je reviendrai, je vais te prendre dans mes bras et te forcer à regarder un film. Ne va nulle part, d'accord ?

Je ne sais pas si mes jambes fonctionneraient même si j'essayais.

— D'accord.

— Merci.

— Pour quoi ?

Connor m'adresse un sourire qui fait fondre ma timidité comme neige au soleil.

— De m'avoir fait confiance.

Je l'embrasse à nouveau.

— Merci d'être un homme en qui je peux avoir confiance. Je...

Je m'interromps, sachant qu'il est trop tôt pour lui dire que je suis en train de tomber amoureuse de lui.

Je ne suis même pas sûre que je devrais l'aimer, mais je suis là, désespérée, comme si je n'avais pas le choix. Je l'aime. Je pense que je suis peut-être tombée amoureuse de lui cette nuit-là, il y a huit ans, et que je ne me permets de l'admettre que maintenant.

— Tu ?

— Je voulais dire que ça représente beaucoup pour moi.

— Tu comptes beaucoup pour moi, Ellie.

— C'est réciproque.

Il porte ma paume à sa bouche et y dépose un baiser.

— Je reviens tout de suite.

Je me lève et le regarde se diriger vers la salle de bain, me sentant coupable de ne pas l'avoir satisfait, mais il se retourne et me fait un clin d'œil. C'est vraiment le meilleur homme du monde, et pour l'instant, il est à moi.

Quelques minutes plus tard, il revient, et je suis totalement comblée et satisfaite lorsqu'il m'entoure de ses bras et que nous nous blottissons sur le canapé. Il appuie sur play et j'éclate de rire en voyant son choix de film. Il n'y a que Connor pour choisir *La Belle et la Bête*.

chapitre vingt-huit

. . .

ellie

C'EST la plus belle journée d'automne que j'ai jamais vu. L'air frais est pur et vivifiant et le soleil brille dans le ciel, illuminant chaque feuille de ses magnifiques couleurs. Je suis sous le porche avec une tasse de café, à regarder cette abondance de rouge et d'orange qui semblent apaiser mon âme.

Connor, Hadley et moi partons à l'aventure aujourd'hui. Je n'ai aucune idée de ce que nous allons faire, mais on m'a dit de m'habiller chaudement parce que nous serons dehors.

Avant, les surprises étaient malvenues, mais avec Connor, je ne m'inquiète jamais. Il est plus qu'attentionné et chaque jour que je passe avec lui, j'en tombe encore plus amoureuse.

Depuis la nuit sur le canapé il y a une semaine, nous n'avons pas batifolé un seul instant, et je ne pense qu'à ça. Quand il me frôle dans le couloir, j'ai envie de l'attraper et de l'embrasser. Il trouve des petites façons de me toucher sans vraiment me *toucher*. Ça me rend folle.

— Maman ! Où tu crois qu'on va ? me demande Hadley, brisant le calme du petit matin que je savourais.

— Je ne suis pas sûre, ma puce. À ton avis ?

— Je crois qu'il nous emmène faire du cheval.

Je penche la tête et plisse les yeux.

— Il a un cheval ?

Pour être honnête, je n'ai aucune idée des animaux que Connor a dans la ferme, si ce n'est que ça lui demande beaucoup de travail. Il a travaillé sur la grange et tout l'équipement qu'elle contient depuis que nous sommes arrivées ici. Quand il a réparé le tracteur hier, on aurait dit qu'il avait gagné à la loterie. Il était si heureux que c'était comique à regarder.

— Non… Je vois que la roue tourne. Tu ne crois pas qu'il pense qu'on peut monter les vaches, n'est-ce pas ?

Je glousse et secoue la tête.

— Je pense qu'il le sait mieux que moi.

— Tu es sûre ? Il n'est pas très doué avec les vaches.

Elle n'a pas tort. Heureusement, le contremaître, Joe, et les ouvriers de mon ancienne ferme m'apprécient beaucoup et sont venus ici pour aider Connor. Ils détestaient Kevin et étaient trop heureux de le quitter, surtout après avoir découvert qu'il me battait.

Nous avons fait venir les vaches de la ferme Walcott sur les terres des Arrowood pour nous assurer que rien ne leur arrive, mais la ferme de Kevin ne tourne plus.

— J'imagine qu'on pourrait le lui faire savoir s'il essaie, dis-je avec un air conspirateur.

— Maman, c'est d'accord si j'aime Connor ?

Sa question me coupe le souffle. Elle et Connor sont devenus très proches, et il a été très clair lorsqu'il m'a fait savoir qu'il voulait qu'Hadley et moi restions dans sa vie.

— Oui, ma puce, c'est très bien que tu l'aimes.

— Bien, parce que c'est le cas.

— J'en suis ravie. Il t'aime aussi.

Elle rayonne.

— Je sais, il me l'a dit. Tu crois que papa sera fâché ?

Merde. Je ne sais pas quoi lui dire, mais je ne veux pas lui mentir non plus. Elle n'a pas reparlé de Kevin récemment. En fait, elle évite complètement tout ce qui a trait à lui, même de loin. Nous ne lui avons pas encore dit que Kevin n'est pas son père biologique et je sais que Connor veut qu'elle le découvre d'une manière particulière.

Je ne veux pas lui enlever ça.

— Hadley…

Je m'accroupis et prends ses poignets dans mes mains.

— Tu te souviens de ce que je t'ai dit sur l'amour ?

Elle pince les lèvres et hausse les épaules.

— Non.

Ah, les enfants.

— Hmm, je t'ai dit que quand on aime quelqu'un, c'est un cadeau et que la personne à l'autre bout doit toujours en être reconnaissante. Qu'est-ce que tu ressentirais si Connor faisait partie de notre vie ? Est-ce que tu voudrais qu'il soit toujours là ?

— Comme un père ?

Je hoche la tête.

— Oui, comme ça. Si on passait du temps avec lui et qu'on l'aimait peut-être de tout notre cœur.

Je suis sur un terrain très glissant, mais j'aimerais évaluer un peu sa réceptivité. Elle joue un rôle important dans mon processus de décision. Si l'idée lui fait peur, je ferai marche arrière. Je ne la mettrai plus jamais dans une position qui la remplirait de terreur.

— Est-ce que tu aimes Connor ? s'enquiert-elle.

— Oui.

Elle sourit si largement que j'ai peur qu'elle se fasse mal.

— Je crois qu'il t'aime aussi, Maman.

Sa voix n'est qu'un murmure.

— Pourquoi est-ce que tu penses ça ?

— Il te regarde.

— Il me regarde ?

Hadley acquiesce.

— Il te fixe et je pense qu'il t'aime et qu'il a envie de t'embrasser.

Oh, elle a tout à fait raison pour ce qui est de m'embrasser, mais Connor et moi ne sommes pas très doués pour cacher nos sentiments.

C'est alors qu'il s'approche à grands pas de la maison, comme s'il sortait tout droit d'un roman d'Austen. Il marche dans l'herbe épaisse, comme s'il était monsieur Darcy, alors que le soleil qui brille dans son dos. Il est tellement beau que si je ne tenais pas la main d'Hadley, je courrais vers lui.

— Tu vois, fait Hadley d'une voix calme, il te regarde.

Je me tourne vers elle en souriant.

— Oui, j'imagine que oui.

— Je veux rester avec Connor.

Je ne dis rien, mais je lui presse un peu la main.

— Vous êtes là. Alors, et si on partait à l'aventure ?

J'irais n'importe où avec lui.

Hadley me lâche la main et saute au bas du porche vers lui sans prévenir. Je ravale un cri car il l'attrape dans la seconde.

— Où est-ce qu'on va ? demande-t-elle en passant ses bras autour de son cou.

— C'est une surprise.

— C'est parti ! s'exclame Hadley.

Nous prenons nos vestes et montons dans sa voiture. Hadley a mis ses écouteurs et regarde une émission, sans se soucier de l'endroit où nous allons. Tout au long du trajet, je continue à le regarder furtivement et, chaque fois qu'il me surprend à faire ça, il sourit. Il pose subtilement la main sur la console centrale et la rapproche de la mienne. Suivant son exemple, je fais de même jusqu'à ce que le bout de nos doigts s'accroche l'un à l'autre.

Je jette un coup d'œil à Hadley, qui est absorbée par son émission.

— Elle a posé des questions sur toi et sur nous deux, aujourd'hui.

Il jette un coup d'œil dans le rétroviseur puis repose son regard sur moi.

— Et ?

— Je pense qu'on devrait lui dire.

— Tu sais ce que ça veut dire ?

Oui. Ça veut dire que cette chose que nous faisons est réelle. Ça veut dire qu'il veut que nous soyons une famille et que nous emménagions avec lui et que nous nous engagions dans quelque chose de plus grand.

Bien que ressentir de la peur à cette idée soit tout à fait normal, je suis incapable d'imaginer une autre issue lorsque je le regarde. S'éloigner de lui m'est impossible. Je l'aime. C'est peut-être rapide, mais c'est ce que je ressens au fond de mon cœur.

Connor est quelqu'un de désintéressé et je n'ai jamais eu ça avant.

— Je veux faire tout ça, mais j'ai besoin d'y aller doucement.

— Je sais.

— Tant que tu le comprends…

Il déplace sa main et lie un peu plus étroitement nos mains l'une contre l'autre.

— On peut lui dire sans précipiter le reste, pour y aller à ton rythme. Sache juste que quand il s'agit d'elle, je ne pourrais peut-être pas me refréner.

Cette partie-là me va parfaitement. Je veux qu'elle l'aime et qu'elle soit la seule chose qu'il aime plus que tout au monde. Lui et moi, nous pouvons y aller un peu plus lentement, nous n'avons pas besoin de planning à suivre, je ne veux pas les priver de plus de temps ensemble, c'est tout.

— Vas-y doucement avec elle… si elle te laisse faire.

Il sourit.

— Je ne pense pas que tu saches à quel point tu me rends heureux.

Mes joues brûlent. C'est tout ce que je veux pour lui et il n'en a aucune idée. Chaque minute avec Connor est un cadeau.

— Tu fais la même chose pour moi, dis-je en me retournant encore une fois pour m'assurer qu'elle n'écoute pas. J'espère juste qu'elle ne nous détestera pas après ça.

— Nous lui annoncerons prudemment.

Je ne peux pas m'empêcher d'être nerveuse et anxieuse à ce sujet. Bien qu'elle aime Connor, elle le considère comme un ami. Quand il jouera le rôle de parent, sa relation avec lui changera. Ce ne sera pas que du plaisir et des jeux — il sera son père et, la première fois qu'il devra la punir, ce sera un vrai défi.

Sans parler de ce qu'elle ressentira à propos de ce que j'ai fait. Elle saura que j'ai menti, et j'espère que ça n'entachera pas la confiance qu'elle a envers moi.

J'espère que la transition se fera sans heurts, mais ce n'est pas vraiment comme ça que ma vie s'est déroulée jusqu'ici.

Nous tournons sur un chemin de terre et ma curiosité redouble. Où nous emmène-t-il ?

Hadley retire ses écouteurs et colle son visage à la fenêtre.

— On est arrivés ?

— Oui, dit Connor en continuant de rouler.

— Il y a des vaches, ici ?

J'éclate de rire et Connor me regarde comme si j'avais perdu la tête.

— Elle pense que tu nous emmènes faire du cheval parce que tu as l'air tellement maladroit quand il s'agit du bétail dont tu t'occupes.

— Eh ! Je sais qu'on ne met pas de selles aux vaches à moins de faire du rodéo, proteste-t-il sur le ton de la plaisanterie.

— Ce sont des taureaux qu'on utilise pour ça, lui crie-t-elle avant de se couvrir les yeux avec une main.

— C'est la même chose. Je suis au courant.

Sa main retombe et elle secoue la tête.

— Tu ne pensais pas non plus que tu devais traire les vaches.

— Tu sais, tu *étais* ma préférée mais, maintenant, je reconsidère le fait de te donner Betsy, le denier veau qui est né.

— Des pommes ! s'écrie Hadley au lieu de répondre, son attention entièrement concentrée sur sa fenêtre. Tu nous as emmenés cueillir des pommes !

Je jette un coup d'œil à Connor, qui acquiesce.

— On aime tous les deux la tarte aux pommes, alors je me suis dit qu'on pourrait aller en chercher et essayer de convaincre ta mère de les cuisiner.

Elle ricane, tout en donnant de sauvages coups de pied dans le vide.

— C'est le meilleur jour de toute ma vie !

J'emmène Hadley récolter des citrouilles et des pommes chaque année, mais Kevin n'est jamais venu avec nous. Il était toujours trop occupé — ou trop en colère — pour faire des activités avec nous. Connor n'est pas seulement là, il l'a aussi prévu. Il voulait passer du temps avec nous. Il a réfléchi et fait des efforts pour quelque chose qu'il ne pouvait pas savoir que nous aimions faire et, étrangement, il a tapé juste.

Cet homme a réussi à transformer un commentaire désinvolte sur les tartes aux pommes — un commentaire que j'avais fait pendant la pire nuit de ma vie — en un moment de joie.

Il gare la voiture et Hadley sort sur-le-champ.

Je me tourne vers lui et, avant que je puisse m'en empêcher, j'ouvre la bouche.

— Je t'aime.

Les beaux yeux verts de Connor se gorgent d'émotion.

— Je t'ai aimée depuis le moment où je t'ai vue.

— Je pense que moi aussi, mais c'est si tôt et qu'il y a encore tellement de choses à découvrir.

Il sourit et prend ma main dans la sienne.

— Nous n'avons rien d'autre que du temps devant nous. Maintenant, allons cueillir des pommes et, peut-être que ce soir, nous pourrons commencer à établir un plan pour réussir à faire de ce trio dysfonctionnel une famille.

Et, sur ces mots, il sort de la voiture. Je me demande alors comment je ne pourrai jamais remercier son horrible père d'avoir forcé Connor Arrowood à revenir pour qu'il puisse me retrouver.

chapitre vingt-neuf

. . .

connor

— DE COMBIEN de pommes avons-nous vraiment besoin ? demandé-je alors qu'Hadley en met deux autres dans le chariot. Oui, nous avons un chariot parce que cette enfant a ramassé la moitié du verger.

— J'aime les pommes. C'est bon pour la santé.

D'accord, elle a raison, mais… on n'a pas besoin de cinquante pommes.

— D'accord, mais je pense qu'on en a assez.

Hadley s'arrête, se tourne vers moi et met les mains sur ses hanches.

— Si on n'a pas assez de pommes, maman ne pourra pas faire de tartes.

Je ne sais pas vraiment comment répondre à ça, mais je peux détourner son attention vers autre chose.

— Tu aimes la tarte au potiron ?

Elle fronce le nez.

— Beurk.

Soudain, je ne suis pas sûr qu'elle soit vraiment ma fille. Comment peut-elle ne pas aimer la tarte au potiron ?

— Tu en as déjà mangé ?

— Non, parce que c'est dégoûtant. Les citrouilles, ce sont comme des légumes.

Ellie soupire à côté de moi.

— Tu n'as pas idée à quel point ça peut être amusant.

Je ne pense pas qu'elle comprenne que je ne pourrais pas moins me soucier de ce genre de débats. Je *veux* débattre un million de fois avec elle. Je débattrai sur le sujet que cette petite fille à côté de moi souhaite, tant que ça me permet de passer du temps avec elle.

— Je ne suis pas sûr qu'elle puisse faire quelque chose que je ne trouve pas intéressant.

Ellie secoue la tête.

— Oh, j'ai hâte de voir si tu dis toujours ça dans un mois.

Moi aussi, j'ai hâte. J'espère que ça ne me passera jamais, bien que je ne sois pas dupe. Mes frères ont probablement pensé que j'étais mignon et intéressant, à un moment donné. À l'âge de deux ans, j'étais devenu leur outil de négociation et leur bouc émissaire. Être le plus jeune de la fratrie, ça voulait dire que j'étais stupide et que je devais les écouter.

— Je suis sûr que ça me passera dans cinq ans environ.

— Connor, Connor ! Regarde, ils ont une énorme citrouille ! Elle pointe du doigt ce qui doit être la plus grosse chose que j'ai jamais vue.

— On peut l'avoir ?

— Je suis fort, mais pas à ce point.

Ellie grogne à côté de moi.

— Hadley, on ne peut pas la mettre dans la voiture.

Ses yeux en cherchent une deuxième, à peine plus petite que la première.

— On peut en avoir une grosse comme celle-là ?

— Tu as apporté le tracteur ? s'enquiert-elle.

— Est-ce qu'il fonctionne ? demande Ellie en ricanant.

Je plisse les yeux.

— Pas tout à fait. Il a apparemment besoin d'une autre pièce.

Hadley m'attrape par la main et me tire plus près d'elle.

— Alors on ne peut pas l'emmener parce qu'il est *encore* cassé.

Comment un enfant de sept ans maîtrise-t-il déjà ce niveau de sarcasme ?

— Et qu'on ne peut pas avoir une citrouille de la taille de la voiture.

Hadley pousse un soupir dramatique.

— Bien. On peut avoir un poney ?

— Euh, dis-je, ne comprenant pas comment on est passé d'une citrouille à un poney.

Ellie se tient là, avec son sourire comme si c'était la chose la plus drôle du monde, et une expression qui signifie *j'ai hâte de voir comment Connor va répondre à la question.*

— Je ne peux pas te promettre ça, Minus. Je peux à peine gérer les vaches.

Elle regarde sur le côté, semblant réfléchir à tout ça.

— D'accord.

C'était facile.

— Peut-être bientôt, ajoute-t-elle avant de me prendre par la main, m'empêchant d'ajouter quoi que ce soit. Allons voir les citrouilles, tu sais, celles que Connor *arrive* à soulever sans grue.

Nous nous dirigeons vers une rangée de citrouilles et elle les étudie attentivement.

— Tu peux soulever celle-là ? s'enquiert Hadley en en prenant celle qui fait la taille de sa main.

Je lui lance un regard perçant, elle ricane.

— Tu te moques juste de moi.

— Je pense que tu peux soulever toutes les citrouilles.

— Tu dois vraiment penser que je suis forte.

Elle acquiesce.

— Tu as de gros muscles, n'est-ce pas, Maman ?

Je regarde Ellie avec un sourire narquois.

— Oui, Maman, est-ce que j'ai de gros muscles ?

— Tu as un sacré ego.

Hadley se gratte la tête.

— C'est quoi un ego ?

Ellie soupire.

— C'est ce que tu penses de toi-même. Et il semble que Connor pense qu'il est super fort et super beau.

— Il est beau. Tu as dit à Sydney que tu le trouvais beau, nous informe Hadley.

Ellie ouvre la bouche et je ne peux m'empêcher de la taquiner un peu.

— C'est bien trop amusant. C'est vrai ?

— J'ai dû le mentionner… une fois.

Hadley repose sa citrouille et s'approche pour prendre nos deux mains dans les siennes.

— Je trouve que tu es beau.

— Eh bien, merci, Minus, réponds-je en lui pressant la main. Je pense que ta maman est très jolie.

— Tu me trouves jolie ?

— Je te trouve belle, précisé-je. La plus belle femme du monde entier.

Hadley rayonne sous mes louanges et lâche la main d'Ellie. Elle enroule ses bras autour de mes jambes et les serre fort. Elle fait les meilleurs câlins. Ils viennent du plus profond de son corps, comme des tentacules qui s'enroule-raient autour de vous.

— Tu n'as pas besoin de m'acheter un poney, Connor.

Je ris, parce que son esprit passe du coq à l'âne.

— Tant mieux.

— Je prendrai un chiot à la place.

Ellie ricane.

— Commençons d'abord par une citrouille, on verra après pour la suite.

chapitre trente

· · ·

connor

AUJOURD'HUI ÉTAIT UNE JOURNÉE PARFAITE. Tout s'est passé encore mieux que je ne l'avais prévu. Hadley s'est amusée, on a récolté une tonne de pommes, de citrouilles, et des choses bizarres qu'Ellie a appelées des calebasses.

Ellie est en train de ranger les pommes et Hadley attend pour aller à la cabane. Nous avons non seulement acheté des citrouilles pour la maison, mais aussi pour la cabane dans l'arbre, car elle a expliqué que tous les endroits ont besoin de décorations.

Je vais peut-être transformer l'un des pâturages en champ de citrouilles pour rendre cette enfant heureuse.

— Tu es prêt ? me demande Ellie en sortant avec les deux citrouilles et une nappe.

— C'est pour quoi faire ?

— Des rideaux.

— Des rideaux ?

— Hadley doit rendre l'endroit un peu plus accueillant et les rideaux font d'une maison un véritable foyer.

Je ne savais pas qu'ils étaient si importants. Je regarde la maison, dépourvue de rideaux. Je pense que mon père était ivre, une fois, et qu'il a arraché toutes les tringles à rideaux des murs. Non pas que je pense que des rideaux auraient fait de *cette* maison un vrai foyer. La seule chose qui a rendu ça possible, c'est la mort de mon père.

— Je pense que ce sont les gens qui y vivent qui font ça, lui avoué-je en la serrant contre ma poitrine. Tu as fait de cette maison un véritable foyer.

Ellie m'adresse un petit sourire et m'embrasse rapidement.

— Je pense qu'on devrait lui dire maintenant.

— Maintenant ?

Mon cœur commence à s'emballer et la nervosité s'empare de moi. Je ne suis pas un gars qui a souvent peur. Pendant le temps que j'ai passé à l'armée, j'ai appris à respirer malgré sa présence et à ne pas la laisser entrer. Mais en ce moment, je ne peux l'arrêter. Une fois qu'on l'aura dit à Hadley, son univers tout entier va changer. Le mien a déjà basculé sur son axe, mais je suis un adulte. Elle est une enfant, et je m'inquiète de la façon dont elle va gérer la nouvelle.

— Plus on attend, plus j'ai l'impression qu'on la prive de quelque chose. Elle devrait savoir que son père tient assez d'elle pour lui offrir un jour comme celui-ci. Je veux lui offrir ça… Toi, son père.

Ma bouche s'ouvre, mais les mots ne viennent pas. Je sens mes paumes commencer à transpirer et j'ai à nouveau l'impression d'être un enfant et pas l'adulte que je suis.

Un mélange de nervosité, d'excitation, d'adrénaline et d'appréhension.

— Tu n'es pas prêt ?

— Si, je le suis, dis-je rapidement. Ça n'a rien à voir avec le fait d'être prêt. Je n'ai jamais été aussi prêt pour quoi que ce soit. Je suis sûr de moi, je veux lui dire. Je ne pensais pas que tu l'étais.

— Il est temps.

Elle a raison. Il est temps.

— Allons à la cabane.

Hadley sort en courant, un panier et sa poupée dans les bras.

— J'ai apporté du cidre, des tasses et des biscuits.

— Où as-tu trouvé les biscuits ? demande Ellie.

— Dans la cuisine.

— Je l'ai bien cherché.

Je me retiens de glousser car Hadley a un bon timing pour une enfant de sept ans. Tous les trois, nous nous dirigeons vers l'arbre qui représente plus pour moi que je ne l'aurais jamais imaginé. C'est ici que je me suis caché quand j'avais peur et que j'ai retrouvé ce que j'avais perdu.

Maintenant, avec un peu de chance, c'est là qu'un autre morceau de ma vie va se construire.

Nous marchons tranquillement, du moins Ellie et moi, car Hadley parle de chiots et de citrouilles à toute vitesse jusqu'au moment où elle aperçoit l'arbre. Puis elle part comme une flèche et grimpe l'escalier que j'ai construit pour elle. Ça ne ressemble en rien au genre de cabane que j'aurais pu avoir. Elle possède un toit, deux fenêtres et un petit porche à l'arrière, que j'ai ajouté cette semaine.

Je ne veux pas que cet endroit soit un lieu où elle vienne se cacher, je veux qu'il représente autre chose pour elle. Il doit lui apporter de la joie et être un lieu où se forment ses souvenirs. Donc je vais probablement finir par y construire une salle de bain, une cuisine, puis y installer l'électricité et la plomberie quand j'aurai terminé.

— Tu as ajouté une terrasse ? demande Ellie.

— Aucune idée de comment c'est arrivé ici.

Elle lève les yeux au ciel.

— Tu sais qu'elle était déjà très heureuse quand il y avait simplement un morceau de contreplaqué en guise de plancher, aussi longtemps que tu venais ici avec elle.

C'est exactement pour ça que j'ai tout fait pour construire cet endroit.

— Je sais, mais elle mérite d'avoir tout ce que je peux lui offrir. Cette enfant a vécu l'enfer, et si c'est la seule chose que je peux faire pour la faire sourire, alors je le ferai.

Ellie prend mes deux mains et me fixe. Les mots qu'elle m'a dits plus tôt résonnent encore dans mon cœur, et je suis impatient de les entendre à nouveau.

Nous restons tous les deux coupés du monde extérieur jusqu'à ce que nous entendions la voix d'Hadley à côté de nous.

— Tu vas épouser ma mère ?

Personne ne pourra jamais prétendre que cette gamine donne dans la subtilité.

— Peut-être un jour, mais pour l'instant, on vit au jour le jour.

J'espère que c'était la bonne réponse.

— Est-ce que tu aimerais que Connor fasse partie de ta vie pour toujours ? l'interroge Ellie.

Il est alors clair qu'elle a l'intention de se servir de ces mots pour faire la transition vers la conversation que nous devons avoir.

Je ravale ma nervosité. Si Ellie pensait que lui dire que je suis son père biologique la bouleverserait, nous ne serions pas ici en ce moment.

— Oui ! Je l'aime, et puis c'est mon meilleur ami. En plus, il est drôle et beau et il va m'acheter un chiot.

— Je n'ai jamais dit ça.

— Tu le feras car tu m'aimes et je suis adorable.

Elle bat des cils, les lèvres pincées. Elle est adorable, et j'ai le sentiment qu'elle a probablement raison. Je suis un faible quand il s'agit d'elle, d'où la terrasse sur une cabane.

— Eh bien, quoi qu'il en soit, poursuit rapidement Ellie, visiblement peu impressionnée par son charme, et si je te disais qu'il y a longtemps, avant ta naissance, j'ai rencontré Connor.

— Vous vous connaissiez ?

Le regard d'Hadley passe de sa mère à moi, et je hoche la tête.

— En effet.

— Nous nous sommes rencontrés une fois, et c'était… eh bien, c'était très spécial, continue Ellie. Tu vois, ta grand-mère et ton grand-père sont morts peu de temps avant ça, et j'étais très triste. Connor m'a rendue heureuse et a apaisé mon cœur ce jour-là.

Elle me regarde et sourit.

— Comme il l'a fait pour moi ?

— Exactement, dis-je. Il se trouve que j'adore vous rendre heureuses toutes les deux.

Ellie relâche un soupir tremblant.

— Ce que je veux te dire, c'est que… eh bien, cette nuit-là, Dieu m'a donné un bébé.

— Moi ?

Elle hoche rapidement la tête avec un sourire.

— Oui, toi. Ma belle, parfaite et douce petite fille. Connor et moi avons fait un test qui nous a appris qu'il est en réalité ton vrai père.

— Mais… J'ai déjà un papa.

Je m'accroupis à côté d'elle.

— C'est vrai mais, toi et moi, on partage le même sang.

Ellie se met à genoux et prend les mains d'Hadley dans les siennes.

— On ne le savait pas jusqu'à il y a quelques jours, et ton père et moi nous sommes mariés juste après avoir rencontré Connor. Mais Connor *est* ton père, pas Kevin.

Nous sommes tous les deux des statues, figés, à attendre que notre fille dise quelque chose. Elle reste là, à digérer ce qu'elle vient de découvrir.

— Donc papa n'est pas mon vrai papa ? demande-t-elle d'une voix tremblante.

Putain, ça me brise le cœur. Je l'aime et je ne veux pas la faire souffrir, mais en même temps, je suis content que nous lui révélions tout ça.

— Non, bébé, mais tu n'as pas à arrêter de l'aimer. Je ne sais pas quand tu le reverras, mais tu as le droit de le garder dans ton cœur.

Je pense à ce qu'il a dit à Ellie et je dois me refréner de demander à Hadley de ne même pas lui offrir un tel cadeau.

Elle est la bonté personnifiée, tout ce qui est juste en ce bas monde alors que lui n'est rien d'autre que du poison.

Je suis heureux qu'il ait été si disposé à les laisser tranquilles, car je suis plus que ravi de les garder près de moi.

— Hadley… je reprends avec un nœud dans la gorge, je ne veux pas te troubler ou te rendre triste. Tu n'as pas à m'appeler papa ou quoi que ce soit jusqu'à ce que tu le veuilles vraiment, et si tu ne le fais jamais, alors je resterai Connor pour toi. Si j'avais su que tu étais ma fille, je t'aurais retrouvée tout de suite, mais je ferai partie de ta vie aussi longtemps que tu le voudras, et rien ne devra changer entre nous jusqu'à ce que tu sois prête.

Elle lève vers moi des yeux confus.

— Tu es mon papa ?

— Oui, et je suis vraiment heureuse que tu sois ma fille.

Hadley lâche Ellie et s'approche de moi. Elle encadre mon visage de ses petites mains et sourit.

— Moi aussi, je voulais que tu sois mon papa.

Sur ces mots, mon monde tout entier se transforme et je jure que je suis à deux doigts de pleurer.

— Je ne suis pas fatiguée, se plaint Hadley.

— Si tu ne te couches pas maintenant, tu ne te lèveras jamais à temps pour l'école.

Ellie ne lui laisse aucune marge de manœuvre pour négocier.

— Va te brosser les dents.

Il y a une partie de moi qui veut demander à Ellie de la laisser rester à la maison. Après une journée comme celle que nous avons vécue, nous pouvons sûrement faire semblant que le monde qui nous entoure n'existe pas pour un peu plus longtemps.

— Vas-y, Minus, lancé-je en me mettant du côté d'Ellie parce que, même si j'ai envie qu'Hadley reste à la maison, je ne suis pas bête.

Son regard d'appréciation me dit que j'ai bien fait, et je veux bien faire. Je veux être un partenaire qui la soutient, ce qui signifie que je ne peux pas toujours être le gentil de l'histoire.

Si Dempsey et Miller me voyaient maintenant...

Et me voilà, monsieur Père au foyer, heureux comme pas deux de faire face à tout ça. Je n'avais jamais compris avant comment un enfant pouvait changer tout notre univers. J'ai regardé Liam littéralement passer de célibataire de l'année à père de famille en quelques mois. Je pensais que Natalie avait sans doute un sexe en or ou quelque chose du genre, mais j'étais un sacré crétin. C'était l'amour.

C'était découvrir à quel point un autre être humain peut devenir si important que l'on est soudain prêt à faire fi de toutes nos stupides règles. Ellie est la partie de mon cœur qui me manquait, même si je n'en avais pas conscience. Elle m'a mis à genoux, et peu importe si je ne peux plus me tenir debout. Pour elle, je resterais là, à ses pieds, aussi longtemps qu'elle sera avec moi.

Hadley se morfond dans la salle de bain et, une seconde plus tard, j'entends l'eau couler alors qu'elle commence sa routine du soir.

— À quoi tu penses ? me demande Ellie alors qu'elle s'approche de moi, enroulant ses bras autour de ma taille dans une démonstration d'affection qu'elle ne s'autorise habituellement qu'une fois Hadley endormie.

— Au fait que je t'aime.

Elle sourit devant ma réponse, ses yeux se remplissant d'amour et d'une pointe d'appréhension. J'ai hâte d'être au jour où je ne verrai plus d'inquiétude chez elle.

— Redis-le.

— Je t'aime.

Je le dis sans hésitation et je le répéterai un million de fois jusqu'à ce qu'elle le croie. Elle ne saura jamais ce que signifie le fait qu'elle me l'ait dit sans pouvoir s'en empêcher.

Ellie se met sur la pointe des pieds et dépose un doux baiser sur mes lèvres.

— Je t'aime aussi, Connor et aujourd'hui... eh bien, c'était la journée la plus importante de toute. Elle l'a pris bien mieux que je n'aurais pu l'imaginer, c'est comme si le monde nous souriait.

— C'est parce que c'est le cas. On mérite d'être heureux et je pense qu'on a tous les deux vécu assez d'horreurs pour toute une vie.

— Je suis d'accord et j'espère... fait-elle avant de m'embrasser à nouveau alors que ses yeux s'assombrissent juste un peu, que nous profiterons d'un peu plus de ce bonheur ce soir.

— À quel point ?

Ellie hausse les épaules.

— On verra bien.

Mon Dieu, cette femme essaie de me tuer. J'aimerais être rempli de beau-coup, beaucoup de bonheur, mais je prendrai tout ce qu'elle voudra bien me donner. Je suis peut-être patient, mais je suis un homme qui est très amou-reux de la femme que j'ai entre les bras et j'aimerais le lui montrer.

Elle se recule et remet ses cheveux derrière son oreille au moment où Hadley fait irruption dans le salon.

— Est-ce que Connor peut me lire une histoire ce soir ?

Ellie me regarde. C'est normalement quelque chose qu'elle fait pour Hadley, alors j'attends qu'elle me donne le feu vert.

— Bien sûr, répond-elle avec un sourire que je n'arrive pas à déchiffrer.

— Tu es sûre ?

— À cent pour cent.

— Merci, Maman.

Hadley court vers elle, la serre fort dans ses bras, puis se précipite vers moi.

— Prête ?

— Prête.

Ma fille me traîne alors pratiquement dans la chambre qui est devenue la sienne. J'ai éloigné le lit de la fenêtre car elle avait peur de quelque chose à l'extérieur et les draps sont maintenant roses au lieu du bleu profond de l'an-cien lit de Sean.

Je trouvais étrange que mon père nous haïsse suffisamment pour nous battre mais qu'il n'ait rien jeté de ce qui aurait pu lui rappeler notre existence après notre départ.

Tout était comme à l'époque où nous vivions ici.

Comme ma mère l'a laissé. Jusqu'à ce qu'on fasse le ménage et qu'on se débarrasse de tout ça.

Au cours des derniers mois, les choses sont juste… apparues, ici et là. Une plante dans le salon, des fleurs sur la table et des tapis de sol dans la salle de bain.

Jour après jour, Ellie a fait de cette maison quelque chose de plus agréable. Et maintenant, nous sommes en train de devenir une famille.

Et ça me rend heureux.

— Alors, comment est-ce que ta mère fait, d'habitude ?

Hadley s'assied sur le lit et tapote la couverture.

— D'abord, tu dois choisir un livre. J'aime ceux qui sont là-bas.

— D'accord, choisir le livre.

Je me sens complètement idiot. J'aurais dû le savoir. Je me dirige vers la pile et en cherche un qui me semble plus usé que les autres. J'imagine qu'elle a un favori.

— Il y en a un que tu préfères ?

Elle hausse les épaules.

— Je les aime *tous*.

— *Les Œufs verts au jambon ?*

Qui n'aime pas les livres du Dr Seuss ? Mes frères et moi adorions *Go Dogs Go.* Pas vraiment surprenant. Il s'agissait de courir vite et de ne pas aimer les chapeaux.

Les yeux d'Hadley s'illuminent.

— Je n'aime pas les œufs verts au jambon…

— Je n'aime pas ça, mais Hadley peut aimer ça.

Je lui fais un clin d'œil et m'approche du lit, sans trop savoir où m'asseoir.

Hadley se déplace et je prends sa place. Je m'installe dos au mur et elle imite ma position, mais au lieu de mettre sa tête en arrière, elle la pose sur mon bras. Ses petites mains agrippent mon biceps, et je jurerais que c'est mon cœur qu'elle tient.

Je la regarde, me demandant quel Dieu a bien pu penser que j'étais assez digne d'être père. Après toutes les horribles choses que j'ai faites, je ne la mérite pas.

Pourtant, elle est de moi et, soudain, je me fais une nouvelle promesse. Je ne ferai jamais rien qui lui fasse honte. Je serai honnête, dévoué et fiable.

— Tu vas le lire ? demande-t-elle en me fixant.

— Oui, dis-je, mais pas à sa question, plutôt à ma promesse silencieuse.

— Comment est-ce que tu as rencontré ma maman ? demande-t-elle après que j'ai lu la première page.

Merde.

Je ne peux pas ne pas lui répondre, donc je vais rester vague. C'est un bon plan, du moins, je crois.

— On s'est rencontrés dans un restaurant. Ce n'est pas un mensonge.

Ils servent de la nourriture, là-bas, et j'y ai emmené Ellie pour un rendez-vous la semaine dernière. C'est acceptable.

— Tu l'as embrassée ?

Oh, mon Dieu. Où est Ellie ?

— Je l'ai embrassée, oui.

Hadley y réfléchit.

— Est-ce que tu l'aimais ?

— Ta mère est vraiment quelqu'un que l'on peut aimer.

Dans ma tête, je n'arrête pas d'entendre le mot : éluder. Je veux éluder toutes les questions possibles et continuer de lire son histoire. Alors je rouvre le livre et recommence mais Hadley n'est pas d'accord avec ça.

— Tu penses que tu vas l'épouser ?

Peut-être que répondre à une question par une autre question est la meilleure solution ?

— Tu voudrais que je l'épouse ?

Elle acquiesce.

— Parce que, comme ça, tu seras vraiment mon père.

Je fais du sur place. Je ne veux pas l'effrayer avec la réalité de ce que tout ça signifie pour elle, mais en même temps, je veux la rassurer en lui disant qu'en ce qui me concerne, je suis là pour de bon. Je ne l'abandonnerai jamais.

— Je suis déjà vraiment ton père. Je serai toujours ton père, Hadley. Toujours. Toi et moi, on est une famille de sang et de cœur.

Elle sourit à ces mots.

— Donc quoi qu'il arrive, je serai toujours ta fille ?

— Toujours.

— Même si maman et toi ne vous mariez pas.

— Même si ça n'arrive jamais.

Les yeux d'Hadley s'illuminent avant qu'elle ne pose sa tête sur mon bras.

— Je suis contente.

— Moi aussi, Minus. Moi aussi.

— Tu peux lire maintenant.

Et c'est ce que je fais. Après vingt minutes et deux autres livres, parce que je ne semble pas pouvoir lui refuser quoi que ce soit, je me dirige vers le salon où j'espère y trouver une Ellie heureuse.

Je la trouve en train de lire un livre sur le canapé et je m'appuie au cadre de la porte pour la regarder. Elle est si belle. Ses cheveux châtain foncé sont relevés sur le dessus de sa tête, et elle porte ses lunettes. Elle n'a pas besoin de faire le moindre effort pour être belle, elle l'est par le simple fait de son existence. Elle se mordille la lèvre inférieure puis tourne la page.

Je veux la prendre dans mes bras et l'embrasser à en perdre la raison.

— Tu lis quelque chose d'intéressant ? demandé-je, incapable de rester loin d'elle une minute de plus.

Elle sursaute un peu, puis sourit.

— Une romance sur deux personnes qui se sont retrouvées. Ils ont été séparés pendant un moment puis ils se sont demandé ce que devenait l'autre, mais les obstacles ont continué à les tenir éloignés l'un de l'autre.

— Alors c'est une autobiographie ?

— Ça nous ressemble un peu, mais en moins dramatique.

Je souris et m'avance vers elle.

— Ça m'irait si ça l'avait moins été.

Ellie pose le livre et se blottit dans mes bras après que je me suis assis.

— Le drame est ce qui rend tout ça réel, pourtant. La vie est pleine de hauts et de bas. C'est la douleur qui nous permet de ressentir les bonnes choses. Si je n'avais jamais connu la tristesse d'être avec la mauvaise personne, je ne sais pas si ça aurait été pareil quand tu es revenu à Sugarloaf.

C'est peut-être le cas, mais ça ne signifie pas que j'apprécie l'idée qu'Ellie ait déjà ressenti ce genre de tristesse.

— J'aurais préféré te retrouver heureuse avec lui que dans l'enfer où tu te trouvais. Même si ça voulait dire que je n'aurais jamais pu t'avoir.

Elle s'installe à mes côtés.

— Je préférerais t'avoir toi. Je pense que mon cœur n'a jamais vraiment appartenu à quelqu'un d'autre. Je suis là où je dois être.

— Je déteste que tu aies traversé tant de choses pendant tout le temps qu'il m'a fallu pour te retrouver.

Ellie incline son visage de façon à me regarder et me lance un doux sourire.

— C'est fini maintenant. Mon divorce sera bientôt prononcé et Hadley est notre fille. On peut régler le reste et faire le deuil de notre passé.

J'allais commencer à répondre lorsque quelqu'un frappe à la porte.

— Reste ici, ordonné-je.

Personne ne passe jamais par ici. Je vais vers l'étagère où il y a un coffre-fort caché qui contient des armes. Il met une seconde à scanner mon doigt puis la porte s'ouvre et je m'empare de l'arme.

Ellie écarquille les yeux mais ne bouge pas. J'aurais probablement dû mentionner la présence de ce genre de choses car les armes sont éparpillées dans toute la maison. Quand j'ai promis de la protéger, je le pensais vraiment.

Je tiens l'arme contre mon flanc, prêt à éliminer toute menace.

On toque à nouveau.

— Que puis-je faire pour vous ? dis-je, le doigt sur la gâchette.

— Tu peux ouvrir cette putain de porte avant que je me gèle le cul.

Putain. Je n'avais vraiment pas besoin de ça ce soir.

Je pose le pistolet sur la table basse, ouvre la porte et pousse un soupir tout en jetant un coup d'œil au connard qui se tient sous le porche. Declan est venu nous rendre visite et je me demande bien pourquoi.

— Quoi ? Tu n'es pas content de me voir ? Pas de « bienvenue à la maison », mon frère ? Ni « ça me fait plaisir te voir » ?

— Je suis surpris de te voir, Dec, je ne savais pas que tu passerais.

— Oui, j'ai parlé à Jacob et Sean et j'ai tiré la courte paille donc c'est moi qui ai dû venir pour m'assurer que la conversation que l'on a eue n'était pas due à une blessure à la tête et pour rencontrer ta copine.

Tant mieux pour lui, mais je ne veux pas de lui ici. J'étais sur le point de passer une très bonne nuit et elle vient de disparaître.

— Va te trouver un hôtel, dis-je en essayant de fermer la porte.

— Connor ? m'appelle Ellie de l'autre côté de la pièce. Est-ce que tout va bien ?

Mon frère pousse la porte, un sourire plus large et charmant que jamais sur le visage.

— Tu dois être Ellie, je suis Declan, le frère plus âgé et le plus fringant de cet ingrat.

Il me tapote l'épaule.

— Je ne voulais pas m'immiscer dans votre soirée mais j'ai eu quelques jours de libres alors j'ai eu envie de faire un tour.

— Oh !

Elle se précipite vers lui, la main tendue.

— C'est un plaisir de te rencontrer. Je m'appelle Ellie, comme tu le savais et… eh bien, j'ai tellement entendu parler de toi.

La voix d'Ellie est douce. Elle baisse soudain les yeux.

— Je ne suis pas très bien habillée. S'il te plaît, ne me juge pas.

— Bien sûr que non, il est tard et je suis passé à l'improviste. S'il te plaît, ne me juge pas à l'image des manières que mon frère n'a pas et restons-en là.

Elle éclate et je le fusille du regard, même s'il ne me voit pas. Quel putain de crétin !

— Dec allait se trouver un hôtel.

Je m'avance pour me placer à côté d'Ellie. Je n'ai aucune idée des raisons exactes pour lesquelles mon frère vient de débarquer ici. Je ne pense pas que ce soit juste pour une visite amicale, cependant. Si je devais le deviner, je dirais qu'il est ici pour s'assurer qu'Ellie est bien réelle, que ma demande d'acheter une parcelle de terrain est logique et que ce n'est pas ma queue qui me donne des ordres. Dieu m'interdit d'être heureux. Ce n'est pas parce qu'il est trop trouillard pour faire ce qu'il veut que je le suis aussi.

— Un hôtel ? s'inquiète Ellie.

Declan se retourne vers moi, puis vers Ellie.

— Y a-t-il seulement un hôtel à Sugarloaf ? Je pensais que tu m'offrirais au moins une chambre.

Ellie me tape sur la poitrine.

— Tu ne peux pas l'obliger à aller à l'hôtel !

— Si, je peux.

— Je n'interrompais pas une soirée importante, n'est-ce pas ?

Le sourire de Declan me donne envie de le frapper.

— Si.

— Non, répond Ellie en même temps.

Il me sourit comme s'il savait ce qu'il a gâché ce soir. C'est bien, il n'est pas le seul à avoir quelque chose à utiliser contre l'autre. Declan oublie que cette ville est petite et que nous ne sommes pas à l'époque où il n'y avait pas de téléphones portables et où il fallait faire le mur pour voir quelqu'un. Je peux envoyer un message à une fille qu'il évite, très rapidement.

— On vient de mettre Hadley… notre… ma…

— Notre fille, dis-je pour lui éviter d'essayer de savoir si je lui ai dit oui ou non.

Son sourire est chaleureux, son visage rayonne de joie.

— Notre fille au lit. Je suis sûre que vous avez beaucoup de temps à rattraper et il se fait tard, alors je vais aller me coucher.

— S'il te plaît, ne te sens pas obligée de fuir à cause de moi, essaie de l'arrêter Declan.

— Non, non, ce n'est pas ça. J'ai du travail demain matin et je suis vraiment crevée.

J'ai envie d'étouffer mon frère.

— Dec, pourquoi n'irais-tu pas te coucher ? Je suis sûr que tu es fatigué après ton long voyage dont tu as pris l'initiative sans rien me demander jusqu'ici. Ellie et moi devions discuter.

— Connor, il n'y a pas de problème, on peut discuter quand on veut. Toi et ton frère avez probablement envie de rattraper le temps perdu.

Elle s'approche de moi et me dépose un baiser sur la joue.

— Bonne nuit.

— Je voulais vraiment que l'on profite du bonheur de cette journée.

Je sais que j'ai l'air d'un enfant irascible, mais je m'en fiche. Elle sourit.

— Nous pourrons faire ça demain.

Declan émet un rire, mais le dissimule d'une toux.

Il est mort.

Ellie rougit et fait un pas en arrière.

— Bonne nuit, c'était un plaisir de te rencontrer.

— Pour moi aussi, Ellie.

Quand elle quitte mon champ de vision, je me tourne vers mon frère.

— Qu'est-ce que tu fous ici, Declan ?

— On doit parler et j'ai pensé que c'était mieux de le faire en personne.

Il fait volte-face et se dirige vers l'extérieur, ne me laissant pas d'autre choix que de le suivre.

chapitre trente et un

. . .

connor

DECLAN et moi marchons en silence et je peux sentir la tension qui se dégage de lui.

Il continue d'avancer et, même si j'ai envie de l'arrêter et de lui demander de cracher le morceau, je connais mon frère. On peut mettre la pression sur Sean et Jacob mais pas sur Dec. Il réfléchit à chaque mot avant de s'exprimer, pesant le pour et le contre de chacun d'entre eux avant d'attaquer. C'est pour ça qu'il a du succès dans ses affaires. Il considère le terrain dans son ensemble avant de jouer.

Quand on arrive à la grange que je me suis cassé le cul à réparer, il s'arrête enfin.

— Elle est jolie.

Au début, je ne sais pas s'il parle de la grange ou d'Ellie, puis il se tourne vers la maison.

— Elle est plus que jolie.

— C'est ça, alors ? Un coup de foudre, ou peu importe le mot que tu préfères utiliser ?

— Va te faire foutre rien que pour m'avoir posé une telle question, craché-je. J'ai un enfant, Dec. Un putain d'enfant. J'aime cette femme, et j'aime ma fille.

Il lève les deux mains.

— Doucement ! Je te le demande parce que la dernière fois que je t'ai vu, tu disais que tu *emmerdais cet endroit* et que tu préférerais encore le *brûler*. Et maintenant, tu me demandes d'acheter une partie des terres de la ferme où on avait juré de ne jamais revenir. Je ne sais pas comment tu as pu penser qu'aucun d'entre nous n'allait venir voir si des aliens ne t'avaient pas enlevé ou un truc du genre. Pour ce qu'on en sait, elle a découvert qui j'étais et elle t'a extorqué de l'argent.

Je serre les poings et les relâche au moins trois fois avant de décider que je dois m'éloigner une minute. Il n'y a jamais eu de moment où j'ai eu envie de lever la main contre mes frères sous le coup de la colère. Je suis peut-être prêt à briser mes autres promesses, mais celle-là, je ne la briserai jamais. Declan doit savoir à quel point je suis énervé parce qu'il reste silencieux pendant que j'attends que ça passe.

Une fois que je suis assez calme, je me retourne et lui fais face.

— Tu es peut-être prêt à renoncer à ce que tu désires, mais ce n'est pas une option pour moi. Si vous ne voulez pas me vendre le terrain, très bien. Je prendrai l'argent de la vente et j'achèterai ma propre parcelle. Vous n'avez pas à me comprendre ou à être d'accord avec moi, mais je pensais que vous respecteriez au moins ma décision.

— Je la respecte ! C'est pour ça que je suis là, putain ! J'ai appelé Sean et Jacob, qui pensent que tu es devenu fou, mais ils veulent aussi que tu sois heureux. Qu'est-ce que tu sais d'Ellie ?

Je jure qu'il fait exprès d'essayer de m'énerver.

— J'en sais bien assez.

— Je ne pense pas, Connor.

Il y a un petit moment de silence durant lequel j'ai envie d'exiger qu'il me dise ce qu'il se passe, mais je me force à attendre que ça vienne de lui.

— Je suis venu parce que tu as besoin de savoir quelque chose et, comme je l'ai dit, je n'allais pas faire ça au téléphone.

— Si c'est si important, dis-le-moi.

Je suis fatigué et mon frère a ruiné ce qui avait la chance d'être une bonne nuit. Je n'ai pas la patience de l'écouter tourner autour du pot.

Declan soupire et, dans un geste inhabituel, il se passe la main sur le visage. J'ai déjà vu Declan bouleversé, en colère, déçu et fier, mais cette émotion-là, je ne la lui connaissais pas. Il a l'air presque… triste.

— De quoi est-ce que tu te souviens de cette nuit-là ?

Mon corps se crispe parce que de toutes les choses passées dont nous parlons, cette nuit-là n'en fait pas partie. Nous n'en parlons jamais, nous nous contentons de faire comme si ce n'était jamais arrivé. C'est à ce moment-là que j'ai su que, quoi qu'il arrive, je ne pourrais jamais pardonner à mon père. C'est la nuit où il a forcé ses quatre garçons à faire face à quelque chose qu'ils n'auraient jamais dû affronter. Il nous a tous forcés à vivre une vie de regrets et de colère.

Declan a essayé de nous protéger tous les trois, mais il n'a pas pu. Papa s'est assuré que si l'un d'entre nous tombait, nous tomberions tous. Il voulait être sûr qu'à travers notre culpabilité, nous le protégerions parce que nous nous protégeons toujours les uns les autres.

— Je me souviens de tout.

— Moi aussi. J'ai beau essayer d'oublier, je ne peux pas.

— Pourquoi tu ramènes ça sur le tapis, Dec ?

Il soupire et s'assied sur la botte de foin.

— J'ai besoin que tu m'écoutes avant de péter les plombs et d'agir comme si j'avais fait quelque chose que tu n'aurais pas fait si les rôles étaient inversés.

— D'accord.

Je le dis, mais je ne le pense pas. S'il a fait quelque chose pour mettre en danger ma relation avec Ellie et Hadley, mon frère n'en aimera pas les conséquences.

— Bien. Eh bien, je vais tout dire, et tu vas m'écouter parce que, que tu veuilles bien le croire ou non, cette famille est tout ce qui m'importe et quiconque la menace devient mon problème. J'ai travaillé bien trop dur pour nous éviter à tous les quatre d'aller en prison ou de devenir des ivrognes dégénérés comme notre père.

— Accouche, Dec.

Je peux maintenant ajouter que le fait de gagner du temps n'est pas quelque chose pour lequel mon frère est très doué. Ça finira par sortir, alors il pourrait tout aussi bien en finir dès maintenant.

Cependant, Declan semble se débattre avec ce qu'il doit me dire, ce pour quoi il a fait quatre heures de trajet.

— Après notre coup de fil, j'ai demandé à mon personnel de sécurité de faire une petite recherche sur Ellie.

Je vais vraiment perdre mon sang-froid.

— Excuse-moi?

— Bon sang, j'ai fait ce que n'importe lequel d'entre nous aurait fait, Connor. J'ai lancé une enquête sur elle.

Je me pince les lèvres et me concentre en respirant par le nez.

— Tu as dépassé les bornes, Declan. Tu n'avais pas le droit de faire ça.

Il lève ses mains en l'air.

— Je n'avais pas le droit? Je suis ton putain de frère, celui qui s'est tenu à tes côtés, t'a protégé et a tout abandonné derrière lui, tout comme toi! Je ne joue pas, là, Connor. Je n'étais absolument pas ravi de faire ça. La dernière chose que je souhaite, c'était de venir ici et de devoir te montrer ça!

— Me montrer quoi? rétorqué-je d'une voix égale.

Il est clair que Declan est contrarié, ce qui me met sur les nerfs.

Il se passe les mains dans les cheveux et secoue la tête.

— D'abord, laisse-moi t'expliquer ce que j'ai trouvé.

Je fais un geste pour lui indiquer de poursuivre.

— Je n'avais pas beaucoup d'informations pour débuter mon enquête, à part qu'elle était à Sugarloaf et qu'elle devait vivre dans le coin. Après quelques recherches, mon équipe a trouvé Ellie Walcott, femme d'un Kevin Walcott, récemment arrêté, et qu'ils avaient tous les deux une fille.

Je lève les yeux au ciel et fais la moue.

— Je sais tout ça.

— Ferme-la et laisse-moi finir.

— Bien. Ma patience a des limites.

— Ils ont eu du mal à trouver des informations sur Ellie. Elle n'était pas de la région comme je l'avais… imaginé parce que, putain, qui déménage à

Sugarloaf ? Alors ils ont creusé plus profondément et c'est là qu'on a découvert son histoire.

— C'est une sorte de dealer et ses parents sont morts d'une manière horrible ? le nargué-je parce que tout ça me paraît un peu mélodramatique.

Puis il me tend une enveloppe.

— Pas exactement, mais tu n'es pas si loin de la vérité.

— Quelle vérité ?

— Dans cette enveloppe, il y a son acte de naissance, son certificat de mariage et un rapport de Police. Avec ça, tu seras capable de résoudre le puzzle.

Je ne comprends toujours pas.

— Qu'est-ce que tout ça a à voir avec quoi que ce soit ?

Declan attend, son hésitation est presque maladive.

— Ouvre le dossier, Connor.

J'inspire profondément par le nez et fais ce qu'il me demande. Je soulève le rabat, découvrant d'abord son certificat de naissance, puis le certificat de mariage, montrant qu'elle a bien épousé Kevin et enfin le rapport de Police. Celui qui est estampillé de cette date que je n'oublierai jamais.

Je le regarde, soudain exsangue.

— Non.

— Son nom de famille, dit-il au moment où je le relis.

Ça ne peut pas ne pas être vrai. Mon frère ne ferait pas quatre heures de route juste pour venir me mentir. Il n'aurait pas ce regard effrayé dans les yeux si ce n'était pas là le seul nom qui pourrait tout détruire. Cody.

Et puis la perfection de cette journée disparaît.

Parce que mon père est celui qui a tué les parents d'Ellie, et que j'ai aidé à le couvrir.

Declan secoue la tête.

— Je suis désolé.

Je m'arrache les cheveux et me mets à gémir.

— Non ! Putain de merde ! Ça ne peut pas être ma putain de vie ! Bon sang, elle ne va jamais comprendre.

— Écoute, je sais que c'est beaucoup à digérer, mais tu ne peux pas lui dire, Connor. Tu *dois* tous nous protéger. Il ne s'agit pas seulement de toi, ça pourrait tous nous briser.

Je regarde mon frère comme s'il avait soudain dix têtes. Il ne peut pas être en train de me demander de lui cacher ça.

— Tu ne peux pas exiger ça de moi.

— Tu crois que ça me fait plaisir ?

Je m'en fous.

— Je l'aime, putain, Dec ! Tu ne peux pas me demander de lui mentir.

— Tu veux que nous allions tous en prison ? Tu y seras toi aussi, juste à côté de tes frères.

Il me saisit les épaules de ses mains.

— On est une famille. On est tous ce qu'on a et on doit se protéger les uns les autres.

Je recule d'un pas.

— Alors, pourquoi me le dire, putain ? crié-je en le repoussant.

Declan recule légèrement mais se reprend.

— Pourquoi tu me mets ça sur le dos, espèce de connard ? Comment est-ce que tu as pu penser que je serais capable de continuer ma vie après ce que tu m'as révélé ? Tu ne vois pas ce que ça veut dire ? Le grand-père d'Hadley a tué ses grands-parents. Je veux dire... Putain de bordel de merde, comment je pourrais garder un tel secret ?

Les yeux de mon frère débordent de pitié, il soupire.

— Je ne sais pas, mais jusqu'à ce que j'en parle à Sean et Jacob, tu n'as pas à révéler ce secret. Je te l'ai dit parce que si tu l'avais appris d'Ellie, c'est exactement ce que tu aurais fait.

Jusqu'à présent, j'ai toujours admiré la capacité de mon frère à penser avec clarté. Mais en cet instant, il ne comprend pas. Il ne le peut pas. Ellie n'est pas juste un joli cul dont je suis prêt à me séparer. Elle est mon avenir.

— Je ne sais pas combien de temps je vais pouvoir me retenir de le lui avouer, avoué-je. Je ne veux pas la perdre, Dec. Si elle le découvre par elle-même, ce sera fini entre nous. Je les perdrais, elle et Hadley et, je suis désolé, je vous aime toi, Sean et Jake mais... C'est elle que je choisis. Et si toi, parmi tous les gens que je connais, tu ne comprends pas ça, alors va au diable.

Declan a fait un choix il y a huit ans, et ça lui a coûté tout ce qu'il aimait. Sydney.

— J'ai besoin de quelques jours. Laisse-moi leur parler, et... on trouvera une solution. Je suis désolé, mon frère. Je suis vraiment désolé. Crois-moi, je leur ai fait vérifier trois fois les informations et ressortir le rapport de Police parce que je ne voulais pas que ce soit vrai. Je sais que tu penses qu'on est tous énervés que tu aies trouvé quelqu'un, mais on est heureux pour toi. On ne veut pas que tu doives t'en détourner. Laisse-moi juste... quelques jours, et ensuite les choses pourront se passer comme elles doivent se passer.

Quelques jours de mensonges et de faux-semblants... Que Dieu me protège, bordel.

chapitre trente-deux

. . .

ellie

JE SUIS ASSISE dans la salle des professeurs, à essayer de me concentrer sur mon travail. Aujourd'hui, mon patron va m'inspecter mais je ne pense qu'à Connor.

J'ai besoin de me ressaisir.

Lui et son frère étaient déjà sortis quand je me suis levée ce matin et j'ai raté le café que je prends toujours avec Connor sur le porche. C'est devenu notre petit rituel du matin, et maintenant ma journée est foutue parce que nous l'avons manqué.

Hadley était particulièrement terrible, ce matin. La forcer à se lever était presque impossible à faire. Elle était plus lente que d'habitude et me posait une question toutes les trois secondes. C'est un miracle que j'aie pu arriver à l'heure au travail aujourd'hui.

La porte s'ouvre et madame Symonds entre.

— Prête ?

Non.

— Bien sûr, dis-je à la place.

— Tu n'as pas à mentir, je sais que mes professeurs redoutent mon inspection, mais c'est un moment très excitant, Ellie.

C'est la dernière que j'ai à passer. Si je m'en sors aujourd'hui avec de bonnes remarques, il est fort probable qu'ils me proposent un poste permanent. J'espère vraiment que ce sera le cas.

Je n'ai jamais rien eu qui me pousse à faire des choix. Avoir ce travail me donne un revenu qui m'apporte l'indépendance dont j'ai besoin. Même si Connor et Kevin n'ont rien en commun, ça ne signifie pas que je serai un jour redevable à un autre homme.

Je veux aimer et être l'égale à Connor.

— En fait, je suis vraiment prête pour ça et j'ai bon espoir que l'issue de cette inspection nous conviendra à toutes les deux.

Elle s'assied à la table et pose ses mains sur les miennes.

— Ces derniers mois, tu t'es vraiment épanouie. Non seulement tu souris plus que je ne l'avais jamais vu auparavant, mais tes élèves s'épanouissent bien plus également. Je n'ai jamais voulu m'immiscer dans ta vie privée, je fais un effort pour ne le faire avec aucun de mes professeurs, mais je veux que tu saches que je suis soulagée que tu sois dans un endroit où tu es en sécurité.

— Moi aussi. C'est triste que ça se soit passé comme ça mais je suis heureuse maintenant.

— Tu sais, Connor était l'un de mes élèves, dit-elle avec un sourire mélancolique. Il était le plus gentil des frères Arrowood. Ce Jacob était une sacrée épine dans le pied mais Connor était toujours celui qui faisait preuve de bon cœur, même s'il n'a jamais cru être cet enfant.

Il n'est pas difficile d'imaginer comment il était à l'époque. Il avait tout juste dix-huit ans, et moi aussi. Nous étions à peine des adultes, des enfants qui avaient été forcés de mûrir très rapidement.

— C'est quelqu'un de bien.

— C'est triste de voir la manière dont ces garçons ont grandi. Je connaissais leur mère, c'était une femme tellement merveilleuse et leur père l'aimait avec tant de force, sans commune mesure avec tout ce que j'avais vu auparavant. Quand elle est morte, il a perdu la tête. Je me souviens avoir essayé de passer chez eux une fois, il était tellement ivre, je pense qu'il ne se rappelait même pas son propre nom, et encore moins le mien.

Je reste silencieux, me nourrissant de toutes les informations qu'elle est prête à partager avec moi. Connor et moi parlons de plein de choses, mais lui demander de remonter dans le temps n'est pas une chose que j'ai envie de faire.

— Bref...

Elle semble se souvenir de son propre rôle dans l'histoire.

— Je regrette de ne pas être intervenue. On a tous vu les bleus mais, à l'époque, les enseignants n'en parlaient pas beaucoup. Du moins, pas dans une petite ville comme celle-ci. Alors on s'est tous tus, on faisait des remarques sur la tragédie que vivaient les frères Arrowood, et j'ai vécu avec mes regrets depuis. Ça m'a aussi appris à ne plus me taire quand je vois certaines choses.

— Plus de gens doivent élever la voix pour ceux qui ne le peuvent pas, dis-je en espérant qu'elle comprendra qu'elle fait partie de ceux qui m'ont forcée à me réveiller. Si ce n'était pas pour les gens qui se sont inquiétés pour moi et Hadley, je ne sais pas si je serais assise ici aujourd'hui.

Madame Symonds se tord les doigts et soupire.

— Et ça aurait été une perte dont je n'aurais jamais pu me remettre. J'espère que cette journée se passera bien, Ellie. J'aimerais que l'on puisse discuter plus souvent à l'avenir.

Son allusion pas du tout subtile m'arrache un sourire. C'est une chose de plus pour laquelle je vais pouvoir me ravir.

— Moi aussi.

— A très vite, je vais aller prendre un café d'abord.

Dès que madame Symonds est partie, je sors mon téléphone et y découvre un message de Sydney.

Sydney : Eh ! J'ai parlé avec le juge et les papiers du divorce seront signés aujourd'hui ! Je devrais avoir une copie du jugement très bientôt.

Mon dos heurte le dossier de la chaise et je pousse un long soupire. J'ai l'impression que tout s'est passé si vite. Sydney a comparu au tribunal aujourd'hui à ma place et, comme le divorce n'a pas été contesté et que je ne voulais pas des biens de Kevin, le juge a dû signer.

Je vais être divorcée aujourd'hui.

Je pensais que je me sentirais différente, peut-être même un peu triste. Pas parce que je l'aimais et que je voulais que ça marche entre nous, mais parce que je n'ai pas réussi à faire fonctionner notre mariage. Dans un recoin de mon esprit, j'avais cette croyance que je serais comme mes parents. Heureuse, amoureuse et désireuse d'avoir une famille et je pense que c'est en partie pour ça que je suis restée, même quand les choses allaient si mal.

Je voulais être comme eux.

Ma mère a épousé un homme qui n'était pas comme Kevin, cependant. Elle n'était pas tourmentée par la colère, les coups de poing et le sentiment infini de ne pas être assez bien pour quoi que ce soit.

Parfois, je me demande si elle serait restée si elle avait été à ma place. J'aime à penser qu'elle ne l'aurait pas fait.

Je réponds à Sydney.

Moi : Je suis surprise, mais je ressens aussi un énorme sentiment de soulagement. Merci. Merci pour tout.
Sydney : De rien. Merci de me faire confiance.

J'ai failli lui dire que Declan est en ville, mais je suis sûre que ce ne serait pas une bonne nouvelle pour elle. En plus, je ne sais pas combien de temps il va rester. Le mot que Connor a laissé ce matin expliquait qu'ils avaient des affaires à régler mais qu'*il* me verrait plus tard — et non pas qu'ils me verraient plus tard.

J'ai dit à Hadley qu'il serait là au cas où elle verrait un grand type qui ressemble à Connor se promener dans le coin.

Moi : Tu es une super amie, Syd.

. . .

J'ai soudainement l'impression de ne pas l'être, moi, par contre.

La dernière chose que je souhaite, c'est qu'elle se retrouve prise au dépourvu, alors je devrais peut-être au moins la prévenir qu'elle risque de le croiser. Alors que je commence à taper le message, la cloche sonne, et je dois retourner en classe.

— Merde, dis-je en regardant le téléphone.

Si j'envoie ça maintenant, je ne pourrai pas répondre à ses inévitables questions, ce qui la fera probablement paniquer durant toute l'heure qui suit.

Je vais devoir lui dire plus tard.

Pour l'instant, j'ai un travail à assurer.

— J'ai eu le job ! crié-je en passant la porte et en retrouvant Connor, Hadley et Declan dans le salon.

— Ah oui ? demande-t-il avec un sourire qui ne se reflète pas tout à fait dans ses yeux.

Je hoche la tête.

— Oui. Madame Symonds a dit que j'avais réussi et m'a offert un poste à plein temps ! Ça signifie que j'aurais certains avantages et des congés. Je suis tellement excitée.

Hadley court et passe ses bras autour de mes jambes.

— Bravo, Maman !

— Félicitations, me lance Connor avant de m'embrasser sur la joue et de se retirer rapidement.

Je ne sais pas pourquoi il est bizarre, mais j'imagine que c'est parce que son frère est là.

— Beaucoup de bonnes nouvelles aujourd'hui.

— Il y en a d'autres ?

Je lève le doigt, lui demandant de me laisser une minute de répit. Je ne veux pas qu'Hadley soit là pour quand je lui dirai ça. Peu importe à quel point elle semble prendre parfaitement bien tout ce qu'il se passe, je préfère ne pas le lui apprendre comme ça. Elle sait que je divorce de celui qu'elle a toujours connu comme étant son père, mais elle n'a pas besoin de connaître tous les détails.

Je me tourne vers Hadley.

— Tu as fini tous tes devoirs ?

— Oui.

— Et tu as fait tes corvées ?

— Oui.

Bien sûr, le jour où elle est au top de sa forme est également le jour où j'ai besoin qu'elle ait autre chose à faire pendant une minute ou deux. Je me tourne vers Connor pour qu'il me file un coup de main.

Il pose les mains sur ses épaules.

— Pourquoi ne montrerais-tu pas la cabane à mon frère ?

Ses yeux s'écarquillent et elle se tourne tout sourire vers Declan.

— Tu veux la voir ?

Il regarde Connor et essaie d'égaler son enthousiasme, mais ça semble presque douloureux.

— Euh, bien sûr.

Il est clair que ce n'est pas un gamin et si je ne voulais pas parler à Connor des nouvelles que j'ai reçues de Sydney, je suivrais Hadley et Declan jusqu'à la cabane juste pour le regarder y grimper dans son costume visiblement coûteux.

Connor sourit.

— Oh, tu vas adorer, Dec. Tu pourras à nouveau grimper dans un arbre et, avec un peu de chance, ne pas tomber cette fois.

— Super. Ça a l'air d'être très très amusant.

— Vas-y doucement avec lui, Hadley. Il est vieux et ça va probablement être difficile pour lui de galoper après toi, lance Connor en riant.

Declan le fixe.

— Je vais te montrer à quel point je suis vieux.

— Tu pourrais essayer, mais tu risquerais de te casser la hanche. Si tu es blessé, je ne viendrai pas t'aider.

Il y a une pointe de taquinerie dans sa voix, mais il y a aussi un soupçon d'autre chose. Presque comme s'il était en colère contre lui, ce que je ne comprends pas. Declan a été très gentil depuis qu'il est ici. J'espère rencontrer le reste de ses frères bientôt et, qu'un jour, ils nous accepteront, Hadley et moi, puisqu'elle est leur nièce.

Cette pensée me dégrise instantanément.

Elle a gagné une famille tout entière. Avant c'était juste Kevin et moi, mais maintenant elle a Connor et toute sa famille.

— Je ne serai pas parti trop longtemps mais, de toute façon, tu n'as pas besoin de beaucoup de temps, fait Declan en lui tapant dans le dos. Tu as toujours été le genre de gars à finir trop vite.

Cette fois, je ne peux plus me retenir et éclate de rire.

— Tu vois ? reprend Declan avec sur un ton hilare. Même Ellie le sait.

— Oh, non, je n'ai rien dit, rétorqué-je rapidement.

— Hadley, assure-toi d'organiser un petit goûter là-haut. Declan adore parler et jouer avec les poupées.

— D'accord, dit-elle avec toute la joie du monde.

Ils sortent tous les deux de la maison et, avant que je puisse dire un mot, Connor me prend dans ses bras et m'offre le baiser le plus chaud et le plus intense qu'il ne m'ait jamais offert. D'habitude, il n'est pas aussi agressif mais c'est comme si quelque chose d'autre le poussait à faire.

Je m'accroche à lui et je le rends. La nuit dernière, j'avais prévu quelque chose de très similaire à ça. Je voulais me donner à lui, du moins donner autant que je le pouvais.

Sa bouche est brûlante et douce contre la mienne, et j'en veux plus. J'ouvre les lèvres et nous nous déplaçons tous les deux en même temps. Mon dos heurte le mur et son corps puissant se presse contre moi, je suis piégée de la meilleure façon qui soit.

Mes doigts remontent le long de ses bras jusqu'à sa nuque et il approfondit notre baiser. Il glisse les mains le long de mon corps et attrape mes cuisses, juste sous mes fesses, avant de me soulever.

Instinctivement, j'enroule les jambes autour de sa taille pour qu'il me porte.

— Connor, lancé-je à bout de souffle.

— Bordel, tu me rends fou. J'ai tellement envie de toi.

— J'ai besoin de toi.

Et c'est vrai. J'ai besoin de lui, j'ai besoin de nous, et je me fiche que ce ne soit pas comme je l'avais prévu. Rien dans ma vie ne se passe jamais comme ça de toute façon. Si c'était le cas, je ne serais pas du tout dans les bras de cet homme, car ce serait un péché.

— Ellie, murmure-t-il avant de rapprocher ses lèvres de moi. Mon bel ange.

Nous nous embrassons sans nous arrêter, chaque baiser se fondant dans le suivant et faisant gonfler mes lèvres sous l'assaut de sa passion. J'ai envie que ça dure éternellement. Les minutes s'écoulent et je jure que j'ai envie d'arracher mes vêtements et de le prendre maintenant.

Je ne sais même pas si je respire puisque plus rien n'existe à part Connor et sa bouche parfaite sur la mienne.

Il me pousse plus haut contre le mur, utilisant ses cuisses comme levier pour me maintenir en plus, puis il pose les mains sur mes seins. Je gémis et ma tête se révulse quand il me touche.

Je sais que j'avais quelque chose à lui dire, mais je ne m'en souviens pas.

Quelque chose d'important.

Quelque chose à propos de...

— Je suis divorcée, dis-je tout en sachant que je dois faire sortir ces mots tant que je me souviens encore de mon nom.

Ses mains se figent et il me regarde.

— Tu es...

— Divorcée. À partir d'aujourd'hui.

— Ça signifie...

Il fait une pause.

— Ça veut dire que toi et moi... Enfin, j'espère que ça veut dire que ce qu'on est en train de faire deviendra quelque chose que l'on ne fera pas seulement lorsqu'on pourra voler quelques minutes d'intimité par-ci par-là.

Il baisse les yeux sur nos deux corps et pousse un juron :

— Putain !

— Eh, réponds-je rapidement en lui caressant la joue. Qu'est-ce qu'il y a ?

— Ce n'est pas comme ça que... Bon sang, Ellie, je suis désolé. J'avais totalement perdu la tête, il y a encore une seconde.

Il me remet lentement sur pieds, puis encadre mon visage de ses mains chaudes, que j'ai adoré avoir sur mes seins un instant plus tôt.

— J'avais autant envie de toi que toi de moi, lui assuré-je.

— Il y a des choses dont on doit parler, j'ai seulement oublié où j'habitais pendant une minute.

— C'est bon. Je te promets que l'on aura tout le temps de parler.

Ses yeux brillent d'un éclat que je n'arrive pas à déchiffrer.

— Seulement... Je ne veux pas faire ça maintenant ou ici. Pas alors qu'Hadley et Declan peuvent revenir d'une minute à l'autre. Toi et moi, on a besoin de temps.

Je hoche la tête.

— Je suis d'accord. On a beaucoup de choses à se dire.

— Oui, souffle-t-il.

— D'accord, quand est-ce que ton frère repart ?

Il regarde par la porte et passe les doigts dans ses cheveux.

— Ce soir. Il doit retourner à New York.

Ça me soulage de la culpabilité de ne pas avoir appelé Sydney quand je suis sortie du travail pour lui signaler sa présence ici.

— D'accord, alors peut-être que je peux demander à Syd de garder Hadley demain ?

Je prévois d'avoir Connor pour moi toute seule. Son sourire ne se reflète pas tout à fait dans son regard.

— Demain alors.

— Demain.

chapitre trente-trois

. . .

ellie

JE M'ARRÊTE devant la maison et me regarde dans le miroir. J'aimerais vraiment avoir le temps d'enfiler quelque chose de sexy ou de me préparer. Heureusement, j'ai passé vingt bonnes minutes supplémentaires sous la douche à me raser et à frotter les zones que j'ai en quelque sorte laissées à l'abandon ces derniers mois.

Ce soir, j'ai besoin que tout soit parfait.

Hadley est chez Sydney, où elles ont prévu de passer une soirée entre filles avec manucure, coiffure et cinéma. J'ai laissé ma fille parler en boucle de tout ce qu'elles allaient faire jusqu'à ce que mon amie me mette à la porte en me disant de faire les bons choix en remuant les sourcils avec un sourire.

Oui, nous savons toutes les deux ce qui va se passer ce soir.

La nervosité me tombe dessus comme une tonne de briques, me cimentant sur place. Je sais que je l'aime et que j'en ai envie. Je sais également que si nous ne nous étions pas inquiétés du retour de Declan et Hadley hier soir, je l'aurais laissé me déshabiller là, dans le couloir.

Le désir et la confiance ne sont pas le problème — c'est la peur que je ne sois pas ce qu'il désire.

Je n'ai été avec lui que cette unique nuit et, ensuite, j'étais avec Kevin. Si on pose la question à mon ex-mari, il dira que je suis nulle au lit.

Je crains que Connor ne ressente la même chose.

Je laisse tomber ma tête sur le volant et m'inquiète d'une toute nouvelle liste de choses pendant quelques longues minutes jusqu'à ce que j'entende frapper à la fenêtre à côté de moi et que je crie.

— Qu'est-ce que…

Connor est debout, il me regarde, l'air inquiet.

— Tu as l'intention de rester ici ?

— J'ai l'intention d'essayer de me rappeler comment respirer, d'abord.

Il me fait un doux sourire et ouvre la porte.

— J'ai entendu la voiture arriver et j'ai attendu, mais tu n'es pas entrée.

— J'ai eu une sorte d'attaque de panique, mais je vais bien maintenant.

Je sors de la voiture et je lui prends la main. Quand nous arrivons à la porte d'entrée, il se tourne vers moi.

— Ellie, je ne veux pas que tu sois nerveuse. Je veux te parler, et j'espère que l'on pourra…

Je presse ma main contre ses lèvres, le faisant taire.

— On a discuté encore et encore. Je n'ai pas envie d'en entendre plus ce soir.

Non, ce soir, j'en ai fini avec les mots.

— Je ne suis pas nerveuse, Connor, dis-je avant de m'arrêter, car je ne veux pas lui mentir. Bon, d'accord, je le suis, mais pas pour les raisons que tu penses. Je suis nerveuse parce que, pour la première fois de ma vie, je sens que les choses se passent bien. Tu es tout pour moi et j'ai envie que l'on se retrouve enfin, ce soir…

Les lèvres de Connor sont sur les miennes avant que je puisse dire autre chose. Elles sont douces, sucrées, rien à voir avec la nuit dernière.

Nous ne sommes pas inquiets du temps qui passe ou de la possibilité que quelqu'un débarque à la maison ce soir. Rien ne peut nous empêcher de nous aimer cette fois.

Je me recule, j'ai besoin de dire ce que j'ai sur le cœur.

— Je t'aime.

— Tu n'as pas idée à quel point je t'aime, Ellie. Je ne pourrais jamais réellement l'expliquer.

Je lève ma main, effleurant sa barbe.

— Alors, montre-moi. On pourra parler après.

Il hésite une seconde avant de se pencher et de me prendre dans ses bras. Nous ne disons rien d'autre parce que, parfois, les mots qui ne sont pas nécessaires.

Nous atteignons sa chambre et il pousse la porte. Ma tête repose sur sa poitrine et je peux entendre le battement régulier de son cœur. Je veux me rappeler ce son. Je veux que chaque seconde de cette nuit soit gravée dans ma mémoire.

Être aimée, vraiment aimée, c'est tout ce que j'ai toujours souhaité.

Il m'allonge sur le lit puis fait un pas en arrière.

— Qu'est-ce qui ne va pas ? demandé-je.

— Ce qui ne va pas ?

— C'est toi… tu es, eh bien, tu es un peu absent.

Connor ferme les yeux et souffle par le nez.

— J'ai des choses à te dire.

Je me lève et m'approche vers lui.

— On a beaucoup discuté ces derniers mois et, maintenant, je veux ressentir les choses physiquement. Est-ce que tu vas me permettre de faire ça ?

Il veut que je lui demande de satisfaire mes désirs et c'est ce que je fais. Je ne veux pas parler de notre passé ou de notre futur. Je veux vivre l'instant présent.

— Je te donnerai tout ce que tu veux.

Je secoue la tête et réponds :

— Tout ce que je veux, c'est toi.

Je me redresse sur la pointe des pieds et je rapproche nos lèvres. Il n'a aucune idée de mon cœur qui bat frénétiquement dans ma poitrine ou de la manière dont ces mots m'ont fait fondre, mais c'est le cas. La confiance que j'ai en nous est stupéfiante.

Je n'ai jamais pensé que je serais capable de faire ça. Être vulnérable est effrayant, comme de se retrouver à cœur ouvert. Trop souvent, j'ai essayé de l'éviter parce que j'ai appris que, lorsque l'on offre à une autre personne le pouvoir de nous blesser, elle le fait.

Cependant, je pense qu'il ne fera jamais une telle chose.

Il ne me ferait jamais de mal, pas intentionnellement.

Les mains de Connor passent de mes bras à mon cou et il incline mon visage pour approfondir le baiser. Il nous fait reculer, sans que nos bouches se quittent, jusqu'à ce que j'atteigne le lit.

— Allonge-toi.

J'obtempère et m'installe sur le dos. Il ne me suit pas, cependant. Il reste en retrait et me regarde.

— S'il te plaît, ne m'oblige pas à te supplier, dis-je avec une respiration tremblante.

J'ai besoin de lui. Peu importe ce que cette soirée m'apprendra sur la façon dont nous sommes faits l'un pour l'autre, physiquement, j'ai besoin de lui.

— Jamais. Je ne t'obligerai jamais à me supplier.

— Alors, aime-moi.

— Toujours. Même si je ne te mérite pas, je veux que tu saches que mon cœur t'appartient.

— Et le mien t'appartient.

— Bordel, je l'espère tellement.

Avant que je ne puisse y réfléchir à deux fois, il se dirige vers moi et me retire ma chemise. Je me suis également assurée de porter des sous-vêtements assortis, si bien que Connor tombe sur un soutien-gorge violet foncé avec de la dentelle qui ne dissimule presque rien.

— Oh putain, lâche-t-il dans son souffle avant de m'embrasser le cou.

Il dépose des baisers tout en descendant vers le bas mais ne touche pas le tissu. Sa bouche chaude recouvre mon mamelon très dur à travers la dentelle, provoquant en moi tant de sensations différentes.

Le frottement de la dentelle contre mon téton trop sensible est mélangé à l'humidité de sa langue qui atteint ma peau là où le tissu forme des trous. Je glisse les doigts dans ses cheveux et ferme les yeux tandis que je m'abandonne à lui.

Il passe une main dans mon dos et glisse les doigts sous la bretelle qu'il baisse lentement. La sensation de ses mains calleuses sur ma peau me submerge.

— Tu en veux encore, mon ange ? demande-t-il en approchant la bouche de mon oreille.

— Oui, j'ai envie d'aller jusqu'au bout.

Son gémissement est rauque lorsqu'il glisse ses lèvres le long de mon cou.

— Alors je t'offrirai tout ce que tu désires. Mon être tout entier sera à toi.

Il baisse l'autre bretelle de mon soutien-gorge, dénudant ma poitrine. Il tire la langue, décrit des cercles autour de mon téton, puis le prend dans sa bouche, le recouvrant de sa chaleur.

Je pourrais mourir sur place. Je pensais que ce que nous avions fait la dernière fois était torride, mais être dans son lit, où tout ce qui m'entoure lui appartient, c'est presque plus que je ne peux en supporter.

Je ne peux pas respirer sans sentir son eau de Cologne. Je ne peux pas ouvrir les yeux sans voir un objet qui lui appartient. Et je le sens lui. Partout.

Sa main descend sur mon torse jusqu'à mon jean. Lentement, il en défait le bouton, et le bruit de la fermeture éclair résonne à mes oreilles, mais ce n'est rien comparé au bruit de ma respiration. Je suis tellement excitée.

Connor me regarde et je hoche la tête pour lui faire comprendre que j'en ai toujours envie. Il fait glisser mon pantalon vers le bas, retirant également mes sous-vêtements. Je ne me suis jamais sentie aussi nue et libérée en même temps.

Il me regarde comme si j'étais une œuvre d'art inestimable qu'il vient de remporter. Les lèvres entrouvertes et les yeux brûlants, son regard caresse mon corps à nu.

— Tu m'émeus tellement, Ellie, dit-il d'une voix chargée d'émotion.

Je ne dis rien de peur de fondre en larmes, car ne serait-ce pas la chose la plus embarrassante qui soit ? Je me redresse alors et effleure du bout des doigts le rebord de sa mâchoire avant de les glisser vers l'ourlet de sa chemise et de la soulever.

La dernière fois, je n'ai pas compris cette règle. Il ne m'a pas laissé le caresser mais, cette fois, nous allons être sur un pied d'égalité. Ce n'est que justice de le mettre à nu lui aussi.

Nous y allons tous les deux lentement, savourant chaque seconde qui passe. Je n'ai pas besoin de me précipiter ce soir et, en réalité, si je pouvais, j'irai même au ralenti, étirant chaque instant un peu plus longtemps.

Connor est absolument époustouflant sans chemise. Je sais que ce mot ne souligne pas sa virilité, mais c'est tout ce que j'ai en stock. Mon cerveau s'embrouille tandis que je contemple le plus beau spécimen masculin dont je pourrais rêver.

Chacun de ses muscles est ferme et sa peau se tend dessus. Son ventre est fait de creux et de vallées que mes doigts ont envie d'explorer. Ses bras sont épais et puissants et, même s'ils étaient enroulés autour de moi lorsqu'il m'a soulevée, je n'avais pas totalement saisi à quel point ils étaient forts.

Je passe le doigt sur son avant-bras jusqu'à ses épaules, puis le long de son ventre, appréciant la flexion de ses muscles lorsque je le caresse. Il reste parfaitement immobile, me laissant explorer son corps, alors je passe à son autre bras et observe le tatouage qui orne son épaule.

— Qu'est-ce qu'il veut dire ?

On dirait une série de nœuds celtiques en forme de triangle.

— C'est le symbole de notre fratrie.

— Ça ressemble à une pointe de flèche, c'est absolument magnifique.

Il m'offre un doux sourire.

— Chacun de nous en possède un.

Je me penche en avant et presse mes lèvres contre les siennes. Puis je me mets à genoux et me place dans son dos, car j'ai besoin de voir chaque centimètre de sa peau nue. Je découvre un autre tatouage juste en dessous de son omoplate.

— Et celui-ci ?

Je trace les contours à l'encre noire du squelette d'une grenouille qui tient une sorte de trident.

— C'est un tatouage que les SEALs se font faire quand on perd quelqu'un dans l'exercice de ses fonctions. C'est un squelette de grenouille parce que nous sommes des hommes-grenouilles.

— Désolée que tu aies perdu quelqu'un.

Connor m'attrape le poignet et me tire vers l'avant.

— J'ai perdu beaucoup de personnes dans ma vie et, bordel, je prie pour ne jamais te perdre.

— Ça n'arrivera pas.

Il ferme les yeux et pose son front contre le mien.

— J'essaie d'être patient, mais tu me tues, mon amour. J'ai besoin de toucher ta peau parfaite, dit-il tout en promenant sa main sur mon flanc. J'ai besoin d'embrasser chaque centimètre carré de ton être.

Ses lèvres se posent sur le haut de ma poitrine, juste au-dessus de l'endroit où j'ai vraiment envie de sentir une nouvelle fois sa bouche.

— Je veux m'enfouir en toi.

J'émets un son incohérent de plaisir alors qu'il m'allonge à nouveau. Mais, là, j'ai vraiment envie de te faire jouir avec ma langue.

Et, soudain, je suis presque certaine de me fondre dans le néant.

— Connor, lancé-je sans vraiment savoir ce que je lui demande.

J'en ai envie mais, bon sang, ça fait si longtemps que personne ne s'est soucié de moi ou de mon plaisir. Je ne sais même pas ce que j'aime ou ce que je désire.

— Quoi, mon amour ?

— Je… c'est juste que… ça fait… Je ne sais pas.

— Chut, ronronne-t-il. Dis-moi juste si je fais quelque chose que tu n'aimes pas.

Je prends une profonde inspiration et essaie de me détendre. Il ne me fera jamais de mal et ne me forcera jamais à faire quelque chose que je ne souhaite pas faire ou que je n'apprécie pas. Je dois lui faire confiance, et c'est ce que je fais.

Il écarte mes jambes, puis embrasse l'intérieur de mes cuisses. Je me détends autant que possible alors que nervosité et désir tourbillonnent en moi. Puis je sens sa bouche descendre vers mon entrejambe ; ma respiration est si lourde que j'en ai la tête qui tourne.

— Détends-toi, Ellie, je vais juste te donner du plaisir.

Et ensuite, c'est exactement ce qu'il fait. Sa langue glisse sur ma vulve, me procurant un plaisir que je n'avais pas ressenti depuis… lui. Il me lèche, suce et taquine mon clitoris, me tirant de plus en plus haut vers le plaisir, avant de me faire redescendre. Il refait ça plusieurs fois, ce qui me donne envie de hurler, de pleurer et de le supplier de ne jamais s'arrêter. C'est tellement bon que je n'en peux presque plus.

Je halète et je m'agrippe aux draps aussi fort que possible alors que je suis sur le point de jouir. Je crie son nom, il suçote alors plus puissamment et y donne un coup de langue. J'explose alors.

Tout autour de moi est aussi léger qu'une plume, absolument parfait, je ne veux jamais redescendre de ce nuage.

Il remonte le long de mon corps et je le fixe, me demandant comment nous avons bien pu nous retrouver et quelle chance on a eue. Je profite de cette position et baisse les mains vers son jean, car j'ai besoin de le toucher.

Il m'aide à le retirer, puis ma respiration se coupe. Il est magnifique. Sa verge est longue et épaisse, exactement comme ce dont je me souviens et ce sur quoi j'ai tant fantasmé. J'enroule mes doigts autour de son sexe et commence à effectuer des va-et-vient. Connor ferme les yeux, pourtant j'ai besoin qu'il parle. Ce silence est assourdissant.

— Est-ce que je le fais bien ?

— Oh, mon amour, tu ne pourrais pas le faire mal. Dès que tu me touches, je suis au paradis, bordel.

Il se déplace un peu, se couche sur le flanc et cet angle est bien plus pratique pour moi. Nos lèvres se rencontrent à nouveau tandis que je continue à le masturber.

— J'ai envie que tu me fasses l'amour, dis-je alors. Maintenant, Connor. J'ai besoin de toi.

Il m'embrasse plus profondément et se repositionne pour me dominer de toute sa hauteur.

Ses lèvres sont de nouveau sur les miennes alors qu'il s'installe entre mes jambes. Nous nous observons l'un l'autre et j'ai soudain besoin de faire sortir tout ce que je retiens en moi. C'est trop. L'émotion, le plaisir, les sentiments, je ne peux pas contenir tout ça.

— Je t'aime. Je t'aime parce que tu me rends heureuse. Tu donnes sans rien vouloir en retour, je n'ai jamais vécu ça. Je t'aime parce que tu nous aimais, Hadley et moi, avant même de savoir que nous t'appartenions vraiment, mais je suis à toi, Connor. Je pense que d'une certaine manière, je l'ai toujours été. S'il te plaît, prends-moi, fais-moi l'amour.

Il ne dit rien, car il n'a pas besoin de le faire. Je vois tout ce qu'il y a dans son cœur à travers ces magnifiques yeux verts. Je ressens tout ce que son âme m'exprime lorsqu'il m'embrasse et se glisse lentement en moi, transformant irrévocablement mon âme.

chapitre trente-quatre

. . .

connor

JE VAIS ALLER tout droit en enfer.

Je n'arrive pas suffisamment à me soucier de ma descente en enfer pour m'arrêter. Mon plan entier est tombé à l'eau quand elle m'a supplié. Lui refuser ça, c'était impossible et il me fallait l'avoir au moins une fois.

Je sais que je suis un salaud. Il n'y a aucun doute dans mon esprit qu'elle me détestera pour ça, mais au moins, je pourrai garder le souvenir de cette nuit avec moi quand elle sera partie.

— C'était… commence Ellie en essayant de reprendre son souffle.

C'était la somme de tous les fantasmes que je n'ai jamais eus.

C'était la somme de tous les fantasmes que je n'ai jamais réussi à imaginer.

C'était tout ce que j'espérais et craignais à la fois et ce sera la dernière fois.

— Oui, dis-je en m'allongeant sur le dos, fixant le plafond en souhaitant de tout mon cœur avoir plus de temps.

— Ça l'était.

Elle se blottit contre moi, le bras sur ma poitrine et je la serre plus fort contre moi. Je n'arrête pas de me dire qu'il faut que je lui dise les choses, ce que je sais, lui révéler la vérité, mais ensuite je marchande avec moi-même pour gagner un autre moment de répit. Je voudrais revenir en arrière, faire n'importe quoi pour défaire le passé, mais je ne peux pas et je me déteste plus que je ne pourrais jamais l'exprimer.

Tout ce que je veux, c'est la rendre heureuse, sauf qu'une chose qui s'est passée il y a huit ans — quelque chose qui a modifié nos vies respectives, mais qui n'était pas de notre fait — va me forcer à lui briser le cœur. Ce qui, en retour, va détruire le mien.

J'ai toujours pensé que si je racontais un jour ce qui s'est passé à quelqu'un, je ne ressentirais plus ce poids. Pendant si longtemps, je l'ai gardé pour moi, je l'ai chassé de mon esprit pour pouvoir vivre avec moi-même. J'avais si tort. J'aurais tout fait pour le garder pour moi jusqu'à la fin des temps.

C'est pourquoi j'ai travaillé si dur dans l'armée, parce que je devais être une meilleure personne et essayer de sauver les autres.

Je savais que revenir ici ferait ressurgir beaucoup de fantômes de mon passé mais je n'aurais jamais pensé que ça entrerait en collision avec mon avenir. Un futur que je désire plus que l'air qui entre dans mes poumons ou le cœur qui bat dans ma poitrine.

Que mon père aille se faire foutre.

Que Declan aille se faire foutre.

Que tous ceux qui savaient qu'ils deviendraient l'unique source de souffrance de la personne qu'ils aiment tout en étant trop égoïstes pour prendre leur distance aillent se faire foutre.

Mes frères et moi sommes prêts à faire face aux conséquences, quelles qu'elles soient. Ils sont prêts à porter le chapeau parce qu'ils savent que je ne pourrais pas être un bon père pour Hadley ou l'homme dont Ellie a besoin tant que ce secret restera entre nous.

Je ne peux pas lui faire ça et, pourtant, il le faut.

Comment vais-je lui dire ça ? J'essaie d'établir un plan qui pourrait atténuer les dégâts mais il n'y en a pas.

— Connor ?

Je regarde Ellie qui, totalement comblée, ne semble pas s'inquiéter le moins du monde de quoi que ce soit.

— Oui ?

Je me demande si elle arrive à lire la culpabilité sur mon visage. Si elle peut sentir l'angoisse qui gronde en moi, la rancœur qui grandit à chaque minute qui passe. Sait-elle que je l'aime ? Sait-elle que j'étais prêt à me battre contre mes frères pour elle ? Est-ce que ça compte ?

— Je t'aime.

Et ce sont ces mots qui me décident enfin. Elle m'aime, moi, l'homme dont le père lui a volé deux vies. Elle m'a dit à quel point c'était dur de perdre ses parents. Toutes ces années, le mystère de leur mort n'a pas été résolu et, maintenant, mon père ne peut même pas payer pour la douleur qu'il lui a causée.

Pourquoi est-ce qu'il fallait que ce soit elle ?

Pourquoi ça ne pouvait pas être quelqu'un d'autre ?

— Je t'aime, Ellie. Je t'aime de tout mon putain de cœur et...

Je dois le lui dire. Maintenant. Ici, dans le lit, nu, après l'avoir aimée de tout mon être, je dois lui briser le cœur.

Quand elle se redresse, ses yeux débordent d'un million de questions.

— Qu'est-ce qui ne va pas ?

— Je dois te dire quelque chose.

— D'accord.

Sa voix tremble légèrement.

Je me déplace de façon à lui faire face. Je dois être un homme et assumer ce qui s'est passé quand j'étais enfant.

Ce à quoi je ne suis pas prêt, c'est à la perdre.

— Il y a huit ans, le soir où on s'est rencontrés, tu te souviens que je t'ai dit que mon père et moi nous nous étions disputés ?

Elle semble se détendre et acquiesce.

— Oui, bien sûr.

— On se disputait à propos de quelque chose qui s'était passé le soir de ma remise de diplôme au lycée, c'est-à-dire la semaine d'avant. Mes frères étaient revenus pour pouvoir assister à la cérémonie. Ils savaient que je m'étais engagé dans la Marine et voulaient être là pour ma prestation de serment.

Elle enlace nos doigts et je déglutis. Putain, elle est en train de me réconforter. Le nœud dans mon estomac est si serré que ça me fait mal.

— On n'a pas à discuter de ça…

— Si. Cette nuit-là, Ellie, la nuit de ma remise de diplôme de lycée, c'était un putain de cauchemar. Mon père avait bu, comme toujours, et il était hors de contrôle. Il criait sur tout le monde, nous insultait, mes frères et moi. Il a essayé de s'en prendre à Sean, mais il n'était plus un enfant, alors ils ont fini par se battre. C'était… une autre soirée au cœur du chaos pour les frères Arrowood. On est partis tous les quatre à la grange, comme on le faisait toujours quand on voulait s'échapper. Et c'était là notre première erreur.

— Je ne comprends pas.

— On est partis.

Elle secoue la tête.

— Je ne comprends toujours pas.

— Il n'avait pas accès aux clés de voiture, d'habitude. Il n'avait pas l'alcool joyeux ou bête. Il avait l'alcool mauvais et pensait qu'il était meilleur et plus intelligent que chacun d'entre nous. Ce bon vieux père croyait qu'il pouvait faire ce qu'il voulait car personne ne dit à un Arrowood ce qu'il doit faire.

Elle commence à agiter les mains.

— Il a pris le volant ?

Il n'y a pas de retour en arrière possible maintenant. Je dois tout lui dire.

— Oui, il a pris le volant, mais pas celui de son camion. Il voulait donner une leçon à Sean, alors il a pris sa voiture. Quand Declan a vu les phares s'éloigner de la maison, on s'est mis à courir. On est montés à l'arrière de la camionnette de Jacob et on est partis à sa poursuite. Sauf que l'on n'avait aucun plan. Je veux dire… comment faire pour obliger un conducteur ivre à s'arrêter ?

— Connor… Je ne comprends pas.

Bien sûr que non. Elle a bon fond et ne peut pas réunir les pièces du puzzle. Ou peut-être que si. L'éclat dans son regard me laisse entendre qu'elle sait où conduit cette horrible histoire.

— On l'a poursuivi à travers trois villes différentes, tout en essayant de trouver un moyen de le stopper. Pendant tout ce temps, on s'est disputés pour savoir quoi faire. Je voulais lui faire faire une sortie de route, le laisser se tuer parce que ce serait un cadeau du ciel, mais Jacob a refusé. On était encore en train de nous disputer quand on a vu une autre voiture arriver en face. Je te le jure, Ellie, que nos quatre cœurs se sont arrêtés de battre. On a crié, on a fait des appels de phares pour que la voiture qui s'approchait s'arrête. Ils n'ont pas vu que mon père faisait une telle embardée qu'il ne savait probablement même pas dans quelle voie il se trouvait. Jake a essayé, il est allé heurter l'arrière de la voiture de Sean en espérant que ça l'enverrait tout droit dans le fossé, mais….

— Mais ça l'a envoyé droit sur l'autre voie.

Elle a du mal à prononcer ces mots.

— Droit sur l'autre voiture.

Elle ferme les yeux, une larme roule sur sa jolie joue.

— Droit sur mes parents.

J'attends qu'elle me regarde, priant pour qu'elle voie le regret et la tristesse dans mes yeux.

— Oui.

chapitre trente-cinq

. . .

ellie

JE RESTE ASSISE LÀ, à me repasser sa révélation dans ma tête encore et encore. C'est son père le responsable.

J'ai l'impression que des milliers d'éclats de glace me transpercent le corps. Je continue à secouer les mains, en espérant y ressentir à nouveau quelque chose. Je lutte pour respirer. C'est comme si les murs s'effondraient autour de moi. Je ne peux pas rester ici. Je ne peux juste pas… rester ici.

Je bondis sur mes pieds, tirant le drap avec moi pour l'enrouler autour de mon corps, l'estomac en vrac et la bouche inondée de salive. Je vais être malade si je reste assise ici une seconde de plus.

Il était là. Il a vu mes parents se faire tuer. Par son père.

Il savait. Il savait ce qui s'est passé et, pendant tout ce temps, il me l'a caché.

— Ellie, lance-t-il dans mon dos.

— Non ! Non ! Ne dis plus un mot.

Mon esprit part dans tous les sens tandis que je le fixe. Connor, l'homme dont je suis tellement amoureuse que je me suis entièrement donnée à lui, l'homme qui m'a prise dans ses bras après qu'on m'a battue, qu'on m'ait menti. Il a juré de me protéger, il a construit une cabane pour Hadley, il m'a fait croire en lui, et tout ça pour quoi ? Tout ça pour qu'il… puisse… briser mon putain de cœur ?

Sa poitrine se soulève et s'abaisse alors qu'il me tend la main.

— Ellie, laisse-moi t'expliquer.

Même pas en rêve. Il m'a utilisée, tout comme Kevin avant lui. La colère gronde dans mes tripes et j'explose.

— Tu savais ! crié-je. Tu savais et tu as fait quoi ? Tu es venu me sauver pour soulager ta conscience ? C'était seulement un jeu pour toi ? C'était amusant pour toi de faire ça ? De sauver la fille dont tu as tué les parents ?

Il écarquille les yeux.

— Non ! Ce qui s'est passé entre nous n'a rien à voir avec tout ça.

— Bien sûr, m'esclaffé-je. Bien sûr que non. Tu étais là, Connor ! Tu étais là, tu as gardé ton grand secret et tu décides soudain de me le dire ? Après tout *ça* ?

Je pointe du doigt le lit où je l'ai laissé me faire l'amour. J'ai senti son amour jusque dans mes os et, maintenant, je veux tous les briser jusqu'au dernier.

Comment a-t-il pu me faire ça ? Comment a-t-il pu m'utiliser comme ça ?

— Je ne le savais pas jusqu'à l'autre jour.

Pitié.

— Je ne suis pas idiote. Bien sûr, j'ai beaucoup agi comme tel, je suis la fille stupide qui est restée dans un mariage abusif, mais je ne t'ai jamais menti là-dessus. Je t'ai tout donné ! Je t'ai donné mon cœur, mon amour, notre *fille*.

Je hurle le dernier mot à travers un sanglot.

— Putain, tu m'as laissé le lui annoncer ! Espèce de connard ! Comment as-tu pu lui faire ça ?

Mes larmes roulent aisément sur mes joues tandis que mon cœur se brise en mille morceaux. J'avais confiance en lui. Je pensais qu'il ne me mentirait pas, mais il l'a fait. Il l'a fait depuis le début.

J'essuie mes larmes, je suis en colère et détruite.

— Je ne le savais pas, jusqu'à ce que Declan arrive. Il a reconstitué le puzzle. Je te jure que c'est la vérité. Je t'aime et j'aime Hadley, je ne vous ferais jamais de mal consciemment.

Eh bien, c'est un peu tard pour ça. C'est exactement ce qu'il a fait. Il m'a utilisée pour avoir ce qu'il désirait.

— Si c'est vrai, tu le savais quand même avant que nous partagions cette nuit ensemble. Alors pourquoi ? Pour que tu puisses t'envoyer en l'air avant de me dire que tu as vu la personne qui a tué mes parents ?

Je ne peux pas m'arrêter de lui crier dessus. Je me sens tellement trahie. Il était censé être différent de Kevin.

Connor devait être l'homme qui ne me ferait jamais une chose pareille, pourtant il l'a fait.

— Je n'avais pas prévu ça, Ellie. J'avais l'intention de te le dire ! Bon sang, j'ai essayé de te le dire quand tu es arrivée !

— Tu oses essayer de me mettre ça sur le dos ! Tu as eu bien des occasions de me le dire, mais tu ne l'as pas fait.

Il se prend la tête entre les mains juste avant que ses épaules ne s'affaissent.

— Je ne te mets pas ça sur le dos. J'aurais dû te le dire, tu as raison.

— Alors pourquoi est-ce que tu ne l'as pas fait ?

Il me regarde, la respiration haletante, puis il fixe le plafond.

— Parce que je ne voulais pas le dire. Je n'avais pas envie de prononcer ces mots, surtout pas à toi. Je suis peut-être un salaud, mais j'ai besoin de toi.

L'idée de te faire du mal me tuait à petit feu, putain, mais tu méritais de le savoir plus que je ne désirais me protéger des conséquences.

— Il n'y a pas de « peut-être », Connor, tu es un salaud. Tu m'as menti. Tu m'as utilisée, tu as utilisé mon amour pour toi afin d'obtenir ce que tu voulais.

Je suis une telle idiote. Cette imbécile qui plonge chaque fois sa main dans le pot en espérant y trouver un cookie mais qui finit seulement par se faire mordre par quelque chose.

C'est ce que je suis.

— Je ne t'ai pas utilisée. Je t'ai fait l'amour parce que je savais que ce serait tout ce que je n'aurais jamais. Je savais qu'une fois que je t'aurais dit la vérité, tu me quitterais, mais je t'aime plus que tout au monde.

Je secoue la tête, sanglotant, tout en fixant cet homme qui vient de redevenir un inconnu.

— Tu m'aimes ? L'amour ne soustrait rien aux gens. L'amour ne prive pas quelqu'un de ses choix. L'amour ne fait qu'offrir aux autres. L'amour nous pousse à tenir les uns aux autres. Toi, tu m'as privée de quelque chose, et pas seulement cette nuit-là, mais également à l'instant.

Ses yeux débordent de regret et de tristesse tandis que je l'incendie.

— Je suis tombé amoureux de toi sans savoir qui tu étais. J'ai vécu avec la culpabilité de ce qui s'est passé pendant huit ans. Je ne savais pas, Ellie. Te faire du mal va à l'encontre de tout ce que je ressens, tout ce que je suis. Je prendrais une balle, je me sectionnerai le bras, je ferais n'importe quoi pour éviter de te faire souffrir.

Peut-être qu'il pense vraiment à ce qu'il est en train de dire, mais je ne le crois pas. Cette balle, il l'a tirée droit dans mon putain de cœur.

— Reviens au moment où tu m'as dit que tu n'étais pas au courant. C'était quand ?

Connor s'humecte les lèvres et ferme les yeux.

— Depuis le jour où je t'ai rencontrée…

— Quand on s'est rencontrés au bar où mes parents sont allés en dernier, dis-je en réalisant soudain quelque chose. Je veux tout savoir. Je veux que tu me racontes chaque détail de ce qui s'est déroulé ce soir-là.

Il… il sait ce qu'il s'est passé, il sait combien j'ai été brisée à cause de ça et il ne me l'a jamais dit.

— Après que leur voiture s'est retournée et qu'ils aient été laissés pour morts, que s'est-il passé ensuite ?

Connor déglutit, sa pomme d'Adam tremble avant qu'il me réponde.

— On s'est immédiatement arrêtés. Puis, avec Declan, on a bondi hors du véhicule pour aller aider tes parents pendant que Jake et Sean poursuivaient mon père, qui continuait à conduire comme si rien ne s'était passé. On a essayé de les aider, mais… ils étaient…

— Le médecin légiste m'a dit qu'ils étaient morts sur le coup.

Ma voix me semble détachée.

— Quand je suis arrivé à leur voiture, ils ne respiraient plus.

Exactement comme ils ont dit.

— Alors tu n'as même pas… essayé ? Tu t'es juste enfui en les abandonnant derrière toi ?

— Je ne suis pas fière de ce qu'on a fait. Tu me connais, Ellie.

Connor fait un pas vers moi, mais je recule. Il ne peut pas me toucher ou je perdrais vraiment la tête, ce qui est à deux doigts d'arriver.

— Je ne suis pas un monstre. J'étais une putain de loque et il a fallu que mes frères s'y mettent à trois pour me remettre dans la camionnette. Je voulais aller voir les flics, mais on était des putains de gamins. On ne savait pas quoi faire ni ce que ça signifierait pour nous. On avait un plan pour le ramener à la maison, appeler les flics et le faire arrêter.

Je secoue la tête, dégoûtée.

— Alors pourquoi vous ne l'avez pas fait ?

Aucune de ses réponses ne calme la tempête en moi. Tout ce sur quoi j'arrive à me concentrer, c'est sur le fait que l'homme que j'aime est en partie responsable de la mort de mes parents. Tout ce temps, j'imaginais à quel point ils l'auraient aimé. J'espérais qu'ils seraient fiers de l'homme que j'ai rencontré et que j'ai appris à aimer. Comment pourraient-ils ressentir une telle chose, maintenant ?

— Quand il s'est réveillé le lendemain, on lui a dit tous les quatre ce qu'il avait fait. Il a éclaté de rire et nous a traités d'idiots d'avoir pensé qu'on pourrait s'en sortir en le dénonçant. C'était la voiture de Sean qui avait causé l'accident, après tout, et il a dit que quelqu'un avait probablement vu Sean reconduire la voiture jusqu'à la ferme au moment de l'accident. On était tous connus pour être des fauteurs de troubles, alors il a menacé de dire à tout le monde que c'était Sean qui conduisait ce soir-là.

Quel homme horrible était son père.

— Et la voiture de Sean ?

Ce qui m'a toujours échappé, c'est ce qui est arrivé à la voiture qui les a fait sortir de la route. C'était le seul indice qui nous manquait pour que l'enquête avance. Tout ce qu'on a su, c'est qu'il s'agissait d'une voiture rouge grâce au transfert de peinture.

Il s'avance vers moi, puis s'arrête de lui-même. Je voir à quel point il souffre, mais je dois savoir.

— Elle est entreposée dans l'un des entrepôts de stockage de la propriété.

J'ai cherché pendant tout ce temps alors qu'elle était juste à côté.

— Est-ce que ton père savait qui j'étais ?

J'arrive à peine à prononcer ces mots. Mon cœur bat la chamade, respirer me fait mal.

— Je ne l'ai pas revu et ne lui ai pas reparlé depuis la nuit de mon départ. Aucun de nous ne l'a revu. Mes frères et moi, on a quitté la ville en se jurant qu'on ne le reverrait jamais. C'était un connard manipulateur qui cassait tout ce qu'il touchait. On s'est juré de ne jamais nous marier, de ne jamais avoir d'enfants et de ne jamais être comme lui.

Je n'ai absolument rien à foutre de son pacte. Là, je me sens juste morte à l'intérieur. Mes doigts tremblent si fort que j'ai peur qu'ils se brisent, mais j'ai déjà été battue alors je sais que je peux encaisser les coups.

— Réponds à ma question.

— En me basant sur le fait qu'il a réussi à forcer ses fils à revenir dans le seul endroit où ils ne voulaient plus jamais remettre les pieds, alors j'imagine que oui, je pense qu'il savait probablement qui tu étais.

Incroyable. Quel homme horrible il devait être pour aller jusqu'à utiliser ses enfants pour couvrir son délit de fuite, pour ensuite retourner sa veste et se montrer gentil avec Hadley et moi. C'en est trop. Je le déteste de m'avoir privé de tout ça encore une fois.

— Comment est-ce que tout ça peut être en train de se produire ? demandé-je à voix haute.

Connor fait un nouveau pas dans ma direction avant de s'arrêter.

— Si je pouvais le ramener à la vie pour le tuer moi-même, je le ferais. Je le déteste, Ellie. Je me battrais avec, encore et encore, mais je ne pourrais rien y changer. Si on ne s'était pas disputés cette nuit-là, je ne t'aurais jamais rencontrée et, même si je te perds, que Dieu me pardonne, tu resteras quand même la meilleure chose qui me soit arrivée.

J'essuie mes larmes, une dernière chose m'intrigue.

— Le soir où on s'est rencontrés, à quel sujet t'es-tu *vraiment* disputé avec ton père. Raconte-moi tout de A à Z ?

Il s'assied sur le lit et baisse la tête tout en posant les yeux sur moi.

- J'étais le seul de mes frères à vivre encore ici, mais il a découvert que je partais pour la base militaire au matin. Il m'a menacé, il exigeait que je reste là parce que mes frères et moi étions sous sa coupe. Il m'a dit qu'il avait le pouvoir et la capacité de bousiller nos vies, que je n'irais pas à l'armée si on m'arrêtait. Sean jouait au basket à l'université, Jacob venait d'obtenir son premier rôle dans une sitcom et Declan était déjà sur la route du succès avec sa startup. On avait tous quelque chose à perdre, mais pas lui. Il avait déjà tout perdu. Il n'y avait que deux choses dont il se souciait encore : ma mère et cette ferme. Je lui ai dit que s'il disait quoi que ce soit à ce sujet, je ruinerais son entreprise. Que je dirais à chaque fermier, fournisseur et acheteur avec qui il travaillait que c'était un ivrogne violent qui avait tué deux personnes avant de mettre ça sur le dos de ses fils. On l'aurait détruit autant qu'il nous avait détruits. Il m'a dit de partir et de ne jamais revenir. Alors je suis parti et je t'ai rencontrée...

Mon estomac se serre comme jamais, mon cerveau est rendu confus par cet amas d'informations. Avant que je puisse reprendre mon souffle, je commence à m'effondrer, puis Connor m'entoure de ses bras. J'enfouis mon visage contre sa poitrine. Je pleure mes parents qui ont perdu la vie sur le bord de la route. Je pleure pour ces quatre garçons dont le père était si odieux qu'il s'est servi de ses propres fils pour éviter de payer le prix de son meurtre. Et je pleure pour moi et tout ce que j'ai perdu.

Pour ce que je vais encore perdre quand je sortirai de cette pièce.

Je pleure parce que je n'ai jamais aimé quelqu'un comme je l'aime, mais que je ne peux pas rester. Je laisse tout sortir dans le confort de ses bras parce que je ne suis pas assez forte pour faire ça autrement.

— Je suis tellement désolé, Ellie. Tu n'as pas idée. Je me déteste. J'aimerais pouvoir remonter le temps, mais je ne peux pas. S'il te plaît, ne me quitte pas, putain. Je t'aime et je passerai le reste de ma vie à te le prouver. S'il te plaît, dis-moi que tu ne me quitteras pas.

J'aimerais ne pas avoir à le faire. Mais ce n'est pas une promesse que je pourrais tenir. J'aurais peut-être pu le faire s'ils n'avaient pas laissé mes parents seuls sur le bord de la route, s'ils avaient attendu l'arrivée des secours. S'ils l'avaient fait, j'aurais au moins eu des réponses.

Il n'a aucune idée de ce que j'ai vécu par la suite, des semaines que j'ai passées à ne rien faire d'autre que d'essayer de récolter des indices. J'ai appelé toutes les carrosseries, toutes les stations-service et toutes les décharges à la recherche d'une voiture rouge qui leur aurait été confiée avec des dégâts inexpliqués. J'ai appelé les flics, parfois trois fois par jour, pour leur demander s'ils avaient des pistes. Je cherchais désespérément des réponses, avec l'espoir que je pourrais juste… comprendre ce qu'il s'était passé.

Cette nuit a modifié le cours de ma vie et peut-être que si j'avais eu des réponses, je n'aurais pas été brisée émotionnellement au point d'épouser un homme comme Kevin.

Si j'avais eu mes réponses à l'époque, je n'aurais jamais rencontré Connor dans ce bar. Hadley n'existerait pas.

Il m'est insupportable d'envisager tout ça, je refuse de m'engager dans cette voie.

Putain, j'ai tellement envie de croire qu'il ne savait rien de tout ça avant que son frère n'arrive. Je le désire réellement. Mais ma confiance en lui a disparu et je ne sais pas si je le croirai à nouveau un jour.

J'ai fait cette erreur avec Kevin chaque fois qu'il m'a dit qu'il ne me frapperait plus jamais, et je ne suivrai plus jamais aveuglément un homme, quel que soit l'amour que je lui porte. Après tout ce que j'ai enduré, je préfère endurer la perte maintenant plutôt que dans quelque temps, quand je serais trop impliquée émotionnellement dans cette relation.

Non pas que ce ne soit pas déjà le cas. L'amour que j'éprouve pour Connor est différent de tout ce que je n'ai jamais ressenti auparavant. Le perdre… eh bien, ça pourrait me détruire.

Mes sanglots continuent jusqu'à ce que mon corps n'ait plus de larmes à verser. Je suis vide et brisée. Je ne me souviens pas comment je suis retournée dans le lit. Je n'ai aucun souvenir d'avoir enroulé tous mes membres autour de lui comme si je n'allais pas avoir à le quitter si je m'accrochais assez fort à lui, et pourtant, c'est ce que je dois faire.

Je me recule, attendant qu'il me dise que c'était un mauvais rêve, mais son regard m'informe que ce n'est pas le cas.

— Je dois m'en aller, dis-je d'une voix rauque, la gorge à vif.

— Non, répond-il rapidement.

Je m'écarte de lui et mon cœur se brise quand je perds le réconfort de son corps.

— Tu savais que ça allait finir comme ça.

— Que voulais-tu que je fasse ? Que je me rende ? Je vais le faire. Je vais aller voir le shérif Mendoza tout de suite et tout lui révéler.

Je secoue la tête, une nouvelle vague de larmes me monte aux yeux.

— Je ne veux pas ni n'ai pas besoin de ça, Connor. Je suis certaine de ne pas vouloir que le second père d'Hadley se retrouve en prison.

Il prend mon visage entre ses mains.

— Dis-moi ce que je peux faire pour toi.

C'est ça le truc, il n'y a rien. Il ne conduisait pas la voiture qui les a tués, aucun d'entre eux n'était au volant. S'il allait voir le shérif, ça ne ferait que blesser des gens qui ont déjà payé pour les péchés de leur père.

— Tu peux rendre ça le plus facile possible pour moi. Tu peux me montrer que tu m'aimes en me laissant sortir de ce lit et passer la porte sans que ce soit plus difficile que ça ne l'est déjà.

Il carre la mâchoire comme s'il voulait argumenter, mais il se redresse et se positionne sur le côté du lit. Il fait exactement ce que je lui ai demandé et, pourtant, j'ai l'impression qu'il me trahit une nouvelle fois. Je ne veux pas le perdre. L'idée de m'éloigner de lui me tue, mais je dois garder la tête froide.

Je ne peux pas refaire les mêmes erreurs.

Je me glisse hors du lit, attrape mes vêtements et me dirige vers la salle de bain.

Une fois habillée, je me regarde dans le miroir. Qui est cette femme ? Ça fait des mois que je n'ai pas pleuré. Des mois à me sentir forte, belle et intelligente. Tout ça s'est envolé en un instant. Je pense à Hadley et aux leçons que je me suis battue à lui enseigner.

Elle va être anéantie, plus qu'elle ne l'a jamais été pour Kevin. Elle aime Connor. Elle aime vivre ici et avait des espoirs qui vont se dissiper instantanément quand je lui dirai tout ça.

Encore une fois, j'ai mal choisi.

Je sors de la salle de bain et je le trouve appuyé contre le mur. Nos regards se croisent et je dois me détourner. Il est ma faiblesse et, en ce moment, j'ai besoin de force.

— Où est-ce que tu vas aller ? demande-t-il enfin, rompant le silence.

— Chez Sydney pour ce soir. Ensuite, je ne sais pas. J'imagine que je vais chercher un autre endroit.

— Reste ici.

— Ici ?

Il se propulse loin du mur, s'approchant de moi sans me toucher.

— Oui, c'est ici qu'Hadley est heureuse et qu'elle se sent à l'aise. Tu peux rester ici, moi je trouverai un autre endroit.

— Tu veux que je reste dans cette maison ?

— Je veux que tu restes avec moi, mais j'essaie de rendre les choses plus faciles pour toi en te laissant partir.

Rien de tout ça n'est facile.

— J'ai besoin de temps. Je ne peux pas prétendre que rien de tout ça n'est arrivé. J'ai envie de croire que tu ne savais pas et que ton frère t'a mis au courant, mais c'est très….

— Tu n'as pas besoin d'en dire plus. Si tu as besoin de temps, je te le donnerai.

J'ai envie de me jeter sur lui, de le supplier de me serrer dans ses bras et de refuser qu'un espace ou un temps quelconque nous sépare. Mais les désirs sont des rêves et j'ai les deux pieds dans la réalité maintenant.

— Hadley voudra te voir.

Un profond soupir sort de sa gorge au moment où son visage pâlit.

— Je serai là. N'importe quand… pour elle comme pour toi.

Je me dirige vers la porte d'entrée, sans me soucier de mes vêtements ou de quoi que ce soit, car plus rien n'a d'importance. J'attrape mon sac à main sur la table d'appoint de l'entrée et je m'arrête, la main sur la poignée.

Ouvre-la, Ellie. Pars parce que tu sais que tu dois le faire.

Mais ma main est comme figée parce que je peux le sentir dans mon dos.

— Ellie…

Alors que je ferme les yeux, une autre larme roule et un sanglot se forme dans ma gorge. Rien ne m'a jamais fait aussi mal.

Rien.

Je prendrais un millier de coups en plus si ça implique de ne jamais avoir à endurer ce moment.

Je me force à souffler un grand coup, je redresse les épaules et cherche en moi la force nécessaire pour aller de l'avant.

— Au revoir, Connor.

Et puis je passe la porte et rejoins ma voiture.

Une fois que j'ai parcouru la moitié de l'allée et que la maison n'est plus visible, je gare la voiture et pleure plus fort que je ne l'ai jamais fait auparavant.

chapitre trente-six

. . .

ellie

ÇA FAIT DEUX JOURS.

Deux jours de complète et totale agonie. Je ne peux pas manger. Je ne peux pas dormir. J'arrive à être fort quand Hadley est là, mais même ça, je n'y arrive qu'à moitié.

— Maman, où est Connor ?

Les yeux que j'essaie d'éviter me fixent. Sa lèvre tremble, je tends la main pour l'arrêter.

— Il est chez lui.

— Pourquoi on est encore chez Sydney ?

Parce que nous n'avons pas d'autre endroit où aller.

Lui mentir est contraire à toutes mes valeurs, mais je ne peux pas lui dire la vérité.

— Il ne se sent pas bien, donc nous allons rester ici jusqu'à ce qu'il aille mieux.

Elle penche la tête sur le côté.

— On ne devrait pas être là pour lui ?

J'ai l'impression que mon cœur est sur le point de sortir de ma poitrine. J'ai envie d'être là pour lui, mais comment le faire ?

Comment puis-je lui pardonner après tout ce qui s'est passé ? Il m'a menti. Pendant tout ce temps, je lui ai donné mon âme, tout ça pour qu'il la fasse voler en éclats.

— Pas maintenant.

— Quand est-ce qu'on pourra rentrer à la maison ? demande-t-elle.

Je me redresse, prends ses mains dans les miennes et tente de sourire. Elle a traversé tellement de choses, j'ai l'impression de l'avoir abandonnée une fois de plus. J'ai, encore une fois, accordé ma confiance à un homme qui ne la méritait pas. Depuis toutes ces années, ma vie suit un chemin particulier à cause des choix que sa famille a faits.

Maintenant, je dois préparer notre fille à s'engager sur un nouveau chemin, celui où une famille que nous essayions tout juste de construire s'effondre.

— Hadley, Connor et moi... on... enfin, on va prendre un peu nos distances.

— Mais !

Elle arrache ses mains des miennes.

— Je l'aime.

— Je l'aime aussi, mais ce n'est pas toujours aussi simple.

Hadley secoue la tête de droite à gauche.

— Maman, on doit y retourner ! Il le faut. Connor nous aime et il te rend heureuse. Tu ne pleures plus et Connor ne te frappe pas !

Certaines blessures ne sont pas physiques.

— Je le sais, ma puce, mais on s'est disputés et on a convenu tous les deux que nous devions faire une pause.

Elle écarquille les yeux puis me caresse le visage d'une main.

— C'est mon meilleur ami.

— C'est aussi ton père et il fera toujours partie de ta vie. Je ne te priverai jamais de ça.

Des larmes roulent sur ses joues et tout mon corps se contracte. Respiration après respiration, chaque muscle se crispe tandis que je regarde mon bébé lutter pour accepter la nouvelle.

Je ne devrais sûrement pas éprouver une telle chose. Quand j'ai quitté Kevin, c'était libérateur. Je ne me sens pas libre, cette fois. C'est comme être à l'agonie.

— S'il te plaît, Maman ! S'il te plaît ! Il faut qu'on y retourne. J'ai une cabane dans un arbre et il ne sait pas quoi faire avec les animaux ! On doit l'aider. Il a besoin de nous et... et... il ne nous rend jamais tristes. Connor nous emmène chercher des citrouilles et des pommes. *S'il te plaît !*

Faites en sorte que ça s'arrête, par pitié.

Je ne peux pas empêcher mes larmes de couler. La voir s'effondrer ainsi ne peut que me détruire.

J'effleure sa joue de mes doigts, essuyant la larme qui y tombe.

— Tu ne perdras jamais Connor, Hadley. Jamais. Je sais que c'est difficile à comprendre pour toi mais, parfois, on doit s'éloigner des gens auxquels on tient, même s'il nous emmène chercher des citrouilles et des pommes. Parfois, ça ne fonctionne pas.

Et parfois, on a envie de mourir quand ça arrive.

Sa poitrine se soulève et s'abaisse rapidement, sa respiration est saccadée et bruyante.

— Je veux retourner auprès de Connor !

Moi aussi.

— Je sais et je suis désolée. Tu n'as pas idée à quel point je t'aime, Hadley, et je ferais n'importe quoi pour toi, mais je ne peux pas t'offrir ça.

— Tu as toujours pardonné à papa, dit-elle d'une voix tremble. Je ne sais pas pourquoi tu ne peux pas pardonner à Connor.

Un sanglot s'échappe de sa poitrine et elle s'enfuit vers l'entrée. Quand la porte claque, je sursaute et une autre partie de moi se brise.

— Ellie, je suis inquiet, m'avoue Sydney à quatre heures du matin.

Je n'ai pas arrêté de pleurer depuis ma discussion avec Hadley. Quand ce n'était pas des sanglots hystériques qui s'échappaient de moi lorsque j'étais dans les bras de Sydney, c'était tout de même un flux constant de larmes.

Je n'ai pas été capable de lui raconter ce qui s'est passé parce que c'est trop douloureux et je ne suis pas sûre à cent pour cent de la teneur des responsabilités légales que tout ça impliquerait pour elle. Je ne sais pas si elle devrait le signaler. Bordel, elle a déjà peut-être tout compris puisqu'elle est sortie avec Declan.

C'est le chaos total.

— Ça va aller.

— Vraiment ? Parce que je n'ai jamais vu quelqu'un pleurer autant. Que s'est-il passé ?

J'ai envie d'en parler à quelqu'un, mais je ne suis pas certaine de trouver les mots.

— J'ai beaucoup appris de choses l'autre soir. Des choses que Connor espérait probablement que je ne sache jamais et... Je ne peux plus être avec lui.

— Il t'a fait du mal ? Parce que si c'est le cas, je jure devant Dieu que je vais le tuer.

— Non, pas comme ça. Pas... physiquement ou autre. C'est juste des informations sur la nuit où nous nous sommes rencontrés.

— Oh, dit-elle en me frottant le dos. Eh bien, c'était il y a huit ans, non ?

— Oui, mais c'est compliqué.

— Je suis sûre que ça l'est, mais tu as parcouru un si long chemin. Je déteste te voir t'effondrer ainsi pour quelque chose qui s'est passé quand vous étiez encore presque des enfants.

Si elle savait ce que c'était, je suis sûr qu'elle ne penserait pas comme ça. Au final, les deux seules personnes dont l'opinion compte vraiment ne sont pas là pour me la donner.

— Je ne suis pas sûre qu'il y ait un moyen d'arranger ça. Bon sang, je ne sais pas comment je pourrais passer outre même si je le souhaitais.

Elle secoue la tête.

— J'aimerais que tu puisses tout me dire pour que je puisse t'aider.

— Les détails n'ont pas d'importance.

Enfin, si, bien sûr que si, mais pas en ce qui concerne Sydney.

— D'accord, alors raconte-moi tout sans entrer les détails.

Je me laisse aller contre le dossier du canapé, serrant le coussin contre ma poitrine.

— Connor savait ce qui est arrivé à mes parents.

Elle écarquille les yeux. Elle sait comment mes parents sont morts et que l'affaire a été classée il y a des années.

— Il savait ?

— Oui. Il prétend qu'il ne savait pas qui j'étais quand on s'est rencontrés et qu'il ne l'a vraiment compris qu'il y a quatre jours, mais il savait ce qui s'était passé cette nuit-là.

C'est la partie qui me laisse le plus perplexe. Comment n'a-t-il pas pu faire le rapprochement ? Si j'avais su que son père était impliqué dans un délit de fuite la même nuit que la mort de mes parents, j'aurais fait le rapprochement.

Mais lui ne l'a pas fait.

— Et tu le crois ?

— Je ne sais pas.

Sydney s'installe plus confortablement dans le canapé, repliant les jambes sous ses fesses.

— Je connais Connor depuis qu'on est gosses et je pourrais utiliser bien des mots pour le décrire, mais « menteur » n'en fait pas partie. Ce garçon serait incapable de mentir même si on pointait une arme sur sa tête. On avait l'habitude de faire le mur pour être certains qu'il ne nous voyait pas et ne nous dénoncerait pas. Je ne dis pas qu'il n'a pas grandi et changé, mais c'est quelqu'un de farouchement loyal et protecteur. Tu crois qu'il serait sciemment capable de te faire du mal ?

Non... du moins, je ne le pensais pas.

— Comment est-ce que tu expliquerais ça alors ?

— Je ne sais pas, Ellie. Je ne sais vraiment pas. J'ai eu affaire à des trucs assez insensés dans le cadre de mon boulot et lorsque j'ai fait du bénévolat. J'aime à croire que j'arrive assez facilement à me faire une bonne idée des gens que je rencontre et je ne crois pas qu'il soit capable te faire du mal. Jamais. J'ai vu la façon dont il te regarde et je te jure... que je n'ai jamais vu ça avant. Il y a quelque chose de féroce dans la manière dont laquelle il t'aime.

J'ai vu tout ça, moi aussi. Il était toujours sur ses gardes, prêt à faire tout ce qui pourrait me rendre heureuse. Il a été patient dans un moment où la plupart des hommes ne l'auraient probablement pas été. Quand il était en colère, il ne s'en prenait jamais à moi et n'élevait jamais la voix.

L'autre partie de moi se tourne vers sa loyauté. Il protégeait les gens qu'il aimait, inquiet que lui et ses frères soient accusés de quelque chose qu'ils n'ont même pas commis. Et puis, je me souviens ensuite de tout ce qu'il a dit à propos de se rendre. Il était prêt à assumer toutes les conséquences de ses actes si ça pouvait m'apporter la paix.

Je souffle un grand coup.

— Peut-être qu'il n'en savait vraiment rien. Je ne sais pas. Quoi qu'il en soit, ça ne rend pas les choses plus faciles.

— Non, j'imagine que non. Et Hadley ne le prend pas bien, j'imagine.

— Non, dis-je en essuyant une larme. Aucun de nous ne le vit bien. Elle l'aime tellement et bon Dieu, Syd, moi aussi. Je l'aime tellement, c'est ça qui me tue. Comment est-ce que je pourrais passer au-dessus de ça ? Comment est-ce qu'on pourrait passer à autre chose ? Ça ne semble impossible.

Elle hausse légèrement ses épaules avant de les laisser retomber.

— Je ne sais pas. Vous en avez parlé ?

— J'ai perdu la tête quand j'ai appris la nouvelle, et puis… Je ne sais pas, c'était très tendu.

Elle change légèrement de position et un petit sourire se dessine sur ses lèvres.

— Quoi ?

— Tu dis que tu ne lui fais pas confiance, et je comprends que vous ayez tous les deux des problèmes en ce moment mais, réponds-moi honnêtement, est-ce que tu aurais perdu la tête comme ça avec Kevin ?

Je me penche brusquement en arrière parce que je ne l'aurais absolument jamais fait.

— Non, il m'aurait frappée. Je n'ai jamais perdu mon sang-froid avec lui. Je pense que je n'éprouvais plus aucune émotion.

Quand Sydney se rassied plus confortablement, une sorte de suffisance émane d'elle sans que je puisse en saisir la cause.

— J'ai toute la nuit devant moi…

Qu'est-ce qu'elle veut dire par-là ?

Qu'est-ce que ça peut faire si je me suis énervée contre Connor, alors que je n'ai jamais pu le faire avec…

— J'ai été capable d'être en colère, soufflé-je au moment où je le réalise.

Elle sourit.

— Si tu ne lui faisais pas confiance, tu ne te serais jamais laissé aller à crier. Tu aurais pu t'enfuir ou te renfermer, mais tu ne l'as pas fait. Je sais que tu es en colère, et tu as tous les droits de l'être, mais demande-toi si tu veux passer le reste de ta vie à essayer de trouver un homme ne serait-ce qu'à moitié aussi merveilleux que Connor. Tu as la chance d'avoir une vraie famille avec lui. Il aimait Hadley avant même de savoir qu'elle était de lui. Je ne connais pas beaucoup d'hommes comme lui, Ellie. Je ne dis pas que tu n'as pas le droit d'être blessée, mais soyez-le tous les deux et trouvez ensemble un moyen de surmonter ça.

— Et s'il ne veut pas que je revienne parce que je l'ai quitté ?

— Alors il ne serait pas l'homme que nous connaissons toutes les deux.

chapitre trente-sept

. . .

ellie

— TU PEUX SURVEILLER Hadley jusqu'à mon retour ? demandé-je en me levant.

— Bien sûr, mais où vas-tu donc à quatre heures du matin ?

Je m'oblige à esquisser un sourire déformé et me redresse.

— Je vais aller voir les deux personnes à qui j'ai besoin de parler en espérant qu'elles m'écoutent.

Je sais que je ne trouverai jamais quelqu'un d'autre comme lui. Il est le genre de personne qu'on ne rencontre qu'une seule fois dans sa vie. Le problème n'est pas de savoir si je l'aime ou non, car je l'aimerai pour le reste de mon existence, mais plutôt de trouver un moyen de surmonter ça.

Et il n'y a qu'un seul endroit où je peux aller.

Sydney me prend dans ses bras.

— Je suis vraiment désolée que tu souffres, Ellie. Personne au monde ne le mérite moins que toi. Mais je veux que tu saches que, même si Connor n'a aucune excuse pour t'avoir menti, ces enfants ont eu la vie très dure et ça les a beaucoup perturbés. Je veux aussi que tu te souviennes que je sais ce que tu ressens à cet instant et que, même après huit ans, il n'y a pas un jour qui passe sans que je ne souhaite revenir en arrière et retourner avec Declan à nouveau.

Et c'est bien ce qui m'inquiète. Que le regret de l'avoir laissé creuse pour toujours un trou béant dans mon cœur.

— Merci beaucoup.

Elle sourit, son regard débordant de compréhension.

— Vas-y, je surveille Hadley.

— Merci, Syd.

— Y a pas de quoi. Va chercher tes réponses et, ensuite, demande-toi si ta vie serait meilleure ou pire encore sans Connor Arrowood. Il y a des chances pour que tu connaisses déjà la réponse à cette question.

Je me penche et l'embrasse sur la joue.

— J'ai toujours eu envie d'avoir une meilleure amie. Merci de l'être.

Je me précipite hors de la maison et monte dans la voiture. Ces derniers jours ont été un véritable enfer. Mes yeux sont bouffis, mes cheveux en pagaille et mon cœur estropié. Je repense à la question qu'elle a posée et je connais déjà la réponse. Ma vie est pire sans lui.

Tout mon univers est devenu triste et plein de solitude.

Il a apporté plénitude, amour et compréhension dans notre vie.

Connor nous a montré, à Hadley et moi, ce qu'est la tendresse.

Tout ce dont j'ai envie, c'est qu'il me prenne dans ses bras.

La nuit, j'étreignais mon oreiller en espérant pouvoir sentir la chaleur de son corps. Je sais ce que ça fait de quitter quelqu'un en sachant qu'on a fait le bon choix, et là ce n'est pas le cas.

Je gare la voiture et franchis les portes du cimetière, les jambes tremblantes. Je suis fatiguée. J'ai passé la nuit debout, j'ai les nerfs à vif et je me sens brisée de l'intérieur.

Et il me manque.

Si c'est à ça que ressemblent deux jours sans lui, alors toute une vie ainsi sera insupportable.

Je me mets à genoux devant les pierres tombales de mes parents et pose une main sur chacune d'elles.

— J'ai tout découvert et je me sens encore plus mal qu'avant. Comment pourrais-je aimer l'homme qui a toujours su ce qui vous était arrivé ? Comment pourrais-je construire ma vie avec quelqu'un qui était là et qui n'a rien dit à personne ? Dont le père est la personne qui vous a enlevés à moi ?

Je m'assieds sur mes talons et essuie une larme sur ma joue.

— Je suis si confuse, je n'ai personne. Ces derniers mois, je l'avais lui, mais…

Je lève les yeux au ciel et inspire une grande bouffée d'air frais.

— Mais, ensuite, je repense à ce qu'il a dû ressentir, ce qui ne fait qu'aggraver mon sentiment de culpabilité. Est-ce que je vous trahis, vous et toutes les promesses que je vous ai faites ? Son père est mort et je ne peux pas le faire payer pour ce qu'il a fait, mais vous méritiez tellement plus que ça. Papa et toi ne devriez pas reposer dans ce sol gelé.

— Ça devrait être moi.

La voix grave de Connor s'élève dans mon dos. Je me fige, incapable de penser et encore moins de bouger.

— Vous étiez une famille unie et mon père l'a brisée. Et ensuite j'ai réussi à te blesser comme jamais.

— Qu'est-ce que tu fais ici ? demandé-je sans me retourner.

— J'ai senti que je devais leur rendre hommage et m'expliquer avec eux. Je suis venu ici une fois tous les mois depuis que je suis revenu.

Sa voix se rapproche, ma respiration s'accélère.

— J'allais m'en aller quand je t'ai vue, mais j'étais inquiet.

— Je ne vais pas bien, avoué-je.

— Moi non plus. Je ne trouve pas le sommeil, Ellie. Je ne peux pas respirer sans toi.

Je me tourne pour lui faire une remarque, mais quand je le vois... rien n'aurait pu me préparer à cette vision et empêcher mon cœur de s'arrêter. Ses yeux brillent de larmes contenues lorsqu'il tombe à genoux devant moi.

— Je ne peux pas te laisser partir comme ça. Je ne peux pas te regarder t'en aller ainsi sans que tu saches ce que je ressens.

Sa voix se brise.

— Je me suis détesté pendant des années à cause de ce qui s'est passé. Je pensais que si je m'en souvenais, ça me tuerait, alors je l'ai refoulé. J'avais tort de faire ça et j'en suis vraiment désolé.

Tout en moi s'entrechoque. Le voir ainsi, triste, seul et plein de souffrance à cause des péchés commis par son père, tout ça me donne envie de le prendre dans mes bras, mais je ne le fais pas. Je croise mes doigts pour m'empêcher d'attraper les siens.

— Je ne sais pas quoi dire.

— Alors, dis-moi que tu me reviendras. J'ai besoin de toi, Ellie. Merde, je ne veux pas vivre dans un monde où tu n'es pas là. Je l'ai fait une fois et je ne veux pas le revivre. Je veux retrouver notre famille.

Ma poitrine me pèse tandis que mes pleurs redoublent. C'est le chaos sous mon crâne. Sa tête tombe sur sa poitrine et j'ai envie de lui dire de me regarder, de me jeter sur lui et de lui dire que je ne le quitterai pas, mais je reste figée comme une statue.

— Je leur ai déjà raconté toute l'histoire. Je suis venu ici le lendemain de notre rencontre et j'y ai laissé des fleurs. Je sais que tu ne me crois pas mais, Ellie, je te le jure, je ne savais pas qui tu étais.

Maintenant que le choc initial est passé, je le crois.

— Je ne sais pas si ça compte vraiment.

— Tu sais, je n'avais que dix-huit ans. Je n'étais pas un homme, même si je pensais l'être. Imagine si c'était Hadley, que penserait-elle si son père menaçait de la jeter en prison ? Pendant des années, il nous a manipulés pour qu'on fasse ce qu'il désirait. Ce n'était pas une décision facile, et puis on a grandi et on... Je ne sais pas, on a fait ce qu'on a pu pour survivre et essayer d'être des gens bien.

Je baisse la tête, les yeux clos, tout en espérant pouvoir entendre la voix de ma mère. Elle était la personne la plus gentille que j'ai jamais connue et j'ai envie de croire qu'elle pardonnerait aux garçons. Je ne sais pas pour mon père, mais, elle, elle le ferait.

Ils ne conduisaient pas cette voiture. Ils n'ont pas poussé leur père à boire et à prendre le volant.

Tout ce que Connor cherche, c'est la rédemption, et il a besoin de mon pardon tout comme je suis venue chercher celui de mes parents. Lui et ses frères ont fait ce qu'ils devaient faire pour survivre, comme nous le faisons tous. Est-ce que c'était la bonne chose à faire ? Non. Mais ils se protégeaient les uns les autres.

Il m'est soudain impératif que je le lui pardonne. Il ne devrait pas se sentir coupable de quelque chose qui n'était pas de son fait ou de ne pas me l'avoir dit plus tôt. Je ne pense pas qu'il savait qui j'étais quand il m'a rencontrée dans ce bar ou quand il a débarqué chez moi ce jour-là. S'il l'avait su, il aurait fait preuve d'une cruauté dont il est incapable. Je ferme les yeux et me tourne vers les premiers rayons du soleil qui percent l'horizon.

— Tu savais que ma mère ne buvait pas ?

— Je ne sais rien d'eux à part ce que tu m'as raconté.

— Ma mère a été élevée par un père alcoolique. J'ai toujours imaginé qu'il ressemblait beaucoup à la description que tu fais de ton père.

Je me tourne vers lui.

— Elle voulait m'élever dans de meilleures conditions. Même si mon père aimait boire chaque soir, elle a épousé un homme qui l'adorait comme si elle était le soleil de sa vie et tout le monde pensait qu'ils étaient faits l'un pour l'autre.

— C'est exactement comme ça que je te vois.

Mon cœur s'emballe.

— Je suis loin d'être parfaite, tout comme eux. Même si j'ai essayé de les idolâtrer, la vérité, c'est que ma mère n'a jamais appris à prendre position quand elle pensait qu'il avait tort et il avait tendance à faire de mauvais choix.

Je jette un coup d'œil à la tombe de mon père.

— Ce n'était pas un ivrogne, loin de là, mais il aimait boire sa bière tous les soirs. Maman s'en fichait du moment qu'il n'en prenait pas une seconde.

— Je ne veux pas que tu t'empêches de prendre position. Je veux que l'on parle. On va se disputer et je vais t'énerver. Ce sont des choses qui arrivent, mais je t'aime, et je pensais ce que j'ai dit quand je t'ai avoué que je voulais réparer ça. J'aurais pu te mentir, Ellie. J'aurais pu prétendre que je ne savais rien de la mort de tes parents, mais c'était impossible. Pas seulement parce que je t'aime mais aussi parce que je ne veux pas qu'il y ait de secrets entre nous. On a tous les deux vécu l'enfer, mais quand je suis avec toi, c'est comme si j'étais au paradis.

Mes yeux s'embuent et j'acquiesce parce que je ressens la même chose.

— Je sais que tu n'étais pas responsable. Je le savais avant même de partir de chez toi, j'avais juste besoin de temps pour digérer tout ça, mais…

Il se penche en avant, le regard débordant d'espoir.

— Je peux attendre.

Même si je suis certaine que c'est vrai, je n'ai pas envie de ça. Il était prêt à faire tout ce dont j'avais besoin pour être en paix, il a risqué mon départ juste pour que je sache la vérité et il a proposé de se rendre même si ça aurait mis ses frères en danger. Il a fait face à quelque chose qu'il fuyait depuis des années parce qu'il ne voulait pas que je vive un jour de plus avec mes propres démons.

Je l'aime.

Je l'aime d'une façon qui défie toute logique et, même si certains ne le comprennent pas, je m'en fiche.

Je pose ma main juste au-dessus de son cœur qui bat la chamade.

— Je ne peux pas.

— Tu ne peux pas quoi ?

— Attends. J'ai vu bien des monstres et vécu trop de cauchemars. Tu n'es dans aucune de ces catégories. Bien que ce qui s'est passé soit tragique, ce n'est pas ta faute et c'est injuste de ma part de te mettre ça sur le dos. C'est ton père qui conduisait cette voiture, pas toi ni tes frères.

Au moment où je dis ça, le soleil commence à se lever plus haut à travers les nuages.

— Je ne peux pas imaginer ce que j'aurais fait si mes parents m'avaient menacée comme ton père l'a fait. J'étais en colère, encore plus quand je me disais que tout ce que nous avions vécu était un mensonge.

— Rien de tout ça n'était un mensonge.

— Je le sais, maintenant.

— Quand tu as franchi cette porte, j'ai cru que j'allais péter les plombs. Je voulais me mettre à genoux et te supplier de considérer tout ce qu'on a construit ensemble.

Je secoue la tête, approchant les doigts de sa joue.

— Je ne veux pas que tu me supplies. Je te pardonne, Connor. Je vous pardonne tous, et je pense que mes parents le feraient aussi.

Le soleil réchauffe mon visage et je lève les yeux avec un sourire.

— C'était horrible de devoir te faire du mal.

— Et c'est pour ça que je pense qu'il est si facile de te pardonner. Parce que toi, Connor Arrowood, tu es quelqu'un de bien.

Je prends son visage dans mes mains.

— Tu es un père merveilleux. Tu es gentil…

Je l'embrasse.

— Tu es généreux… Tu es la seule personne qui m'a toujours fait me sentir en sécurité, lui avoué-je une nouvelle fois.

Il glisse les mains dans mon dos, me serrant tout contre lui. Il m'embrasse plus profondément, mais pas d'une manière sensuelle. Plutôt d'une manière qui me permet de le sentir jusque dans mon âme. Il s'éloigne et je pose ma tête sur son épaule, laissant la chaleur du soleil et la force de son étreinte me guérir un petit peu.

— Je ne te mérite pas.

J'inspire profondément et me blottis contre lui.

— Je te mérite totalement. Ramène-moi à la maison.

— Je t'emmènerai n'importe où, du moment que je suis à tes côtés.

chapitre trente-huit

. . .

ellie

— CE SONT JUSTE MES FRÈRES, me dit Connor pour la cent millionième fois aujourd'hui.

— Ce n'est pas n'importe quel jour. C'est celui où je vais rencontrer tes frères, où ils vont rencontrer leur nièce, et c'est également son anniversaire et...

— Et tout va bien se passer. C'est un barbecue familial où tu vas les rencontrer et où chacun pourra faire taire ses craintes.

Facile à dire pour lui. Ce n'est pas lui qui est sur le point de rencontrer les trois personnes les plus importantes de sa vie.

Je flippe à mort.

Au moins, Hadley est chez l'une des amies pour quelques heures, donc nous allons pouvoir lancer les hostilités et, je l'espère, commencer les présentations. Non pas que ça changerait quelque chose si elle était là, mais j'ai l'impression que nous aurons besoin d'un peu de temps tous les cinq d'abord.

— Quelles craintes est-ce qu'ils ont ?

— Que tu ne leur aies pas vraiment pardonné.

Je soupire.

— Et pourtant, c'est le cas. Je veux dire, j'ai organisé cette fête et je les ai invités.

— Je le sais, tu le sais, mais ce sont des idiots qui veulent aussi alléger un peu de leur culpabilité.

Je crois que j'ai compris, mais ça n'améliore pas mon anxiété.

— Eh bien, il y a encore des choses à faire, et je dois m'en occuper.

Je ne peux pas rester là, sinon je vais me mettre à paniquer. Je me dirige vers le salon, réarrangeant quelques affaires et réajustant la position des ballons — encore une fois. Il n'y a vraiment aucun endroit où les mettre qui ne semble pas étrange. Je vais à la fenêtre et gonfle un peu les rideaux avant d'essayer de les faire parfaitement tomber sur le sol. Je l'entends glousser derrière moi.

— Ce n'est pas drôle, dis-je avec une pointe d'hostilité dans la voix.

Il s'approche, m'entoure de ses bras par-derrière et s'oscille doucement.

— Un peu, si.

— Le fait que tu te montres charmant ne changera rien.

— Si j'avais plus de temps, je parie que si.

Je secoue la tête en m'adossant contre sa solide poitrine, puis je souffle un bon coup.

— Tu dois aller voir Nate cette semaine ? me demande Connor.

— Oui.

Il semble que je vais devoir y aller chaque jour. La date du procès approche et nous n'arrêtons pas de repasser sur chaque détail et de simuler des contre-interrogatoires.

— J'ai hâte que ça se termine.

Il dépose un baiser sur le sommet de mon crâne.

— Moi aussi. Mais c'est presque fini et après, on pourra aller de l'avant.

J'aime cette idée.

— Oui, si je ne fais pas une crise cardiaque après avoir rencontré tes frères.

La poitrine de Connor vibre et, avant que je puisse me retourner pour le réprimander de s'être moqué de moi, je vois de la terre commencer à jaillir au niveau de l'allée. Je me dégage immédiatement de son étreinte.

— Ellie, détends-toi, je te promets que mes frères vont t'adorer.

Ce n'est pas seulement ça, même si ça représente une grande partie de mon anxiété, c'est surtout qu'ils savent que je sais. Ils sont ici pour m'en parler et c'est… beaucoup de pression à gérer. J'ai envie qu'ils m'apprécient. Je veux que cette famille commence à se réparer un peu.

Connor me prend la main et la serre dans la sienne.

— J'aimerais que ce ne soit pas aussi éprouvant. Je veux dire, j'ai déjà rencontré Declan, mais tes autres frères sont célèbres. Ça aurait peut-être été mieux si tu ne leur avais pas dit comment j'ai réagi quand tu me l'as appris.

— Je sais, et j'en suis désolé, mais je leur ai aussi dit que tu avais un cœur en or et que tu m'aimais vraiment. Plus vite on en aura fini avec ça, plus vite ils te confieront tous les putains de secrets que je n'ai jamais voulu que tu saches sur moi.

— Comme ta peur irrationnelle des poules ?

Il fronce les sourcils.

— Les poules sont des êtres bizarres, elles ont des yeux sur le côté de leur tête. Sans parler du fait qu'elles te regardent fixement… que tu sois à droite ou gauche.

Ses mots m'arrachent un éclat de rire et je sais que c'est ce qu'il cherchait, mais ça me soulage quand même un peu.

Nous sortons sur le porche alors que trois hommes descendent d'une Jeep.

— Eh bien, notre petit poulet a l'air d'avoir bien remis l'endroit en état, lance l'un des frères Arrowood.

Connor l'ignore et nous guide vers l'endroit où ils commencent à se rassembler.

— Jackass, je veux dire, Jacob, voici Ellie.

Ce dernier retire ses lunettes de soleil et me sourit chaleureusement.

— Ellie, je suis très heureux de te rencontrer. Je tiens à te dire à quel point nous sommes tous désolés.

Eh bien, c'était rapide.

— Jacob, bon sang, laisse-la respirer une seconde.

Connor tape sur le bras de son frère.

— Non, je préfère qu'on mette ça derrière nous dès maintenant. Merci, dis-je alors en détournant le regard.

À part son crâne rasé, Jacob ressemble presque trait pour trait à Connor. Je comprends pourquoi il réussit si bien à Hollywood.

— Voici Sean.

Connor le désigne d'un geste de la main. Sean ne ressemble en rien à Connor, si on exclut les yeux. Sydney ne plaisantait pas quand elle disait que c'était une vraie particularité chez eux. Il a les cheveux un peu plus longs et un peu plus clairs, mais il n'en est pas moins beau.

Sean s'avance vers moi et me prend dans ses bras.

— Je suis tellement désolé, Ellie. J'aurais aimé qu'on se rencontre quand les excuses n'étaient pas de rigueur, mais je suis vraiment ravi de te rencontrer.

Je l'étreins à mon tour et lutte contre la nouvelle vague d'émotions qui s'écrase contre moi. Ces gars sont tous incroyables. Je ne sais pas comment ils peuvent venir ici, m'accueillir ainsi avec tant de considération, tout ça me dépasse.

— Je suis honnêtement très heureuse de vous rencontrer, dis-je en lui caressant le dos.

Il se dégage de mon étreinte et Connor se tourne vers son frère aîné.

— Et tu connais déjà Declan.

— Pardon de ne pas te l'avoir dit quand j'étais ici. Je suis désolé pour tout ça. Tu n'as pas idée à quel point on est heureux que Connor vous ait retrouvées, toi et Hadley.

Cette fois, je ne peux pas me retenir. J'éclate en sanglots, vaincue par leurs mots. L'angoisse d'il y a quelques minutes était presque trop forte, mais maintenant que le moment est arrivé, je sens que j'arrive enfin à respirer.

Connor me prend immédiatement dans ses bras.

— Qu'est-ce que tu as fait, Dec ?

— Je ne sais pas !

— Il fait toujours pleurer les filles, lance Sean, ou peut-être est-ce Jacob.

Je ne saurais le dire parce que mon visage est blotti contre la poitrine de Connor tandis que je relâche toutes mes émotions.

— C'est parce qu'elle a réalisé qu'il est le plus laid d'entre nous.

— C'est pas faux.

Ils plaisantent et je sens la poitrine de Connor gronder.

— Ellie, mon bébé, pourquoi tu pleures ?

— Parce qu'ils sont si gentils !

Ils éclatent tous de rire et je m'agrippe à sa chemise avant de coller contre lui pour cacher mon visage rouge vif.

— Ils ne sont pas gentils du tout, mais tu apprendras à les aimer avec le temps.

— Viens, Ellie, on a encore beaucoup de choses à se dire et on aimerait apprendre à te connaître, dit l'un d'eux avant de poser une main sur mon dos.

Je soupire et je m'éloigne de Connor parce que je ne peux pas me cacher dans sa poitrine pour toujours et que pleurer rend rarement justice à la beauté de qui que ce soit — et ils en ont tous probablement conscience.

Connor et moi nous retournons pour monter les premières marches, mais les trois frères fixent la maison comme s'il allait lui pousser des dents et les dévorer.

— Qu'est-ce qui ne va pas ? demandé-je.

— Cette maison… ce n'est facile pour aucun d'entre nous, répond Connor. Je ne peux qu'imaginer.

— Eh bien, je vous promets que je vous protégerai tous les quatre.

Ils ont tous le même sourire charmeur et désinvolte. Je suis si heureuse de ne pas les avoir rencontrés durant mon adolescente. Ils sont tous incroyablement sexy et je parie qu'ils sont tous très doués pour obtenir ce qu'ils veulent.

Declan est le premier à faire un pas vers moi.

— Sur cette note, qu'est-ce qu'on pourrait bien avoir à craindre ?

Connor me sourit et je sens l'embarras qui colore encore mes joues. Nous entrons tous à l'intérieur et j'entends quelqu'un siffler dans mon dos.

— Rien à voir avec la dernière fois où on y a mis les pieds.

— Oui et ce n'est pas non plus le même sentiment qui s'en dégage, ajoute Connor.

Il a passé des mois à réparer la maison, la grange et les équipements de la propriété. Pendant qu'il travaillait à l'extérieur, j'ai apporté ma contribution en nettoyant la maison de fond en comble et en y ajoutant des plantes et des rideaux.

— Je suis désolée que nous ayons en quelque sorte envahi la maison, dis-je avec un air penaud.

— Sean, soit tu iras dormir dans la grange soit tu iras te blottir contre Jacob, lâche Connor en riant. C'est la chambre d'Hadley jusqu'à ce qu'on déménage.

J'écarquille les yeux.

— Déménager ?

— Nous en rediscuterons plus tard. D'abord, installons-nous pour parler.

Je n'apprécie pas ce que je viens d'entendre, mais je ne vais pas me disputer devant ses frères.

Je récupère un pichet de limonade et des biscuits que j'ai préparés avant de les rejoindre à table. Je me suis vraiment surpassée parce que, même s'ils sont là pour s'excuser, je n'ai pas besoin qu'ils le fassent. Plus Connor me racontait sa vie dans cette maison, moins je me souciais de quoi que ce soit. J'ai peut-être épousé un homme violent, mais au moins j'ai réussi à m'enfuir.

Eux n'ont pas pu.

— J'aimerais d'abord vous dire quelque chose, si vous êtes d'accord ? commencé-je.

Ils échangent un regard, puis Declan acquiesce.

— Bien sûr.

— Je n'ai jamais vraiment eu de famille. J'étais fille unique et, quand mes parents ont été tués, j'étais jeune et j'ai fait de mauvais choix. Enfin, la plupart étaient de mauvais choix.

Je soupire et adresse un petit sourire à Connor.

— Je me suis juste dit que vous deviez savoir que lorsque j'avais dix-huit ans, j'étais bête. À dix-neuf ans, je l'étais encore. Et honnêtement, jusqu'à ce que Connor revienne ici, je l'étais toujours, sauf que cette fois, ces choix stupides affectaient aussi la vie de ma fille. Ce que je veux dire, c'est que ce que vous avez fait était mal, mais que je n'ai pas le droit de vous juger. Votre père, d'après ce que j'ai compris, était un homme horrible qui a profité de l'amour que vous partagez tous les quatre pour éviter les ennuis. Et il le fait encore maintenant en vous forçant à vivre dans un endroit qui vous cause du chagrin et, pour ça, je suis désolé.

— Ellie…

Je lève la main pour interrompre Declan.

— Non, je suis vraiment désolée pour ce que vous avez enduré. Bien que ma vie d'adulte ait été plutôt horrible, mon enfance ne l'était pas. Donc, j'aimerais passer un marché avec vous.

Sean se rencogne dans son siège avec un sourire.

— Un marché ?

Puis je me souviens de ce que Connor m'a dit à propos de leur pacte.

— Non, je retire ce que j'ai dit, je veux faire un pacte.

Declan pose les yeux sur Connors et sourit.

— Tu sais qu'on ne peut trahir les promesses que l'on fait aux frères Arrowood.

— C'est ce que j'ai cru comprendre.

— Eh bien, intervient Jacob, disons que c'est le cas pour certains d'entre nous.

— J'espère que tu lui pardonneras d'avoir rompu celle qui était liée à l'amour et aux enfants. Je suis tout à fait d'accord pour balancer celle-là dans les toilettes et tirer la chasse d'eau.

Ils éclatent tous de rire. Connor me prend la main et la porte à ses lèvres, déposant un baiser contre mes articulations.

— Je suis d'accord, moi aussi.

Mon Dieu que j'aime cet homme. Je le regarde dans les yeux et je m'y perds. Il m'aime tellement que ça me fait mal d'imaginer ce que la vie aurait été s'il avait respecté leur pacte. Je ne l'aurais jamais eu pour moi et ça aurait été absolument tragique.

Quelqu'un s'éclaircit la gorge.

— Au sujet de cette promesse ?

Merde. Oui. Le pacte.

— J'aimerais que vous me donniez tous votre parole que vous me pardonnerez pour tout ce que j'ai fait ces huit dernières années et, en retour, vous aurez ma parole que je vous pardonne pour tout ce qui s'est passé il y a huit ans.

Declan croise ses mains devant lui.

— Bien que j'apprécie cette proposition, je pense que nous avons une plus grosse dette.

— Pourquoi ça ?

— Parce que tu as perdu tes parents, qui étaient des gens bien. Tu as fait les choix que tu n'aurais probablement pas faits sans cet accident.

— Toi aussi. Vous tous aussi. C'est ma seule requête. J'aimerais que nous formions une famille tous les cinq. Je veux qu'Hadley connaisse ses oncles et… J'espère que vous l'aimerez.

Sean sourit, se penche en avant et pose sa main sur la mienne et celle de Connor.

— Je jure de te pardonner.

Jacob l'imite, posant la main par-dessus celle de son frère.

— Je jure de protéger cette famille, aussi insensée qu'elle puisse paraître.

L'autre main de Connor suit le même chemin.

— Je jure de t'aimer.

Sean émet un bruit d'étouffement.

Declan est le seul qui reste assis en retrait. Il observe Connor, et tous deux semblent parler sans avoir besoin d'ouvrir la bouche. Finalement, il se penche lui aussi.

— Je jure de tourner la page en tant que membre de cette famille.

Ce moment, ce fragment de vie suspendu de temps, est quelque chose que je n'oublierai jamais. Ici, main dans la main avec ces hommes que je viens seulement de rencontrer, je me sens chez moi.

Ils ont tous fait ce que j'ai demandé et je prie pour que nous puissions tous retrouver notre chemin durant les prochaines années sans aucune épée de Damoclès au-dessus de la tête.

Une larme roule sur ma joue, non pas de tristesse mais devant la beauté de ce moment.

Les quatre frères Arrowood posent leur regard sur moi.

— Oh, je suis supposé jurer moi aussi ?

Connor me fait un clin d'œil et me sourit.

— Très bien. Alors je jure d'oublier tous les péchés passés et tout ce que vous avez déjà cité.

Après une seconde, ils retirent tous leurs mains et Sean pousse un profond et bruyant soupir.

— Tu sais, tu ferais mieux d'épouser cette fille, Connor, ou je pourrais bien le faire.

Mon cœur s'accélère rien qu'à l'évocation de cette idée, alors je fais comme si je n'avais rien entendu et décide de laisser passer le procès avant de me laisser envisager une telle possibilité.

Connor émet un unique rire, puis hausse les épaules.

— Un jour, je briserai l'arc.

Je lui souris.

— Et puis peut-être que ton tir atteindra la cible.

— Je pense que c'est déjà fait.

— Je crois aussi.

Pile à ce moment-là, la porte s'ouvre brusquement et des bruits de pas résonnent dans le vestibule. Hadley entre dans la pièce, s'arrêtant brusquement quand elle voit tout le monde assis autour de la table. Je la regarde absorber la scène qu'elle a sous les yeux et avant que je puisse faire quelque chose, Connor prend les choses en main.

— Salut, Minus, tu es rentrée un peu plus tôt que prévu. On a une surprise un peu spéciale pour ton anniversaire. Tu te souviens que je t'ai dit que j'avais trois frères ?

Elle acquiesce.

— Eh bien, ils étaient si excités à l'idée d'être tes oncles qu'ils voulaient te rencontrer.

— Mes oncles ?

Connor se dirige vers elle.

— Oui, tu as déjà rencontré Declan. C'est mon frère aîné.

Ce dernier lui fait un clin d'œil.

— Il aime la cabane, nous informe Hadley.

— Tu devrais vraiment la lui montrer à nouveau, l'encourage Connor.

Puis les autres frères s'approchent de nous.

— Le grand avec les cheveux moche est ton oncle Jacob, dit-il avant de baisser la voix pour chuchoter. Il pense qu'il est très spécial parce qu'il est à la télévision.

— Mais non ! s'écrie-t-elle avant de lui faire un coucou.

Avant que Connor puisse lui présenter Sean, celui-ci s'accroupit devant elle et lui tend un biscuit.

— Je suis ton oncle Sean. Et je suis le meilleur de la bande.

Elle plisse les yeux devant la friandise dans sa main puis sourit.

— Je t'aime bien.

Connor passe un bras autour de mes épaules et glousse.

— Tu l'aimes bien maintenant, mais ne lui révèle jamais tes peurs.

Hadley se blottit contre le flanc de Connor et je me rends compte qu'elle se montre rarement timide comme ça.

— Vous êtes tous là pour mon anniversaire ?

— Tout à fait, répond Jacob. J'ai le plus gros cadeau qui soit dans la voiture.

Hadley nous regarde avant de poser le regard sur chacun d'entre.

— J'aime vraiment beaucoup tes frères, Papa.

Et je me dis que c'est Connor qui a reçu le plus beau des cadeaux.

chapitre trente-neuf

. . .

connor

JE SERRE la main d'Ellie alors que nous patientons dans la salle d'audience. Cette dernière est terminée et nous attendons le verdict. Nate a fait un travail exceptionnel en dépeignant Kevin comme un mari cruel qui a abusé de sa femme et menacé Hadley de mort.

C'était terriblement dur d'écouter Ellie raconter toutes les fois où il l'a frappée, comment il l'a utilisée et brisée émotionnellement. J'ai dû m'empêcher de toutes mes forces d'enjamber la rambarde pour l'étrangler.

Bien sûr, c'était encore plus dur d'entendre son avocat dépeindre Ellie comme une pute qui aurait eu une liaison avec moi, même si c'est à l'opposé de la vérité. Qu'Hadley soit ma fille n'a pas aidé notre affaire.

Cependant, nous avons tous dit la vérité et, heureusement, Nate a fait en sorte qu'Hadley puisse parler au juge à huis clos au lieu de la soumettre au véritable procès.

— Tu es prête ? demande Nate depuis son bureau.

Ellie fait de son mieux pour lui adresser un sourire.

- Je ne suis… pas sûre, mais quoi qu'il en soit, il statuera sur une mesure d'éloignement, non ?

— Oui, une mesure d'éloignement permanente vous a déjà été accordée, à Hadley et toi.

Elle pose les yeux sur moi et je lui lance un sourire rassurant. C'est un maigre réconfort pour elle, je le sais bien, mais je ne laisserai jamais cet enfoiré l'approcher. S'il essaie de la briser, je serais heureux de lui casser la gueule. Ceci dit, il y a déjà un panneau « à vendre » planté devant sa propriété, alors je doute qu'on le revoie un jour.

Le procès nous a beaucoup impactés. Nous étions très angoissés mais, à la maison, je faisais tout mon possible pour apaiser les inquiétudes d'Ellie. Je détestais la voir nerveuse et confuse, je détestais me rendre compte que Kevin avait encore la possibilité de continuer à lui faire du mal alors même qu'il était en prison.

Nate pince les lèvres.

— J'aimerais savoir un peu mieux de quel côté penche le jury mais j'ai l'impression que nous avons fait le meilleur travail possible pour présenter notre dossier.

Ellie acquiesce.

— Tu t'es bien débrouillé, Nate. Merci.

— Si j'avais su plus tôt ce qu'il se passait, Ellie. J'aurais fait quelque chose.

C'est déjà ce qu'il a dit il y a quelques semaines, quand Ellie s'est replongée dans son passé avec lui. L'horreur dans ses yeux était évidente lorsqu'il a appris combien de temps tout ça a duré. Elle a raconté tous ces moments où ils étaient ensemble, les bleus qu'elle cachait et à quel point une simple étreinte pouvait la faire s'évanouir. J'ai cru que Nate allait perdre la tête quand il a découvert qu'Ellie et Kevin avaient annulé un dîner avec lui parce qu'elle avait un œil au beurre noir.

J'étais fier d'elle en voyant qu'elle avait cessé de le protéger.

Elle était froide et distante après ça, semblant se replier sur elle-même, mais ce n'était rien comparé à ses réactions durant les jours qui ont précédé le procès. Elle n'arrivait ni à manger ni à dormir, et si elle parvenait à fermer les yeux pendant quelques heures, elle faisait des cauchemars qui la faisaient hurler dans son sommeil.

Ce n'est que lorsqu'Hadley a fondu en larmes qu'Ellie a admis qu'elle avait un problème. Sydney lui a conseillé un bon psy et ça l'a beaucoup aidée. Elle m'a enjoint d'y aller aussi, pour affronter mon passé mais, là tout de suite… je n'ai pas la tête à ça. Je suis heureux pour la première fois de ma vie et je ne suis pas prêt à déterrer toutes ces choses que j'ai enterrées.

Mais je suis ravie qu'elle se fasse aider, car c'est ça qui lui a permis de pouvoir être ici aujourd'hui en étant forte, ferme et sans crainte. C'est un sacré spectacle, c'est certain.

Ellie regarde autour d'elle.

— Où est Sydney ?

Elle signe les papiers que j'attendais et, avec un peu de chance, elle m'apportera un acte de propriété, mais je ne le lui dis pas. J'ai prévu de lui faire la surprise ce soir.

— Aucune idée.

Je déteste lui mentir, mais c'est plus un petit bobard que je lui raconte pour pouvoir lui faire ce cadeau. Elle comprendra, j'en suis sûr.

— Je me suis dit qu'elle serait là pour le verdict au moins.

— Je suis sûr qu'elle va arriver.

Puis, comme si le fait que nous parlions d'elle l'avait invoquée, elle franchit les portes du tribunal. Elle arbore une expression stoïque lorsqu'elle s'approche de nous. Elle a l'air d'une avocate réputée, rien à voir avec la fille qui poursuivait Sean autour du lac avec des serpents dans les mains parce qu'il en était — et l'est toujours — absolument terrifié.

Puis je pense à ce que vont être les sept prochains mois pour elle. Declan revient dans un peu plus d'un mois et Sydney a presque exigé que nous n'en parlions pas.

— Salut. Désolée, j'ai été retenue au bureau.

— Pas de souci.

Ellie essaie d'être optimiste mais j'entends la nervosité dans sa voix parce que Kevin la fixe du regard. J'ai envie de lui arracher la tête. À la place, je souris parce qu'au final, c'est moi qui ai gagné. J'ai ma fille ainsi qu'Ellie et, si tout va bien, il ira en prison.

Quelques secondes plus tard, le juge entre et nous nous levons tous. Il prend place sur son fauteuil et tout le monde attend.

— Le jury a-t-il rendu son verdict ?

Ellie me serre la main si fort que je me demande si elle n'est pas en train de se broyer les os, mais je la laisse faire.

— Oui.

Je me contiens, sachant que, quoi qu'il arrive, ça affectera sans aucun doute notre famille. Ellie m'a dit que s'il était libéré, elle devrait faire nos bagages et que nous partirions avec Hadley. J'espère le contraire, car j'aimerais rester et ne pas courber l'échine devant lui. Cependant, ces deux filles sont tout pour moi. Si elles veulent partir, alors nous ferons trois valises, pas seulement deux. Bien sûr, j'ai conclu un accord avec mes frères pour acheter une énorme parcelle de la ferme familiale, mais je pourrais toujours la leur revendre, avec un peu de chance.

Le juge lit le papier et le rend à l'huissier.

— Quel est-il ?

Le président du jury se lève et se tourne le juge.

— Nous, le jury, déclarons l'accusé, Kevin Walcott, « coupable ».

Et comme dans un claquement de doigts, Ellie se détend soudain et laisse échapper un sanglot de soulagement.

Il ne pourra plus jamais lui faire de mal.

— Qu'est-ce que tu en penses, Papa ? me demande Hadley en montrant le dessin d'une maison à quatre étages avec une flèche, une grande porte et des douves tout autour. Je ne suis pas sûr de savoir qui elle imagine pouvoir vivre là-dedans, mais c'est joli.

— C'est un peu petit.

Elle rayonne.

— Je sais, ça devrait être plus grand ! On pourrait avoir des chevaux, des cochons, des chèvres et des poulets partout.

Elle montre l'autre grand bâtiment, que j'imagine être une grange.

— Je pensais plutôt à quelque chose comme ça.

Je lui montre mon dessin. Il est beaucoup plus simple et comporte une modeste maison avec un porche, un peu comme celle-ci.

— C'est ennuyeux.

— Ennuyeux ?

Hadley hausse les épaules.

— On devrait avoir un palais.

— Parce que tu es une princesse ?

— Exactement !

Oh bordel, je suis dans un sacré pétrin.

— Eh bien, princesse Hadley, nous allons devoir faire un compromis.

Chaque jour, Hadley et moi avons dessiné des maisons différentes. Elle ne sait pas pourquoi, et cela pour une bonne raison. Cette enfant est la pire gardienne de secrets de tous les temps. Elle adore apprendre des choses et s'empresser de les dire à qui veut bien l'écouter.

Par conséquent, j'en ai juste fait une activité comme une autre. J'ai sept dessins d'Hadley et sept autres de moi.

— Que faites-vous tous les deux ? s'enquiert Ellie depuis le seuil de la porte.

Ses cheveux lui tombent sur ses épaules, effleurant à peine la bosse que forme sa parfaite poitrine. La commissure de ses lèvres s'incurve vers le haut. Pour résumer, elle est tout simplement à couper le souffle.

— On dessine des maisons !

La pire. Gardienne de secrets. De tous les temps.

— Des maisons ? Pour quoi faire ?

Ce n'était pas la façon dont je voulais lui annoncer mon grand projet, mais j'apprends que la vie ne se déroule jamais vraiment comme on l'imagine. La vie avec Ellie et Hadley a pris beaucoup de tournants, mais tous m'ont conduit pile à ce moment.

Je veux la demander en mariage et si je pensais une seule seconde qu'elle était prête, je l'épouserais dès demain. Je trouve que ça n'a pas beaucoup d'importance qu'elle ne soit pas prête.

Ce qui compte, c'est d'avoir une maison qui nous appartient pleinement et qui est exempte des fantômes des mauvais souvenirs.

J'aimerais la démolir, mais ce sera à mes frères de gérer, pas moi.

Je me lève, laissant Hadley par terre, là où nous étions en train de colorier et je récupère les différents dessins.

— Laquelle tu préfères ? Je pense que les miennes sont mieux, mais Hadley aime particulièrement celle-ci.

Ellie les prend et semble les considérer attentivement.

— Je vois.

— Tu aimes la mienne, Maman ?

— Hmmm.

Ellie émet un bruit pensif tout en passant au dessin suivant.

— Les miens sont meilleurs que ceux de papa !

— Eh ! grogné-je à l'adresse de ma fille pour la taquiner. Je pense que je me suis très bien débrouillé.

Elle acquiesce et me tapote dans le dos.

— Tu t'es bien débrouillé, pour un adulte.

— Eh bien, merci. Je pensais que j'étais ton préféré.

Elle ricane.

— C'est le cas ! Mais c'est moi qui vais gagner !

Je la prends dans mes bras et l'embrasse sur les deux joues.

— Même pas en rêve, Minus. C'est moi qui vais gagner.

Ellie s'éclaircit la gorge.

— J'ai pris ma décision.

— Pose-moi par terre, Papa.

Hadley donne des coups de pied dans l'air en riant.

— Oui, il faut que tout ça soit très formel.

Elle m'imite lorsque je me mets au garde-à-vous, comme si Ellie était mon commandant et que je recevais des ordres.

— Repos, soldats.

Elle fait un salut militaire et je grommelle.

— On n'est pas des soldats, on est dans la Marine.

— D'accord, peu importe… Des marins, des gens qui ne savent pas dessiner.

Elle nous fait un clin d'œil, et Hadley et moi feignons l'indignation.

— J'ai décidé quelle maison est ma préférée.

Elle soulève le dessin qu'Hadley a fait avec les douves et l'immense ferme.

— Je le savais ! Tu me dois une glace !

Je ne me souviens pas avoir fait ce pari.

— Quand est-ce que j'ai dit ça ?

— Jamais, m'informe Hadley. Je pense juste que je devrais en avoir une puisque j'ai gagné.

Je pense que nous allons gagner autre chose.

— J'ai une autre idée…

Je me dirige vers ma veste et en sors les papiers que j'avais cachés dans la poche intérieure.

— Et si on avait autre chose en guise de récompense ? Quelque chose qu'on pourrait tous vouloir ?

J'ai piqué l'attention d'Hadley, tout comme celle d'Ellie.

— Qu'est-ce que tu mijotes, Arrowood ?

Je souris en m'approchant d'elle.

— Je pensais qu'il manquait quelque chose d'important à cette famille.

— Qu'est-ce que c'est ?

— Nous n'avons pas de maison à nous.

Ellie secoue la tête, les lèvres pincées.

— On vit dedans, actuellement.

— Oui, mais mon frère va bientôt arriver, et ça m'a fait réfléchir, on devrait avoir un endroit juste pour nous trois. Il y a quelques mois, j'en ai parlé à Declan, dis-je en lui tendant les documents.

— Qu'est-ce que tu as fait ?

— Ouvre.

Elle s'exécute lentement et écarquille les yeux lorsqu'elle lit l'accord de vente.

— Tu achètes un terrain ?

— Je *nous* achète un terrain. Mes frères ont accepté de me vendre une partie de la ferme Arrowood lorsqu'elle pourra être vendue, et j'aimerais que nous construisions une maison dessus. Ce qui est bien, c'est que nous pouvons commencer à construire avant la vente. On devra rester ici durant les travaux, mais tout est prêt pour lancer le chantier si tu le souhaites.

Hadley pousse un cri en s'accrochant à mon bras.

— On peut avoir des chèvres ?

Elle et les animaux.

— Voyons d'abord si maman est d'accord pour la maison.

Elle regarde ensuite le second dessin, prenant une minute pour examiner le croquis d'architecte de la maison que j'avais fait dessiner.

— C'est ce que j'ai dessiné. Je me disais que, même si elle n'a pas de flèche ou de portail, elle serait parfaite pour nous.

— Connor…

— Il y aura quatre chambres, le porche fera tout le tour de la demeure et il y aura un bureau où tu pourras travailler quand tu en auras besoin. Je pensais qu'on pourrait mettre…

Ellie m'attrape le visage et presse ses lèvres contre les miennes, m'obligeant ainsi à me taire.

— Beurk, se plaint Hadley.

Nous sourions tous les deux, bouche contre bouche.

— Qu'est-ce que tu en penses ?

— Je pense que je t'aime et que c'est parfait.

Je me penche et prends Hadley dans mes bras ; ensuite j'attire Ellie contre moi.

— Voilà ce qui est parfait.

Ellie nous fait un bisou à chacun.

— Qu'est-ce que tu en penses, Hadley ?

Elle passe les bras derrière notre cou et nous rapproche encore un peu plus.

— J'aime notre famille.

— Moi aussi, Minus.

— Moi de même.

Ce que j'ai dans les bras en cet instant est absolument tout ce dont j'ai besoin.

épilogue

. . .

ellie

~DEUX MOIS plus tard~

— Traiter avec ces entrepreneurs nous rend fous. Mais c'est un énorme soulagement que la ferme Walcott ait été vendue et que je n'aie plus à m'inquiéter que Kevin vive à côté.

— Oui.

— Connor m'a emmenée dîner hier soir et je te jure, Syd, j'ai cru qu'il allait me demander en mariage.

— Hm hm.

— Je ne sais pas si je suis prête, mais en même temps je me demande ce qu'il me faudrait de plus pour être prête.

— Vrai.

Ça fait une heure que nous sommes assises à la ferme. Nous sommes censées prendre un déjeuner entre filles puisque Connor est sur le chantier et qu'Hadley est au centre équestre mais Syd est bougon. Au lieu de manger, elle n'arrête pas de déplacer sa nourriture dans l'assiette et me répond presque par monosyllabe.

Je récupère ma serviette et la lui jette dessus.

— Qu'est-ce qui t'arrive ?

— Rien, ça va.

Je sais que c'est faux et j'ai le sentiment de savoir ce qui la tracasse.

— Declan arrive cette semaine.

Les yeux de Sydney s'illuminent pour la première fois de la journée.

— Je ne veux pas en parler.

— Tu n'en parles jamais, mais je pense que tu devrais.

J'imagine à quel point ça va être difficile pour elle. Elle a fait de son mieux pour prétendre que tout allait bien jusqu'ici, mais le temps est écoulé. Declan a annulé ses rendez-vous sur les six prochains mois pour pouvoir faire son temps à la ferme.

Les frères ont décidé que lorsque les conditions du testament seraient remplies, ils diviseraient la terre en quatre et que si l'un d'entre eux voulait sa part, il pourrait l'avoir, mais qu'alors ils renonçaient à tout droit sur le produit de la vente pour les trois autres. Quand Declan, Sean et Jacob vendront, ils diviseront donc le terrain en trois puisque Connor garde sa part.

La parcelle sur laquelle nous construisons est parfaite. C'est l'endroit préféré de Connor, là où se trouve l'incroyable cabane d'Hadley.

Pourtant, les travaux sont loin d'être terminés puisqu'ils les ont commencés il y a seulement un mois. Au lieu de prendre Declan comme colocataire, ce qu'il a refusé d'envisager, il a fait construire une sorte de petite maison près de la grange, qui est maintenant complètement terminée et fonctionnelle.

— Je suis désolé, j'ai beaucoup de choses en tête.

— D'accord… Du genre, Declan ?

Elle me fusille du regard, ce qui, j'en suis sûre, doit intimider certaines personnes, mais pas moi.

— J'ai besoin de comprendre certaines choses.

Je n'aime pas qu'elle soit aussi contrariée.

— Syd, tu sais que tu peux tout me dire.

Elle pousse un profond soupir puis détourne le regard.

— J'ai fait une erreur.

— D'accord…

— J'ai… merdé, pendant le week-end de l'anniversaire d'Hadley.

Oh, merde. J'ai un mauvais pressentiment.

— Et ?

— Et j'ai été bête. J'ai quitté la fête parce que je ne voulais pas être proche de Declan. J'étais une vraie loque. Je n'arrêtais pas de pleurer parce que notre stupide chanson est passée à la radio, alors je suis allée à l'étang parce que c'est ce que font les filles stupides qui sont toujours amoureuses de leurs ex. Je suis restée là, à penser à lui, à souhaiter que les choses soient différentes.

— Syd…

Elle lève sa main.

— Il y a pire encore. Apparemment, il ressentait la même chose… un genre de nostalgie et s'est rendu au même endroit que moi.

J'ai mal à la poitrine car je sais à quel point elle l'aime encore. C'était le grand amour de sa vie. Celui dont elle ne semble pas pouvoir se passer et qui refuse de revenir dans sa vie.

Il l'a blessée plus qu'elle ne voudra jamais l'admettre.

— Dis-moi que vous n'avez pas…

— D'accord, je ne le dirai pas.

Oh oui, elle a merdé.

— Et maintenant ?

Elle croise mon regard et une larme roule sur sa joue.

— Maintenant, je dois passer un test.

Je prends sa main et décide de lui avouer ma propre peur.

— Moi aussi.

— Ah bon ?

— Oui, mais je ne sais pas, ajouté-je rapidement. J'ai du retard et Connor et moi avons été plutôt… occupés à ne pas nous soucier de ce genre de choses.

J'ai fait enlever mon stérilet et nous nous sommes dit que si ça arrivait, alors c'est que ça devait arriver. J'ai toujours voulu d'autres enfants et c'est le seul homme avec qui je veux fonder une famille.

— Tu as un test ? me demande-t-elle.

J'ai carrément acheté un pack car je fais partie de ces personnes insensées qui ont besoin d'au moins quatre tests pour confirmer ce que dit le premier.

Je hoche la tête et nous nous dirigeons vers la salle de bain. Je lui en donne un, la laisse passer en premier, puis c'est mon tour.

Nous devons attendre trois minutes.

Je règle le minuteur et nous retournons nous asseoir dans la salle à manger.

— Ce n'est pas comme ça que tu pensais que le déjeuner se passerait, hein ?

Je secoue la tête.

— Non, mais… Je comprends.

— Qu'est-ce que je vais faire si c'est positif ?

Je ne me souviens que trop bien de ce que j'ai ressenti quand j'ai découvert que j'étais enceinte d'Hadley. C'était terrifiant. Je n'étais pas prête à être mère, pourtant j'allais le devenir.

— Je sais que tu as peur, probablement en particulier parce que tu es seule, mais Declan est quelqu'un de bien. Il ne te laissera pas affronter ça toute seule.

— Il ne faut pas qu'il l'apprenne.

Maintenant, c'est à mon tour d'être décontenancé.

— Tu dois le lui dire.

— Quand je serai prête. Mais pas maintenant. Promets-le-moi, Ellie. Tu dois me promettre que tu ne le diras ni à lui ni à Connor.

— Je ne peux pas mentir à Connor.

Elle secoue la tête et me prend les mains.

— Tu ne comprends pas…

La minuterie sonne et nous nous figeons toutes les deux.

— Je ne dirai rien à moins qu'il me pose expressément la question.

Sydney pousse un gros soupir et acquiesce.

— J'imagine que c'est le mieux que je puisse te demander. J'espère qu'il sera négatif et que tout ça n'aura été qu'un mauvais rêve.

Je l'espère pour elle aussi.

Nous nous levons toutes les deux et nous nous dirigeons vers la salle de bain pour voir les résultats.

Encore une fois, je reste dehors, attendant que Sydney sorte. Je fais un vœu, priant pour que tout se déroule comme nous le souhaitons toutes les deux.

Mais avant que je puisse aller voir les résultats, Connor entre.

— Salut, bébé.

Il s'approche et m'embrasse.

— Salut.

— Qu'est-ce qui ne va pas ? demande-t-il parce qu'il est évident que je suis perturbée.

Je secoue mes jambes d'avant en arrière, puis je me mords la lèvre.

— Ce qui ne va pas ? Mais tout va bien, j'ai juste besoin d'aller aux toilettes.

Puis la porte s'ouvre et Sydney sort les deux tests. Elle me regarde et secoue la tête, mais je ne suis pas sûre de ce que ça signifie. Puis elle dépose un baiser sur ma joue et me tend ce que j'imagine être mon test.

Les yeux de Connor se posent sur l'objet dans ma main. Puis Sydney se tourne vers lui et sourit.

— On se voit demain. Je dois y aller.

— Syd ?

Ses yeux brillent de larmes, mais elle ne dit rien. Elle me touche le bras et s'en va.

Je reste là, à la regarder partir, mon test à la main. Je suis inquiète pour elle.

— Ellie ? Est-ce que c'est… ?

Mon pouls s'accélère car, si c'est positif, tout va changer pour nous. Non pas que notre vie n'ait pas été en constante évolution depuis le début, mais un bébé va intensifier. Puis je me dis « quelle importance ? » Lui et moi nous aimons et savions que ça pouvait très clairement arriver. Je ne peux pas imaginer ma vie avec quelqu'un d'autre que lui.

C'est déjà un père formidable et, cette fois, ça ne sera pas effrayant. Il sera auprès de moi à chaque étape du parcours.

— J'ai du retard, expliqué-je. Je me suis dit que je pouvais être enceinte.

Il m'adresse un large sourire et, soudain, j'espère vraiment que le test est positif.

Je le lève et mon monde entier s'illumine un peu plus.

— Je suis enceinte, dis-je les larmes aux yeux.

Il m'entoure de ses bras et me dépose un baiser dans le cou.

— On va avoir un autre bébé.

— On dirait bien, oui, dis-je au moment où une larme roule sur mon visage. Est-ce que tu es heureux ?

Il se recule.

— Est-ce que je suis heureux ? Je le suis plus que tout au monde, bordel ! On va avoir un autre bébé, et que Dieu me soit témoin, Ellie, mais je vais t'épouser. Je sais que tu voulais attendre, mais…

— Je ne veux pas attendre.

— Quoi ?

Je prends son visage entre mes mains.

— Je t'aime, Connor. Je t'aime plus qu'aucune femme n'a jamais aimé un homme. Je n'ai pas besoin d'attendre pour t'épouser. Je ne *veux pas* attendre. On a déjà gaspillé assez de temps. Je veux que notre famille soit au complet et je veux être ta femme.

Il m'embrasse et, soudain, je ne sais plus comment respirer. Je ne sais pas combien de temps dure ce baiser, mais nous commençons tous les deux à nous déshabiller.

Ses mains descendent le long de mon corps, douces et sensuelles. Connor m'embrasse profondément tout en nous guidant vers notre chambre.

Lentement, il baisse les bretelles de ma robe, m'observant en même temps. Je glisse les mains sur sa chemise et la lui retire. J'aime son corps. J'aime également la façon dont il réagit à mes caresses.

Nous explorons tous les deux nos corps avec nos mains. Il passe son pouce sur mon mamelon, ce qui le fait durcir, puis il baisse la tête et le prend en bouche, m'offrant sa chaleur. Je gémis, savourant le plaisir que ce geste me procure et la grossesse ne fait que l'amplifier.

Il continue à me taquiner avec sa bouche et, ensuite, il descend une main vers mon clitoris. Il effectue des va-et-vient, et je m'arc-boute.

— Je suis si bien dans tes bras, lancé-je.

— Je veux que tu puisses ressentir ça tout le temps.

Et c'est le cas. Il utilise ses mains pour me faire plaisir ou me montrer son affection, jamais sous le coup de la colère. Tout est tellement différent avec lui. Le sexe est incroyable et je ne sais vraiment pas si j'ai déjà eu un orgasme avant d'avoir été avec lui.

C'était comme si mon corps avait toujours rejeté tout ce que Kevin me faisait.

Quand on aime et fait confiance à son partenaire, l'expérience est très différente. Une expérience que je suis heureuse de pouvoir partager maintenant.

Il fait grimper mon plaisir en flèche, il me lèche le téton et bouge son doigt plus rapidement. Je commence à haleter, mon orgasme s'approchant à chaque seconde qui passe.

Je balance la tête de droite à gauche alors que je monte toujours plus vers le septième ciel. Je crie son nom, le suppliant de continuer et d'arrêter à la fois. Je ne peux pas en supporter davantage. C'est trop.

— Connor.

— Tu es si belle. Je t'aime tellement.

Il passe son pouce sur mon clitoris et appuie. J'explose. Des vagues de plaisir me submergent. C'est tellement bon que je ne veux plus jamais que ça s'arrête. Il éveille en moi chaque once de plaisir que mon corps est capable de produire. Puis il s'installe au-dessus de moi.

D'un seul coup de bassin, Connor me pénètre et nous gémissons tous les deux sous le coup de toutes les sensations que nous éprouvons. Mon corps l'accueille, appréciant la façon dont nous nous emboîtons parfaitement. Je glisse les doigts le long de son dos et il effectue un nouveau va-et-vient.

Nous faisons l'amour. C'est doux et sauvage à la fois. Il nous fait basculer pour que je sois au-dessus de lui et s'accroche à mes hanches.

Je le chevauche tandis qu'il rythme mes mouvements de bassin.

— Ellie, je ne peux pas me retenir.

J'aime quand je lui fais perdre la tête. Il y a quelque chose de puissant dans le fait d'être capable de provoquer ça en lui.

— Alors, ne le fais pas, dis-je en raffermissant mes va-et-vient.

— Je t'aime.

Je décris un cercle avec les hanches avant de me pencher pour l'embrasser. Il atteint alors le septième ciel.

Nous sommes tous les deux en sueur, allongés l'un à côté de l'autre, sans vraiment bouger. C'était intense, fantastique et plein d'émotions à la fois. Il se redresse sur un coude et me regarde avec un sourire en coin.

— Quoi ?

— Je t'aime, dit Connor en posant sa main sur mon ventre. Et je t'aime, toi aussi.

— Nous t'aimons plus encore.

— Impossible.

Nous allons nous laver, puis nous retournons au lit, où nous nous emmêlons. Nous restons tous les deux allongés là, à profiter du calme et de la chaleur de l'autre.

— Qu'est-ce qui se passe avec Syd ? me demande Connor, rompant alors le silence.

Je repense à mon amie et à ce que son hochement de tête signifiait.

— Je pense qu'elle a beaucoup de choses en tête.

— Mon frère était bizarre au téléphone aujourd'hui quand je lui ai parlé d'elle.

Oui, eh bien, il se pourrait qu'ils soient tous les deux encore plus bizarres si le test s'avère positif. Cependant, je ne sais pas s'il l'était ou non, donc ne pas lui en parler n'est pas vraiment un mensonge.

— Merci, dis-je après un moment.

— Pour quoi ?

— De m'aimer. De m'avoir offert une famille. De m'avoir offert une vie dont je ne faisais que rêver.

Les lèvres de Connor se pressent contre le sommet de mon crâne.

— Je t'offrirais la lune, Ellie.

Et je sais qu'il serait prêt à le faire parce qu'en réalité, c'est déjà le cas.

Merci d'avoir lu l'histoire de Connor et Ellie. J'espère que vous les avez aimés autant que moi, ainsi que les autres frères Arrowood. L'histoire de Declan et Sydney arrive ensuite, avec tout autant d'amour et d'émotion dans cette romance de la seconde chance !

Pour être informés de mes prochaines parutions, inscrivez-vous ici à ma newsletter :

du même auteur

En français :

Je reviendrai:

La nuit est à nous (Je reviendrai #1)

Encore une fois (Je reviendrai #2)

Je t'attendais (Je reviendrai #3)

Si seulement (Je reviendrai #4)

Consolation Duet:

Saving Her (Consolation Duet #1)

Saving Us (Consolation Duet #2)

Return to Me:

Dis-moi que tu resteras (Return to Me #1)

Dis-moi que tu me veux (Return to Me #2)

À paraître en français:

Les Frères Arrowood:

tome 1 : Reviens vers moi

tome 2 : Bats-toi pour moi

tome 3 : Pense à moi

tome 4 : Reste avec moi

Cliquez ici pour découvrir tous les titres disponibles en français :

https://corinnemichaels.com/country/france/

Pour rester informés des futures parutions de Corinne Michaels en français, inscrivez-vous ici :

https://geni.us/CMFrenchNL

Si vous êtes blogueur ou bookstgrammeur et souhaitez participer aux nouvelles parutions en français, n'hésitez pas à vous inscrire ici :

https://forms.gle/gPmcmZRf3cUePH3f9

Suivez-moi sur Facebook: https://geni.us/CMFBFrench

Suivez-moi sur Instagram: https://geni.us/CMInsta

à propos de l'auteure

Corinne Michaels est une auteure de romances, best-sellers aux classements du *New York Times*, de *USA Today* et du *Wall Street Journal*. Ses histoires sont pleines d'émotions, d'humour et d'amour passionné. Elle aime faire subir à ses personnages d'intenses chagrins d'amour avant de trouver un moyen de les guérir au travers de leurs épreuves.

Corinne est l'heureuse épouse d'un ancien soldat de la Navy, l'homme de ses rêves. Elle a commencé sa carrière d'auteure après avoir passé des mois loin de son mari durant ses déploiements - la lecture et l'écriture lui permettaient d'échapper à la solitude. Aujourd'hui, cette mère émotive, drôle, sarcastique et boute-en-train habite en Virginie avec son mari et ses deux beaux enfants.